Jerry Oster

Death Story

Aus dem Amerikanischen von
Jürgen Bürger

rororo
Rowohlt

rororo thriller
Herausgegeben von Bernd Jost

Deutsche Erstausgabe
Veröffentlicht im Rowohlt Taschenbuch Verlag GmbH,
Reinbek bei Hamburg, Februar 1991
Die Originalausgabe erschien 1990 unter dem Titel «Internal Affairs»
bei Bantam Books, New York
Redaktion Peter M. Hetzel
Umschlaggestaltung Peter Wippermann/Nina Rothfos

Satz Sabon (Linotronic 500)
Gesamtherstellung Clausen & Bosse, Leck
Printed in Germany
1080-ISBN 3 499 43011 8

Die Hauptperson

ist New York.

Für Tenny Chonin

Vielen Dank allen vom Writers Room für ihre Ruhe und Energie.

I

Gimme fire.

Irgendwann damals, bevor er sein Hirn verbrutzelt hatte – wie der Bursche im Fernseher sagt: Diese Bratpfanne hier, das sind die Drogen, dieses Ei hier, das ist dein Gehirn, wenn du Drogen nimmst, noch irgendwelche Fragen, Arschloch? –, irgendwann damals, als Monroe Riggs (auf der Straße auch kurz *World* genannt – wieso, daran konnte sich sein verbrutzeltes Hirn nicht mehr erinnern) dieses Gedicht darüber gelesen hatte, daß irgendwann entweder alles in die Luft fliegen – Vulkane, Erdbeben, die ganze Scheiße – oder alles und jeder zu massivem Eis erstarren könnte.

Und wie der Dichter sich selbst die Frage stellte: Was wäre mir lieber? frag dich selbst: Was wäre dir lieber? Miz Powell hat gesagt – Miz Powell mit dieser knackig frischen Tina-Turner-Stimme, die auf den Gedichtband hinabschaute, aus dem sie gerade vorlas, dann zur Klasse aufblickte, um zu sehen, ob auch ja alle aufpaßten oder nur blöd rumhingen und Scheiß machten, die Mäuschen anmachten, mit ihren Messerchen rumfummelten, ihrem Stoff, ihren Bestecken. *Ice is nice*, sagte Miz Powell, hätte der Dichter sich entschieden, als er sich fragte, was ihm lieber wäre, *but gimme fire.* Und wie sie das mit ihrer knackig scharfen Stimme sagte, und wie sie sie auf ihre knackig scharfe Art ansah, da war doch jedem sofort klar, daß sie *fucking* meinte, wenn sie *fire* sagte.

Mit seinem verbrutzelten Hirn und allem verplemperte World nicht besonders viel Zeit damit, groß über Gedichte nachzudenken. Aber genau an *dieses* Gedicht dachte er gerade, weil nämlich genau in diesem Augenblick die armen Arschlöcher in dem Apartmenthaus drüben auf der anderen Straßenseite, das *Raleigh* nennen sie's, nach irgendwelchen alten Musketieren oder so 'ner Scheiße, in Feuer und Rauch und Flammen und Scheiß sterben, und die sehen absolut nicht aus, als würden sie ficken.

Entweder sterben die gerade im Feuer und Rauch und Flammen und so Scheiß, der – wie's aussieht – so ungefähr aus sämtlichen Fenstern des Kastens quillt, *oder* aber sie sterben, weil sie aus den Fenstern und von den Simsen und so Scheiß runterspringen und auf die Straße knallen.

Und hier kommt wieder einer. Eine alte Lady... *Fuck*.

Und jetzt ein Bursche... Scheiße, Alter, Treffer, deine Birne ist ja aufgeplatzt wie eine Melone, Mann.

Und jetzt gleich zwei auf einmal – ein Bursche und eine Alte, und festhalten tun die sich gerade so, als würd's groß was ändern ... Ooooh, Mann. Ob die wohl ans Ficken gedacht haben? Die haben nicht an Ficken gedacht.

Yo, he, sieh dir das an. Der Bursche da, der bildet sich doch glatt ein, wenn er ein Bettlaken an den Ecken festhält, so als wär's ein Fallschirm, dann würde er schön langsam runterschweben, statt daß seine Birne wie eine Melone aufplatzt und die ganze Straße versaut ... Siehste, Alter? Irrtum.

On account of I had a taste of desire, gimme fire. So ging's, das Gedicht, daran erinnerte sich sein verbrutzeltes Hirn. *Ice is nice, but on account of I had a taste of desire, gimme fire.* Oder irgend so eine Scheiße, was bedeuten sollte, ich hab 'n paar Miezen gebumst, also, okay, Scheiße, ja, lieber würd ich verbrennen, als gottverdammt erfrieren.

Yeah, also, sag das mal der Mieze da oben auf dem Fensterbrett, Mister Dichter, der Alten, der die Haare und Klamotten gerade am brennen sind, und...

Heilige Scheiße.

Das ist Joy.

Joy Griffith.

Joy Griffith, die Sozialarbeiterin, he, was für 'ne beschissene Verschwendung, die jämmerlichen Arschlöcher im *Raleigh* sozial zu bearbeiten, die sollte besser mal ihn sozial beackern, weil nämlich, die Maus ist schon in Ordnung, Alter. Die Maus ist *bescheuert* cool.

Jetzt aber nicht mehr. Scheiße.

Hier kommt noch so ein Fallschirm-Arschloch. Der hier hat nichts außer einem beschissenen Handtuch... Arschloch.

Wo ist Joy hin? Sie ist nicht mehr da. Ist sie runtergesprungen?...

Neee... Vielleicht wieder reingegangen? Scheiße. Schick die Alte wieder rein, Kellner. Die hat noch nicht genug gearbeitet.

Ice is nice, but on account of I had a taste of desire, gimme fire. Yeah, Mann, also, sag's dieser Joy Griffith, Mister Dichter. Mister *motherfucker* Arschloch Dichter.

Nach einer Weile, nach genug von dieser Scheiße, kommt World von seinem Super-Trip runter, holt seine Glaspfeife raus und zieht sich einen Jumbo, ein Riesen-Piece Crack rein, brutzelt sein Hirn noch ein bißchen mehr, die Fenster schön geschlossen und die Klimaanlage auf volle Power, weil's auch ohne das Feuer drüben schon heißer ist als in der Hölle, und bei dem Feuer ist's anderthalbmal so heiß wie in der Hölle, zieht sich ein bißchen Glotze rein, Sally-Jessy-Raffy («Frau Von Ihrem Therapeuten Angeblich Sexuell Mißbraucht»), braucht sich so wenigstens nicht die Sirenen und die Funksprüche und die Cops und Feuerwehrmänner anzuhören, die mit ihren Flüstertüten den armen Arschlöchern da oben zubrüllen: Springt nicht, Hilfe ist unterwegs, hört statt dessen zu, wie die Mäuschen Sally-Jessy-Raffy erzählen, wie ihre *Shrinks* bei ihnen Dr. Fühlmal gespielt haben.

Und als Sally-Jessy-Raffy fertig ist, wirft World noch mal einen Blick aus dem Fenster, und jetzt jumpen keine armen Arschlöcher mehr aus irgendwelchen Fenstern oder von Simsen und so 'm Scheiß, aber höchstwahrscheinlich werden wohl immer noch ein paar von den armen Trotteln in der Bude verbrennen, weil nämlich immer noch Rauch und Flammen und Scheiß aus einer Menge von Fenstern schlagen, aber jetzt sind's nicht mehr ganz so viele wie vorhin. Die meisten von den Typen und Mäuschen, die sich das Feuer angeglotzt und reingezogen haben, die sind jetzt längst wieder zu Hause – höchstwahrscheinlich, um sich auch vor die Kiste zu hocken, 'scheinlich wegen *Der Preis ist heiß* oder *Glücksrad* oder *Dukes of Hazzard*.

Und in den Nachrichten, die jetzt als Sondersendung dazwischen kommen, also, so direkt nach Sally-Jessy-Raffy, die sagen schon, sechzehn arme Arschlöcher sind bei dem Brand im *Raleigh* abgekratzt, und sie sagen, das Feuer hätte angefangen, weil irgendwer unvorsichtig mit einem Kerosin-Ofen rumgemacht oder bei einem kleinen Feuerchen in einem Papierkorb nicht richtig aufgepaßt hätte oder so ein Scheiß, weil's nämlich keinen Strom und gar nichts im *Raleigh* gegeben hätte, weil der Kasten nämlich seit einem Jahr oder noch länger eigentlich leer war, also, die armen Arschlöcher, die haben da unrechtmäßig gewohnt, die haben das Haus besetzt.

Aber World, verbrutzeltes Gehirn und alles, wundert sich.

World wundert sich, weil nämlich einer von den Typen und Mäuschen, die jetzt immer noch da unten rumstehen und glotzen und gaffen, der war nämlich schon da und hat geglotzt, als die ersten Feuerwehr- und Bullenautos angerollt gekommen sind, mitten in *Geraldo* («Unterdrückte Männer»), hat sich kaum gerührt bis auf einmal, als er zu der Bodega unten an der Ecke runtergegangen und mit einer Sprite und einem Donut wieder rausgekommen ist, und das ist Bobby Liberty, Mann, Bobby Liberty, den man ruft, das erzählt man sich wenigstens, wenn man irgendwas abgefackelt haben muß, denn genau wie die Statue unten im Hafen, daher hat er nämlich auch seinen Namen, hat Bobby immer eine Fackel dabei.

2

Charles Story trug zwei Armbänder an seinem rechten Handgelenk; das eine, aus Kupfer, sollte ihn vor Arthritis schützen; das andere, aus Silber und aus dem Senegal, ein Hochzeitsgeschenk seiner französischen Frau (die in ihrer Jugend – ihrer *jeunesse* – mal bei einem Tennisturnier in Dakar gespielt hatte, mit dem man den Eingeborenen Kultur hatte beibringen wollen), war ein reines Schmuckstück. Die Armbänder klimperten, wenn Story seinen Arm bewegte, schrieb, irgendeine Bemerkung mit einer Geste unterstrich, sein dünnes, widerspenstiges Haar aus der Stirn strich – eine Geste, mit der er unter dem Einfluß von John F. Kennedy als Jugendlicher angefangen hatte und die dann irgendwann zur Gewohnheit geworden war; sie machten ein angenehmes, unaufdringliches Geräusch wie ein Glockenspiel. Bei seiner Ernennung zum Police Commissioner hatte Story sich Gedanken gemacht, daß die Officers, deren Vorgesetzter er sein würde, die Armbänder vielleicht als unmännlich oder weiblich ansehen könnten, aber die Männer trugen selbst jede

Menge Goldkettchen und Armbänder, wenn sie in Zivil rumliefen, so daß Story scherzte, daß er vielleicht nicht *genug* Schmuck trug.

Vielleicht weil der Scherz runter bis zum kleinsten Beamten durchgesickert war, vielleicht weil Storys rechter Arm halb über seine Brust lag und das Kupfer und Silber auf seinem marineblauen Lacoste-Hemd besonders auffiel, vielleicht bemerkte Patrolman Lester Glatter, der erste Cop aus dem ersten Streifenwagen, der auf den Notruf aus Storys Stadthaus an der Seventieth zwischen Park und Lex reagiert hatte, deshalb die Armbänder (vielleicht auch weil er ein Grünschnabel war und seinen eigenen Modegeschmack immer noch entwickelte) noch bevor er registrierte, daß ihr Besitzer, sein Boss, der Länge nach ausgestreckt auf einem weinroten Orientteppich in der Bibliothek liegend, genau an der Stelle ein Loch in seiner Brust hatte, wo sich vorher das dekorative Krokodil des Hemdes befunden hatte; bevor er registrierte, daß der Mittelfinger der rechten Hand seines Bosses abgetrennt und in seinen Mund gestopft worden war.

Wieso ausgerechnet ich? fragte sich Glatter, denn er war smart und ehrgeizig und konnte keinen Nutzen für seine weitere Karriere darin sehen, seinen Namen irgendwo auf jedem einzelnen Blatt Papier wiederzufinden, von denen es nach einem solchen beispiellosen Pech wie diesem hier ganz sicher jede Menge geben würde. *Bist du nicht die arme Sau,* würde er für die nächsten paar Jahre, vielleicht sogar sein ganzes Leben lang, zu hören bekommen, *der den Einsatzbefehl erwischt hat, als der PC erledigt wurde*? Bei allem, was er tat, bei jedem Schritt, den er machte, würden ihn Leute, die hinterher immer alles besser wußten, scharf beobachten.

Die Reaktion des jungen Cops war absolut die gleiche wie die von Bürgermeister Sidney Lyons, als er die Nachricht vom Mord an Story erhielt, *nachdem* er zwischen den verschiedenen Spätausgaben der Nachrichtensendungen hin und her geschaltet und sich vergewissert hatte – die Hauptbeiträge kreisten ausschließlich um den Regen, der das Wochenende des 4. Juli versaut hatte –, daß es ein Tag ohne Krisen und Probleme gewesen war. Brücken zerbröckelten, Sportteams aus der Stadt gerieten ins Stolpern, Epidemien überzogen die Stadt, der Preis für eine Kinokarte näherte sich immer mehr dem für Schwertfisch, das Theater war immer noch tot; die Straßen waren das Zuhause für etwa so viele Menschen, wie eine Kleinstadt Einwohner hatte, während noch mehr Leute (bedauerlicherweise Leute von der Sorte, wie man sie sich als Nachbarn wünschte) in die Vororte flohen, wo alles schöner und besser war; rivalisierende Unternehmer im Drogengeschäft richteten sich gegenseitig im Freien hin (was durchaus praktisch gewesen wäre, wenn nicht unschuldige Zuschauer dabei auch ins Gras beißen würden); Rassen, Religionen, Geschlechter und Generationen spielten ein ständiges feindseliges Pingpong von Beleidigungen und Beschimpfungen; gewählte und ernannte Beamte hinterzogen Steuern, machten illegale Geschäfte und leisteten Meineide; das absolute und endgültige Verkehrschaos lauerte direkt hinter der nächsten Ecke – und für all das gaben ihm seine Bürger die Schuld, die einen Koloß von einer Stadt nicht erkannten, solange sie selbst darin lebten. Aber für das Wetter konnten sie ihn wenigstens nicht verantwortlich machen.

(Oder vielleicht doch? Lyons hatte eben erst einen Bericht von seinem Chef-Meteorologen erhalten – wer wußte überhaupt, daß es einen Chef-Meteorologen *gab*? –, in dem davor gewarnt wurde, daß der Sommer, der viel zu früh mit dem wärmsten März seit Beginn der Wetterforschung begonnen und dann mit dem grausamsten April, dem heißesten Mai und Juni weitergemacht hatte, möglicherweise bis in den Oktober hinein andauern könnte. Der Regen, immerhin sieben Zentimeter Niederschlag, hatte ganz sicher nichts abgekühlt, und das war auch wieder allein seine Schuld, oder?)

Sylvia Lyons ging ans Telefon, den heißen Draht direkt zur Nachtbesetzung in seinem Büro im Rathaus, setzte sich über die unmißverständliche Anweisung ihres Mannes hinweg, daß sie ihre gottverdammten Finger von diesem Apparat lassen sollte, es war einfach nicht gut, wenn die Krieger erst der Squaw erklären mußten, wieso sie den Häuptling sprechen wollten. Vertieft in das letzte Buch von Shirley MacLain sagte Sylvia einfach nur «Darling», womit sie nicht ihn, sondern seinen Pressesprecher George Darling meinte, reichte Lyons stumm den Hörer weiter und vertiefte sich wieder in ihr Buch.

«Ja, George?... George?»

Darling weinte, und während er versuchte, sich wieder in den

Griff zu bekommen, spukten Visionen von Katastrophen durch Lyons' Kopf: Die Brooklyn Bridge war eingestürzt, der Queens-Midtown-Tunnel war plötzlich undicht geworden, die Mets gingen nach Secaucus, Woody Allen nach LA. Eine seiner fünf Töchter (*fünf* Töchter... Wieso ausgerechnet er? Die Tatsache, daß er eine Familie hatte, war maßgeblich für den Erfolg seiner Wahl, mit der er einen Mann ablöste, der, worauf in seinem Wahlkampf immer wieder hingewiesen worden war, Junggeselle war und ganz allein in einem großen Haus lebte, aber wieso ausgerechnet er?) war Mädchen des Monats im *Hustler*.

«George, was zum Teufel?»

Darling holte tief Luft, stieß dann hervor: «Story ist tot, Sir, ermordet, Schuß ins Herz, gegen sieben Uhr, meint der Gerichtsmediziner. Ein Dienstbote, ein Hausdiener, kam gegen zehn in die 119 zurück, nachdem er den Tag über frei gehabt hatte, und fand die Leiche. Mrs. Story und ihre Töchter sind draußen in den Hamptons. Story ist gestern in die Stadt zurückgekehrt, um heute morgen an einer Talk-Show teilzunehmen. Ein Flugzeug der Polizei ist unterwegs, um sie zu holen.»

Lyons entschied sich, zu lachen. Das *war* doch nur ein Scherz, oder? Am ersten April hatte Darling Lyons während seines Mittagsschläfchens mit einem Filzschreiber ein Smiley-Gesicht auf die Stirn gemalt. *Dazu* war ganz schön Mumm nötig gewesen, aber das hier war echter Kinderkram. «George, ich habe gerade die *Nachrichten* gesehen.»

«Walsh und Amato sind erst nach zehn zur 119 gekommen», sagte Darling. «Der Polizeichef des zuständigen Reviers hat es bis dahin vor der Presse geheimgehalten, deshalb ist es auch nicht in den Spätausgaben der Nachrichtensendungen gebracht worden. Aber in der nächsten halben Stunde werden alle Kanäle live von der 119 berichten. Seven meint, sie würden wahrscheinlich die ganze Nacht live auf Sendung bleiben und fließend zu *GMA* übergehen. Ich denke, Sie sollten besser direkt zur 119 rausfahren, statt im Mansion oder aus dem Rathaus eine Presseerklärung abzugeben. Hriniak ist auch schon dorthin unterwegs, ich habe der Presse gegenüber natürlich nichts gesagt, aber ich gehe davon aus, daß er geschäftsführend den Posten des PC übernehmen wird.»

Darling legte eine Pause ein, um Luft zu holen und auf Bestätigung seiner Annahme zu warten, aber Lyons dachte nach – über *GMA* und die 119 und Walt Shinamato. Er wußte, daß *GMA* für *Good Morning America* stand, und er vermutete, daß es eingängig war, die Sendung *GMA* statt *Good Morning America* zu nennen, aber er verstand nicht, wie 119 East Seventieth Street, Charles Storys Stadthaus, ein Metonym wie, nun, wie Rathaus geworden war. Okay, er ver*stand* schon, daß es teilweise solchen Trendverkündern wie dieser Journalistin Ann Jones zu verdanken war, der Autorin des Aufmachers in der dieswöchigen Ausgabe des *City Magazine* mit dem Titel «Von der 119 zur 1 Police Plaza: Charles Story macht seine Premiere mit der Privatisierung der Down-town», aber das bedeutete nicht, daß es ihm gefiel.

Und wer zum Teufel war Walt Shinamato, was hatte die Tatsache, daß er nicht weiß der Kuckuck wohin kam, damit zu tun, daß irgendwas nicht in den Spätausgaben der Nachrichtensendungen gebracht wurde? Einer von diesen Schlitzaugen-Coronern, genau danach hörte sich dieser Shinamato an.

Und dann kam er drauf: Nicht Walt Shinamato. *Walsh* und *Amato*, der Chief of Department und der Chief of Detectives, der höchste zivile Cop. (Cops sagten nicht Kriminalbeamte, hatte Lyons erfahren, indem er Cops zugehört hatte, sie sagten einfach *Zivile*. Die Leute konnten ihm vorwerfen, was immer sie wollten, er war, solange jemand etwas sagte, das er hören wollte, ein guter Zuhörer.)

Oder vielleicht war Hriniak, der First Deputy Commissioner, ein höherer Beamter als Amato. Hriniak trug auch Zivil – allerdings nicht einfach nur Zivil, sondern ausgesprochen teure Anzüge. (Sylvia kaufte Lyons' Anzüge bei *Syms* von der Stange, und er erkannte einen teuren Anzug, wenn er einen sah.) Also, vielleicht stand Hriniak weiter oben als Walsh. Mußte wohl so sein, wenn Darling davon ausging, daß Lyons Hriniak zum kommissarischen PC ernannte.

Wer auch immer der Ranghöchste war, noch ehe Storys Leiche viel kälter wurde, würden alle drei jede Menge Rädchen in Bewegung setzen, um auf Dauer Storys Nachfolger zu werden – sie würden krallen, kratzen, nicken, sich schlängeln, einschleimen und

Arschtritte verteilen, Gegenleistungen für alte Gefälligkeiten einfordern, Geschäfte machen, Versprechungen machen, Drohungen ausstoßen. Wunderbar: ein Ire, ein Spaghetti und ein – ein was? – ein Polacke wahrscheinlich. Irische Pfeifen, Sinatra und eine Polka erklangen in einem üblen Mißklang in Lyons' Ohren; und sie spielten *Why Me*?

Wieso ausgerechnet er? Storys Ernennung war von den ewigen Besserwissern scharf kritisiert worden – von Cops, die einwandten, er wäre ein Zivilist, über Populisten, die protestierten, er wäre Millionär, bis zu den Spinnern, die empört darüber waren, daß er auf der Liste der bestgekleideten Männer stand (oder daß er eine ehemalige Tennis-Spielerin geheiratet hatte – eine *ausländische* ehemalige Tennis-Spielerin, eine *geschiedene* ausländische ehemalige Tennis-Spielerin, oder daß seine Stieftochter ebenfalls an Tennis-Turnieren teilnahm und nebenbei noch ein begehrtes Model war oder daß er in einem Stadthaus wohnte, alte Motorräder sammelte und seine Kleider (ganz und gar keine einfachen Kleider) in England anfertigen ließ oder daß er Bücher las und auch selbst welche *schrieb* – Bücher darüber, daß die Spitzenjobs in den kommunalen Verwaltungen am besten mit Leuten aus der Wirtschaft besetzt würden statt mit Karriere-Beamten oder Politikern, Bücher mit Worten wie *Vertrauen* und *hervorragende Leistung* und *Verantwortung* und *Qualität*, Bücher, die Bestseller waren). Aber es – Storys Ernennung – war eine brillante Lösung für ein drängendes Problem gewesen: Storys gottverdammte Allgegenwart. Schlief dieser Mistkerl denn eigentlich nie?

Wenn Storys Bild nicht auf irgendeiner Titelseite stand (*Grundstücksmakler bietet Bau von Öffentlichem Freibad an*), dann war es mit Sicherheit auf der Immobilienseite (*Story schlagt Wohnungen für Empfänger niedriger Einkommen in Luxus-Hochhäusern vor*) oder auf der Gesellschaftsseite (*Gala in Story-Wohnsitz zugunsten Krankheitsopfer*) oder auf der Halbseite vor dem Sportteil (*Grundstücksmakler plant Major League Baseballstadion auf ehemaliger Mülldeponie Manhattan*) oder im Editorial, in einem Cartoon, der Storys gutes Filmschauspieler-Aussehen herausstrich (ganz anders als die derben Karikaturen von Lyons, in denen er immer wie einer von Dr. Seuss' Humanoiden aussieht) und eine geistreiche Kolumne illustrierte (nicht wie diese verrückten, zeternden Kolumnen, die Lyons für den Teepreis in China verantwortlich machten), in der man sich laut fragte, ob Story wohl das Amt des Bürgermeisters oder Senatoren oder Präsidenten oder des Baseball Commissioners anstrebte. War er ein Mann, der König sein würde, oder hatte er sein Auge auf Gott geworfen?

(Und wir reden hier nicht mal über die *Lifestyle*-Artikel: Die *GQ*-Cover-Story darüber, was smarte junge Milliardäre so tragen; die *Vanity-Fair*-Titelstory über das Long-Island-Bauernhaus, das Storys Architekten, Designer und Innenausstatter zu einem Palast umgebaut haben; die gleichzeitigen Titelgeschichten in *City*, *Manhattan, inc.* und *Sports Illustrated* (wer hat da gesagt, es gäbe so etwas wie eine Medienverschwörung nicht?) über die Yacht, ausgerüstet mit elektronischer Navigation und Echolot und doppelten Detroit-Dieselmotoren und zwölf VHF-Funktelefonen und Sauna und Pool-Bar und Kraftraum und Disco und Hubschrauberlandeplatz und Börsen-Ticker und wahrscheinlich auch noch mit Lenkflugkörpern, die Story von einem Saudi-Prinzen mit Cash-flow-Problemen gekauft hatte. Ganz zu schweigen von der Titelstory im *Lear's*, wie Lise Story mit ihren verschiedenen Rollen als Gründerin und Chefin einer Kette von Fitneß-Centern für weibliche Manager, Philanthrop, Ehefrau und Mutter jonglierte, oder die Titelgeschichten in *Model*, *World Tennis* und *Sassy* über Claire Langois' Wechsel vom Nachwuchs-Tennisstar von Weltformat zum erstklassigen und hochbezahlten Fotomodell für Designer-Mode. Und natürlich das Fernseh-Special *Lifestyles der Reichen und Schönen*, ausgestrahlt zur besten Sendezeit parallel zur *Cosby Show* – während der Einschaltquotenerhebung im Februar –, bei dem Robin Leach vor lauter apoplektischer Begeisterung geradezu abhob, und die ganze Sendung fast ausschließlich über die Storys.)

Sidney Lyons war machtlos gewesen, Charles Storys ausuferndem Ehrgeiz einen Dämpfer aufzusetzen; aber ganz sicher konnte er, wenigstens vorübergehend, eine Kandidatur um das Amt des Bürgermeisters verhindern, indem er aus der Not, einen Nachfolger für den scheidenden Police Commissioner Howard Nagle finden zu müssen, eine Tugend machte und Story die Ernennung überreichte. Außerdem konnte er Story vielleicht dazu zwingen, seine Karten offen auf den Tisch zu legen, indem er ihn anwies, als erste Aufgabe eine Stunde über die Durchführbarkeit eines privatwirtschaftlich geleiteten Police Departments zu erstellen, über die er so wortgewandt und häufig sein Maul aufriß. Er konnte und er hatte auch («Ich kann Ihnen in die Augen sehen, meine lieben New Yorker Mitbürger und Mitbürgerinnen, und ohne zu zögern sagen, daß die heutige Ernennung den Beginn einer neuen Ära in der Geschichte des Police Departments dieses Kolosses unter den Städten markiert»), und selbst seine Gegner zogen ihren Hut vor seiner Gerissenheit.

Also, wie kam Story dazu, sich einfach umbringen zu lassen, nachdem Lyons es gerade geschafft hatte, daß der Kerl ihm nicht länger auf die Nerven ging?

«Mister Bürgermeister?»

«Ja, George, ich habe Sie gehört. Hriniak.»

«Ja, Sir. Aber da ist noch etwas, Sir... Der einzige Anhaltspunkt ist bislang der, äh, Finger des Opfers.»

Lyons drehte sich der Magen um, und er schluckte und schluckte und versuchte dieses unangenehme Gefühl zu unterdrücken. Er vermutete, das bedeutete dann wohl, daß er die Sache so langsam in den Griff bekam; als er das erste Mal zum Tatort des Mordes an einem Sicherheitsbeamten in einem Obdachlosenasyl in den East Twenties gerufen worden war, die blutigen Fetzen sah, wo einmal der Mittelfinger des Mannes gewesen war, dann eben diesen blutverschmierten Finger in den Mund des Mannes gestopft sah (Was ist das? Eine Zigarre? Ein Stück Scheiße? Was *ist* das?), da hatte er Chief Walsh auf die Schuhe gekotzt.

Seit damals vor – wieviel? – acht Wochen, zehn Wochen, hatte es vier weitere Morde gegeben, vier weitere Verstümmelungen und Demütigungen, und das alles nur, weil so ein paar Unzufriedene, die in Abwasserkanälen und U-Bahn-Tunneln und unter Brücken lebten und keine Ahnung haben würden, was sie mit einem Haus oder einem Job oder einem Platz in der Gesellschaft eines solchen Kolosses unter den Städten anfangen sollten, selbst wenn sie einen hätten, was wiederum auch der Grund war, wieso sie keinen hatten – das alles nur, weil sie glaubten, den Leuten die Finger abzuhacken und sie ihnen in ihre Küsser zu stopfen, wäre eine wunderbare, hämische

Art und Weise, dem System *Leckt mich am Arsch* zu sagen, ihm – sehen wir der Sache doch klar ins Gesicht, denn Lyons war ein Mann, der fest davon überzeugt war, daß auf jeder Schlinge, auf jedem Pfeil sein Name stand – das zu sagen.

Die Hoffnungslosen, so nannten sie sich, und die gottverdammten Medien stürzten sich förmlich darauf, wobei die *City*, natürlich, wieder mal den Vorreiter spielte, gerade so als würden sie schon allein deshalb zu Robin Hoods oder was ähnlichem, nur weil sie einen Namen hatten, zu Butch Cassidys und Sundance Kids, statt das blieben, was sie nämlich auch waren – Penner.

City Hall Park. Nur ein paar lausige Meter vom Sitz der Regierung dieses Kolosses unter den Städten. Praktisch von seinem Bürofenster aus zu erkennen. Eine Gruppe Penner hatte dort schon seit Jahren gelebt, so schien es wenigstens, auch wenn er genau wußte, daß es erst seit letztem Thanksgiving war. Hah – wahrscheinlich fanden sie das auch noch witzig, sich ausgerechnet am Thanksgiving Day mit ihren Schlafsäcken und Pappkartons dort einzunisten. Sich in aller Öffentlichkeit den Darm zu entleeren und zu urinieren, für jeden weithin sichtbar, für *ihn* deutlich sichtbar. Manchmal riefen sie ihm zu, wenn er eine Pressekonferenz auf den Stufen des Rathauses hielt, um irgendeine neue Leistung oder Errungenschaft bekanntzugeben, brüllten dann *Siiid-ney*, *Siiiid-ney*, in diesem Singsang, wie die Baseballfans Darryl Strawberry anbrüllten, wenn seine Einstellung ihnen auf die Nerven ging, brüllten es manchmal auch, wenn er *im* Rathaus war, versuchte, konzentriert zu arbeiten. Was wußten die schon von Arbeit? *Vets*, sagten sie zu den gottverdammten Medienfritzen, *Vets* wären sie, Veteranen des Vietnam-Krieges. Affenscheiße. Hat das vielleicht mal irgendwer überprüft, hat irgendwer mal in Washington angerufen und sich nach ihren Armeeakten erkundigt? Natürlich nicht. *Vets*, gottverdammte Affenscheiße war das. Miesmacher, Schädlinge, Nervensägen. Obdachlose. Penner.

Penner, die sogar auf das Grundstück des Gracie Mansion kackten und pißten, direkt vor dem offiziellen Wohnsitz des Bürgermeisters, vor seinem gottverdammten eigenen *Haus*. (Lyons war inzwischen aus dem Bett und stand vor dem Fenster, spannte das Telefonkabel so weit es gerade noch ging, erntete dafür befremdliche Blicke von Sylvia, während er sein Gesicht gegen die Glasscheibe preßte, versuchte zu sehen, ob gerade jetzt wieder irgendwer seine Därme entleerte oder urinierte. Er sah lediglich sein eigenes Spiegelbild, konnte mit dem zwischen Kinn und Schulter geklemmten Hörer das Fenster nicht aufkriegen, das fest verschlossen war, um die – glücklicherweise – klimatisierte Luft im Haus zu halten.) Sie hatten sich gehütet, die Penner, ihre Schlafsäcke und Pappkartons auf das Grundstück des Gracie Mansion zu schaffen, aber eine Gruppe von denen kampierte im Carl Schurz Park unmittelbar im Süden des Mansion, und sie hielten es für ganz besonders wunderbar und hämisch, lieber sein Nest als ihr eigenes zu beschmutzen. An manchen Abenden träumte er im Halbschlaf kurz vor dem Einschlafen davon, sich aus dem Haus und runter in den Park zu schleichen und ein paar von denen mit einem Baseball-Schläger fertigzumachen. Während der vergangenen paar Wochen hatte es mehrere Angriffe auf schlafende Obdachlose gegeben; die Cops suchten die Schuldigen (wie hätte es auch anders sein können) bei irgendwelchen Kids, die nichts zu tun und kein anständiges Zuhause hatten, aber Lyons hätte jede Wette gemacht, daß die Verantwortlichen zuverlässige und anständige Bürger waren, die von Pennern und Gammlern die Schnauze gestrichen voll hatten. Wer würde denn schon wissen, daß es nicht einfach nur der letzte in, wie es die Zeitungen schon sehr bald nennen würden, einer ganzen Serie von Angriffen und Überfällen war, wenn er sich jetzt dort runterschlich und ein paar von denen den Schädel einschlug? Wen würde es interessieren? *Vets*, Affenscheiße. Penner.

Darling sagte: «Und, äh, Sir?»

«*Sagen* Sie's einfach, George. Sagen Sie nicht gottverdammt dauernd *Sir*.»

«... Ja, Sir. Sir, irgendwer hat Wally auf die Rand geschrieben.»

«Irgendwer hat *was* gemacht?»

«Äh, entschuldigen Sie, Sir. Lassen Sie es mich noch einmal sagen: Jemand... hat Raleigh... auf die Wand geschrieben.»

Rawley? Doch nicht diese kleine Schwarze aus Poughkeepsie? Bitte, lieber Gott, nicht sie und Al Sharkskin und all die anderen.

«Noch mal, George. Hat was geschrieben?»

«R-a-l-e-i-g-h. Raleigh. Mit einem roten Filzstift aus Storys Schreibtisch. In großen Blockbuchstaben.»

Lyons konnte sie deutlich sehen – die gleiche kindische Blockschrift, die die ungebildeten Undankbaren dieses Kolosses unter den Städten benutzten, wenn sie ihm ihre krittelnden Beschwerdebriefe auf Papier schrieben, das sie für gewöhnlich aus den Ringbüchern ihrer Kinder herausgerissen hatten, weil sie natürlich so etwas wie *Schreib*papier nicht im Haus hatten. «George?»

«Ja, Sir?»

«Wieso ausgerechnet ich?»

«... Ja, Sir.»

3

In der 119, ein paar Sekunden nach 04:11:33 Uhr auf der Digitaluhr, die ihm seine in Computer vernarrte Tochter zum Geburtstag geschenkt hatte (das Ding hatte kein eingebautes Thermometer, aber die Temperatur lag ungefähr bei neunundzwanzig Grad, vier Uhr morgens oder nicht; dafür gab es aber eine Datumsanzeige – 5. Juli), fragte sich Joe Cullen: *Wieso ausgerechnet ich?*

In der Wohnung wimmelte es vor Cops. Cops im Dienst, die den Einsatzbefehl mitgehört und selbst aus so weit entfernten Stadtteilen wie Rockaway und Tottenville und Riverdale sofort ihren Arsch zum Tatort in Bewegung gesetzt hatten, Cops auf Urlaub, krank gemeldete Cops, suspendierte Cops, ehemalige Cops, tote Cops und *ungeborene* Cops, so schien es, liefen überall im Haus herum, drängten sich draußen auf dem Bürgersteig und auf der Straße, strömten in beiden Richtungen den Block hinunter Richtung Park und Lex, diejenigen von ihnen, die nicht in Uniform waren, trugen Jogginganzüge und Turnhosen und T-Shirts und Boxer-Shirts, waren sich nicht ganz sicher, viele von ihnen, in Uniform oder nicht, ob ein ziviler PC (ein Multimillionär von einem zivilen PC) strenggenommen überhaupt einer von ihnen war, wurden aber dennoch von dem Magneten eines Todesfalles im Department angezogen.

Und wieso, fragte sich Cullen, hatte ausgerechnet er diesen Job bekommen, wo doch mehr als genug Cops da waren? Er ging zu Captain Richie Maslosky, der gerade irgendwas auf ein Blatt Papier schrieb, das er auf einem Klemmbrett befestigt hatte, und schüttelte seinen Arm.

Maslosky schaute nicht auf. «Was?»

«Wieso ich?» sagte Cullen.

Maslosky schaute auf. «Korrigier mich, wenn ich mich irre, Joe, aber es gibt wahrscheinlich Burschen, die würden ihre Mütter verkaufen, nur um bei Vera Evans den Babysitter spielen zu dürfen.» Maslosky schrieb noch irgendwas, sah dann kurz auf seine Uhr, eine ganz normale altmodische Timex mit Zifferblatt und Zahlen und Zeigern, eine Uhr, wie Cullen gehofft hatte, sie geschenkt zu bekommen, als er gesagt hatte, daß er sich eine Uhr wünschte, eine Uhr, die einem nicht dauernd sagte, wie schnell die Sekunden verstrichen – und mit ihnen das Leben. Machten Leute, die solche Uhren trugen, ihre Verabredungen wohl in Bruchteilen von Sekunden und Zentimetern – *Wir treffen uns dann um 05:18:22 Uhr drei Meter einundachtzig von der Nordostecke Fifty-seventh und Broadway*? «Sie soll so gegen sieben auf dem La Guardia landen. Eine Limousine bringt sie her. Du könntest damit rechnen, daß deine erste Schicht so um acht anfängt. Sagen wir halb acht.»

Sagen wir 07:29:59 Uhr. «Captain, könnten Sie bitte mit Walsh sprechen?»

Maslosky richtete seinen Finger genau auf Cullens Herz. «Korrigier mich, wenn ich mich irre, aber ist nicht gerade der PC umgelegt worden? Du meinst...»

«*Ich* werde selbst mit Walsh reden», sagte Cullen und drehte sich um und stieß mit Walsh zusammen. Und prallte sofort wieder ab, denn auch wenn er fünfzehn Zentimeter kleiner war als Cullen und so dünn wie die Zigaretten, die er ständig rauchte, wich Walsh keinen Millimeter von der Stelle.

Walsh überprüfte seine Goldtressen, seine Orden, die Bügelfalten seiner Uniform auf irgendwelche Schäden, die sie bei dem Zusammenstoß womöglich davongetragen haben könnten. Er war perfekt, der einzige Mann im ganzen Haus, der eine Jacke trug, der einzige Mann in der ganzen Stadt, der nicht schwitzte. «Um Walsh was zu erklären, Sergeant?»

«Sir, der PC und ich...»

«Alte Kumpel, wie ich höre», sagte Walsh.

«Freunde, ja.»

«Queens?»

«Elmhurst.»

«Elmhurst High?»

«Ja, Sir.»

«Ich war auf der Jamaica High. Vor Ihrer Zeit.»

«Ja, Sir.»

«Auszeichnungen in Basketball und Baseball. Haben Sie für Elmhurst gespielt?»

«Nein, Sir. Ich war ein jugendlicher Straftäter.»

Walsh musterte Cullen von oben bis unten. In seinem verknitterten Anzug sah Cullen ganz offensichtlich ungepflegt und unordentlich aus; war er außerdem auch noch sarkastisch und aufsässig? «Dann sind Sie also deswegen jetzt ein Spitzel? Zum Ausgleich?»

Um daraus schlau werden zu können, muß man wissen, daß dies keine Unterhaltung war, sondern ein Schlagabtausch. Cullen war bei der IAU, der *Internal Affairs Unit*, der Abteilung, die die Polizei überwacht; Walsh, Chief of Department oder nicht, war ein Hardliner, der glaubte – der *wußte* –, daß die IAU – und *nur* das – die Polizei einengte, behinderte und sie davon abhielt, die Leute zu überwachen, die einzige Gruppe, die eine Lektion nötig hatte, Recht und Ordnung zu achten und einzuhalten. Irgendwann einmal, in einem Zeitungsinterview, hatte ein IAU-Commander seine Männer in der Hoffnung Frettchen genannt, damit plastisch zu umschreiben, daß sie mit der unerbittlichen Suche nach der Wahrheit beschäftigt waren; jemand – jemand wie Walsh – hatte gewußt, daß ein Frettchen nichts anderes war als ein domestiziertes Wiesel und damit gleichbedeutend mit Einschleicher und Spitzel. Spitzel blieb kleben, während Frettchen nicht haftenblieb.

«Was ist mit Story?» sagte Walsh. «War er auch ein jugendlicher Straftäter?»

Was dachte er eigentlich – daß Story aus Rache für irgendwas umgelegt worden war, das bei einer Schlägerei vor dreißig Jahren passiert war? «Er hat sechs Tage die Woche jeden Abend sechs Stunden im Süßigkeitenladen seines Dads gearbeitet und hat trotzdem immer noch die Zeit gefunden, auf der Schule ein ausgezeichneter Schüler und ein großer Mann zu sein.»

Walsh sah Cullen scharf an, suchte nach mehr Sarkasmus, drehte sich dann zu der Gewölbedecke des Flures um, sah sich die moderne Kunst und die goldgerahmten Spiegel und die Lüster an. «Sehen Sie nur, was es ihm eingebracht hat, all die harte Arbeit.»

Cullen dachte daran, Walsh am Ohr zu packen und ihn ins Arbeitszimmer zu schleifen und seine Nase in das immer noch klebrige Blut auf dem Teppich zu stoßen und zu sagen: *Sehen Sie nur, was es ihm eingebracht hat, all die harte Arbeit.* Statt dessen sagte er: «Bei allem Respekt, Sir, ich bin in dieser Sache zu befangen. Mir fehlt die nötige objektive Distanz.»

«Wir werden Sie im Auge behalten, Sergeant», sagte Walsh. «Wir wollen hier keine Vendetta.» Bevor Cullen erklären konnte, daß es hier überhaupt nicht um irgendeine Vendetta ging, fügte Walsh hinzu: «Wann werden Sie endlich die Dean-Sache abschließen?»

«Ist alles schon bei den Anwälten.»

Walsh nickte. «Anwälte.» Er machte einem uniformierten Lakaien in seinem Schatten ein Zeichen, und der Lakai zückte blitzschnell einen Messingaschenbecher, ausgeliehen aus Storys Arbeitszimmer (ohne Erlaubnis vom Tatort entfernt, wenn man den Fachausdruck verwenden wollte). Walsh drückte seine Kippe darin aus, als wäre es das Auge irgendeines Anwaltes, und wischte sich dann die Fingerspitzen ab. «Und da Sie ja nicht bis über beide Ohren in Arbeit stecken, Sergeant, tun Sie, was ich bereits Captain Maslosky gebeten habe, Ihnen zu sagen: Kümmern Sie sich um Vera Evans, sorgen Sie dafür, daß sie nicht von der Presse und Autogrammjägern belästigt wird, sorgen Sie dafür, daß nicht irgendwelche Nachahmer versuchen, *sie* auch noch umzulegen. Wahrscheinlich werden Sie sie ja wohl auch gekannt haben, stimmt's, wo sie doch Storys kleine Schwester ist?»

«Stimmt... Sir.»

«Fein, dann wird es für Sie ja ganz wie früher sein.» Und Walsh schaute auf seine Uhr mit einem richtigen Zifferblatt und Zahlen und Zeigern, hergestellt, vorhersehbar, aus Stahl, und ging.

Also versuchte Cullen, um 04:33:46 Uhr, sein Glück bei Amato, denn wie spät es auch immer war, es konnte doch nie mehr so sein wie früher.

«Es tut mir wirklich aufrichtig leid, Sergeant. Wie ich hörte, war der PC ja wohl ein alter Freund von Ihnen. Mein aufrichtiges Beileid.»

Außerdem hatte Amato seinen Arm um Cullens Schultern gelegt. Manche Leute ließen sich durch Amatos ständig irgendwo rumfummelnde Hände verunsichern (er war schließlich auf die *Notre Dame* gegangen und jesuitischer Postulant gewesen, um Himmels willen; sein Spitzname – er war kugelrund und hatte eine Glatze – lautete Bruder Tuck), aber Cullen, ein ausgesprochener Frauenliebling, erkannte einen homosexuellen Mann, wenn er einen sah. «Ich möchte Ihnen nichts vormachen, Chief. Ich habe bereits mit Captain Maslosky und Chief Walsh gesprochen, und man hat mir gesagt, daß ich mich an meine Anweisungen halten sollte.»

«Dann sollten Sie sie auch wirklich befolgen, Sergeant.» Amato ließ Cullen los und faltete wie ein Abt seine Hände.

«...aber ich meine, ich könnte mich auf sinnvollere Weise einbringen.» *Einbringen?* Cullen sagte nie einbringen. Sein Partner, Neil Zimmerman, einer diesen neuen New-Age-Cops, zu lange gebraten in den Backöfen der modernen Kriminologie, überschüttet mit doppeldeutigem soziologischem und High-Tech-Gerede, sagte immer *einbringen. Einbringen* und *einwirken* und *übertreffen* und *ankoppeln* und *grünes Licht geben* – ausnahmslos Verben, genau wie Cullens persönliches Lieblingswort *kilometrisieren* («Es ist eine Sechstelmeile kürzer, wenn man über den Queens Boulevard nach Hause fährt. Ich hab's kilometrisiert»).

«Ich verstehe schon, Sergeant, daß sie erschüttert sind. Sie wollen überall gleichzeitig sein, alles machen, und am Ende haben Sie das Gefühl, überhaupt nirgendwo zu sein, gar nichts zu machen.» Amatos Hand lag jetzt auf Cullens Ellbogen, und er führte ihn wie einen Gast, der zu lange geblieben war, zur Vordertür. «Ein Polizistenmord ist immer eine heikle Sache, und wenn es um den PC geht, nun... Für Chief Walsh ist es der gewaltsame Tod eines Officers in Ausübung seiner Pflicht, und als Chief of Department ist er der Ansicht, daß dies in seinen Zuständigkeitsbereich fällt. Für mich – und das heißt nicht, daß es für mich in persönlicher und kameradschaftlicher Hinsicht kein Verlust wäre –, für mich ist es schlicht und einfach eine Sache für das Detective Bureau. Ruth und Maslosky, beide wollen ein Stück davon für sich.» Powell Ruth war der Chef des Homicide Bureau, der Mordkommission, Maslosky gehörte zur IAU; Amato war Ruths Gönner, Maslosky war Walsh' Protegé – es war alles schrecklich kompliziert.

«Ein Mann wie Sie, Sergeant» – Amato sagte nicht, mußte es auch nicht sagen, was Walsh ebenfalls nicht gesagt hatte, auch nicht hatte sagen müssen, daß nämlich Hriniak, der erste Stellvertreter, der Mann, der höchstwahrscheinlich Storys Nachfolger werden würde, daß Hriniak – wenigstens im Moment – Cullens Gönner war – «Ein Mann wie Sie, nun, er muß sich einfügen, wo er hineinpaßt, er muß sich mit dem Strom bewegen, so daß am Ende...» Amato hatte es im Department zu etwas gebracht, indem er Sätze unausgesprochen im Raum stehenließ; es war einfach unmöglich, ihn auf irgend etwas festzunageln; wenn er den Schwarzen Peter zurückerhielt, war er längst wieder fort. («Gegen Amato etwas in die Hand zu kriegen», hatte Hriniak einmal in Yorkville gesagt, «ist genauso als wollte man versuchen, einer Schlange Handschellen anzulegen.»)

«Ach, übrigens, Sergeant – sind Sie der Aufklärung der Dean-Sache schon näher gekommen?»

«Nein, Sir. Die Anwälte beschäftigen sich zur Zeit damit.»

«Ah, ja. Nun...»

«Äh...»

«Ja, Sergeant?»

Aber Cullen wußte nicht mehr, was er gerade hatte sagen wollen. So wirkte Amato auf einen; er lullte einen ein, bis man schließlich ebenfalls zu treiben begann, durch Rauch und Nebel.

«Tja, dann...»

«... Ja, Sir.»

4

«Ich hatte mal eine Wurzelbehandlung, die hat mehr Spaß gemacht als das», sagte Phil Hriniak.

Es war 04 : 47 : 19 Uhr ... 20 ... 21. Hriniak hatte es überlebt, von Bürgermeister Sidney Lyons dem unersättlichen Hai vorgeworfen zu werden, in den sich die Presse bei solchen Stories verwandelt – Anführungszeichen unten, Anführungszeichen oben, *guten* Stories. Der ehemalige Streifenpolizist (*Lecker!* hatten die Reporter geschrien, dabei schon die Schlagzeile vor sich gesehen: VOM STREIFEN-COP ZUM TOP-COP), in dunkelblauem Anzug, schneeweißem Hemd, kastanienbrauner Krawatte, schwarze Budapester, sah aus wie ein Bürgermeister; Bürgermeister Lyons, in Adidas-T-Shirt, Sergio-Valente-Jeans (viel zu blau, viel zu neu, die Jeans eines Mannes, der es haßte, einfach nur zu entspannen), roten Puma-Turnschuhen, sah aus wie ein Cop, der versuchte, wie ein Zivilist auszusehen.

«Sie haben Ihre Sache gut gemacht», sagte Cullen.

«Das wegen Ihrem Kumpel, Joe, das tut mir aufrichtig leid.»

Cullen zuckte mit den Achseln. «Wenn ein Cop umgelegt wird, sogar wenn es ein Cop ist, den ich gar nicht kenne, stelle ich mir vor, daß seine Laufbahn wahrscheinlich meiner eigenen sehr ähnlich war und daß er daher irgendwo und irgendwann jemandem geholfen hat – jemandem, der sich verlaufen hat, der sich ausgesperrt hat, jemandem, dem die Brieftasche geklaut worden ist, dessen Katze auf einen Baum geflüchtet ist oder der obszöne Anrufe am Telefon erhalten hat; ich stelle mir vor, er hat irgendwas Gutes getan. Ich weiß nicht, *was* für ein Mensch Chuck Story war. In den letzten Jahren habe ich kaum mehr als höchstens ein paar Minuten mit ihm verbracht; wir haben uns nicht zerstritten, unsere Wege haben sich ganz einfach nur in unterschiedliche Richtungen entwickelt.»

Hriniak rümpfte seine Nase. «Sind Sie nicht der Bursche, der unbedingt einen anderen Auftrag haben wollte, der sagte, er wäre zu fertig, um an diesem Fall zu arbeiten?»

«Walsh möchte, daß ich den Babysitter für Vera spiele.»

«Klingt doch nach einer ganz guten Idee.»

«Phil, es ist eine fürchterliche Idee.»

«Das ‹Phil› bitte nicht ganz so laut, okay?»

«Commissioner, es ist eine fürchterliche Idee.»

Hriniak zerrte an dem Knoten seiner Krawatte und knöpfte seinen Kragen auf. «Was ist Ihrer Meinung nach hier passiert?»

«Sie meinen, abgesehen von dem, wie's auf den ersten Blick aussieht?»

«Richtig.»

«Ich lungere jetzt schon seit ungefähr Mitternacht hier rum, ohne besonders viel zu tun zu haben, außer nur im Weg zu stehen», sagte Cullen.

«Aber Sie haben zugehört.»

«Und habe gehört, wie jemand von der Spurensicherung sagte, die Tatwaffe wäre eine Neun-Millimeter-Glock. Eine ausgezeichnete Kanone. Was bedeuten könnte, daß es ein Auftrags-Mord war – wobei die Verstümmelung uns nur ablenken sollte.»

«Ein von wem in Auftrag gegebener Mord?»

«Von jemandem, der Story nicht mochte.»

«Das sind nicht wenige Leute. Genug, um den Madison Square Garden zu füllen.»

«Mindestens. Vielleicht sogar das Shea Stadium.»

Hriniak rümpfte seine Nase. «Irgendwelche anderen Ideen?»

Cullen zuckte mit den Achseln. «Da sind noch diese Überfälle auf Obdachlose.»

«Was ist damit?»

«Tja, manche Leute haben gesagt, wir sollten mehr unternehmen, um sie zu schützen. Wir, die Cops.»

«Könnten das wohl zufälligerweise die gleichen Leute sein, die auch gesagt haben, wir hätten mehr tun sollen, um die Obdachlosen im Winter von den Straßen zu holen und in Heimen unterzubringen – wir, die Cops –, oder könnten es die Leute sein, die sich wegen all der Überstunden aufgeregt haben, die wir der Stadt dafür berechnen, daß wir Kindermädchen spielen – wir, die Cops?»

«Die Welt ist nicht perfekt», sagte Cullen.

«Dann meinen Sie also, eines der Opfer dieser Überfälle oder einer der Leute, die meinen, wir sollten mehr unternehmen, um solche Überfälle zu verhindern – wir, die Cops –, hätte sich eine Glock besorgt und Story umgelegt?»

Cullen machte sich nicht die Mühe, seinen Kopf zu schütteln. Opfer und ihre Fürsprecher übten nur selten Vergeltung.

Hriniak beobachtete einen Fotografen der Spurensicherung, der ein Stativ aufstellte, um Aufnahmen der beschmierten Wand zu schießen.

«Wenn die Leute von ‹die Zeichen auf der Wand erkennen› reden, was meinen sie damit?»

«Das stammt aus der Bibel. Belsazar, der König von Babylon, hatte eine Party geschmissen und servierte den Wein in goldenen und silbernen Pokalen, die er aus dem Tempel genommen hatte. Eine körperlose Hand schrieb die Worte ‹gezählt, gezählt, gewogen und zerteilt› auf eine Wand. Daniel, ein freiberuflicher Spezialist für solche Dinge, wurde gerufen, um die Schrift zu deuten. Er sagte, es wäre ein Verbrechen gewesen, die Kelche zu nehmen, und die Botschaft würde bedeuten, daß Belsazars Zeit abgelaufen sei. Noch in der gleichen Nacht wurde Belsazar durch den König von Persien getötet, der Daniel später, wegen einer anderen Sache, den Löwen zum Fraß vorwarf.»

«Ich wußte doch, daß Sie es wissen würden, aber wieso *zum Teufel* wissen Sie es?»

«Ich hab's nachgeschlagen.»

«Während Sie hier rumgelungert haben, ohne was zu tun zu haben, außer nur im Weg zu stehen?»

«Zu Hause, als ich darauf gewartet habe, daß Zimmerman mich abholte. Mein Wagen hat seinen Geist aufgegeben.»

«Wo ist Zimmerman jetzt?»

«Er ist los, um uns was zu essen zu besorgen.» Einen Power-Snack – Tomaten und Mozzarella wahrscheinlich.

Hriniak sagte: «Haben Sie auf der Straße irgend etwas darüber gehört, daß das *Raleigh* abgefackelt worden ist?»

«Ich war nicht auf der Straße. Ich habe an der Dean-Sache gearbeitet. In der Zeitung habe ich gelesen, daß der Brand in einem Teil des Kellers ausgebrochen sein soll, von dem die Überlebenden behaupten, daß dort niemand gewohnt hätte.»

«Haben Sie auch gelesen, daß der im Grundbuch eingetragene Besitzer nur eine Postfachadresse ist, eine Fassade?»

«Bei New Yorker Immobilien nichts Neues.»

«Tom Valentine in letzter Zeit mal gesehen?» sagte Hriniak. Cullen schreckte ein wenig vor den Implikationen der Frage zurück. «Nein.»

«Dachte, Ihr wäret Freunde – Sie, Valentine, Story. Wart zusammen auf der High School.»

«Und auf der Junior High.»

«Verstehen Sie, was ich meine?»

«Und auf der Mittelschule. Aber ich habe Valentine in letzter Zeit trotzdem nicht gesehen.»

«Sie wissen, ob Sie ihn gesehen haben oder nicht, Joe, denn Sie sind ein Bursche, der Sachen nachschlägt und in den Zeitungen liest, daß die Sozialarbeiterin, die im *Raleigh* gestorben ist, Valentines Freundin war.»

Cullen wartete einfach.

«Oder nicht?» hakte Hriniak nach.

«Joy Griffith», sagte Cullen, um irgend etwas zu sagen.

«Sind Sie sicher? Ich dachte, sie hätte Joyce geheißen.»

«Phil, was soll das alles, verdammt?»

«Nicht so laut, *Sergeant*», sagte Hriniak.

Cullen brummte leiser: «Verdammt, was soll das, Com*miss*ioner?»

Hriniak schob sein Gesicht dicht vor Cullens. «Was das soll, verdammt? Ich sage Ihnen, was das soll, verdammt. Valentines Alte kratzt bei einem Brand im *Raleigh* ab, über dessen Besitzer kein Mensch irgendwas weiß. Story hat seinen Grundbesitz nicht irgendeiner Wohlfahrtsorganisation überschrieben, als er zum PC ernannt wurde; er hat es in eine Treuhandgesellschaft überführt. Story wird von jemandem umgelegt, der *Raleigh* an seine Wand schreibt. Ich sage: ‹Heilige Scheiße – vielleicht gehört das *Raleigh* ja Story, vielleicht hat er es abfackeln lassen.› Das ist was soll das, verdammt.»

Das alles hatte Hriniak in einem einzigen Atemzug gesagt, und jetzt holte er tief Luft. «Lassen Sie sich von mir an einige andere Ereignisse der jüngsten Zeit erinnern: Nachdem die Feuerpolizei sagte, der Brand wäre, genau wie Sie gerade sagten, in einem Teil des Kellers ausgebrochen, in dem niemand wohnte, fuhr Valentine mit einem Haufen Obdachloser in die Downtown und versuchte ins Rathaus zu kommen, um Story zu sprechen und ihn zu bitten, eine gesonderte Untersuchung einzuleiten. Story schickte daraufhin jemanden – mich – raus, um ihnen sagen zu lassen, er würde nicht hergehen und die Ermittlungsergebnisse der Feuerpolizei in Frage stellen. Ein paar von Valentines Leuten ließen sich häuslich unten in der Lobby nieder, die anderen machten sich Richtung Brooklyn Bridge auf den Weg, blockierten den Verkehr, das Übliche eben. Wir haben sie eingebuchtet, wobei der eine oder andere auch was auf den Kopf gekriegt hat. So was passiert. Und Sie wollen mir jetzt weismachen, Sie hätten nicht sofort an Tom Valentine gedacht, als sie von der Schrift auf der Wand hörten, *bevor* Sie es nachgeschlagen haben?»

Cullen atmete heftig durch seine Nase aus und wieder ein.

«Und?»

«Nein.»

Hriniak spannte seine Schultern an wie ein Sportler, der gerade eine Zehn geschafft hatte. Er schaute auf seine Uhr, eine noch teurere Version von Masloskys Uhr, seinem Dienstgrad angemessen, aber trotzdem eine Uhr mit Zifferblatt und Zahlen und Zeigern, keine Displays und Knöpfe und Beeps. Cullens computervernarrte Tochter hatte ihm gezeigt, wie er seine Uhr einstellen mußte, damit sie pünktlich jede volle Stunde piepte, dann hatte sie ihm gezeigt, wie er diese Einstellung wieder rückgängig machen konnte, damit sie es nicht tat. Während er hier herumgelungert hatte, ohne viel mehr zu tun, als im Weg zu stehen, hatte er das akustische Warnsignal eingestellt, konnte sich jedoch nicht mehr daran erinnern, wie dies wieder rückgängig gemacht werden konnte. Nicht mehr lange, und es würde piepen, und die Leute, die sich gefragt hatten, wieso Cullen von der IAU ein so guter Kumpel des neuen PC war, würden sich nun fragen, wieso Cullen von der IAU pünktlich zu jeder vollen Stunde wissen mußte, wie spät es war. «Wann kommt Vera hier an?» sagte Hriniak.

Nicht *Vera*. Bitte nicht *Vera*. Die Leute fingen doch jetzt wohl nicht an, ihn mit *Vera* zu verfolgen, oder? «So gegen sieben, oder so.» Sechs neunundfünfzig, neunundfünfzig. «Mit einer Sondermaschine.»

«Aus LA.»

«Ich vermute. ‹The Coast.›»

«Meinen Sie, sie erinnert sich noch an mich? Wenn man sagt: *Die Welt ist klein,* trifft's die Sache immer noch nicht ganz, oder? Ich kenne sie, weil Sie der Freund ihres Bruders waren, und am Ende lande ich dann noch auf dem Posten ihres Bruders.»

«Phil, bitte, ziehen Sie mich von dieser Sache ab.»

«Es gibt Burschen, die würden einen Mord dafür begehen, bei einem Filmstar den Babysitter zu spielen, Joe.»

«Sie würden ihre Mütter verkaufen, hat Maslosky gesagt.»

«Ich wünschte, die Leute *würden* ihre Mütter verkaufen. Wir könnten es kontrollieren, es überwachen; sie würden die Ware transportieren müssen, ihnen zu essen geben, Mah-Jongg-Spiele für sie kaufen müssen. Statt dessen legen sie Leute um, hacken ihnen die Finger ab, beschmieren die Wände... Wann werden Sie die Dean-Sache abschließen?»

«Das fragen mich alle. Scheint der Lieblingsfall von jedem zu sein.»

«Natürlich ist er das. Die Sache hat Sex, sie hat Gewalt, sie hat eine ganze Aktentasche voller vertraulicher Dokumente.»

«Die Sache ist jetzt bei den Anwälten. Wir werden alle längst tot sein, bevor das endlich abgeschlossen ist. Phil, ich werde meine Mutter verkaufen, wenn Sie mir *keinen* anderen Job geben.»

«Meine erste Anweisung als PC kann es wohl kaum sein, einen Cop von einem Bodyguard-Auftrag abzuziehen, nur weil es sich bei dem Body zufälligerweise um seine Ex-Freundin handelt. Das ist Walsh' Anweisung, und ich muß mich genau wie Sie daran halten.»

«Sie wissen genau, daß sie nie meine Freundin gewesen ist», sagte Cullen. «Es hat nicht geklappt.»

«Wo liegt dann Ihr Problem?» Und Hriniak knöpfte seinen Kragen wieder zu und zog seine Krawatte stramm und ging.

«Wieso ausgerechnet du?» sagte Ann Jones um 05:24:07 Uhr... 08... 09.

«Was meinst du damit?» sagte Cullen.

Sie zuckte ungeduldig mit dem Kopf. «Stell einem Mann eine direkte Frage, und er schleicht garantiert wie die Katze um den heißen Brei. Gestern abend haben sie *Tootsie* im HBO gebracht. Das ist der große amerikanische Film. Da gibt es eine Szene, in der Teri Garr in Dustin Hoffmans Wohnung kommt, um ihm zu sagen, daß er sie nicht länger versetzen kann. Er hat Frauenkleider an, also springt er unter die Dusche und brüllt: ›Ich kann nicht an die Tür kommen. Ich stehe gerade unter der Dusche. Ich hab Seife in die Augen gekriegt.‹ Am Ende läßt er sie dann doch rein, ganz normal, nicht mehr in Frauenkleidern, ein Handtuch um die Taille geschlungen, und sagt: ‹Sandy, es war schrecklich. Ich habe geduscht und dabei Seife in die Augen bekommen.› Sie sieht ihn *vielsagend* an. Das ist ein fundamentaler Dialog: Eine Frau sagt ‹Ich will dich›, ein Mann brüllt ‹Ich hab Seife in den Augen.›»

Cullen rutschte auf dem Kotflügel des Wagens herum, den sie als Zuschauertribüne benutzten, um die Cops zu beobachten, die in der 119 ein und aus gingen. Ann war aufgedreht und zappelig.

«Wenn du über Story geredet hast, hast du kein einziges Mal gesagt ‹mein alter Kumpel Charlie›. Ich habe für meine Reportage einen ganzen Monat mit ihm verbracht, und er hat kein einziges Mal über dich geredet. Wahrscheinlich kannte ich ihn besser als du. Also, wieso hast du den Job bekommen, für seine Schwester den Babysitter zu markieren? Ja, ich bin eifersüchtig. Ich wäre nicht normal, wenn ich nicht auf einen Filmstar eifersüchtig wäre, besonders auf einen so... so strahlenden Filmstar.»

«Für mich ist sie kein Filmstar», sagte Cullen. «Für mich ist sie Chuck Storys magere kleine Schwester.»

«Aha, dann *denkst* du also an sie... Du hast ihn Chuck genannt? Wie hat er dich denn genannt? Joey?»

Cullen zeigte den Block hinunter. «Der Bursche in dem gelben Hemd da, das ist Tony Lippo von der Spurensicherung.»

«Er hat also. Er hat dich Joey genannt, stimmt's?»

«Du solltest mit Tony sprechen. Von mir weißt du es nicht, aber frag ihn doch mal, ob der Mörder irgendwelche Nachrichten zurückgelassen hat. Du weißt schon, Graffiti oder so.»

Ann legte ihren Kopf auf die Seite.

«Ein Graffito, um es ganz genau zu nehmen. Nur ein Wort. *Raleigh*.»

Ann dachte darüber nach. «Tom Valentine. Dein Freund, Tom Valentine.»

Eine Theorie, die eine Menge Interessenten fand. «Das ergibt doch keinen Sinn. Das Feuer im *Raleigh* war keine Brandstiftung, und selbst wenn es doch Brandstiftung war, dann Brandstiftung wozu? Versicherungsprämien? Um die illegalen Bewohner rauszubekommen? Kleine Fische. Story war eine große Nummer. Billig. Story war nicht billig.»

«Du hast doch gerade gesagt, du hättest ihn so gut gar nicht gekannt.»

«Ich habe ihm meinen Hausschlüssel gegeben», sagte Cullen.

Sie winkte hilflos ab. «Du hast *was*?»

«Als wir noch Kinder waren – Chuck, Tom und ich. Es war Chucks Idee. Wir haben die Schlüssel getauscht, unsere Wohnungsschlüssel. Chuck wohnte in einem Apartment, Tom und ich wohnten in Häusern, in Einfamilienhäusern. Wir haben die Schlüssel als Zeichen unserer... Freundschaft getauscht.»

«Jungenfreundschaft», sagte Ann, beobachtete Cullen dann, wie er in Erinnerungen abglitt. «Was?»

«Nichts.»

«Was, verdammt noch mal?»

«Bei seiner Hochzeit, bei Chucks Hochzeit, gab er mir einen Schlüssel zu seinem Haus – zu diesem Haus. Er liegt irgendwo in einer Schublade.»

«Hat er Tom auch einen gegeben?»

«Falls er es getan hat, würde das noch lange nicht automatisch bedeuten, daß Tom Story umgebracht hat. Und es würde auch nicht bedeuten, daß Story das *Raleigh* hat abfackeln lassen. Ich muß ihn nicht gut gekannt haben, um zu wissen, daß er Integrität besessen hat.»

Sie berührte seine Hand. «Du hast recht, und ich versuche nicht, deinen Freund anzugreifen, aber ich habe einen ganzen Monat mit ihm verbracht, und dabei ist mir eines aufgefallen. Mir ist aufgefallen, daß er, wie viele Männer, eines von zwei Dingen tat, wenn er wütend wurde: entweder sagte er kein Wort mehr, oder er tobte.»

Cullen sagte nichts mehr. Ann sprang von dem Kotflügel und stellte sich vor ihn. Gott, sie sah gut aus – eine kurzärmelige, khakifarbene Safari-Jacke über einem weißen Baumwoll-T-Shirt ohne ein einziges Wort oder Bild darauf, khakifarbene Hose, Leder-Sandalen, Zopf, Zahnlücke. (*Le dents du bonheur* nannte sie sie, die Zähne der Fröhlichkeit, nachdem sie einen Dokumentarfilm auf Kanal 12 gesehen hatte, der sie darüber informierte, daß sie den gleichen Zahnfehler hatte wie Kleopatra, die Frau aus dem Bad, und Sandra Day O'Connor und – ganz naheliegend – Lauren Hutton.) «Also, wie hat Story dich genannt, als ihr noch Kinder wart?»

Und sie roch auch gut. «Benutzt du immer Parfum, wenn du losziehst, um über einen Mord zu berichten?»

«Ysatis de Givenchy.»

«Ich erinnere mich aus meiner College-Zeit an ein Gedicht von Catull, in dem er sagt, daß er den Duft einer Frau so sehr mag, daß er sich wünschte, *totum nasum* zu sein – ganz Nase.»

«Was er sich wünschte – was sich alle Männer wünschen –, ist, daß er ganz Schwanz wäre. Hat Story dich Joey genannt?»

«...Snake.»

«*Snake?*» Sie sagte es so laut, daß ein paar Cops und Reporter und Fernsehleute sich zu ihnen umdrehten.

«Wir waren Kinder.»

«Snake Cullen.» Ann lachte.

Um sie davon abzuhalten, die Neuigkeit in die Welt hinauszuposaunen, sagte Cullen: «Es gibt was Neues in der Dean-Sache. Du weißt es nicht von mir, aber der Täter hat eine Aktentasche im Apartment der Dean zurückgelassen.»

«Wirklich? Wieso erzählst du mir das erst jetzt? Du weißt das doch schon länger, stimmt's?»

«Ich kann dir nicht einfach so Exklusivmaterial geben, Ann. Die Leute wissen, daß wir uns sehen.»

«Ich hasse diesen Euphemismus.»

«Die Leute wissen, daß wir uns gegenseitig beim Masturbieren beobachten.»

Sie wurde tatsächlich rot. «So was *erzählst* du den Leuten?»

«In der Aktentasche befanden sich vertrauliche Akten des Departments.»

«Demnach *ist* der Täter also ein Cop.»

«Nicht unbedingt. Es gibt auch zivile Angestellte, die Zugang zu diesen Akten haben.» (Oder wie Zimmerman sich ausdrücken würde, sich ausgedrückt *hatte*: *Bestimmtes, nicht uniformiertes Personal kann sich Zugang zu diesen Akten verschaffen.*)

«Spitzfindigkeiten. Es war jemand aus dem Department, vielleicht jemand von ganz oben, richtig?»

«Von mir hast du's nicht gehört.»

«Akten über was?»

«Maslosky hat uns die Dinger nicht gezeigt.»

Ann fand ein *Trident* in ihrer Tasche. Sie wickelte das Kaugummi aus und steckte es sich in den Mund und begann zu kauen. «Woher weißt du, daß die Aktentasche dem *Täter* gehört?»

«Gute Frage. Wir wissen es nicht. Wir vermuten es, da es nicht Deans Tasche war.»

«Ich kann vermuten drucken.»

Cullen zuckte mit den Achseln.

«Snake.»

«Nenn mich nicht so.»

«Dann eben Spitzel.» Sie wischte das Wort mit einer schnellen Handbewegung fort. «Tut mir leid. Tut mir wirklich leid.»

Cullen steckte eine Hand in ihre Tasche.

«He! Nicht hier.»

«Ich will ein Kaugummi.»

«Ich hab keins mehr.»

«Doch, hast du wohl.»

«Ja, hab ich.» Sie nahm ein Stück aus der anderen Tasche, wikkelte es aus und steckte es ihm in den Mund.

«Jeder, der das gesehen hat, wird wissen, daß wir uns sehen», sagte Cullen.

Ann lächelte und streichelte ihn kurz mit ihrem Handrücken.

Er rückte den Kragen ihrer Safari-Jacke zurecht. «Ich werde eine Weile ziemlich viel zu tun haben. Ich kann Zim und Bermúdez nicht alle Nachtschichten aufhalsen.»

«Typen würden für Nachtschichten mit Vera Evans wahrscheinlich ihre eigenen Mütter umbringen.»

«Ihre eigenen Mütter *verkaufen* ist hier im Augenblick die bevorzugte Redewendung. Ich schätze, das läßt wohl darauf schließen, was du für deine Mutter empfindest.»

«Oder für Vera Evans.»

«Kein Fan?»

«Sie ist so... perfekt.»

«Für mich ist sie einfach nur Chuck Storys magere kleine Schwester.»

Ann berührte Cullens Wange. «Hast du dich deshalb rasiert? Der Grund, warum ich mir Sorgen mache, Snake, ist der, daß ich früher auch die magere kleine Schwester *meines* Bruders war, und sieh mich jetzt an.»

Zwei Beamte der Spurensicherung zogen einen Plastik-Leichensack aus der Eingangstür von 119 und luden ihn in einen Krankenwagen.

«Asche zu Asche», sagte Ann. «Vom Sohn eines Süßigkeitenladen-Besitzers zum Immobilien-Tycoon zum Präsidentschaftsanwärter zu Asche.»

«Norman Podorhetz sagte, die längste Reise wäre die Reise von Queens nach Manhattan.»

«Du hast einfach zuviel Bildung. Kannst du mir ein Interview mit Lise Story verschaffen?»

«Ich kenne sie kaum. Ich kenne sie eigentlich gar nicht. Ich war auf der Hochzeit, aber außer mir waren noch tausend andere dort.»

«Tausend ihrer engsten Freunde. Hast du die Gerüchte gehört, daß Claire Langois kokainsüchtig gewesen sein soll, daß sich deshalb ihre Tenniskarriere zu einem Reinfall entwickelt hat?»

«Ich habe sie nicht gehört, ich habe sie in der *City* gelesen.»

«Touché.»

Cullen deutete mit seinem Kinn auf einen Tumult am Ende des Blockes. «Walsh wird gleich eine Presseerklärung abgeben. Du solltest besser dort runtergehen.»

Ann beobachtete, wie sich ein halbes Dutzend junger Frauen mit perfekten Frisuren und perfekten Kleidern und jede mit einem Kameramann, einem Tontechniker und einem Beleuchter in Position drängten. «Cappy und Tippy und Mopsy und Suzie, die Yuppie-Reporter. Die Journalisten-Zicken. Und sieh nur, wer bei Walsh ist. Leah Levitt. *All* meine Lieblinge sind hier.»

5

«O Gott. Leah.»

Obwohl bei ihr kein Licht brannte und sie nicht gesehen werden konnte, zog sich Mabel Parker ruckartig von dem Fenster des Apartments 5-C, 116 East Seventy-first Street zurück, der Logenplatz des Theaters, dessen Bühne die Rückseite des Hauses 119 East Seventieth war.

Sirenen, das Knacken von Funkgeräten, das pulsierende Blaulicht der Streifenwagen – alles irgendwie lauter und heller, da alle Geräusche in der Schlucht des benachbarten Blockes hängenblieben – hatten Mabel gegen Mitternacht geweckt. Sie hatte eine Weile gedöst – bis zwölf Uhr zweiunddreißig auf der Digitaluhr neben ihrem Bett –, bis es klar war, daß was auch immer dort unten vor sich ging, nicht so bald wieder vorbei sein würde. Sie stand auf und genehmigte sich eine Zigarette, eine Carlton, dann noch eine und noch eine, und sah sich die ganze Show an.

Die Darsteller waren die meiste Zeit in den Kulissen; Mabel hörte nie mehr als nur ein paar Worte auf einmal, und nichts davon war sonderlich aufschlußreich; doch als sie dann durch verschiedene Fenster zu verschiedenen Zeiten mehrere große, große Stars sah, schaltete sie auf ihrem Uhrenradio CBS ein, um herauszufinden, was dort drüben los war. Nachdem sie es wußte, war sie fasziniert. Selbst am Fenster war es noch so heiß heiß heiß, daß sie sich nicht mal ein T-Shirt übergezogen hatte.

Es war schon Jahre her, daß Mabel *Das Fenster zum Hof* gesehen hatte, und sie erinnerte sich nur undeutlich daran, aber sie war sich sicher, daß das Apartment gegenüber Jimmy Stewarts Wohnung (Jimmy Stewarts oder Cary Grants Wohnung?), das Apartment des Mörders, viel näher war – das heißt, näher als die 119 zur 116 lag, wie sie und Norman begonnen hatten dieses Haus zu nennen, nachdem die Zeitungen begannen, nur noch die Adresse von Storys Stadthaus zu nennen, wenn sie davon sprachen. Es war viel näher, weil die 116 eine Art Hinterhof besaß (*Hinterhof* war eigentlich zuviel gesagt, da es lediglich eine triste Betonfläche war,) der an den Garten der 119 angrenzte (für den die Bezeichnung *Garten* wiederum nicht ausreichte, es war ein Flecken samtig grünen Grases mit Spalieren, Gartenmöbeln aus Teakholz – Tischen, Sesseln, einer Chippendalebank; einem italienischen Marktschirm, gestuften Etageren, Steinurnen, einfachen Übertöpfen und Terrakottatöpfen; eine glasierte steinerne Vogeltränke phantasievoll unter einer kleinen Redwood-Brücke plaziert; ein kupferner Springbrunnen, eine blau-golden gestreifte Markise. Sechs Tage in der Woche beschwatzte und stutzte und umhätschelte ein asiatischer Gärtner den Rasen und die Sträucher und die Kräuter und die Blumen mit Werkzeugen, die wie Operationsinstrumente schimmerten).

Oder lag das Apartment des Mörders nur deshalb näher an Jimmy Stewarts Wohnung, weil Jimmy Stewart (Jimmy Stewart?) es mit einem Teleobjektiv bespitzelte? (Jimmy Stewart oder Cary Grant, Mabel konnte sich erinnern, daß er einen Fotografen gespielt hatte.) Mabel wünschte sich, jetzt auch ein Teleobjektiv zu haben, aber da war nur die Pentax mit dem Weitwinkelobjektiv, denn Norman stand nicht auf Teleaufnahmen, er stand mehr auf Nahaufnahmen, auf Großaufnahmen.

Da *war* natürlich noch die Videokamera mit dem Zoomobjektiv, aber Mabel wollte sie aus Angst davor, daß Norman es später vielleicht bemerken und sie dann anbrüllen würde, nicht von ihrem Platz neben dem Bett wegholen. Nicht *vielleicht*, er würde *ganz bestimmt*: Norman merkte immer, wenn sie die Magazine auf dem Couchtisch anders hingelegt oder einen anderen als den Jazz-Sender auf dem Radio eingestellt oder die Zahncreme in die linke statt die rechte Seite des Medizinschränkchens geräu e des Medizinschränkchens geräumt oder Geleebohnen aus der Schale auf dem Fernseher gegessen oder ein Streichholzheftchen aus dem Pokal auf der Fensterbank genommen hatte – er bemerkte es und gab seinen Kommentar dazu ab, verlangte eine Erklärung, stellte abstruse Spekulationen darüber an, wie ein halbwegs intelligenter Mensch so etwas nur tun konnte, fragte sich, ob es nicht ein Zeichen für ihre *Liebe* wäre, den fraglichen Gegenstand zu ersetzen oder wieder aufzufüllen oder ihn an seinen richtigen Platz zurückzustellen oder vor allen Dingen überhaupt die Finger davon zu lassen. Er würde es merken und nörgeln.

Nörgeln war genau das, was Normans Frau, wie er sagte, immer machte, weswegen er auch ein Verhältnis mit Mabel hatte, weswegen er sich auch die Mühe gemacht und sich in Unkosten geworfen hatte, für sie beide eine Wohnung zu mieten, in der sie ihre Affäre haben konnten. Die Mühe und die Unkosten und das Risiko (Norman machte in Wertpapieren, daher wußte er, was Risiko heißt), denn um die Zeit, die sie zusammen waren, maximal zu optimieren (Normans Ausdruck), befand sich ihre Liebeslaube in einem Gebäude nur vier Blocks von dem Haus entfernt, in dem Norman mit seiner Frau wohnte. (Dieses Gebäude war eine elegante, alte Park-Avenue-Witwe; die 116 war, analog, eine arme Witwe: Der Portier war gleichzeitig Pförtner, es gab keinen Fahrstuhlführer, die Mieter waren entweder Grünschnäbel, immer noch auf den ersten Sprossen der Lebensleiter, oder alte Fürze, die – unter Höhenangst leidend – sich dankbar bis zum mittleren Management hochgequält hatten – kurz und gut: alles keine Leute, obwohl rein technisch gesehen Nachbarn, vor denen Norman Angst zu haben brauchte, daß sie ihn im Fahrstuhl entdecken und sagen würden: «Norm? Norm, alter Kumpel. Wie geht's deiner Frau?») Aber Mabel fragte sich oft, ob nicht vielleicht Norman der Meckerfritze war, der Nörgler, der Besserwisser, der Beifahrer, der dem Fahrer ständig dazwischenredet, die Kamikaze-Amazonen-Emanze – all das, wie er seine Frau immer nannte.

Zum Beispiel, falls Norman jetzt hier wäre, dann würde er auf ihr rumhacken, weil sie sich nicht um ihre eigenen Sachen kümmerte, weil sie riskierte, sich zu erkälten (*erkälten* – bei diesem Wetter?), weil sie sich irgendwelchen Spannern mit Nachtsichtgeräten nackt zeigte oder irgend etwas anderes ähnlich Lächerliches, irgend etwas typisch Norman. Aber natürlich war Norman nicht da; er war nach Hause gegangen, wie immer, gerade dann, wenn sie es gern noch mal gemacht hätte; hatte ein großes Theater daraus gemacht – wie immer –, die Kassette aus der Videokamera zu nehmen; hatte die Kassette zusammen mit der Reitgerte und den Handschellen und der Startpistole in seine lederne *Mädler*-Aktenmappe gesteckt (er behauptete, er würde sich die Bänder zu Hause ansehen, während seine Frau neben ihm schlief, aber Mabel glaubte ihm nicht); hatte so getan – das wurde langsam langweilig, er machte es so oft –, hatte zuerst so getan, als habe er vergessen, daß sie immer noch mit den Lederriemen ans Bett gefesselt war, hatte dann so getan, als würde er gehen und sie allein so zurücklassen.

Aber was würde Norman tun – es war schon faszinierend, darüber zu spekulieren, was ein Spekulant mit *Risiko*kapitel tun würde –, was würde er tun, wenn er wüßte, was sie vor ein paar Stunden gesehen hatte, als sie am Fenster gestanden und auf ihn gewartet hatte, eine Carlton rauchte, an einem Amaretto nippte (Amaretto di Mabel), mit nichts am Leib außer hochhackigen schwarzen Locklederschuhen mit Samtschleifen und einem Stretch-Body aus schwarzer Spitze, sich selbst von Zeit zu Zeit durch die praktische Öffnung im Schritt berührt hatte, nur um sich schon mal ein bißchen in Schwung zu bringen.

Es war gerade dunkel geworden, aber die heißen, glanzlosen Wolken, die wie eine heiße, schmutzige Plane das ganze Wochenende über der Stadt lagen, ließen es noch dunkler erscheinen. Die wenigen Stadthäuser auf der East Seventieth Street, in denen Licht brannte, wirkten auf eine seltsame Weise unecht, wie es bei Häusern ist, deren Licht durch automatische Timer oder von Dienstboten angeschaltet wird, die anschließend wieder in ihren Zimmern verschwanden; ihre Bewohner gehörten nicht zu der Sorte, die auch nur ein einziges bewölktes, regnerisches Drei-Tage-Wochenende in der Stadt verbrachten, wenn sie es genausogut am Meer verbringen konnten.

Mabel war von ihrem früheren Therapeuten, der unerklärlicherweise ein guter Freund geworden war, an den Strand, in das Haus in Lonelyville auf Fire Island, eingeladen worden; in das Haus ihrer Eltern in Jamesport; in das Haus ihrer Schwester (und das des Mannes ihrer Schwester und das ihrer vier Kinder und ihrer drei Hunde und ihrer Schildkröten und Meerschweinchen und Ringelnattern) in Sayville. All diese Einladungen schlug sie aus, weil Norman nicht raus nach Sag Harbor fuhr, da seine Frau einen Termin für das Manuskript ihres Buches einhalten mußte, das davon handelte, was für eine sagenhafte Frau sie doch war.

Was Mabel sah – oder wen –, war eine Frau. Eine ziemlich große, sehr schlanke Frau in einem langen, hellbraunen Regenmantel und einem braunen Hut; weiße Hose – eine Anstreicherhose oder Jeans; blaue Schuhe – Espadrilles, so sah es wenigstens auf diese Entfernung aus. Die Frau kam aus der Hintertür der 119, die am oberen Ende einer kleinen hölzernen Treppe in den Hinterhof lag und auf eine kleine Veranda hinausführte, die aus dieser Entfernung wie eine Abstellfläche für Stiefel und alte Mäntel und dergleichen aussah, schloß die Tür ab, ging die Stufen hinunter, überquerte den Hof und verschwand. Einen Augenblick später tauchte sie auf dem Hof/Betonflecken hinter der 116 wieder auf, ging an dem Zaun entlang, der den Hinterhof einfaßte, und verschwand wieder. Mabel hatte einen Augenblick benötigt, um das Fliegenfenster hochzuschieben – Norman liebte lange Fingernägel, und damit war es schwierig, das verdammte Ding aufzukriegen –, und als sie es endlich geschafft hatte, war die Frau fort, aber sie hatte in einen Durchgang gehen müssen, von dessen Existenz Mabel nichts gewußt hatte, ein Durchgang, der wahrscheinlich zu einem Tor oder einer Tür auf die Straße führte.

Ein Einbrecher, hatte Mabel gedacht. Dann hatte sie gedacht: Sie hat aber nichts bei sich gehabt; ihre Hände steckten in den Taschen ihres Regenmantels. Dann hatte sie gedacht: Ein Juwelendieb, einer von der Sorte, der ganz genau weiß, wonach er sucht – wonach *sie* sucht –, es einfach nimmt und wieder verschwindet. Dann hatte sie gedacht: Der Schlüssel, sie hatte einen Schlüssel. Sie ist eine Hausangestellte, ein Hausmädchen, eine Putzfrau, eine Köchin; sie war mit ihrer Arbeit fertig – sie ist gekommen, um zu putzen oder zu kochen, bevor die Familie von ihrem Wochenende in den Hamptons oder auf dem Vineyard oder dem Cape zurückkehrte –, und sie hatte eine Abkürzung genommen, um zur U-Bahn an der Ecke Seventy-fifth und Lex oder zu ihrer Bushaltestelle an der Lex oder Madison oder Fifth zu kommen.

Bevor Mabel sonst noch etwas denken konnte (denken konnte, so wie sie es jetzt tat, daß das kein Ganove gewesen war, das war eine Frau mit Stil gewesen, eine Frau, die auf ihre Figur achtete, eine Frau, die wußte, wie man sich bewegte), hatte Norman mit seinem üblichen Dum-dadum-dum-dum angeklopft. Und wie üblich hatte Mabel so getan, als wüßte sie nicht, wer es war, und hatte die Wohnungstür bei vorgelegter Kette geöffnet, und da stand dann Norman, der so tat, als wäre er ein Detective, der ihr ein paar Fragen bezüglich eines Mordes in diesem Haus stellen wollte. Mabel ließ ihn herein, und er fragte, ob es ihr etwas ausmachte, wenn er ihr Gespräch auf Video aufzeichnen würde, und sie sagte, nein, ganz und gar nicht, und setzte sich in den Sessel und legte ein Bein über die Lehne, während er die Kamera aufbaute und verschiedene Dinge aus seiner Aktenmappe holte. Sie fragte, ob das eine Reitgerte wäre, die er da hätte, und er sagte, ja, das wäre so, und sie fragte, ob er ein *berittener* Polizist sei, und er grinste und sagte, nur wenn er nicht im Dienst wäre. Sie fragte, ob sie die Reitgerte anfassen dürfte, und er sagte, aber ja, sicher doch, und sie nahm ihm die Peitsche ab und schlug damit leicht, aber nicht zu leicht auf seinen Handrücken, und er nahm die Handschellen und die Startpistole aus seiner Aktenmappe und sagte, wenn sie nicht aufpassen würde, dann müßte er ihr Handschellen anlegen. Mabel schlug ihm mit der Reitpeitsche die Pistole aus der Hand, sprang danach, bevor er dazu Gelegenheit bekam, und richtete sie dann auf ihn und befahl ihm, daß er sich mit den Handschellen seine Hände auf den Rücken fesseln sollte, zog dann die Kette der Handschellen durch das schmiedeeiserne Geländer an einem Ende des tiefer liegenden Wohnzimmers. Dann setzte sie sich wieder in den Sessel und legte ein Bein über jede Lehne und schob langsam, langsam, langsam, sich dabei manchmal zehn oder fünfzehn Minuten Zeit nehmend, den Griff der Reitgerte durch die praktische Öffnung im Schritt in sich hinein. Wie üblich.

Da sie wußte, was sie aus den CBS-Nachrichten wußte, hatte sie eine größere Verpflichtung als der durchschnittliche Bürger, den Behörden zu melden, daß sie gesehen hatte, wie jemand heimlich den Tatort des Verbrechens verlassen hatte, denn Mabel arbeitete für das Gericht, war Assistant District Attorney im Büro des New York County District Attorney. Und weil sie Staatsanwältin war, erkannte sie selbst aus dieser Entfernung einige Leute, die ein durchschnittlicher Bürger vielleicht nicht erkannt haben würde: den First Deputy Police Commissioner (jetzt laut CBS kommissarischer Commissioner) Philip Hriniak, den Chief of Department John Walsh, den Chief of Detectives Anthony Amato, die Captains Powell Ruth von der Mordkommission und Richie Maslosky von der IAU und einen ganzen Haufen anderer Cops, die sie entweder mit Vornamen oder Nachnamen kannte, aber nicht mit beidem:

Fast und Caldwell und Pietro und Janiak und Cullen und Zimmerman und Chonin und Nichols und Uva und Glatter und Cassidy und Lorber und Schnurnberger und Feldbauer und Jansen und Sennish und Albert und Dutton und Banta und Bob und Tim und noch einen Bob und Elvis und Lucy und Ty und Noel und Pipgen und Jim und Christine und Whitey und Mick und Nancy und *noch* ein Bob und Jeffrey (nicht Jeff) und James (nicht Jim) und William (nicht Bob) und Amal.

Mabel erkannte natürlich auch Bürgermeister Sidney Lyons, als er vor der 119 eintraf. Gerade jetzt konnte sie seine Stimme hören, die aus dem Radio kam: *«Ich kann Ihnen geradeheraus in die Augen sehen und sagen, daß Charles Story der beste Police Commissioner war, den dieser Koloß unter den Städten je die Ehre hatte zu haben…»* Und sie erkannte, natürlich, auch ihren Chef, den New York County District Attorney Levitt.

Leah Levitt

Normans Frau.

6

Um 06:03:53… 54…55 war es bereits drückend heiß. «Fahr durch den Park», sagte Cullen. «Wir haben Zeit.»

«*Runter* durch den Park?» sagte Zimmerman.

«Ich will mal einen kurzen Blick auf das *Raleigh* werfen.»

«Willst du mir vielleicht auch verraten, woran du denkst?»

Sechs Uhr vier.

«Joe?»

«Ja?»

«Willst du mir sagen, was du denkst?»

«Fahr einfach, Neil.»

Zimmerman fuhr. Er drehte das Radio lauter. Sade. Zuerst Lionel Ritchie, Billy Joel, jetzt Sade. Danach wahrscheinlich Chicago; dann Genesis, dann Yes. Und dann würde Joe Cullen der erste Cop in der Geschichte des Departments werden, der seinen Partner umlegte, weil er Lite-FM hörte.

Die Regel lautete, daß der Fahrer den Radio-Sender aussuchte. Cullen hielt das für eine gute Regel (er hatte sie selbst aufgestellt), weil er die meiste Zeit fuhr. Zimmerman fühlte sich in den *Gran*

Furys aus der Fahrbereitschaft nicht sonderlich wohl, die Wagen, die sie meistens benutzten, genausowenig mit Cullens Reliant (das waren *symbolische* Autos, behauptete er, so wie, oh, Schuhe, die keine Weejuns oder Top Siders oder Reeboks waren, eben keine Schuhe waren), und wenn er geruhte, bei einem Job seinen Saab Turbo 900 zu benutzen (Cullen konnte es vergessen, *den* fahren zu dürfen), zog Zimmerman es vor, über an seinen Aiwa oder Sony Discman angeschlossene Kopfhörer Musik zu hören (Suzanne Vega oder Nanci Griffith. Nanci Griffith, Himmel: Yuppie-Countrymusic für Leute, die noch nie was von Patsy Kline oder Reba McIntire oder Tanya Tucker gehört hatten), statt das Blaupunkt aus dem Kofferraum zu holen und es wieder einzuschließen und wieder rauszunehmen und wieder einzuschließen. Cullen würde dann die Kopfhörer seines kreditkartengroßen UKW-Radios auf den Kopf setzen, neun Dollar beim Räumungsverkauf eines Ladens auf der Fifth Avenue, und K-Rock oder NEW oder Country 103 hören.

Aber während sie draußen vor der 119 herumlungerten und nicht viel anderes zu tun hatten, außer im Weg zu stehen, hatte Zimmerman das Blaupunkt-Autoradio rausgeholt, um WFAN zu hören, Burschen namens Vinnie und Irv (und hin und wieder einer Frau namens Jewel oder Fran) zuzuhören, die sich durch die Nacht von Yonkers und Lodi und Ozone Park aus klischeehafte Wortgefechte («Er schlägt das Ei nicht nur, er ist ein wahrer Zauberer als Fänger, und sein Arm ist wie ein Gewehr.» «Die haben einen absolut nervtötenden Schläger, der einem an bestimmten Tagen auf mehr als nur eine Art weh tun kann. Wenn die sich eine echte Chance ausrechnen wollen, brauchen sie jemanden, der wirklich knallhart ist.») mit dem Nacht-Moderator («Ich bin Steve, du bist du») lieferten – Entschuldigung genug, da würde jeder vernünftige Richter sofort zugestimmt haben, für Mord, und *dann*, als Steve sich um halb sechs verabschiedete, hatte Zimmerman auf Soft Rock umgeschaltet.

«Tut mir leid, Neil», sagte Cullen.

«Ja.»

«Ich bin ein bißchen müde.»

«Ja.»

«Ein alter Freund bringt einen anderen alten Freund um – falls es das ist, was passiert ist – das ist... Es ist ermüdend.»

Zimmerman nickte. «Aber das ist es doch nicht, was dich beschäftigt.»

Durch ihre Ankunft vor der frischen schwarzen Schale, die früher mal das *Raleigh*-Apartmenthaus gewesen war, blieb es Cullen erspart, Zimmerman sagen zu müssen, daß er *ihm* nicht erzählen sollte, was *ihn* beschäftigte, danke. Die von hinten schräg hereinfallende Sonne ließ die leeren Fenster in einem herrlichen Gold aufleuchten; hübsch anzusehende goldene Tornados aus Staub und Asche wirbelten auf Luftströmen und Fallwinden, ungehindert von solchen Dingen wie Fußböden oder Decken. Wenn das *Raleigh* wie seine Nachbarn ausgesehen hatte – grau und trist, die Fenster weit geöffnet und nach einer Brise lechzend, aber geblendet durch vergilbte, zerrissene Jalousien –, dann sah es jetzt besser aus als früher.

Vielleicht war das der Grund, warum das Haus ein paar… ein paar Bewohner hatte, falls das das richtige Wort für Leute war, die in einem Haus nur mit Wänden, und fast nicht mal damit, einen Haushalt eingerichtet hatten. Eine Familie, so sahen sie wenigstens aus – Mom und Dad und Little Suzie und Tiny Tim, der sein linkes Bein unter der Last eines traurig aussehenden Gipsverbandes hinter sich herschleifte, während er, vertieft in irgendein Spiel mit seiner Schwester, durch die Trümmer humpelte.

«Du meine Güte», sagte Zimmerman.

Cullen stieg aus dem Wagen. Die Hitze schlug ihn voll vor die Brust wie ein Safe, der aus sehr großer Höhe auf ihn heruntergefallen war. Er überquerte die Straße und schlurfte in das, was früher einmal die Eingangshalle des *Raleigh* gewesen war – als hätte er nicht die geringste Angst, daß das ganze Haus um ihn herum einstürzen könnte.

«Hallöchen», sagte der Mann.

Es war das erste Mal in seinem Leben, daß ihn jemand mit ‹hallöchen› begrüßt hatte, aber Cullen sagte, ohne mit der Wimper zu zucken, ebenfalls hallöchen. «Sie sind nicht aus der Gegend.» Sie hatten Gesichter wie Leute auf einem Foto von Walker Evans: schmal und mißtrauisch.

«Miami.» Der Mann sackte zusammen, als wäre er bei einer Lüge erwischt worden. «Tja, also von Eustis. D'rekt über 'rlando. Aber wir sind 'ber Miami gekommen.»

Cullen sah, wie sich die Lippen der Frau bewegten, und glaubte, sie sagte «Sinnlos», und er faßte das als ihre Variante des Namens ihrer Heimatstadt auf. «Dieses Viertel hier... Tja, hier wohnen hauptsächlich Schwarze und Hispanics. Weiße...» Er zuckte nur mit den Schultern. Wie sollte er die Fehler *seiner* Heimatstadt erklären.

Tiny Tim trat nach vorn und in die Mitte. Er wartete auf seine neuen Schneidezähne, und zusätzlich zu seinem gedehnten Dialekt lispelte er. «Weiße Leute ha'm mir Bein 'puttgemacht.»

«Hm-hmmh. Tut mir, äh, tut mir leid», sagte Cullen.

«College-Jungs», sagte der Mann. «So 'ne Art Spiel, das die unten in Miami spielen. Fahren in der Stadt rum und schlagen Obdachlose zusammen, stecken ihre Hütten an. Dachte schon einen Moment, ihr wärt auch zwei von denen. Fahrt dieselbe Art Auto wie die.»

«Das glaub ich gerne», sagte Cullen.

«Sie sind ein Cop, stimmt's?» sagte der Mann. «Nur ein Cop würde hier rumlatschen, ohne Angst zu haben.»

Oh, und ob ich Angst habe. «Wie sind Sie hier gelandet? Wie sind Sie in New York gelandet, und wie sind Sie –» Cullen machte eine weit ausholende Handbewegung über das Kriegsgebiet – «*hier* gelandet?»

Es tat ihm sofort leid, daß er überhaupt gefragt hatte. In New York waren sie gelandet, weil ein netter Bursche unten in Miami dem Mann Benzingeld angeboten hatte, wenn er seinen Lieferwagen nach New York fuhr und ihn bei einem anderen Burschen ablieferte, der ihm zweitausend Dollar zahlen und irgendeinen festen Job geben würde. Dieser zweite Bursche hielt ihm aber nur eine große Kanone unter die Nase und fuhr mit dem fort, was, wie selbst diese Unschuldigen sehr richtig folgerten, eine Wagenladung voller Drogen war. Und *hier* waren sie gelandet, weil ein netter Bursche am Port-of-Authority-Busbahnhof ihnen für die Adresse eines sauberen, billigen Hotels den Rest dessen abgenommen hatte, was von dem Benzingeld noch übrig war.

Cullen gab dem Mann zehn Dollar und wünschte ihm alles Gute. Er vermied es, ihm zu sagen, einen großen Bogen um nette Burschen zu schlagen und daß es hier in New York nicht nur die College-

Jungs waren, vor denen er sich in acht nehmen mußte, es waren auch solche Leute wie Broker, von denen erst neulich ein paar angeklagt gewesen waren, weil sie in der Nähe des South Street Seaport einen obdachlosen Mann mit Squash-Schlägern zusammengeschlagen hatten. Er stieg wieder in seinen Wagen und sagte Zimmerman, daß sie – verdammt – zu spät kommen würden.

«Will ich wissen, was da drüben gerade gelaufen ist?» sagte Zimmerman.

«Nein.»

«Was bedeutet, du kannst mir jetzt verraten, was dir durch den Kopf geht.»

Cullen tat nicht so, als wüßte er nicht, wovon Zimmerman redete.

«Vor hundert Jahren sind Vera und ich ein paarmal zusammen ausgegangen. Jeder hat immer für sich bezahlt, deshalb bin ich nicht sicher, ob es richtige *Dates* waren, falls es so was wie eine Freundschaft oder Beziehung zwischen uns gegeben hat – und außerdem, damals war das Wort Beziehung sowieso noch nicht erfunden worden. Ich war auf dem College, arbeitete abends und an den Wochenenden in einem Schallplattenladen auf dem Broadway nördlich vom Times Square. Da habe ich übrigens auch Hriniak kennengelernt: Er ging Streife in Midtown North und kam in seinen Pausen immer rein, um sich Jazz-Platten anzusehen. Er ist Jazz-Fan.

Damals hieß sie noch Vera Story, nahm Unterricht im *Actors Studio*. Sie wollte die Noten für *Bye Bye Birdy*. Es war ein paar Jahre her, seit wir uns das letzte Mal gesehen hatten, aber es waren die Jahre gewesen, die den Unterschied zwischen linkisch und erwachsen ausmachen – ganz besonders in ihrem Fall; ich erkannte die kleine Schwester von meinem alten Kumpel kaum wieder, sie erkannte einen der blöden Freunde ihres Bruders kaum wieder. Wir haben uns unterhalten, wir haben zusammen Kaffee getrunken, wir sind spazierengegangen, wir haben uns ein paar Theaterstücke und eine Menge Filme angesehen – Musicals, Dutzende von Musicals, im Theatre 80 in der St. Marks. Wir haben uns auch ein Baseballspiel angesehen – die Yanks gegen Detroit, ich weiß auch nicht, wieso ich mich daran heute noch erinnere; irgendwer hat einen sauberen Homerun geliefert, ich weiß nicht mehr, wer –, wir sind weiter spazierengegangen, wir sind weiter ins Kino gegangen, wir haben mehr Kaffee zusammen getrunken, viel mehr.»

Zimmerman wartete, aber mehr kam nicht. «Und dann?»

«Und dann ist sie nach Kalifornien gezogen, hat geheiratet, wurde berühmt. Und ich wurde Cop.» Und habe geheiratet. Und habe Kinder gezeugt. Und wurde ruhelos. Und wurde geschieden.

«Wieso habe ich das Gefühl, daß du irgendwas ausläßt?»

«Kein Sex, falls du das meinst. Wir haben nicht miteinander geschlafen. Damals haben das viele Leute nicht gemacht. Du wirst dir das wahrscheinlich nicht vorstellen können. Es war nicht die Moral, wegen der wir Jungfrauen geblieben sind – oder besser gesagt, ich. Es war Angst. Angst vor Schwangerschaft, Angst vor Verantwortung. Angst davor, daß die Welt sich drehte – was man uns sowohl versprochen *und* wovor man uns gleichzeitig gewarnt hatte, daß es passieren könnte.»

Zimmerman fragte nicht, von wem. Trotz seiner Vorliebe für softe Musik (seine Vorstellung von *geiler* Musik war Fleetwood Mac und 10000 Maniacs) und ausgiebig über Sport zu quatschen hatte er ein paar Bücher gelesen. «Der Typ, den sie geheiratet hat, war Regisseur, stimmt's?»

«Caleb Evans. Er und Robert Altman waren vor zwanzig Jahren vom gleichen Kaliber. Er ist vor zwei oder drei Jahren gestorben.»

«Und die Ehe hat nicht besonders lange gehalten, richtig?»

«Was heißt schon lange?»

Auf der Triborough Bridge gab es den üblichen unerklärbaren Stau, viel zu früh und in der falschen Richtung, und darüber stellten sie Vermutungen an, bis sie ein gutes Stück auf dem Grand Central Parkway Richtung La Guardia hinter sich gebracht hatten. Dann sagte Zimmerman: «Wo wir gerade davon sprachen, daß die Erde sich bewegt: Amato hat mich gefragt, wann wir endlich die Dean-Sache abschließen.»

«Mich hat er auch gefragt», sagte Cullen. «Genau wie Pavonelli.»

«Pavonelli? Pavonelli ist Waffen-Fanatiker. Das paßt zu dem Schießstand.»

«Walsh und Hriniak und Maslosky und Ruth haben auch gefragt.

Und Nixon und Paltz und Kean. Und Winerib. Alle hohen Tiere, die da waren.»

«Die Dean-Sache», sagte Zimmerman.

Cullen pflichtete bei. «Die Dean-Sache.»

Es gab Leute, die es für ziemlich wahrscheinlich hielten, daß die Dean-Sache, obwohl erst drei Wochen alt und weit davon entfernt, geklärt zu sein, der beste Fall in der Geschichte der Internal Affairs Unit war, die eine lange Geschichte guter Fälle vorzuweisen hatte.

Cops, die nach Beschwerden von Nachbarn über einen Familienkrach am Prospect Place in der Nähe der Flatbush Avenue in Park Slope einen Einsatz fuhren, fanden sich vor der angelehnten Tür eines frischgebackenen Cops wieder, Officer Deborah Dean vom Precinct Two-Three, die Enkelin, Tochter, Schwester, Nichte und Cousine von Cops. Deborah lag ausgestreckt auf ihrem Rücken auf einem Futon im Schlafzimmer, hatte nichts am Leib außer beigefarbenen Chanel-Blender-Pumps mit schwarzen Lackleder-Spitzen, Lapislazuli-Ohrringen und ein paar Tropfen Giorgio; sie blutete aus einer Schußwunde in der linken Schulter.

Passende Seiden-Kimonos, eine Packung *Koromex*-Kondome, eine Flasche kalifornischen Wein mittlerer Preislage und zwei tulpenförmige Pottery-Barn-Gläser, sowie ein Dildo aus einem Geschäft namens *Come One Come All* – man konnte es sich so ungefähr vorstellen.

In seiner Eile, schnell zu verschwinden, bevor die Cops (*mehr* Cops) eintrafen, hatte Deborahs Erst-Lover-dann-Angreifer seine Aktentasche vergessen, eine *Atlas*, eine von einer Trillion ähnlicher Taschen, aufgrund der Herstellerkennzeichnungen nur bis zu einem gewissen Grad zurückverfolgbar, die sich jedoch wegen ihres Inhaltes als einzigartig herausstellte – vertrauliche Dokumente des Police Department, die nur für die Augen von vielleicht fünfzig zivilen Angestellten bestimmt waren. («Korrigieren Sie mich, wenn ich mich irre», hatte Richie Maslosky gesagt, «aber das hier ist doch wohl buchstäblich eine interne Angelegenheit.» Cullen hatte gesagt: «Sie irren sich nicht.»)

Ebenfalls in der Aktentasche befand sich die einzige andere handfeste Spur, eine Broschüre eines Schießstandes im finstersten New Jersey, wo sich die Kunden Uzis, Maschinenpistolen, Maschinengewehre, Bren 10s, .45er, .38er, 9er – Derringer wahrscheinlich, falls sie bescheiden und zaghaft waren – mieten und auf alles ballern konnten, wonach ihnen der Sinn stand, solange es nicht lebte und durch die Türen paßte.

(«Mein Junge», sagte der Besitzer des Schießstandes am Telefon zu Cullen, als dieser sich erkundigte, ob zu seinen Kunden zufälligerweise auch New York City Cops gehörten, «ich hab hier zweiundzwanzig Einzelschießstände, die vierundzwanzig Stunden am Tag, sieben Tage die Woche und zweiundfünfzig Wochen im Jahr geöffnet sind. Wenn du am Wochenende nach Mittag herkommst, mußt du dir einen Parkplatz im nächsten County suchen. Was dir an den Leuten auffällt, die herkommen, ist nicht das, wer sie sind, sondern das, was sie hier anschleppen. Zum größten Teil Zeug, das sie sich gekauft haben und bei dem sie nicht schlau draus wurden, wie sie's ans Laufen bringen sollen, oder das kaputtgegangen ist, wenn sie es doch irgendwann geschafft haben: Computer, Videorecorder, Stereoanlagen, Mikrowellen, Fernseher, Toaster, Elektro-Grills, CD-Player, Fax-Geräte, Fotokopierer, elektrische Schreibmaschinen, Kettensägen, Rasenmäher, Schneemobile. Handbücher und Gebrauchsanleitungen sind ganz besonders beliebt. Sie können gerne jederzeit herkommen, mein Junge, und nachsehen, ob hier irgendeiner ist, den Sie wiederkennen. Und bringen Sie auch irgendwas mit, das Sie auf die Palme gebracht hat. Aber nicht vergessen – keine Frauen, keine großen Fahrzeuge.»)

Angesichts der Tatsache, daß sie offensichtlich einen niedrigeren Dienstgrad als ihr Spielkamerad hatte, war es nicht weiter überraschend, daß Deborah ihn den Detectives gegenüber nicht verpfeifen wollte, die den Job anfangs erwischt hatten; doch richtig Schwung bekam die ganze Sache erst, als ihr Anwalt den Ärzten im Beekman Downtown Hospital, alle schon in OP-Kleidung mit Handschuhen und bereit zum Schnipseln, eine richterliche Anordnung unter die Nase hielt, die sie daran hinderte, die Kugel aus der Schulter seiner Mandantin entfernen und sie den Schußwaffenexperten übergeben zu dürfen. Der Rechtsanwalt, Jimmy Levin, ein Bürgerrechtler wie er im Buche steht, hatte einem Richter seine neuartige These erfolgreich verkaufen können, daß das, was die Ärzte im Begriff standen zu tun, Deborahs Rechte verletzen würde, wie sie durch das im Vierten Amendment festgelegte Verbot unangemessener Durchsuchung und Beschlagnahmung garantiert wurden.

«In South Miami Beach, Florida», hatte Levin Cullen und Zimmerman gegenüber erklärt, «wo mein Vater, Gott segne sein neunzig Jahre altes Herz, früher selbst Anwalt vor Gericht, sich heute dem süßen Nichtstun hingebend, seine Zeit damit verbringt, mit anderen älteren Mitbürgern aktuelle politische, historische und kulturelle Ereignisse zu diskutieren, ist dies als die *Keine-Chance*-Regel bekannt. Es besteht auch nicht die geringste Chance, daß irgendein Richter eine Ermächtigung ausstellt, die die Erlaubnis zu einem erzwungenen chirurgischen Eingriff beinhaltet, der eine Vollnarkose voraussetzt, sofern nicht ein sehr, sehr, *sehr* berechtigter Grund zu der Annahme zu erkennen ist, daß diese Operation ein Beweismittel im Zusammenhang mit einer Straftat liefern würde. Und nicht *bloß* irgendein Beweismittel, und nicht *bloß* irgendeines Verbrechens. Vielmehr ein *Beweismittel*, das in hohem Maße etwas beweist, das äußerst wichtig und wesentlich ist und nicht auf eine Weise erlangt werden kann, die einen weniger massiven Eingriff in die persönliche körperliche Integrität darstellt; eine *Straftat*, die einen sehr schwerwiegenden Verstoß gegen den Frieden und die Würde des Souveräns darstellt, um einen chirurgischen Eingriff zu deren Aufklärung zu rechtfertigen. Keine Chance aufgrund der Tatsache, daß es keinerlei Anhaltspunkte dafür gibt, daß Deborah Dean in eine Straftat verwickelt war, keine zwingende Notwendigkeit, solange keine weiteren Beweise dafür vorliegen, daß überhaupt eine Straftat begangen worden ist.»

Mabel Parker, die wegen des möglichen Diebstahls vertraulicher Dokumente aus dem Department für diesen Fall zuständige stellvertretende Staatsanwältin, zuckte nur mit den Achseln und sagte: «Ganz unter uns gesagt? Er hat recht.»

«Hat Ihre Mandantin denn keine Schmerzen?» sagte Zimmerman.

«Was sind schon ein bißchen Schmerzen», sagte Levin, «wenn man die Chance hat, in die Geschichte der Rechtsprechung einzugehen?»

Und das war der Grund, warum die Dean-Sache jetzt bei den Anwälten war, warum sie alle längst tot sein würden, bevor der Fall geklärt war.

06:53:32... 33... 34. Einunddreißig Grad, fünfundachtzig Prozent Luftfeuchtigkeit, Lärm im Radio, sich zentimeterweise abquälender Verkehr, während die Fahrer in beiden Richtungen eine Rothaarige in abgeschnittenen Jeans und einem viel zu kleinen Unterhemd angafften, die auf dem Mittelstreifen einen Reifen wechselte. Cullens .38er drückte schwer gegen seine Hüfte, und er sah schon die Schlagzeile:

COP LÄUFT AMOK
AUF QUEENS PARKWAY

Eröffnet Feuer auf Partner,
Schaulustige, Radio.

Behauptet, Hitze und Alarm seiner Armbanduhr
«Haben mich dazu gezwungen.»

Zimmerman sagte: «Ist Brainstorming okay?»

Cullen hätte ihn schon oft umbringen können, wenn er *Brainstorming* sagte, aber dieses Mal lächelte er nur und sagte klar doch! und schaltete das Radio aus.

«Die Dean hat während der letzten sechs Monate praktisch jeden Dienstag von ihrer Wohnung aus mit dem Präsidium telefoniert», sagte Zimmerman. «Levin wird versuchen, es so zu drehen, als wären diese Anrufe rein dienstlich gewesen, aber wir wissen, daß die Dean von zu Hause dienstlich ausschließlich mit dem Two-Three telefoniert hat. Die diensttäglichen Anrufe hatten allein die Funktion, ihre mittwöchlichen Matinees zu bestätigen. An einem Mittwoch ist auf sie geschossen worden, die Nachbarn konnten sich an andere lautstarke Auseinandersetzungen an anderen Mittwochs erinnern, also war für irgendwen Mittwoch der große Tag X, an dem die Dean gebumst wurde.

Meine Idee ist folgende. Wir überprüfen die MUDS – die Einzelgebührennachweise – des Präsidiums, um herauszufinden, ob von dort oft, gelegentlich oder überhaupt Gespräche mit dem Privatanschluß der Dean geführt wurden. Der Anrufer ist dann unser Mann.»

06:56... 57... 58... 59. Cullen bedeckte sein Handgelenk, um das Piepen zu dämpfen. «Das Präsidium hat eine Zentrale – eine PBX oder Centrex oder wie die Dinger auch immer heißen. Werden bei einer MUDS die Gespräche über die Zentrale nach den verschiedenen Apparaten aufgeschlüsselt, oder gibt es nur eine einzige große Liste sämtlicher Anrufe über die Hauptnummer? Und wie auch immer sie aufgeschlüsselt werden, hat unser Mann immer den gleichen Apparat benutzt? Falls er in einem Großraumbüro arbeitet, würde er ganz bestimmt nicht in aller Öffentlichkeit telefonieren, er würde vielmehr ein Telefon benutzen, das etwas ungestörter liegt. Falls er ein eigenes Büro hat, könnte er es vielleicht nicht riskiert haben wollen, daß eine Sekretärin oder irgendein Angestellter seine Gespräche zufällig belauschte. So ungefähr auf jeder Etage gibt es öffentliche Münzfernsprecher. Könnte sein, daß er einen von denen benutzt hat. Und wer sagt, daß er Deborah überhaupt angerufen hat?»

Zimmerman zuckte mit den Achseln. «War nur so ein Gedanke.»

«Es ist ein guter Gedanke, aber wir müssen ihn noch ein bißchen verfeinern. Wenn wir uns die MUDS des Präsidiums ansehen wollen, müssen wir uns mindestens das Okay von Amato holen, der das aber auf eine so vage Vermutung hin bestimmt nicht gutheißen wird.»

«Ganz besonders nicht, da er dabei ja selbst einer der heißen Kandidaten sein könnte.»

«Wer auch immer, ohne die Kugel in Deborahs Schulter können wir ihn nicht zur Herausgabe seiner Schußwaffe zwingen, und wieso überhaupt erst die ganze Mühe, denn mit absoluter Sicherheit dürfte derjenige, der auf Deborah geschossen hat, die Kanone inzwischen doch wohl längst weggeschmissen haben. Der Punktestand wird wohl am Ende lauten: die Dean-Sache eins, wir null.»

Darüber dachten sie eine Weile nach. Dann sagte Zimmerman: «Und wer hat Story umgelegt? Und warum?»

Cullen sagte: «Bob Grant, die *Post*, Morton Downey, Ed Koch, der den Leuten, als er noch Bürgermeister war, immer gesagt hat, sie sollten Bettlern und Pennern ‹einfach nein sagen›, du und ich, weil wir nicht mehr sagen, daß wir ja sagen. Ein paar College-Kids, die sich nur einen Spaß machen wollten, haben dem kleinen Jungen am *Raleigh* das Bein gebrochen; ein Ulk, der ein bißchen außer Kontrolle geraten ist, nichtsdestoweniger aber Teil der gewandelten gesellschaftlichen Reaktion. Die Leute haben die Schnauze voll. Sie haben auch die Schnauze voll von Dealern, aber Dealer sind gefährlich. Die Obdachlosen sind harmlos, deshalb haben wir auch keine Angst davor, sie deutlich spüren zu lassen, daß wir sie hassen. Und unser Haß schürt ihren Haß. Jemandem den Finger abzuschneiden und ihn in seinen Mund zu stopfen – Mann, das ist *echte* Wut, eine Wut, wie ich sie mir nicht mal vorstellen kann, eine Wut, die ich nicht verstehen kann.»

«Willst du mal hören, was ich nicht verstehen kann?» sagte Zimmerman.

«Nein.» Denn Cullen wußte, daß das, was er nicht verstehen konnte, nachdem er den ganzen Weg raus zum La Guardia gefahren war, nachdem er einem Wachtposten seine Dienstmarke unter die Nase gehalten hatte, um durch ein für die Öffentlichkeit gesperrtes Tor zu kommen, nachdem er den Hangar der Charterfluggesellschaft entdeckt und darauf zugehalten hatte, war, wieso er, noch ein gutes Stück von der silbernen Falcon entfernt, die in der flirrenden Luft über dem kochenden Asphalt des Rollfeldes wie auf Wasser zu treiben schien, durch Cullens Hand auf seinem Arm aufgefordert worden war, stehenzubleiben.

Während sie hinschauten, öffnete sich die Luke der Falcon, eine Gangway schwang heraus, und eine Frau mit einem schwarzen Pagenkäppi mit Schleier, schwarzem Kostüm, schwarzen Schuhen, schwarzer Tasche stieg herab. Sie wirkte ruhig und gelassen – als wäre sie nicht gerade angekommen, um ihren ermordeten Bruder zu betrauern, als wären sie an einem Ort eingetroffen, an dem schwarze Kleidung angebrachter gewesen wäre als hier in Zentralafrika.

Eine Frau in einem grauen Kostüm – Deputy Police Commissioner Susan Price, die Pressesprecherin des Departments, die sowohl das Department als auch die Stadt repräsentierte (und, so vermutete Cullen, wahrscheinlich auch die Frauen) – trat vor, um die Frau in Schwarz mit einem Händedruck zu begrüßen, dann trat sie wieder zurück. Die Frau in Schwarz ging – sechs schnelle Schritte; Cullen zählte mit – zu einer schwarzen Benz-Limousine, nickte dem livrierten Chauffeur, der die Tür aufhielt, kurz zu und stieg ein. Der Chauffeur schloß die Tür, setzte sich hinter das Steuer und folgte dem Chrysler des Deputy Commissioners.

«Soll ich fahren?» sagte Cullen.

Zimmerman schüttelte den Kopf. «Ich möchte, daß du ehrlich zu mir bist.»

«*Ach*. Ehrlich.»

«Du bist immer noch in sie verliebt, Joe.»

Cullen schaltete das Blaupunkt-Radio ein und drehte den Abstimmknopf, bis er etwas Passendes fand – ein anderthalb Jahre alter Oldie: Billy Ocean – «Get Outta My Dreams, Get Into My Car».

7

Der Benz vibrierte, röhrte, drehte sich.

Die Kühlerhaube schwang herum und herum und herum, bis er schließlich dem Saab frontal gegenüberstand.

Zimmerman trat, verwirrt, auf die Bremse, dachte, der Benz würde direkt auf ihn zugefahren kommen.

Der Benz wich zurück, und Zimmerman starrte ihm einen Augenblick nach, bevor er wieder aufs Gas trat. «Verdammt, was soll das?»

Der Benz drehte sich wieder. Und drehte sich und drehte sich. Als die Kühlerhaube dieses Mal wieder herumkam, bemerkte Cullen, daß die Windschutzscheibe auf der Fahrerseite zertrümmert war.

Die Kühlerhaube krachte auf der Überholspur gegen einen Federal-Express-Lieferwagen. Das Heck schwang in den Weg des Lieferwagens, und der Lieferwagen streifte es. Der Benz drehte sich einmal um dreihundertsechzig Grad und donnerte auf den Mittelstreifen, eine schmale Böschung hinunter und knallte dann gegen einen Laternenmast.

Zimmerman schaltete die Sirene ein, und Cullen stieß das Blaulicht auf das Wagendach, doch der Verkehr auf der linken Spur machte keinen Platz, konnte keinen Platz machen, also steuerte Zimmerman an den rechten Randstreifen.

Cullen war schon aus dem Wagen, noch bevor der Saab richtig angehalten hatte. Er schlüpfte und rannte und sprang zwischen die Wagen, zog seine Kanone, um die Fahrer zu erschrecken und zum Anhalten zu bringen. Viele riskierten es, das Hirn gegrillt zu bekommen, um ihn wissen zu lassen, was sie von ihm hielten, kurbelten ihre Seitenscheiben herunter und steckten ihre Köpfe raus und beschimpften ihn als Gottverdammtendreckskerlvoneinembeschissenenarschloch. Sie – und andere – stiegen auf ihre Hupen, als wären die Hupen sein Gesicht.

Cullen stolperte in dem dichten Gras und stürzte Hals über Kopf in den Graben. Er war sich absolut sicher, daß er sich den Hals brechen würde, und hätte beinahe laut geschrien: *Nein, Gott, bitte nicht. Laß mich noch mal ganz von vorne anfangen. Laß es mich noch mal richtig machen.*

Er machte eine Rolle und sprang sofort wieder auf die Beine, als hätte es genau so sein sollen. James Bond, Bruce Lee, Rambo – er war einer in einer langen Reihe von Superhelden.

Er riß die linke Vordertür des Benz auf, und der Fahrer fiel ihm wie ein Clown, der sich auf seinen Hintern plumpsen ließ, in die Arme.

Statt eines Gesichtes hatte der Fahrer einen dicken Klecks Himbeergelee.

Cullen richtete den Faher mit seiner Schulter wieder auf und schaltete die Zündung aus. Dann ließ er den Mann langsam auf den Sitz zurückgleiten, zog sich aus dem Wagen zurück und kämpfte mit der hinteren linken Tür.

Verriegelt.

«Vera!»

Er beugte sich wieder über den Vordersitz und hämmerte gegen die Rauchglas-Trennscheibe. «Vera!»

Er suchte das Armaturenbrett nach dem Schalter, dem Hebel, dem Knopf, dem weiß der Teufel was ab, um die Trennscheibe zu öffnen. Er konnte nichts finden. Was wußte er schon von überlangen Mercedes?

«Vera!»

Er lief auf die rechte Wagenseite und versuchte es mit der hinteren Tür.

«Vera!»

Die Seitenscheibe glitt eine Handbreit herunter. Er sah ein Paar vor Angst leuchtende Augen, dann nur noch Schwärze.

«Vera? Vera, ich bin's, Joe Cullen. Bist du okay?»

«Was ist passiert?» Eine sehr kleine Stimme.

«Vera, bist du in Ordnung?»

«Der Fahrer... Ist er...?»

Scheiße. Der Fahrer.

Cullen kehrte auf die Fahrerseite zurück. Inzwischen hatte Zimmerman den Fahrer auf dem Sitz auf den Rücken gelegt. Ein Knie auf dem Wagenboden, legte Zimmerman seinen Mund über den des Fahrers, atmete aus, drehte seinen Kopf zur Seite, um einzuatmen. Sein Blick begegnete Cullen, und er schüttelte seinen Kopf.

Cullen ging wieder zur rechten Wagentür. Das Fenster war geschlossen. Er klopfte gegen die Scheibe.

«Vera?... Vera!»

Irgend jemand packte Cullens Schulter.

Er wirbelte herum, griff nach seiner Kanone.

«Ganz ruhig.» Eine Frau in einem grauen Anzug.

«Kommen Sie, Lady. Verschwinden Sie gottverdammt...»

«Cullen, richtig? Die Dean-Sache. Was zum Teufel ist passiert?»

Sogar hier draußen? In einem Augenblick wie diesem? Dann erkannte er Deputy Commissioner Susan Price, ihr Fahrer einen Schritt hinter ihr, in der Hand eine .44er Magnum – ein ziemlicher Ballermann für die Öffentlichkeitsabteilung.

«Sorry. Da waren Schüsse. Von einer Überführung aus, glaube ich. Von der da hinten.» Ohne hinzuschauen, machte er eine vage Handbewegung auf etwas, von dem er sich nicht mal völlig sicher war, ob es tatsächlich da war.

«Haben Sie es durchgegeben?» Susan Price wartete nicht auf eine Antwort. «Jack, geben Sie durch, daß auf uns geschossen wurde...»

«Ich hab's schon durchgegeben.» Es war Zimmerman, dessen Hemd und Anzug mit Blut beschmiert waren, der Blut auf dem Gesicht, auf der Stirn, auf den Augenbrauen und den Lippen hatte.

Susan stieß mit ihrem Daumen auf den Benz. «Mit ihr alles in Ordnung?»

Cullen hob seine Schultern und schüttelte seinen Kopf.

«Jesus, Cullen.» Susan Rice klopfte gegen das hintere Fenster. «Miss Evans? Ich bin's, Susan Rice...»

Miss Evans?...

«Vera?»

Das Fenster öffnete sich, als hätte sie das richtige Paßwort gesagt. Susan Rice beugte sich herab. «Mit Ihnen alles okay?»

Cullen konnte die Antwort nicht verstehen. Zimmerman hatte eine Hand auf seine Schulter gelegt und zog ihn fort.

Auf die Überführung, unmittelbar östlich der Steinway Street in Astoria, hatte der Heckenschütze sich seines Zieles sicher, mit roter Farbe gesprüht:

RALEIGH 2

8

«Wasserwerfer?» sagte Leah Levitt.

Bürgermeister Sidney Lyons hätte am liebsten seinen Kopf auf den Tisch gelegt und geweint. Wieso ausgerechnet er? Da berief er eine Krisensitzung ein, um sich mit einer noch nie dagewesenen Krise zu befassen, und die Leute unterbrechen ihn andauernd, nehmen seiner präventiven Erwiderung jede Schärfe. «Nicht Wasserwerfer, Mrs. District Attorney. Habe ich Wasserwerfer gesagt? Ich habe *nicht* Wasserwerfer gesagt. Ich habe diese Laster gemeint, mit denen die Müllmänner die Straßen sprengen, die haben...»

«Äh, die Stadtreiniger, Euer Ehren.» Thomas Turco, Leiter des Amtes für Stadtreinigung, rutschte auf seinem Stuhl nach vorn. «Wenn das uniformierte Personal des Amtes für Stadtreinigung gemeint ist, sollte der Ausdruck Stadtreiniger verwendet werden, da der Ausdruck Müllmänner als abwertend angesehen wird.»

Wieso er? Er beruft eine kleine Konferenz ein, um sich mit einer bislang noch nie dagewesenen Krise zu befassen (Scheiß auf den Stadtrat, er hat ein paar Leute zusammengetrommelt, das ist alles, eine überschaubare Anzahl; es steht in der Stadtverfassung, daß ihm dies erlaubt ist. Irgendwo), und die Leute kommen ihm dauernd mit irgendwelchen Vorschriften. «Tommy, Tommy, Tommy, ich kann Ihnen offen in die Augen sehen und sagen, daß es auch nicht einen einzigen Angestellten Ihres Departments gibt, auf den ich nicht stolz wäre, ihn als Gast in meinem Haus zu begrüßen, also entschuldigen Sie, bitte, in Anbetracht der außergewöhnlichen Umstände, meinen kleinen Fauxpas.»

Lyons strahlte zuerst Turco, dann Leah Levitt an, gab sich die größte Mühe, mit seinem Blick nicht auf ihren Brüsten, ihren wunderbaren Brüsten klebenzubleiben. (Wieso er? Wieso eine Ehefrau, deren Brüste... Tja, gleichgültig, wie weit entfernt sie davon waren, wunderbar zu sein. Und überhaupt, Sylvia, ihre Brüste, und ihre Töchter, diese drachenalten Jungfern-Schmarotzer, waren zu Sylvias Mutter nach Lake Hopatcong gefahren. Auf Anweisung des Arztes – die Hitze war gefährlich für Sylvias Gesundheit; das war die für die Öffentlichkeit zurechtgebastelte Erklärung. Die nackte Wirklichkeit war, daß sie eine Scheißangst hatten. Falls es durchsikkern sollte, daß die Familie des Kapitäns das Schiff verlassen hatte, schon nach Jersey geflohen war, dann aber *holla.*) «Leah, hören Sie.» Lyons stand auf und ging um seinen Schreibtisch herum und baute sich hinter ihrem Stuhl auf, wo er nicht von ihren Brüsten in Versuchung geführt wurde und wo sie nicht einfach durch ihn hindurchstarren konnte, etwas, das sie immer machte, noch dazu für gewöhnlich vor Dritten, ein weiterer Grund, warum er die Gruppe klein gehalten hatte. «Es gibt Zeiten, in denen eine Situation von einem verlangt, daß man Dinge tut, die man normalerweise nicht tut, würden Sie das nicht auch sagen?»

Leah Levitt drehte sich zu ihm um: Ihr zorniger Blick sagte unmißverständlich, daß er sie nicht herablassend behandeln mußte, indem er ihr so nah auf die Pelle rückte. «Die Grundrechte der freien Persönlichkeitsentfaltung sind nicht saisonal bedingt.»

Scheiße. Wieso zum Teufel hatte er das nicht gesagt – nicht hier, nicht zu ihr, sondern zu seinen Bürgern, an einem Ort und zu einer

Zeit, wo es wirklich etwas zählte. *Ich kann Ihnen offen in die Augen schauen, meine lieben New Yorker Mitbürger, und Ihnen versprechen, daß die Grundrechte der freien Persönlichkeitsentfaltung* nicht *jahreszeitlich bedingt sein werden, solange Sidney Lyons Bürgermeister dieses Kolosses unter den Städten ist.* Er brauchte unbedingt neue Ghostwriter für seine Reden, Menschen mit einer visionären Begabung und nicht stumpfsinnige Arbeitstiere.

Nach diesem Morgen könnte er eine neue Identität vielleicht gut gebrauchen.

Er hatte nur versucht, einen Punkt klarzustellen, indem er Betsy Barclay von *Good Morning, New York* (wieso hatten eigentlich alle weiblichen Fernsehjournalisten alliterierende Namen, und wieso wurde *Good Morning, New York* nicht *GMNY* genannt, wenn *Good Morning America GMA* genannt wurde und kein Komma hatte, und wieso hatte es überhaupt ein Komma?) gesagt hatte, daß nicht jeder, der seine Hand ausstreckte, auch einen klaren Kopf und das Herz auf dem richtigen Fleck haben mußte.

«Ich kann Ihnen in die Augen sehen, Betsy», hatte er gesagt, «und Ihnen sagen, daß, während es tatsächlich einige Individuen gibt, die *allem Anschein nach* obdachlos sind, die *allem Anschein nach* bedürftig sind, die *allem Anschein nach* ungepflegt und ungewaschen sind und in Lumpen herumlaufen, *in Wahrheit* aber nichts als Simulanten, Scharlatane und Betrüger sind – habgierige Penner, die unsere Gutgläubigkeit und unser Mitleid schamlos ausnutzen. Gesund, aggressiv, verschlagen, diese ... diese *Kriminellen*, genau das sind sie, Betsy, sie schröpfen den begrenzten Vorrat der öffentlichen Hand an Sozialleistungen und zwingen den *wirklich* Geknechteten und Getretenen noch schlimmere Lebensumstände auf.

Ich denke an eine Frau, Betsy, etwa in Ihrem Alter, über das zu spekulieren ich mich übrigens hüten werde, attraktiv – ja beinahe sogar hübsch –, die an einer Straßenecke unmittelbar neben dem Municipal Building gegenüber vom Rathaus herumspukt – ich denke nicht, daß dieses Wort falsch gewählt ist; sie hat so etwas Gespenstisches. Manchmal sehe ich sie zwei- oder dreimal die Woche, manchmal zwei- oder dreimal am Tag, wann immer mein Terminplan mich aus dem Rathaus führt und ich durch die dem Municipal Building am nächsten liegende Zufahrt hinein- oder hinausgefahren werde. Ich will Ihnen verraten, Betsy, was diese Frau macht. Sie weint. Sie steht regungslos da, hält einen leeren Pappbecher vor sich, und sie weint. Wie ich gehört habe, von meinen Mitarbeitern, von Polizeibeamten, von städtischen Angestellten, weint sie manchmal stundenlang an einem Stück. Ich persönlich habe noch nie gesehen, daß sie *nicht* weint. Und während sie weint, füllen Passanten ihren Kaffeebecher mit Geld – und es sind nicht nur Dimes und Quarters, Betsy, es sind Scheine, Dollarscheine, Fünf- und Zehndollarscheine, manchmal sogar *Zwanzig*dollarscheine, alles, um ihre Tränen zu stillen, um dieser armen Frau zu helfen, mit ihrer erbärmlichen Lage fertig zu werden.

Und natürlich hilft ihr rein *gar nichts*, denn es gibt *nichts*, wobei diese Frau Hilfe benötigen würde. Sie ist gesund, sie ist gut gekleidet und gepflegt, und es kann durchaus sein, daß sie, bei vorsichtiger Schätzung, fünfzig oder sechzig Dollar pro Stunde verdient. Das addiert sich zu einer Summe von irgend etwas um die fünfhundert Dollar am Tag, Betsy, das läuft auf zweitausendfünfhundert Dollar die Woche hinaus – dieser Teil der Stadt ist an Wochenenden nicht sehr belebt, und wie es scheint, nimmt sie sich an diesen Tagen frei. Sie hat es sich auch ganz gewiß verdient. Wahrscheinlich geht sie dann einkaufen, kauft sich vielleicht noch ein paar neue Designer-Kleider – denn ich möchte fast wetten, daß sie nur Designer-Kleidung trägt, Betsy.» – Hätte er nicht soviel Angst davor, zu verlieren – «Sind das die Menschen, an die Sie denken, wenn Sie, wie Sie es ja getan haben, von den, äh, *Hoffnungs*losen sprechen?»

Nachdem er perfekt die Unterbrechung der Sendung für die Werbespots abgepaßt hatte, dann, während die Show sich schnell ihrem Ende näherte, durch die Notwendigkeit, eine kurze Zusammenfassung der Ereignisse um die Ermordung von Vera Evans' Chauffeur zu liefern, vor Betsys Nachhaken oder Widerlegungsversuchen gerettet wurde, war Lyons von seinem Fahrer des Police Departments in die Innenstadt gefahren worden, die Seventh Avenue hinunter und über den Broadway zur Canal Street und rüber zur Centre Street und weiter die Centre runter zur City Hall.

Vorbei am Municipal Building.

Und da war sie.

Weinte überhaupt nicht, lehnte halb hockend, halb stehend gegen eine der Säulen, die den Torbogen stützten, der den Eingang des Municipal Building überspannte, schlürfte einen Becher Kaffee, aß ein Brötchen oder ein Donut oder ein Bagel wie jeder andere städtische Angestellte auch, der noch ein paar Minuten Zeit hatte, bevor er zur Arbeit mußte.

Lyons bekam ein unbehagliches Gefühl, als er sah, daß sie nicht ganz so gut aussah, wie er gedacht hatte, daß sie nicht ganz so aussah, wie er sie gerade erst dem frühmorgendlichen Fernsehpublikum beschrieben hatte: Sie wirkte ausgezehrter, ihr Kleid war schmutziger – und es mochte auch sehr gut das Kleid sein, das sie schon gestern und vorgestern und vorvorgestern getragen hatte, ihre Haare waren zerzauster und unordentlicher, ihre Knöchel geschwollener, ihr Gesicht und ihre Arme wettergegerbter, als, hätte er nicht soviel Angst davor, zu verlieren, er gewettet haben würde.

Und trotzdem, direkt *schlecht* sah sie nicht aus, sah auch nicht annähernd so schrecklich aus wie viele andere von ihrer Sorte, die er schon überall in der Stadt gesehen hatte. Er würde wetten, hätte er nicht soviel Angst davor, zu verlieren, er würde eine *ganze Menge* Geld darauf verwetten, daß dieses Kleid tatsächlich ein Designer-Label hatte, und zwar kein gefälschtes, sondern das echte – denn er hatte ein gewisses Auge für solche Dinge, Sylvia und die drachenalten Jungfern-Schmarotzer gaben pro Monat einen Tausender für Kleider, für Designer-Kleider, aus. Und zwar nicht auf der Orchard Street oder in Jersey, wo man direkt vom Hersteller kaufen konnte, wo keine Mehrwertsteuer auf Kleider erhoben wurde. Oh, sicher, Sylvia und die drachenalten Jungfern-Schmarotzer konnten in Jersey schlafen, aber einkaufen? Vergiß es.

«Tony.» Lyons hatte sich vorgebeugt und berührte die Schulter seines Fahrers, Police Officer Anthony Casales. «Tony, halten Sie doch bitte mal einen Moment hier an.»

«Hier?»

«Ja, genau hier, Tony, genau hier. Ist schon okay. Ich bin gleich wieder da.»

«Sir, soll ich Sie, äh...»

«Bleiben Sie einfach hier, Tony. Mir wird schon nichts passieren. Ich möchte nur kurz etwas überprüfen.»

Casales fuhr rechts ran, und Lyons stieg aus und ging zu der Frau hinüber – nicht direkt, sondern im Zickzack, so als wollte er sie nicht erschrecken. «Guten Morgen.»

Die Frau zitterte, als wären es nicht bereits neunundzwanzig Grad, und hatte ihre Arme vor der Brust verschränkt, wobei sich ihre Ellbogen fast berührten. Sie hatte ihr Brötchen oder Donut oder Bagel oder was immer es gewesen war aufgegessen, hatte aber immer noch den Becher mit Kaffee. Den würde sie natürlich benutzen, um all die Kohle zu sammeln, die sie machte, wenn sie erst mit ihrer Flenn-Nummer anfing, oder?

«Wie geht es Ihnen denn heute morgen. Ist es Ihnen heiß genug?»

Die Zähne der Frau begannen zu klappern. Ihr Kaffee, mit so viel Milch, daß er beinahe weiß war, begann aus dem Becher zu schwappen, den sie unter ihr Kinn hielt.

«Meine Liebe, Sie passen besser ein bißchen auf. Sie verschütten Kaffee auf dieses hübsche Kleid, das Sie da tragen», sagte Lyons.

Aus dem Klappern wurde ein Schnattern. Mehr und mehr Kaffee schwappte aus dem Becher auf ihr Kleid.

«Kommen Sie, lassen Sie mich das abwischen.» Lyons zog das Taschentuch aus der Brusttasche seines Jacketts und trat dicht vor die Frau. Ihr Kleid – er hatte keine Ahnung, wie man es nannte; Sylvia und die drachenalten Jungfern-Schmarotzer würden es bestimmt wissen – hatte ein Oberteil von der Art, das sich irgendwie überschnitt, das von einem Gürtel und einem Knopf oder einem Druckknopf auf der Innenseite des Kleides zusammengehalten wurde, irgendwie. Jedenfalls, der Gürtel war nicht mehr da, und der Knopf oder Druckknopf hatte sich geöffnet, und er konnte eher *in* ihr Kleid hinein-, als es nur ansehen, und sie trug keinen BH, und ihre Brust war weiß und fest, nicht von Adern überzogen und schlaff, wie er erwartet hatte, so wie Sylvias Brust. Lyons warf einen kurzen Blick zu dem Chrysler hinüber; Casales, die Scheiben in der Behaglichkeit der klimatisierten Luft geschlossen, las den *Newsday*, nur ein Cop wie viele andere, bekam nichts von dem mit, was um ihn herum vorging. «Lassen Sie mich das abwischen.

Ich werde Ihnen nicht weh tun. Es ist so ein hübsches Kleid. Sie sind eine sehr hübsche junge Dame. Lassen Sie mich das abwischen.»

Lyons berührte das Kleid über ihrer Brust zuerst mit seinem Taschentuch, dann mit seinen Fingerspitzen.

Die Frau schüttete den Kaffee in Lyons' Gesicht.

Er gab ihr eine Ohrfeige.

Sie rannte fort, stolperte unter den Torbogen.

Lyons lief ihr nach, wischte sich dabei mit seinem Taschentuch den Kaffee aus dem Gesicht. Er erwischte ihren Arm und brachte sie mit einem heftigen Ruck zum Stehen. «Lassen Sie mich mal dieses Kleid sehen.»

Die Frau schrie.

Lyons bekam sie in eine Art Nelson und zerrte an ihrem Kragen. «Lassen Sie mich dieses *Kleid* sehen.»

Die Frau trat nach hinten gegen ihn aus, fauchte und ächzte.

Lyons wechselte seinen Griff, legte einen Arm um die Taille der Frau und drückte sie fest gegen sich, als er das Herstelleretikett des Kleides fand und versuchte, es glattzustreichen, um es lesen zu können. Es war dunkel hier unter dem Torbogen, und er hätte nichts erkennen können, selbst wenn sie sich nicht gewehrt hätte. «Es ist doch ein *Designer*-Kleid, stimmt's nicht?»

Die Frau krallte an seinem Arm.

«*Stimmt's* nicht?»

Die Frau brüllte.

«*Stimmt's* nicht!?»

Die Frau griff nach hinten und packte seine Eier und drückte zu.

Lyons schrie auf und stieß die Frau fort. Doch das Kleid hielt er immer noch fest, es löste sich unter seinen Händen, er riß es ihr vom Leib. Da stand sie, nackt, ohne Unterwäsche, mit nichts als ihren Schuhen. Mit braunen, flachen Schuhen. Die Sohle des linken Schuhs hatte sich gelöst.

Lyons machte einen Schritt auf sie zu. «Tut mir leid.»

Die Frau wich zurück. Ihr Bauch war aufgebläht, ihre Schenkel wabblig, sie war schmutzig, hatte blaue Flecken, Wunden alter Schläge. Er wollte sie nicht ansehen. Er wollte sie nie wieder in seinem Leben sehen.

Lyons machte einen weiteren Schritt. «Tut mir leid.»

Die Frau drehte sich um und lief, wobei eine Sohle laut klatschte, durch einen weiteren Torbogen und hinein in tiefere Schatten.

Lyons lief ihr nicht weiter nach.

Er schüttelte das Kleid aus und faltete es ordentlich zusammen und legte es auf eine Leiste einer der Säulen, die den Torbogen stützten. Er zog seine Brieftasche und nahm einen Zwanziger heraus, dann noch einen und noch einen, faltete die Scheine der Länge nach und strich das Etikett des Kleides glatt und schob die Scheine darunter:

Auf dem Etikett stand *Jaclyn Smith für K mart*.

9

«Euer Ehren, wir haben es hier mit einem taktischen Problem zu tun, das möglicherweise unüberwindlich ist.»

Hriniak. Wer zum Teufel hatte ihn gefragt, was er dachte? *Falls* er überhaupt etwas dachte? Er würde kein zweiter Charles Story sein, ein Denker, ein Neuerer, die Inspiration für Titelgeschichten von Illustrierten, praktisch schon zum festen Inventar aller sonntäglichen Talk-Shows im Fernsehen gehören – die meiste Zeit Talk-Shows, die über *Networks* ausgestrahlt wurden –, ein Bursche, der auf Konferenzen wie dieser die Scheinwerfer von dem Burschen auf sich lenken konnte, der die gottverdammte Konferenz überhaupt erst einberufen hatte, und sich dann in diesem Schein aalen, ohne daß auch nur eine einzige Schweißperle auf seiner Stirn auftauchte, oder? Wo waren all die Jasager, die Was-für-eine-ausgezeichnete-Idee-Euer-Ehren-wie-konnte-ich-Ihnen-nur-widersprechen-wo-es-doch-sonnenklar-war-daß-ich-mich-geirrt-habe-und-wo-ich-Ihnen-schon-in-den-Arsch-krieche-dürfte-ich-Ihnen-da-vielleicht-auch-noch-die-Stiefel-lecken-Typen?

«Schlicht und einfach, und bei allem Commissioner Turco gebührenden Respekt...»

Sieh sich den nur mal einer an! Macht Bücklinge vor dem *Müll*-Commissioner, aber vor dem Bürgermeister? O nein, doch nicht vor dem Bürgermeister.

«…die Stadtreinigungsmänner und -frauen von Commissioner Turco tragen keine Waffen.»

Waffen? Natürlich tragen die keine *Waffen.* Das sind *Müll*männer. Und *Müll*frauen. *Müll*männer und *Müll*frauen tragen keine *Waffen.*

«Und ich bin überzeugt, Paul Verona wird einen massiven Einwand erheben, daß seine Männer und Frauen – noch mal, Commissioner Turco, nichts für ungut – Lastwagen der Stadtreinigung fahren sollen.»

Natürlich wird Paul Verona, der gottverdammt nervige Chef der gottverdammt nervigen *Patrolmen's Benevolent Association*, dagegen protestieren, daß seine Männer und Frauen mit Lastwagen der Stadtreinigung rumfahren, seine Männer und Frauen sind New Yorks sogenanntes Bestes, und Lastwagen der Stadtreinigung sind und bleiben Müllastwagen.

«Überdies wissen wir nicht, Euer Ehren, welche Feuerkraft diesen Leuten zur Verfügung steht», fuhr Hriniak fort. «Der Chauffeur, Janofsky, wurde mit einer Winchester umgebracht, nicht gerade eine Waffe, der man in Städten oft begegnet, und ein Hinweis darauf, meine ich, daß wir es hier mit Leuten zu tun haben, die eine gewisse Phantasie, wenn nicht gar Raffinesse an den Tag legen, soweit es um Schußwaffen geht. Solange wir nicht mehr über sie wissen, Euer Ehren, möchte ich eindringlich von der Strategie abraten, die Sie vorschlagen.»

Er ist genau wie Story. Äußert Meinungen, um die kein Mensch ihn gebeten hat, denkt zuviel, denkt praktisch ununterbrochen, denkt einfach, Punkt. Wieso, wieso, wieso, wieso ausgerechnet er? «Hören Sie. Ladies und Gentlemen. Meine Freunde. Ich meine, ich sollte Ihnen allen in einer so von Krisen geschüttelten Zeit offen in die Augen sehen und Sie meine Freunde nennen. Wir haben uns hier eingefunden, meine Freunde, um uns mit einer in der Geschichte der City of New York bislang beispiellosen Krisensituation zu befassen. Der Police Commissioner ist ermordet worden, sein Leichnam ist unsagbar verstümmelt worden, auf seine Schwester, eine international bekannte und berühmte Persönlichkeit des öffentlichen Lebens, ist ein verabscheuungswürdiger Angriff durchgeführt worden, beide Zwischenfälle sind Teil einer Serie vollkommen hirnloser Gewalt von seiten einer Horde zweibeiniger Ratten, die an den Fundamenten dieses Kolosses von einer Stadt nagen …»

«Mister Bürgermeister.» Leah Levitt war aufgestanden und strich ihren Rock glatt. «Entschuldigen Sie mich, aber ich muß in wenigen Minuten vor Gericht erscheinen, dessen Vorsitz ein Richter hat, der es gar nicht gern sieht, wenn man ihn warten läßt. Niemand bezweifelt den Ernst der augenblicklichen Lage. Ich sage einfach nur, Sie haben in keinem dieser Vorfälle irgendeine handfeste Grundlage – selbst wenn Sie die Möglichkeiten hätten, sie in polizeilichen Gewahrsam zu nehmen –, jeden einzelnen Obdachlosen dieser Stadt als Tatverdächtigen oder wichtigen Zeugen zu verhaften, *und* Sie können ebenfalls nicht die Wassersprengwagen des Amtes für Stadtreinigung benutzen – oder auch nicht Feuerwehrwagen, falls irgend jemandem dieser Gedanke gekommen sein sollte –, um diese Leute aus der Stadt zu spülen. So oder so, auf unseren Straßen, in unseren Parks, auf unseren öffentlichen Plätzen lebt eine beträchtliche Anzahl Menschen – Menschen, die mit Fug und Recht erwarten dürfen, daß das, was als ihr Zuhause angesehen werden kann, auch als ihre Burg zu verstehen ist, bis wir etwas unternehmen, um ihr Los zu verbessern. Sie werden ganz sicher noch die Meinung des Stadtrates zu dieser Frage einholen, Mister Bürgermeister, aber was ich Ihnen gerade gesagt habe, ist die offizielle Meinung des New York County District Attorney. Miss Parker hier wird mich bis zum Ende dieser Besprechung vertreten. Commissioners, Euer Ehren, ich sehe Sie dann alle in der Saint Patrick's.»

Und weg war sie, einfach so, dieses alte Miststück. Beinahe vollkommene Brüste, absolut vollkommene Zickigkeit und Boshaftigkeit. Und wer war sie denn überhaupt, ihn so abzukanzeln – ihn, der demonstriert hatte, der neben – also, eigentlich *hinter* – seiner Frau gestanden hatte, als sie auf dem Boardwalk in Atlantic City ihren BH verbrannt hatte (selbst damals schon, ihre Brüste, *holla*), der für die Bürgerrechte demonstriert hatte?

Und wer war sie, daß sie sich aufführte, als wäre es ihr nicht scheißegal, wenn irgendein *Richter* sie zurechtwies, nur weil sie zu spät kam? War denn nicht ihre allgemein bekannte, hartnäckige Weigerung, ihren Stellvertretern zu erlauben, vor Prozeßbeginn mit den Angeklagten Schuldanerkenntnisse gegen mildere Urteile auszuhandeln, dafür verantwortlich, daß sich jetzt so ungefähr von hier bis Philadelphia die Verfahren vor den Criminal Courts stauten? O ja, sicher, sie sagte, sie würde sich Sorgen darüber machen, daß Anwälte der Verteidigung, die sogar versucht haben würden, Charles Manson zu überreden, auf Einbruch zu plädieren, ihre weniger erfahrenen Assistant DAs zu Frischkäse verarbeiten und sie anschließend auf ihre Hörnchen schmieren würden, aber jeder wußte doch, daß sie nichts als eine sture, zänkische, meckernde alte Xanthippe war. Man konnte es dem Gesicht ihres Mannes deutlich ansehen. Wie hieß er noch gleich, dieser Wall-Street-Bursche? Norman. *Nor*man, hierher *Nor*man, guter Junge *Nor*man, du armes Arschloch von einem Pantoffelhelden, *Nor*man.

Und wer war sie, ihm zu sagen, daß eine beträchtliche Anzahl von Menschen auf den Straßen lebten, daß ihre gottverdammten Kühlschrank-Pappkartons ihre gottverdammten Burgen sein sollten? Es war doch schließlich nicht *seine* Schuld, daß Menschen auf der Straße lebten, das war allein die Schuld der habgierigen Immobilienmakler. Die Schuld von Leuten wie Charles Story. Und überhaupt, viele Individuen, die obdachlos zu sein er*scheinen*, die bedürftig zu sein er*scheinen*, die ungepflegt und ungewaschen und nur in Lumpen herumzulaufen er*scheinen*, sind doch in Wirklichkeit nichts als Simulanten, Scharlatane, Schwindler – habgierige Penner, die unsere Gutgläubigkeit und unser Mitleid schamlos ausnutzen.

Und wer war sie denn, zu sagen, jemand würde sie für den Rest der Konferenz vertreten? Nun gut, okay, jetzt mal einen Augenblick, he. Nette Beine hat sie ja, diese Mabel Parker, einen netten Body, ein nettes Lächeln. Jede Wette, daß sie schon immer mal das Gracie Mansion von innen hatte sehen wollen – die koloniale Scheiße, die Täfelung, die Dingsbums. Die ideale Gelegenheit, wo Sylvia und die drachenalten Jungfern-Schmarotzer gerade in Jersey waren. Mußten diese Typen hier jetzt nicht eigentlich irgendwo anders sein? Zum Beispiel auf Storys Beerdigung, womit sie für den Rest des Tages doch wohl genug zu tun haben müßten, mit all der Scheiße in der Saint Patrick's und dann die weite Fahrt raus nach Queens. Queens: Er haßte Queens, und traurige Tatsache war, daß er als höchster Beamter dieses Kolosses unter den Städten wohl oder übel ebenfalls dort raus mußte. Wieso ausgerechnet er? «Phil?»

Hriniak zögerte, war sich sicher, seinen Vornamen gehört zu haben, aber unsicher, was es zu bedeuten hatte. «Ja, Sir?»

«Haben Sie die letzte Ausgabe der *Newsweek* gelesen?»

«...Nein.»

«*Road Warrior. Mad Max*. Haben Sie diese Filme gesehen?»

Hriniak nickte. Hatte sie gesehen und hatte einen Mordsspaß dabei gehabt, aber das war es nicht, worauf Lyons langsam zuschlich.

«Dann sind Sie sich ja auch bewußt, daß es eine ungeheuerliche Verleumdung ist, die City of New York der Gegenwart mit der Welt der Zukunft zu vergleichen, wie sie in diesen Filmen dargestellt wird – eine postapokalyptische Welt der immerwährenden Bandenkriege. Und doch ist es eine solche Analogie, die dem Verfasser der *Newsweek*-Titelgeschichte in den Sinn gekommen ist. Ich. Werde. Es. Nicht. Zulassen –» Lyons schlug mit seiner zur Faust geballten rechten Hand auf seine linke ein, um seine Worte zu unterstreichen –, «daß dieser Koloß unter den Städten zum Gespött gemacht wird, indem man ihn mit einem *australischen* Film vergleicht» – von einem Journalisten mit einem australischen Film vergleichen zu lassen, der es auch noch für ganz besonders witzig hielt, New York «eine Kolotomie unter den Städten» zu nennen.

Hriniak versuchte sich zu erinnern, was sein Sohn, der Kampfsportarten lernte, ihm darüber gesagt hatte, seinen Kopf von allem frei zu machen. Wenn er seinen Kopf nicht ganz schnell leerte, würde er Lyons ins Gesicht lachen. «Es hat da einige neue Entwicklungen gegeben, Euer Ehren. Ich hatte eigentlich vor, Sie unmittelbar im Anschluß an diese Besprechung darüber in Kenntnis zu setzen. Mit Ihrer Erlaubnis werde ich jetzt Commissioner Turco und Miss Parker ebenfalls informieren.»

Was denn, den obersten *Müll*mann und einen *stellvertretenden* District Attorney außer ihm *auch noch* informieren? Jetzt aber gottverdammt noch mal immer schön langsam. Dabei ging's doch wohl, wenn man Bürgermeister war, immer um geheimes Zeug. Andererseits, wenn Mabel Parker mitbekam, wie man ihm geheimen Kram anvertraute, tja, dann mußte sie doch einfach tief beeindruckt sein. «Tommy, Miss Parker – Sie werden sicherlich beide verstehen, daß dies jetzt vertraulich ist, nicht wahr? Nichts von dem, was Commissioner Hriniak sagt, darf aus diesem Raum nach außen dringen.»

Turco nickte; die Zweige seines Familienstammbaumes durchsetzt von Mafiosi, wußte er, was *Omertà* war.

Mabel steckte sich eine weitere Carlton an, ihre vierte, seit die Besprechung begonnen hatte, denn Mabel hatte Angst. Ein Mungo auf einer Versammlung von Kobras, ein Hai in den Untiefen vor Coney Island, ein sehr großer Elefant in einem sehr kleinen Porzellanladen würde genauso willkommen sein wie Leah Levitt im Rathaus und Polizeipräsidium, und jetzt war Leah fort und hatte Mabel ganz allein zusammen mit dem Bürgermeister und dem PC im Rathaus zurückgelassen. Mit Männern.

Es gab zwei Gruppen von Menschen auf der Welt – Leahs Fans und Leahs Gegner. Für die erstgenannten war Leah ein Neuerer, ein Schöpfer, ja beinahe ein Künstler, ein Advokat (wie in ihrem noch in der Entstehungsphase befindlichen polemischen Buch skizziert, das zu «kritisieren» sie Mabel immer wieder bat, sechsstelliger Vorschuß und bei Erscheinen ganz sicher ein Bestseller) neuer Technologien (Videoanlagen bei Verhören sich noch sträubender Zeugen) und neuer Strategien (Sozialdienst als Bewährungsauflage), um mit dem ältesten Gewerbe, dem Verbrechen, und den dort Tätigen fertig zu werden, doch deren Verständnis und Einblicke bei den letzteren leider auf taube Ohren stießen, bei den altgedienten Angehörigen der Hierarchie, die mit Vorurteilen gegen Außenseiter besetzt waren (Leah war in der Legislative gewesen), gegen Nestbeschmutzer (Leah hatte Angehörige von Minderheitengruppen praktisch angebettelt, mit ihren Behauptungen über angebliche Polizeibrutalität an ihre Tür zu klopfen) und ganz besonders gegen Frauen (Leah legte nicht nur ein Lippenbekenntnis zu den Rechten der Frauen ab, sie stellte die Fotzen auch tatsächlich ein). Erstere waren Frauen, letztere (die behaupteten, daß nichts von alledem auch nur das geringste mit ihrer Feindschaft zu tun hatte: Leah wäre einfach nur ungeduldig, unnachgiebig und unerbittlich) waren Männer.

Was der PC sagte, machte Mabel ebenfalls Angst:

«Die Spurensicherung hat in einem Blumenbeet auf der Rückseite von Storys Garten einen Fußabdruck gefunden. Sie werden sich erinnern, daß es das ganze Wochenende über geregnet hat. Der Abdruck hatte sich mit Wasser gefüllt, daher ist es ohne weitere umfangreiche kriminaltechnische Untersuchungen ziemlich schwierig zu sagen, wann genau der Fußabdruck entstanden ist oder was man an weiteren Einzelheiten darüber sagen könnte. Im Moment können wir nicht mehr sagen, als daß es höchstwahrscheinlich ein Schuh der Größe 42 gewesen ist. Ein Schuh mit einer derben Sohle wahrscheinlich, ein Freizeitschuh oder Espadrilles. Genau an dieser Stelle gibt es eine Lücke im Zaun – nicht direkt ein Loch, sondern vielmehr eine Stelle, an der sich der Maschendraht überlappt – zwischen der 119 und einem dahinterliegenden Wohnhaus an der Seventy-first Street. Man müßte sich dort ziemlich hindurchquetschen, aber ein ausgewachsener Mensch könnte durch den Zaun und auf eine Gasse hinter besagtem Wohnhaus gelangen. Am Ende dieser Gasse befindet sich ein auf die Straße führendes Tor mit einem Panik-Schloß, das sich nur von innen öffnen läßt.

Wir haben in der unmittelbaren Nachbarschaft nach möglichen Augenzeugen gesucht…»

«Ein Panik-Schloß?» sagte Mabel, ein kleiner Test, um festzustellen, ob Panik in ihrer Stimme lag.

«Ja, ein Schloß mit einer Stange, gegen die man drücken muß, so wie man sie auch in Kinos findet», sagte Hriniak.

Mabel nickte und nahm ihr Päckchen Carltons heraus und steckte sich an der alten eine neue Zigarette an.

Lyons wünschte sich, er hätte Streichhölzer oder ein Feuerzeug gehabt; er wollte schon immer mal einer Frau Feuer geben. Sylvia rauchte nicht; Sylvia brüllte quer durch ein Restaurant wildfremde Menschen an, die rauchten. Er wünschte sich, er hätte gewußt, was ein Panik-Schloß war; er hatte gedacht, Hriniak hätte einen Markennamen genannt – Pannig.

«Wir haben in der Nachbarschaft nach Augenzeugen gesucht», sagte Hriniak, «aber bislang haben wir niemanden finden können, der gesehen hat, wie jemand das Haus durch den Hinterausgang verlassen hätte. Vielleicht kommt ja auch überhaupt nichts dabei heraus; der Abdruck kann auch durchaus von einem unserer eigenen Leute stammen. Wir versuchen zwar, bei solchen Dingen immer sehr vorsichtig zu sein, aber wenn Unmengen von Leuten da sind, so wie es neulich nachts bei der 119 der Fall gewesen ist, und wenn das Wetter ist, wie es war, dann passieren schon mal Fehler.»

Lyons lief rot an. «*Fehler?* Sie sagen, Sie investieren Zeit und

Arbeitskräfte in eine Suche, an deren Ende womöglich einer Ihrer *eigenen* Leute gefunden wird? Das würde ich mehr als nur einen *Fehler* nennen, Commissioner Hriniak, das würde ich vielmehr nennen...»

«Weiterhin haben wir herausgefunden –» Hriniak hatte ganz von allein entdeckt, ohne die Hilfe der Kampfsportarten zu suchen, daß die beste Möglichkeit, einen klaren Kopf zu behalten, darin bestand, Lyons vom Reden abzuhalten –, «daß ein Portier, der in der Mordnacht in einem Gebäude Ecke Seventieth und Lex Dienst hatte, einen Mann gesehen hat, der gegen sieben Uhr auf der Nordseite der Seventieth Richtung Westen gegangen ist. Der Mann blieb vor einem Haus etwa auf der Hälfte des Blocks stehen und klingelte dort. Der Portier war gut hundert Meter weit entfernt, und aufgrund des Wetters war es bereits dunkler, als es normalerweise um diese Uhrzeit ist, aber er ist sich ziemlich sicher, der Portier, daß es die 119 war, vor der der Mann stehengeblieben ist. Das Haus besitzt eine Treppe zur Haustür hinauf, während bei den Häusern links und rechts davon Stufen nach *unten* zu ihren Haustüren führen. Er wurde einen Augenblick abgelenkt, doch als er dann wieder die Straße hinunterschaute, war der Mann fort – war in die 119 eingelassen worden, nahm der Portier an, denn der Mann sah wie jemand aus, der einen Besuch machte, nicht wie jemand, der einbrechen wollte.»

Lyons schnaubte verächtlich. «Einen Besuch? Sie sehen mir in die Augen und wollen andeuten, daß jemand, den Story auf einen Cocktail eingeladen hat, ihn dann erschossen, seinen Finger abgehackt und ihm anschließend in den Mund gestopft haben soll?»

«Ich habe nicht persönlich mit diesem Portier gesprochen, Euer Ehren. Ich beabsichtige, unmittelbar nach dieser Besprechung zu ihm zu fahren.»

«Und *noch* etwas –» jetzt war Lyons in Fahrt, wie Angela Lansbury –, «Sie sagten, dies wäre gegen sieben Uhr gewesen. Der Gerichtsmediziner sagt doch, daß Story zwischen halb sieben und sieben gestorben ist. Jemand, der gegen sieben Uhr zu Storys Haus gekommen ist, würde seinen privaten oder geschäftlichen Besuch demnach doch wohl einem toten Mann abgestattet haben müssen.» Er lachte leise; er konnte einfach nicht anders.

Hriniak stellte fest, daß sein Kopf immer noch halbwegs klar blieb, selbst wenn Lyons nicht daran gehindert werden konnte zu reden, wenn er seine Lider halb zufallen ließ. «Möchten Sie mich begleiten, Euer Ehren? Es ist noch genügend Zeit vor Beginn des Trauergottesdienstes. Sie könnten dem Portier alle Fragen stellen, die Ihnen in den Sinn kommen.»

«Also, äh, ich, äh...» Lyons kehrte mit großen Schritten hinter seinen Schreibtisch zurück, schlug hastig die Seiten seines Terminkalenders um, der immer noch beim gestrigen Datum aufgeschlagen war; der Zwischenfall vor dem Municipal Building hatte ihn dermaßen mitgenommen, daß er es nicht bemerkt hatte. Er schüttelte seinen Kopf, schnippte mit seinen Fingern, zuckte die Achseln. «Tut mir leid, ich weiß einfach nicht, ob...»

«Dann werde ich jetzt gehen, Euer Ehren.» Hriniak stand auf. «Ich werde Sie in Saint Patrick's wissen lassen, ob sich noch etwas Neues ergeben hat. Commissioner Turco. Miss Parker.»

Mabel verabschiedete sich mit einem knappen Kopfnicken. Irgendwie wünschte sie sich, daß Hriniak sie gebeten hätte, ihn zu begleiten, denn sie hätte gern mehr über Charles Storys Besucher erfahren und darüber spekuliert, welche Verbindung zwischen ihm und – falls überhaupt – der ziemlich großen, schlanken Frau in dem braunen Regenmantel, mit dem braunen Hut, der weißen Hose, den blauen Schuhen bestand, die aus der Hintertür der 119 kam, abschloß, die Treppe hinunterging, den Garten überquerte, durch den rückwärtigen Zaun ging (und dabei einen Fußabdruck hinterließ, so ähnlich wie Aschenputtel), dann weiter auf den Hinterhof der 116 und über die Gasse hinaus (nachdem sie das Panik-Schloß öffnete) auf die Seventy first Street. Mabel nahm in letzter Zeit recht häufig einige dieser weitverbreiteten Beruhigungsmittel und fühlte sich manchmal schrecklich träge und lustlos, daher hätte sie vielleicht mit den Spekulationen nicht ganz mithalten können, aber trotzdem wäre sie ganz gerne mitgefahren.

10

Blitz, Donner, Wind und Regen, das ganze klingende Arsenal eines sommerlichen Sturmes.

Auf einem Notsitz der ersten einer langen Reihe langer schwarzer Limousinen kauernd, die sich hinter dem Leichenwagen aufgereiht hatten, der Charles Storys Leichnam von der Saint Patrick's Cathedral zum Familiengrab auf dem Sankt-Irgendwer-Friedhof irgendwo in Queens überführte, biß sich Joe Cullen auf die Innenseite seiner Wange, um bei dem Gedanken an einen Lacher nicht zu lächeln, den er und seine von Computern besessene Tochter vor einiger Zeit wegen eines Lexikoneintrages gehabt hatten, den sie für einen Erdkundeaufsatz las: Ein Blitz (Gegenstand des Eintrages) schlägt nur selten zweimal ein, bemerkte der Verfasser und fügte trocken hinzu, einmal ist für gewöhnlich auch durchaus ausreichend.

Ebenfalls ausreichend, meinte Cullen, war seine Teilnahme an diesem emotionalen Ausstattungsstück: Tausende Limousinen (zusätzlich zu den zu transportierenden Honoratioren waren da Moguln und Geschäftemacher und Koryphäen und Nestoren und Nestorinnen und Musiker und Emeriti und Titanen und Spieler und Laureaten und Händler und Panditen und Shakers und Rollers) wurden gefolgt von einer Million Motorrad-Cops auf Electra Glides und Polizei-1000ern, und hinter ihnen dann alle möglichen Streifenwagen mit Insignien von Police Departments nicht nur aus *le tout* Nordosten, sondern auch (und man könnte darauf wetten, daß die morgigen Zeitungen es so formulieren würden) von *so weit fort* wie Texas und Wisconsin und Virginia und Indiana und Georgia und Ohio: Motten um die Flamme des Abschiedes eines gefallenen Polizeibeamten. Die Hubschrauber-Rettungsstaffel des Emergency Service hatte sich darauf vorbereitet, einen dieser herzzerreißenden Mann-vermißt-Formationsflüge zu fliegen, war dann aber vom Wetter schachmatt gesetzt worden; Namen wie die der Grucci-Feuerwerkskörper-Familie und David Wolper waren den Organisatoren des Nachmittages vorgeworfen worden (*würde* ein Feuerwerk angemessen sein? *Konnten* die Elvis-Imitatoren so kurzfristig zusammengetrommelt werden, und würde ihre Pomade in der Hitze schmelzen?). Es war höchste Zeit für einen Cop, ohne alle Kinkerlitzchen von dem geschmückten Wagen abzuspringen.

Es würde eine weiche Landung sein, denn alles hatte wie auf ein Zeichen ordentlich angehalten, auf der Stelle erstarrt durch irgendeinen kleinen Auffahrunfall vielleicht, durch irgendein verstopftes Kanalisationsrohr Meilen vor ihnen. (Oder vielleicht kämpfte die rothaarige Radwechslerin von neulich immer noch mit ihrem Reserverad, wobei ihr winziges Unterhemd jetzt allerdings klatschnaß sein dürfte.)

«Weißt du, wer nicht da ist?» hatte Cullen zu Ann Jones gesagt, als sie vor der Saint Patrick's in einen der Presse-Busse stieg, während der Himmel über ihnen bereits die Farbe von glühender Holzkohle, schwanger mit Elektrizität, angenommen hatte.

«Wer?»

«Kurt Vonnegut und Jill Krementz.»

Ann hatte gelacht.

Und sie hatte anständig auf die Tatsache reagiert, daß Cullen den Job erhalten hatte, den Sicherheitsbeamten in der ersten Limousine spielen zu dürfen, deren Fahrgäste Bürgermeister Lyons und die Frauen in Charles Storys Leben waren: seine Witwe, Lise; ihre Tochter, Claire Langois; seine Schwester, Vera Story Evans.

«Wieso ausgerechnet ich?» hatte Cullen gesagt.

Aber Ann hatte gesagt: «Sie wird sich freuen, daß du da bist.»

Sidney Lyons freute sich nicht. Sidney Lyons war fuchsteufelswild. Von Rechts wegen hätte Sidney Lyons auf einem Notsitz im Paradies gewesen sein sollen. Oh, sicher, daußen hinter der Scheibe waren Blitz, Donner, Wind und Regen, aber vor seinem geistigen Auge konnte Lyons grüneres Gras sehen, eine rosige Zukunft irgendwo weit, weit fort von diesem Höllenloch von einem Koloß unter den Städten, das er regierte, hatte tatsächlich schon von der Zeit an danach gestrebt, es zu regieren, als er noch als kleiner Handlanger bei den Bay Ridge Independent Democrats gearbeitet hatte, eine Zukunft vor allen Dingen ohne Sylvia Ethel Saratsky Lyons, American-Express-Mitglied seit 1957, Miss Nagelfeile von 1941–1943, Miss Aufgeiler von 1943–1945 und dann wieder (nach einem rasanten

Paarungsjahrzent) von 1955 bis zur Gegenwart, Gründerin und Präsidentin des Weltverbandes Zur Bekämpfung Der Fellatio, New Yorks Telefonierer des Jahres seit vierzig Jahren in Folge, die größte aller Klatschtanten, und ohne seine süßen Töchter – Dawn, Deena, Roberta, Cindy (die als Punkt über ihrem *i* immer ein gottverdammt grinsendes Gesicht malen mußte) und Roxanne, die drachenalten Jungfern-Schmarotzer.

Dem allem ein herzliches auf Nimmerwiedersehen. Seid gegrüßt und lebt wohl. He, Sidney Lewis Lyons stand jetzt bald die Belohnung für vierundsechzig Jahre Herumzockeln auf der Kriechspur bevor, stand kurz davor, dem Durchschnittseinerlei zu entfliehen und die Frische und den Geschmack des Unterschiedes zu kosten und zum Liebhaber von nicht nur einer, sondern gleich dreier unvergleichlicher, außergewöhnlicher Frauen zu werden.

Wo sollte er anfangen? Was spielte es schon für eine Rolle? Sieh sich einer diese Lise Story an. Schön auf diese spröde, harte, muskulöse Art (diese Waden!), auf die so viele französische Frauen schön sind. (*«Je suis vrai malheureusement»*, hatte Lyons in der Saint Patrick's ihrem Rücken zugeflüstert, sich durch all die Schichten seiner Vergangenheit auf einen Fetzen seines Siebtkläßler-Französisch stürzend. Lise Story hatte ihre Stirn gerunzelt – immerhin hatte sie nicht erwartet, ihre Muttersprache zu hören –, doch schließlich hatte sie gesagt: «Vielen Dank.») Athletisch, Himmel: Sie sah aus, als könnte sie immer noch auf den Court hinausgehen und jede einzelne dieser, ahämmm, *weiblichen* Tennis-Stars von heute vernichtend schlagen. Und nicht nur das, hatte sie Geschäftssinn oder was? Leitete sie eine landesweite Kette von Fitneß-Centern für gutsituierte Geschäftsfrauen, oder nicht? Und war sie nicht ihre eigene beste Reklame? Ihre Schönheit, ihre kosmopolitische Kultiviertheit, ihre selbstlose Arbeit im Auftrag eines Dutzend – einer *ganzen Menge* – wichtiger, wichtiger Wohltätigkeitsorganisationen – sehen wir der Wahrheit doch ins Angesicht, er konnte einem offen in die Augen sehen und sagen, daß Lise Story eine der bekanntesten, am meisten bewunderten, wunderbarsten Frauen in diesem Koloß unter den Städten war.

Und dieses Mädchen, diese Claire Langois, Langois war – George Darling hatte es ihm erklärt, er wußte all diese Scheiße, es war immerhin die Aufgabe eines Pressesprechers – der Name ihres Vaters, ihres richtigen Vaters, auch er ein Tennisspieler, ebenfalls ein Franzose, diese Claire Langois, ganz und gar kein Mädchen, wirklich nicht, eine richtige Frau, aber gleichzeitig auch ein Engel aus irgendeinem Bild von … von … Wer ist ein französischer Maler? Und auch stark, wie ihre Mutter, muskulös – diese *Beine* –, aber gleichzeitig auch wieder so zart und zerbrechlich, so fein, wie, also, wie ein Model, was sie ja auch war, wenn sie nicht gerade Tennis spielte.

Okay, klar, er hatte so einiges gehört, hatte die Gerüchte gehört, daß Claire eine erheblich bessere Tennisspielerin hätte sein können, als sie tatsächlich war, wenn sie sich nicht ganz soviel mit dem *Brat Pack* (oder war es das *Black Pack*? Er hoffte bei *Gott*, daß es nicht das *Black* Pack war) und Heavy-Metal-Rock-Stars und Typen herumtreiben würde, die sich nur alle drei Tage rasierten und zerbrochenes Geschirr mit Holzstücken zusammenpappten und das dann Kunst nannten und sich selbst Künstler.

Einer dieser schwatzhaften Klatschkolumnisten zitierte neulich jemanden (ohne die Quelle zu nennen, 'türlich, wie sie es bei ihm auch immer machten), der sagte, Claire Langois wäre «der Schatten ihrer Mutter». Er hatte das alles gehört, und es war ihm gleichgültig, selbst wenn es die Wahrheit war, was er bezweifelte. Wie konnte jemand mit einem solchen Gesicht solche Dinge tun oder sich mit solchen Leuten herumtreiben? Dann sahen ihre Augen eben im Augenblick ein bißchen wirr und ungestüm aus, na und? Dann starrte sie eben in eine Ecke der Limousine direkt neben seinen Fuß und schien dort irgendwas zu sehen, auch wenn da absolut nichts zu sehen war (oder vielleicht *doch*?), etwas, wegen dem sie leise kichern mußte, na und? Ihr Stiefvater war ermordet worden, um Himmels willen, ein Haufen zweibeiniger Ratten, die an den Fundamenten dieses Kolosses unter den Städten nagen, haben ihm seinen gottverdammten Finger abgehackt und in seinen gottverdammten Mund gestopft.

Und last, aber ganz bestimmt nicht least war da noch Vera Evans – das Beste immer bis zum Schluß aufheben, die Sahne auf dem Ganzen, ihre Würde, sieh sie dir an, dieser Ernst, diese Autorität, wie eine Königin oder irgendwas, wie die Herzogin von Windsor. Und wenn sie auf der Leinwand ist – verdammt, so eine wie sie hat's noch nie gegeben – wer? – Hepburn (egal welche), Bacall, Colbert, Stanwyck. Grace Kelly. Sie ist eine Jane Fonda mit Sinn für Humor, eine Streisand ohne diese Nase. Cher minus das Leder, die Ketten, den Bauchnabel, den Freund, der gerade mal halb so alt ist wie sie selbst. Sie ist... Sie ist... Ihm fehlten selten die Worte, doch dieses Mal war es so.

Was für eine Gelegenheit, was für eine Goldmine. Wenn da nur nicht dieser gottverdammte *Cop* wäre, dieser Coleman. Coleman? Nicht nur, daß er noch in letzter Minute in die Limousine gesprungen war, als wollte er sie stehlen, Geiseln nehmen (brauchte er solche Schlagzeilen, überlegte Lyons, ja, fand er, er könnte solche Schlagzeilen gut gebrauchen), und jetzt klingelte das Telefon auf der Rückseite des Vordersitzes, er dreht sich um und nimmt ab, der Cop, dieser Coleman, als wär das hier sein Wagen oder so. *Er* sollte den Anruf beantworten, er ist schließlich der gottverdammte Bürgermeister, wahrscheinlich war's sowieso für ihn, wieder irgendein geheimes Zeug.

Und jetzt sieh sich das einer an. Sieh sich das nur mal einer an! Das Mädchen, diese Claire Langois, die steigt doch tatsächlich mitten in einem Orkan mitten auf der LIE aus dem Wagen und rennt die Straße runter. He, das kannst du doch nicht machen! He du, komm sofort zurück! Und sieh sich das wieder einer an! Vera Evans rennt ihr nach.

Er wird ihr nachlaufen – genau, das ist es! Wird beiden hinterherrennen. Er wird sie retten, wird sie in seine Arme reißen, wird mit ihnen auf seinem leuchtenden Roß fort von all dem hier reiten. Er wird ihnen in das Auge – in die Augen – schauen, er, Sidney Lyons, und sagen...

Scheiße.

Jetzt auch noch Coleman. Jetzt geht auch noch der gottverdammte Cop.

Der Seitenstreifen war mit Kies bestreut, und Claire rutschte aus und fiel auf ihre Knie, als sie versuchte, sich von Vera loszureißen. Cullen nahm Claire von hinten in die Arme und hielt sie so fest er konnte, ohne ihr dabei weh zu tun. Sie fühlte sich an wie Stahl.

Sie sträubte sich.

Sie zerrte an seinen ineinander verschränkten Händen.

Sie gab einen Laut, durch zusammengebissene Zähne, irgendwo zwischen einem Grunzen und Jaulen von sich.

Sie drehte sich vor und zurück, schlug nach ihm, verfehlte ihn.

Sie gab auf und sackte hilflos in seinen Armen zusammen, starrte auf ihre blutigen Knie herab.

Vera nahm Cullen Claire ab und half ihr zurück zur Limousine. Cullen sah Zimmerman, der immer noch ein halbes Dutzend Wagen zurück war und auf ihn zukam. Er gab ihm ein Zeichen, daß er zurückgehen sollte. Zimmerman gestikulierte *Bist du sicher?*, und Cullen nickte und winkte ihn zurück, bis er sich umdrehte.

Cullen drehte das Gesicht in den Sturm und ließ sich vom Wind und dem Regen abkühlen. Es funktionierte nicht; es funktionierte nie mehr. Die Kaltblütigkeit war erloschen. Er suchte nach Landmarken, konnte jedoch nichts Vertrautes erkennen und fragte sich, wohin zum Teufel in Queens sie überhaupt fuhren. Wohin zum Teufel in Amerika. In der Milchstraße. Er spürte eine Hand auf seiner Schulter und den Schatten eines Schirmes.

«Danke, Joe.» Irgendwie hatte Vera ihren schwarzen Strohhut aufbehalten, und die Krempe des Hutes flatterte im Wind, doch sie machte keinerlei Anstalten, den Hut festzuhalten; sie war keine Frau, mit der die Natur herumspielte. Wie sonst konnte es sein, daß sie nicht einmal naß war, während er sich vor dem Ertrinken gerettet fühlte? Sie war cool; wenn er ihre Hand nahm und an sein Gesicht hielt, würde sie ihn abkühlen. Vielleicht war cool zu sein etwas, das sie in Hollywood gelernt hatte.

Cullens Armbanduhrwecker meldete sich.

Er zog den Ärmel seiner Anzugjacke über die Uhr und legte seine Hand darüber und versuchte sie zu erwürgen.

Vera hob fragend ihre Augenbrauen. «Mittag?»

Der Anzug, grau, Nadelstreifen, war ganzjahrestauglich, was bedeutete, es war sein einziger guter Anzug und viel zu warm für dieses Wetter, und er schwitzte sein hellblaues Hemd dunkelblau. «Ich denke, ja.» Er ließ seine Uhr weder los, noch warf er einen Blick darauf.

«Wir kommen zu spät.»

Heute oder überhaupt? «Bei dem Anruf ging es um einen Unfall auf der Auffahrt zum Clearview Expressway. Wir müßten uns bald wieder in Bewegung setzen.»

Sie nickte, nickte weiter, als hätte er gerade etwas sehr Weises gesagt.

«Mein aufrichtiges Beileid, Vera.»

Zuckten ihre Schultern vielleicht ein wenig in Reaktion auf seine Förmlichkeit?

«Und das mit neulich tut mir auch leid. Ich hätte... Ich weiß auch nicht.»

Sie legte ihren Kopf auf die Seite. «Neulich?»

«Der Fahrer. Auf dem Weg vom Flughafen. Es ist irrational. Ich meine, ich hätte es irgendwie verhindern können. Gegen das Fenster zu hämmern. Ich war frustriert. Aber ich bin sicher, ich habe dir mehr Angst gemacht.»

Langsam riß die geschlossene Wolkendecke ihres persönlichen Wetters auf. «*Du* warst das?»

Er winkte ab. «Ja. Ich meine, ich...» He, nicht der Rede wert, Ma'm. Kein Problem.

Sie berührte seinen Ellbogen, hielt dann seine Hand. «Joe, ich habe dich nicht erkannt. Du weißt, daß ich Angst hatte. Ich war verwirrt, völlig durcheinander. Ich hatte wirklich keine Ahnung...»

«Verdammt, es gibt gar keinen Grund...»

Sie hatte ihm den Schirm gegeben und hakte sich mit beiden Armen bei ihm ein. Sie ging mit ihm – zog ihn beinahe – weiter den Seitenstreifen entlang, vorbei an den Wagen voller ganz gewöhnlicher Leute, die im gleichen Stau festsaßen, gerade so, als wollte sie ihn von etwas fortziehen, das sie ihn nicht sehen lassen wollte.

«Es ist lange her», sagte Vera.

«Fünfundzwanzig Jahre, drei Monate und einen oder zwei Tage.»

Sie blieb stehen und stellte sich vor ihn. Sie hatte graue Augen. Hatte sie schon immer graue Augen gehabt? «Ach, Joe.»

Regen auf dem Schirm wie untätige Fingerspitzen auf einer Tischplatte. *Ba ruppa duppa duppa dup.* «Ich habe nicht mitgezählt. Für mich ist es der fünfundzwanzigste Jahrestag von vielen

Dingen – der Abschluß auf dem *City*, der Beginn auf der Akademie...» Dich zu vermissen.

«Von Chuck habe ich gehört, daß du geheiratet hast.»

«Zehn Jahre lang, bis vor fünf Jahren.»

«Herzlich willkommen im Club. Der Geschiedenen, meine ich.»

Er nickte. Er hatte gewußt, was sie meinte, und er vermutete, der *Club* wäre der *Club der Verheirateten*, und daß dessen Regeln hart wären.

Vera sagte: «Wie ich gehört habe, hast du auch Kinder.»

«James, fünfzehn, im zweiten Jahr auf der *Juilliard*. Er ist Pianist, klassisches Piano, theoretisch, aber sein Held ist Hoagy Carmichael, weil ich ihn letzten Winter mit ins Theatre 80 St. Marks mitgenommen habe, um *Sein oder Nichtsein* zu sehen. Und ich habe mir Sorgen gemacht, welche Wirkung die Bacall auf ihn haben würde. Stephanie, bekannt als Tenny, Computer-Freak, ist zwölf. Sie leben bei ihrer Mutter und ihrem zweiten Mann in Riverdale. Er...»

Vera schob ihren Kopf näher, als hätte sie nicht richtig gehört. «Er ist was?»

«Er war ihre High-School-Liebe. Theodore Roosevelt High. In der Bronx. Sie hätten schon ihrem ersten Impuls folgen sollen.»

«Wenn sie damals geheiratet hätten, gäbe es heute keinen James und keine Tenny.»

«Ich schätze.»

«Klingt so, als hättest du deine Kinder in ihrer Entwicklung nicht behindert. Man sollte eigentlich meinen, daß sie die Pianistin und er der Computer-Freak wäre.» Sie lachte. «Computer-Freak.»

Irgendwo hinter ihnen rief jemand etwas. Cullen schaute über seine Schulter zurück und sah Vera auf sie zukommen. Dann war also doch alles nur ein Traum. Aber wann hatte er angefangen?

«Vera!»

Vera – die Vera neben ihm; es gab zwei Veras – drehte sich auch um und hob eine Hand, um Vera zu begrüßen, die sich jetzt näherte.

Nein. Sie war jünger, die Frau, die näher kam. Die gleiche Größe, das gleiche Gewicht, der gleiche federnde Gang und Schwung ihrer Hüften, die gleichen noblen Kleider und der perfekte Hut, aber jünger. Ihre Jugend war ganz besonders offenkundig in ihren Augen, in ihrem Erstaunen.

Vera – in ihren Augen kein Erstaunen, einfach nur Erfahrung, Beherrschung – nahm den Arm der jüngeren Frau und zog sie unter den Schirm. «Nicky, komm. Joe, ich möchte dir Nicky Potter vorstellen, mehr als nur meine Assistentin, mein Lebenserhaltungssystem. Nicky, Joe Cullen, der alte Freund von Chuck, von dem ich dir erzählt habe. Nicky, es ist schon seltsam... Joe war der Polizist, der geholfen hat, als der arme Fahrer getötet wurde.»

Noch mehr Verwirrung – vielleicht weil das Objekt zu *geholfen hat* fehlte. Aber nur einen kurzen Augenblick. Nicky klärte die Frage schnell. «Eine schreckliche Geschichte. Ich freue mich, Sie kennenzulernen. Dieser Verkehr.» Die Besorgnis war aus Nickys Augen verschwunden; mit Fremden zu reden war ihre Stärke.

«Joe sagt, wir werden bald weiterfahren können», sagte Vera. «Es hat einen Unfall gegeben.»

«An der Clearview», sagte Cullen und hätte am liebsten beide Arme gegeben, wenn er es nicht gesagt hätte. Ein Straßen-Freak.

«Ich hoffe, es war nichts Schlimmes», sagte Nicky.

Er schüttelte seinen Kopf. «Nein, ich glaube nicht. Nur...» Ein Unfall.

Ba ruppa duppa duppa dup.

Inzwischen rieben Leute, in anderen Wagen, die ebenfalls im Stau steckten, ihre beschlagenen Scheiben frei und fragten sich: *Ist das nicht Vera Evans? Sieh nur, Vera Evans. Ohmeingott, es ist Vera Evans. Ich glaub's einfach nicht. Ich kann's einfach nicht glauben. Es ist Vera Evans.*

Welche? Welche?

Die große.

Die sind beide groß.

Die Gutaussehende.

Die sehen beide gut aus.

Dann eben die rechte von beiden.

Ich glaube, es ist die linke.

Und wer ist dann die rechte?

Keine Ahnung. Wer ist der Bursche?

Irgendein Filmstar.

Nein, dafür sieht er nicht gut genug aus.

Ich finde, er ist süß.

Ja, süß vielleicht, aber gut sieht er trotzdem nicht aus.

Vera drehte Nicky um und zeigte auf die erste Limousine des Trauerzuges. «Sieh bitte mal nach Claire, Nicky. Sag ihr, ich komme gleich. Es ist vorhin für einen Augenblick schrecklich eng dort geworden, und sie hat Platzangst bekommen. Laß die Fenster offen, wenn es unbedingt nötig ist.»

«War nett, Sie kennenzulernen», sagte Nicky. «*Officer* Cullen?»

«Sergeant. Joe.»

Nicky machte sich eine entsprechende Notiz in ihrem geistigen Rolodex. «War nett, Sie kennenzulernen, Joe. Vera hat mir schon viel von Ihnen erzählt.»

Sicher. Ein alter Freund von Chuck. «War nett, *Sie* kennenzulernen.»

Ba ruppa duppa duppa dup.

Vera sah Cullen an und lächelte und schaute fort und hörte auf zu lächeln.

Cullen sagte: «Das vorhin am Telefon war Phil Hriniak.»

Ein Stirnrunzeln, und dann: «Nein? Wirklich? O ja, natürlich, ich hab's von Susan Price gehört. Phil hat die Aufgaben des Commissioners übernommen. Es ist wirklich *so ein* Zufall.»

«Phil sagt...»

«Sagt was?»

«Er sagt, die Welt ist klein.»

Vera lächelte. «Seid ihr zwei all die Jahre über Freunde geblieben?»

«Es ist eine dieser Freundschaften, bei denen man sich nicht so besonders oft sieht, aber wenn wir uns dann treffen, dann nehmen wir den Faden wieder mitten im Satz auf, praktisch da, wo wir aufgehört haben.»

Und wieder dieses Nicken, Nicken, Nicken über seine Weisheit. «Solche Freunde hatte ich früher auch, heute nicht mehr.»

Ba ruppa duppa duppa dup.

«Dann gibt es das Theatre Eighty also immer noch», sagte Vera.

«Ja, es gibt es immer noch», sagte Cullen. «Als es warm wurde – es ist seit März warm –, sind eine Menge Obdachlose in die Parks gezogen.»

Vera starrte ihn an. Worauf war das gefolgt?

«Hriniak hat gesagt, es würde ein Bericht vorliegen, daß ein Verdächtiger für den Mord an Chuck gesehen worden sein soll. Im Van Cortlandt Park in der Bronx.»

Sie sah ihn jetzt fest an. Ihre Nasenflügel bebten.

«Ich weiß nicht, wieviel Nachrichten aus New York dich in Kalifornien erreichen...»

«Wer, Joe? Wer ist der Verdächtige?»

«...Du hast vielleicht von dem gehört, was der *Raleigh*-Brand genannt worden ist.»

«Ich weiß, daß einige Menschen dabei ums Leben gekommen sind, ja. Was hat das mit...»

«Eines der Opfer war eine Sozialarbeiterin namens Joy Griffith...»

«Eine Freundin von Tom, ja. Ich weiß darüber Bescheid.»

«Genauer gesagt, seine Verlobte, glaube ich.»

Vera umklammerte das Handgelenk der Hand, die den Schirm hielt – *ba ruppa duppa duppa dup* –, und schüttelte es. «In *Ordnung*, Joe, seine Verlobte. *Na und?*»

«Ein Portier – auch das hat Hriniak gesagt –, der Portier eines Hauses in der Nähe der 119 hat an dem Abend, an dem Chuck starb, jemanden zu Chucks Tür gehen sehen. Einen Mann. Gegen sieben. Er ist nicht eingebrochen, er ist eingelassen worden oder hatte selbst einen Schlüssel. Der Portier ist sich nicht absolut sicher, was die Uhrzeit angeht. Er kann nicht mal absolut sicher sein, da er einen halben Block entfernt stand, daß es tatsächlich die 119 war...»

«Also, gottverdammt noch mal, Joe, was soll das dann alles...»

«Worüber er sich jedoch absolut sicher ist», sagte Cullen, «und gleichzeitig auch der Grund, wieso er den Mann auf diese Entfernung überhaupt bemerkte, ist die Tatsache, daß der Mann ungewöhnlich groß war, eins achtundneunzig oder so.»

Vera holte tief Luft und atmete langsam wieder aus. «Du meinst einen Meter und achtundneunzig?»

«Ja.»

«Und?»

«Hriniak sagte, Tom wäre seit dem frühen Nachmittag des Tages nicht mehr gesehen worden, an dem Chuck starb – weder in seiner

Wohnung noch in seinem Büro. Abgesehen davon, daß man ihn im Van Cortlandt gesehen hat – falls es Tom war.»

Vera starrte einen langen Augenblick über Cullens Schulter ins Nichts. Dann sah sie ihm wieder direkt in die Augen. «Du verdächtigst Tom Valentine des *Mordes* an meinem Bruder?»

Cullen wollte sagen: Nicht *ich*, die *Cops*. Doch er sagte: «Ja.»

11

Während der Sturm auf die Bronx eintrommelte, stand Monk Monsky draußen im Regen und wetterte dagegen an.

Die *Newsweek* hatte nicht sehr danebengelegen, dachte Tom Valentine. Mit seinen Springerstiefeln, der Kampfhose, einem Megadeath-T-Shirt mit abgerissenen Ärmeln, irgendeinem schwarzen Fetzen, den er sich um die Stirn gebunden hatte, sah Monsky wie einer der Zukunftsschläger aus *Road Warrior* aus.

«Valentine, du Arschloch. Willst du uns die ganze Polizei auf den Hals hetzen? Häh, willst du das, häh?»

«Ganz ruhig, Monk.»

Monsky hüpfte unter den Wetterschutz zurück, wo Valentine hockte. «Komm *mir* nicht mit deinem ganz ruhig, Arschloch.»

Valentine dachte daran, Monsky umzubringen. Aber das hatte er früher auch schon oft gedacht und war doch immer zu dem Schluß gelangt, daß es mehr schaden als nützen würde – auch wenn er oft genug, so wie jetzt, nicht hätte sagen können, wieso. «Die Sache ist die, Monk...»

«Sag *mir* nicht, die Sache ist die.» Monsky hatte sich hingekniet, sein nasses Gesicht jetzt nur noch dreißig Zentimeter von Valentines Gesicht entfernt, sein Atem übelriechend. «Der Monkster ist hier derjenige, der sagt, die Sache ist die, Valentine. Der Monkster sagt *dir*, die Sache ist die, Valentine, du sagst nicht dem Monkster, die Sache ist die. Kapiert, Valentine?»

«Die Sache ist die, Monk.» Valentine malte mit seinem Schweizer Armeemesser in die feuchte Erde. «Ich brauche Lebensmittel und Wasser für zwei Tage, eine Plane, ein Sweatshirt, Insektenschutzmittel, irgendwas zum Graben, Streichhölzer, eine Taschenlampe, einen Rucksack. Das ist alles. Keine große Sache. Ich bin in fünf Minuten wieder hier weg, wenn du einfach mal den Mund hältst und...»

Das ließ den Monkster wieder loslegen, und Valentine zog seinen Kopf ein und verschloß seine Gedanken gegen ihn und wünschte sich, er könnte auch seine Ohren verschließen. In Vietnam war Warren Caldwell Monsky der Monk gewesen, weil man eben so einen Spitznamen wie Monk bekommt, wenn man einen Nachnamen wie Monsky hat, und auch, weil er still, beinahe schüchtern war, einer dieser Burschen, von denen man manchmal nicht wußte, daß sie überhaupt da waren, bis sich deine Augen auf die Dunkelheit und deine Ohren auf den natürlichen Herzschlag der Umgebung eingestellt hatten. Und wenn er redete, dann war das, was er sagte, tja, wie bei einem Mönch – kurz und leise und prägnant.

In Vietnam war Warren Caldwell (Monk) Monsky, Shaker Heights, Andover, Yale, der beste Freund von Thomas George Valentine, Elmhurst, Elmhurst High, Syracuse gewesen. Shaker Heights–Andover–Yale war nicht gerade der übliche Weg nach Vietnam, auch nicht mehr als Elmhurst–Elmhurst High–Syracuse, und auch wenn Shaker Heights-Andover-Yale zu Hause in den Staaten nicht mit Elmhurst–Elmhurst High–Syracuse gesprochen haben würde – außer vielleicht von oben herab –, erkannten sie doch sofort, drüben, daß ihre Unterschiede zu allen anderen größer waren als ihre Unterschiede untereinander.

Und darin lag ihre eigentliche Ähnlichkeit: nämlich daß nach Shaker Heights–Andover–Yale und nach Elmhurst–Elmhurst High–Syracuse *nicht* der logische, vorherbestimmte, erwünschte nächste Schritt folgte (im Fall von Shaker Heights–Andover–Yale die medizinische Fakultät – in Yale oder Harvard oder Columbia; im Fall von Elmhurst–Elmhurst High–Syracuse die National Basketball Association). Was statt dessen gekommen war, war ein Schritt über den Rand gewesen, in den Abgrund, das Inferno, die Hölle.

Im Fall von Shaker Heights–Andover–Yale waren es Marihuana, Acid, Meskalin, Angel Dust und Amphetamine gewesen – und alle möglichen anderen Sachen, deren Namen Warren Caldwell Monsky vergessen hatte, und die Wirkungen, aber das gehörte irgendwie automatisch dazu, wenn man der Sohn eines Arztes war –, die den Stoß über die Kante besorgt hatten; im Fall von Elmhurst–Elmhurst High–Syracuse hatte das gute alte Bier für den nötigen Anstoß gesorgt. *Schaefer* – Das Bier Wenn Du Mehr Als Nur Eins Willst. Und Tommy Valentine trank niemals nicht mehr als eins. Irgendwie kam Tommy Valentine alles nicht in Ordnung vor, solange er sich nicht mehr als eins genehmigt hatte, solange er nicht acht oder zehn oder zwölf oder vierundzwanzig getrunken hatte, war alles irgendwie nicht... nicht ausbalanciert.

(Das ist mal ein Ding, he? Ein Knaller. He, hörst du auch zu? Panamerikanische Spiele. Doping-Test. Du spielst ein Spiel, anschließend hängst du deinen Schwanz in ein Glas, sie checken deine Pisse auf Steroide, Diuretika, Speed, all die Scheiße. Nur daß du gerade ein ganzes Spiel hinter dir hast und schwitzt wie ein Schwein, du hast auch nicht einen einzigen Tropfen Pisse mehr in dir. Du bist nicht der einzige, jeder Spieler von beiden Mannschaften plus die Ersatzspieler auf der Bank schwitzen auch wie ein Schwein, haben auch nicht einen Tropfen Pisse mehr in der Blase. Die Lösung? Die weitblickenden Organisatoren dieses internationalen Sportwettkampfes bitten dich, vorzutreten und ein Getränk deiner Wahl zu dir zu nehmen, deine *preferencia de bebidas* oder so ähnlich: Orangensaft, Apfelsaft, Mineralwasser, Leitungswasser, Club Soda, Seltzer, Limonade, Milch, Bier. Klar, na los, verdammt, trink ein Bier, Junge, trink's aus, gib dem alten Willie was zu tun, nachdem du dir gerade für die U.S. von America die Lunge aus dem Leib gerannt hast. He, trink doch einfach zwei. Nimm noch eins. Verdammt, ja.)

Also hieß es Shaker Heights–Andover–Yale–Nam statt Shaker Heights–Andover–Yale-P&S (sagen wir mal)–Mount Sinai–Park Avenue–Gin Lane–Frau namens Pidge–Kids namens Bradley und Alexandra–Weimaraner–Benz–Meadow Club–bla, bla, bla. Und statt Elmhurst–Elmhurst High–Syracuse–Knicks–East End Avenue–Eigentumswohnungen in Key West und Aspen–Models–Porsche–Stewardessen–Schauspielerinnen–Tänzerinnen–Einzug in die Sportgeschichte–Bestseller-Autobiographie–CBS-Sportkanal–bla, bla, bla hieß es Elmhurst–Elmhurst High–Syracuse–Nam. Zwei Lebenslinien, die gottverdammt zusammenliefen. Zwei Köpfe mit einem einzigen gottverdammten Gedanken, der gottverdammt überhaupt kein Gedanke war.

Und nach Nam...

«*Val*entine.»

...nach Nam...

«*Val*entine, hör *mir* zu, Mann. Du hast Story umgelegt, du hast ihm den Finger abgehackt, damit's aussieht, als hätten *wir* ihn kaltgemacht, du beschissenes, gottverdammtes Arschloch von einem Drecksack. Hast du doch, häh? Hast du doch? Hältst du den Monkster für *be*scheuert, oder was, *Val*entine?»

«Ach, hör doch auf, Monk», sagte Valentine.

Monsky stieß mit dem Handballen nach Valentines Nase. Valentine parierte mit seinem Unterarm, legte seine Hand auf Monskys Brust, der leicht aus dem Gleichgewicht gekommen war, und stieß ihn einfach nach hinten. Er trat aus dem Wetterschutz und richtete sich auf. Es regnete immer noch stark, doch der Sturm war vorbei. Der ausgetrocknete Golfplatz, auf dessen fünftem Loch-Rauh das Camp errichtet worden war, hatte die Sturzbäche Wasser gierig aufgesaugt und war jetzt fast schon wieder braun. Die *Hoffnungslosen* – ein Dutzend, zwanzig, dreißig, zu mitleiderregend wenige, um eine Bande genannt zu werden – waren aus ihren Unterständen, ihren behelfsmäßigen Zelten herausgekommen und standen jetzt da, hatten die Arme verschränkt, wiegten sich, dachten an nichts.

«Hallo, Tom.»

Valentine drehte sich um und blickte zu der winzigen Gestalt in dem Tarn-Parka herab, die Kapuze auf dem Kopf und tief in die Stirn gezogen. «Hallo, Tina.»

«Lange her.»

«Oh, ja.» Und dann vielleicht auch doch wieder nicht so lange, denn er konnte sich an so vieles nicht mehr erinnern, er war wie benommen gewesen. Nach Nam...

«Das mit deiner Braut tut mir sehr leid, Tom.»

Valentine nickte. Sein Blick wanderte zu dem Wetterschutz zurück, wo Monsky fieberhaft herumwühlte, nach seinem, wie Valentine wußte, Fixerbesteck suchte, es wußte, weil Monsky und Valentine nach Nam, nach Shaker Heights-Andover-Yale-Nam und nach Elmhurst–Elmhurst High–Syracuse–Nam zu einem Kerl geworden waren. Shakerheightselmhurstandoverelmhursthighyalesyracusenamnammonskyvalentinevalentinemonsky. Monskentine, Valensky. Der übelste Motherfucker im ganzen Land, *forever wild*, immer high von Marihuanaacidmeskalinangeldustspeedschaeferdasbierwenndumehralsnureinswillst, teilten sich die Kippen, teilten sich die Burgers, teilten sich die Mäuschen, teilten sich Spliffs und Pillen und Bestecke, teilten sich drei oder vier oder fünf Sixpacks. Oder acht. Oder zehn. Bis Valentine mit einem Knall in Flammen aufging. Und Monsky schaffte es, irgendwie (wer konnte schon sagen, wie?) weiterzufliegen, mit rauchenden Motoren, sich drehend und purzelnd und ruckelnd. «Tina, es wird bald ziemlich übel. Es ist Zeit auszusteigen.»

Tina lachte, und die Kapuze ihres Parkas rutschte aus ihrem Gesicht. «Aussteigen? Tom, ich bin nicht mal *drin.*»

Valentine wollte sich umdrehen und kämpfte dagegen an. Es war nicht wegen Tina, es war wegen dem, was noch von ihr übrig war. Ihr Gesicht war dunkelrot und blau verquollen; ein Wangenknochen eingeschlagen; die Lippen blutverklebt; ein paar abgebrochene Zähne, andere ganz fort. Er hielt die Luft an und legte seine Hand an ihr Gesicht. «Wer hat das gemacht? Monk?»

Tina lachte. «Monk? Monk ist eine Miezekatze.»

«Wer hat dich so zusammengeschlagen, Tina?»

Sie nahm seine Hand – ihr Mittelfinger war knotig und verkrüppelt, nachdem er gebrochen und schlecht versorgt worden war – und hielt sie an ihr Gesicht. «Es ist Jagdzeit auf Obdachlose, Tom. Hast du's noch nicht gehört? Ich bin letzte Woche im Grand Central so zusammengeschlagen worden. Von irgendwelchen Kids. Oder vielleicht waren's auch keine Kids. Vielleicht waren's Erwachsene.»

«Ein paar von den Wunden hier sind alt, Teen.»

Sie lächelte. «Ach, die.»

Er versuchte es wieder. «Steig aus, Tina. Solange du noch kannst.»

Sie lachte wieder. «Tom, Tom, Tom. Ich hab's dir doch gesagt. Ich bin nicht mal drin. Ich bin nicht drin. Ich bin nicht drin, ich bin nicht drin.»

Dann war sie also auch ausgebrannt. Tja, er hatte getan, was er tun konnte, oder nicht? Oder mußte er sie jetzt hier rausholen, mitnehmen, tretend und kreischend wahrscheinlich, in Erinnerung an die alten Zeiten? Er nahm an, daß sie eine gemeinsame Vergangenheit hatten, er und Tina – warum sonst sollte sie mit ihm reden, wenn's nicht so war? –, aber sicher konnte er nicht sein; es gab so viel, an das er sich nicht mehr erinnern konnte.

Monsky war jetzt zurück, zuckte und torkelte ein wenig, war aber wieder stabil. Scheiße, wenn er gewollt hätte, er hätte's machen können, er hätte seinen Mund aufmachen und sich einen gottverdammten Namen machen können, zu einem Begriff werden können, ein auf der ganzen beschissenen Welt bekanntes Gesicht werden können, sein Bild in der beschissenen *Newsweek*: *Ladies und Gentlemen, Brüder und Schwestern, wenn ihr mir vielleicht mal einen Moment eure beschissene Aufmerksamkeit schenken könntet, bitte, ich würde euch gerne auf ein paar gottverdammt beschissene Tatsachen aufmerksam machen:*

Uno: *In jedem einzelnen gottverdammten Jahr werden eine beschissene halbe Million Einheiten preiswerten Wohnraumes in Eigentumswohnungen umgewandelt, abgefackelt oder abgerissen.*

Dos: *Allein in diesem Jahrzehnt sind die Mieten für die Armen um dreißig gottverdammte Prozent raufgegangen.*

Tres: *Es gibt beschissene zehn Millionen Familien, die mehr als die Hälfte ihrer beschissenen Einkommen für Miete ausgeben.*

Cuatro: *Siebenundzwanzig Prozent der Amerikaner sind Kinder. Gottverdammte vierzig Prozent der gottverdammten armen Leute sind Kinder.*

Na, kapiert? Habt ihr das gottverdammt noch mal verstanden? Wir ziehen eine gottverdammte Generation heran, die vielleicht niemals in ihrem beschissenen Leben ein gottverdammtes Dach über dem Kopf haben wird. Wir haben ein gottverdammt dickes Schloß vor die gottverdammte Tür des beschissenen Amerikanischen Traumes gehängt.

Wenn er gewollt hätte, hätte er's tun können, aber er hatte es gottverdammt nicht gewollt, er war einfach nur gottverdammt müde. «T-T-T-Tommy, he, hör zu. Tut mir leid. Klar, klar, du kannst haben, was du brauchst. Ich meine, was wir haben. Wir haben nicht viel. Was wir haben, gehört dir.»

«Monk?»

«Was denn, Tommy, was?»

Sie machten ihr Handzeichen: Faust, Faust, Handfläche, Handfläche, Zeigefinger, Zeigefinger, zupacken, loslassen, ganz, ganz langsam. «Monk.»

«T-Tommy.»

«Es ist vorbei, Baby.»

«Nee, es ist nicht vorbei, Tommy. Es hat noch nicht mal richtig angefangen. Das war super, diesen Story umzulegen. Das hast du toll gemacht. He, Mann, weißt du, wegen deiner Alten, Mann, das macht mich echt fertig. Ich meine, *gottverdammt beschissen* fertig macht mich das.»

«Ja.»

«Echt, Mann. Ich mein's wirklich so. *Gottverdammt* fertig.»

«Monk.»

«Ja, Tommy?»

«Paß auf dich auf, hörst du? Nicht mehr lange, und die Kacke fängt richtig an zu dampfen, du kannst dir gar nicht vorstellen, wie.»

Monsky lächelte ein Lächeln, das damals, bevor Valentine ihn kennengelernt hatte, damals in seinen Shake-Heights-Andover-Yale-Tagen die Leute butterweich gemacht hatte. «Was gibt's sonst noch Neues, T-Tommy?»

«Nichts, glaub ich.»

«Wir haben schon alles gesehen, Bruder.»

«Ja, ich schätze, das haben wir wohl.»

«Und verdammt viel gemacht.»

«Ja.»

«Und wenn wir was nicht gemacht haben, dann haben wir einfach gelogen und behauptet, wir hätten.»

Valentine lächelte.

Faust, Faust, Handfläche, Handfläche, Zeigefinger, Zeigefinger, zupacken, loslassen, ganz, ganz langsam.

«Cool bleiben, Bruder.»

«Du auch, Monk.»

«Jayce hier wird dir alles geben. Du kennst Jayce?»

Jayces' Gesicht war so schmutzig, daß Valentine nicht mal sicher war, zu welcher Rasse er gehörte. In seinen Augen las er, daß er schon getötet hatte. «Jayce.»

«Valentine.»

«Brauchst du eine Kanone, Tommy?» sagte Monsky.

Valentine reckte sich ein bißchen, um sich des kühlen Gewichtes zu vergewissern, das mit Klebeband auf seinem Rücken befestigt war. «Bin schon versorgt.»

Monsky kehrte zu seinem Wetterschutz zurück. «Bis später, Tommy.»

«Bis später.»

«Ich liebe dich, Babe.»

«... Ich liebe dich, Monk.»

12

«Wahrscheinlich wirst du noch nie was von diesem Song gehört haben», sagte Cullen. «Ich hab schon seit Jahren nicht mehr dran gedacht:

‹He wore black denim trousers and motorcycle boots
And a black leather jacket with an eagle on the back.
He had a hopped up 'cycle that took off like a gun.
That fool was the terror of Highway 101.›»

Wie zu erwarten, schüttelte sich Zimmerman. Das war Proto-Speed-Metal. «Und was war *dein* Song?»

Charles Story hatte seine Laudatio bekommen und war zu Grabe getragen worden. Zwölf Dudelsackpfeifer hatten den Tieren des Friedhofs und den wenigen kleinen Kindern im Trauerzug eine Scheißangst eingejagt. Dreihundert Polizeibeamte hatten mit ihren Rücken zu den Ereignissen gestanden, ein klappriger Zaun hinter dem verwitterten, aber echten schmiedeeisernen Friedhofszaun, schützten vor unerfreulichen Überraschungen. Die unerfreuliche Überraschung, die sich ereignete, als Claire Langois neben den Sarg ihres Stiefvaters hinuntersprang und die langstielige rote Rose wieder aus seinem Grab schleuderte, die ihre Mutter gerade eben erst hineingeworfen hatte, dabei um ein Haar Kardinal John O'Connor, der den Trauergottesdienst abhielt, mit einem Dorn verletzte, hatten sie nicht einmal gesehen – noch war *überhaupt* jemand darauf vorbereitet gewesen. Wie üblich war Cullen hinabgestiegen, um Claire herauszuholen; wie üblich war sie in seinen Armen ganz fügsam geworden. Es dauerte kaum länger als einen Augenblick; niemand verlor später auch nur ein Wort darüber. Vielleicht war es ja überhaupt nicht passiert.

Der Weg zurück nach Manhattan war nichts als langweilig gewesen, die Storyettes (dieser Sammelbegriff für Lise Story, Claire Langois, Vera Evans und Nicky Potter war von Cops geprägt worden, die nichts anderes zu tun hatten, außer nur im Weg herumzustehen) waren für die Nacht in der 119 untergebracht worden, Keith Bermúdez hatte die Nachtwache (zusammen mit einem Dutzend anderer, denn die Ereignisse hatten Verstärkung verlangt, und ihre ursprünglich drei Mann starke Gruppe war vergrößert worden), Cullen und Zimmerman waren aus Eifersucht zu Katz's essen gegangen (Riesen-Eifersucht – und Zimmerman hatte Cullen nicht mal dadurch in Verlegenheit gebracht, daß er Radicchio und Arugula-Salat bestellte), waren dann nach Williamsburg rübergefahren (erwarteten dabei wie immer Den Zusammenbruch) und weiter nach Brooklyn Heights.

Um wegen der Dean-Sache mit einem Mann zu sprechen.

Sie setzten sich auf zwei Bänke an der Esplanade, blickten zur Downtown hinüber, die irgendwie gar nicht mehr wie Manhattan aussah, es sah vielmehr aus wie Atlanta oder Toronto, voller hypermoderner Gebäude, die sich bogen und gegenseitig stützten und spiegelten, auf die Brücken, auf die Freiheitsstatue weit draußen im Hafen, die von hier aus wie ein Modell ihrer selbst aussah. Auf der Uhr des Watchtower Building war es fast Mitternacht, und Cullen wartete schon darauf, daß der Alarm seiner Armbanduhr wieder losging. Wie konnten Menschen so leben: der geflügelte Wagen der Zeit nicht nur dicht vorbeieilend, sondern genau über sie weg? Der mittägliche Sturm hatte alles nur um ein paar Grad und nur für ein paar Minuten abgekühlt, dann war die Hitze noch ein bißchen heißer sofort zurückgekehrt, nur für den Fall, daß irgend jemand vergessen hatte, was «heiß» bedeutete. Es war selbst jetzt noch heiß; die Esplanade fühlte sich klebrig unter den Füßen an, das Holz der Bank vermodert.

Etwas weiter entfernt, dort, wo das Licht der Straßenlaternen nicht hinreichte, wären normalerweise die regungslosen Haufen gewesen, die nun schon seit Jahren zu erkennen gaben, daß irgend jemand seinen Ersatz-Haushalt dort aufgeschlagen hatte; doch die Straße war leer, denn auf der Straße hatte es sich herumgesprochen, daß es auf der Straße nicht mehr sicher war.

Nachdem sie die 119 verlassen hatten, die Fifth Avenue hinunterfuhren (Zimmermans Wahl; paßte besser zu dem Saab als die Lex), vor einer Ampel neben der Sherman-Statue gegenüber dem Plaza Hotel hielten, hatten sie einen jungen Streifen-Cop beobachtet, noch grün hinter den Ohren, der eine ungestüme Frau von dem Straßencafé vertrieb, das vor ein paar Wochen um den Pulitzer Fountain aufgemacht und jetzt schon fast wieder ein alter Hut war.

Der junge Cop hatte einen dicken Bauch und ein Rorschach-Muster auf sein Uniformhemd geschwitzt; er joggte und hüpfte und hoppelte hinter der Frau her, die flink und beweglich wie ein Affe war. Mit einer Hand hinderte er seine Dienstwaffe, seinen Gummiknüppel, seinen Strafzettelblock, seine Handschellen daran, an seiner Hüfte auf und ab zu hüpfen, mit der anderen hielt er seine Mütze fest. Sein Gesicht war schweißüberströmt – und da waren auch Tränen der Enttäuschung, vermutlich, denn die Frau verspottete ihn, während sie hierhin und dorthin flitzte und dann wieder einen unerwarteten Ausfallschritt machte. Ihre Kleider waren Lumpen, ihre Haare waren strohig und wirr, ihre Gliedmaßen schwarz von Sonne und Schmutz. Aber sie war keine häßliche alte Hexe; sie war schnell und geschmeidig und jugendlich.

Die Zuschauer – und die, die versuchten, nicht zuzuschauen – saßen wie erstarrt auf diesen zierlichen kleinen Bistrostühlen, wie man sie auf Fotos von Brassaï und Cartier-Bresson und Lartigue sieht – französische Parkstühle; sie trugen Weiß oder Schwarz oder Schwarz und Weiß; sie waren gepflegt und elegant, braungebrannt, starr; sie interessierten sich nicht für den Preis von irgendwas und kannten den Wert von allem; sie waren, schlicht und einfach, vollkommen – und vollkommen hilflos dazu.

Die Frau – eigentlich war sie noch ein Mädchen, dessen wurde Cullen immer sicherer, je länger er zuschaute – reiste nicht mit leichtem Gepäck; sie hatte ihr ganzes Leben in einem schwankenden Haufen auf den Einkaufswagen eines Supermarktes gepackt. Der Cop, der arme, grünschnäblige fette Cop, war clever genug, zu erkennen, daß der Einkaufswagen und dessen Inhalt ihr etwas bedeuteten, und so zu tun, als würde er ihn einkassieren, würde sie ganz sicher so nahe heranlocken, daß er sie sich schnappen konnte.

Und er lockte sie an, setzte einen Fuß auf das linke hintere Rad des Einkaufswagens, nahm seinen Strafzettelblock heraus, als wollte er dem Vehikel ein Knöllchen geben; und er schnappte sie sich auch, als sie auf ihn zugeschlichen kam, oder besser – er griff nach ihr. Sie sprang zurück wie ein Affe und einem Taxi, das von der Fifty-ninth kommend rechts auf die Fifth eingebogen war, genau in den Weg. Das Taxi hatte noch nicht richtig beschleunigt, doch es schleuderte die Frau – das Mädchen – in die Luft. Sie landete mit einem dumpfen Schlag, der jedem, der sie sah, die Luft aus den Lungen schlug, mit dem Rücken auf dem Asphalt. Eine ganze Straßenecke dieser Welt seufzte auf.

Dann begann die ganze Straßenecke langsam, aber unmißverständlich, unaufhaltsam, unvermeidlich zu kichern. Zu gackern. Zu applaudieren. Zu jubeln und zu jubeln und zu jubeln. Ein paar von ihnen waren aufgesprungen, hatten dabei diese französischen Parkstühle in ihrer Begeisterung umgestoßen; die Zuschauer gaben eine Standing ovation, hoben ihre Gläser, schlugen mit feierlich gereckten Fäusten in die feuchte Luft. Um was zu feiern? Den armen, dummen, fetten Grünschnabel von einem Cop? Den Taxifahrer, ein Altfreak mit Pferdeschwanz, Batik-T-Shirt, Jeans mit Schlag, Nickelbrille? Wer weiß? Gottverdammt sicher feierten sie jedenfalls nicht das dreckige, schmutzige, unaufmerksame, verrückte Miststück.

Genau in diesem Augenblick war die Ampel wieder umgeschlagen, und Zimmerman hatte schon rechts ranfahren wollen. Cullen griff zu ihm hinüber und legte seine Hand auf das Lenkrad.

«Bieg links ab.»

«Joe.»

«Bieg links ab. Wir können hier nichts tun.»

«Wir haben es mit unseren eigenen Augen gesehen. Wir hätten irgendwas tun können.»

«Was?»

«Wir hätten irgendwas *tun* können.»

«Was?»

«Um Himmels willen, hör endlich auf, andauernd ‹Was?› zu sagen. Wir *hätten* irgendwas tun können.»

«Bieg jetzt endlich gottverdammt noch mal links ab, Neil.»

Zimmerman atmete scharf durch seine Nase aus, bog links ab und fuhr die ganze Strecke bis zur Second, ohne noch ein weiteres Wort zu sagen. Er bog rechts auf die Second ein und sagte: «Wir hätten gottverdammt nichts tun können.»

«Es war nicht so sehr mein Lied, wie *The Wild One* mein Film war», sagte Cullen. «Vielleicht irre ich mich ja, aber ich finde, der Song ist vielleicht nur eine Cover-Version gewesen, fast sogar eine Parodie. Aber der Film war absolut echt, und *mir* konnte keiner was erzählen, ich *war* Marlon Brando. Tommy Valentine – Tommy war der große Sportler unter uns dreien –, Tommy begann sich ungefähr zu der Zeit für Rollschuhhockey zu interessieren und versuchte uns andere dazu zu überreden, Schläger zu kaufen. Die Schläger kosten das gleiche wie eine Motorradkappe – eine weiche Kappe mit Plastikrand und einer Art Stirnband oben drüber. So ähnlich wie die Dinger, die die Motorrad-Cops heute noch tragen. Ich *mußte* einfach eins von den Dingern haben. Da war ein Kid – Ira oder so –, das total unschlüssig war; er konnte sich nicht entscheiden, ob er lieber den Hockeyschläger oder die Motorradkappe haben wollte. Ich überzeugte ihn, daß die Kappe langfristig gesehen eine bessere Investition war; Tommy litt unter *meiner* Spinnerei, doch er sprach noch Monate nach dieser Sache kein Wort mit Ira.»

Seine Uhr begann zu piepen – Computer-Freak-Mitternacht, zwei Minuten nach Mitternacht der Zeugen Jehovas.

«Das war auf der Junior High. Auf der High School hatte ich meine Nummer ein bißchen verfeinert. Ich war nicht mehr Brando, ich war James Dean – was, vor allem anderen, bedeutete, daß ich mir ungeschoren erlauben konnte (wenigstens vor mir selbst, wenn schon nicht in den Augen der Typen, mit denen ich damals zusammen war), Bücher zu lesen. Tommy war auf dem Campus eine große Nummer, war in den Basketball- und Baseballschulmannschaften, Präsident des einen Clubs, Schatzmeister des anderen, mußte ja so kommen, ging ja gar nicht anders, warf den Ball immer der Saison entsprechend in die Luft, hatte immer einen Schwarm ihn bewundernder Mädchen im Gefolge.

Und dann war da Chuck. Wenn Tommy ein *Jock*, ein Sportfanatiker, war und ich ein *Rock* – das war damals der Ausdruck; das Adjektiv lautete *rocky* –, dann war Chuck Story etwas, für das wir keinen Namen hatten. Heute würde man ihn einen Zocker, einen Spieler nennen. Er war ein Spieler; er mischte nicht nur mit, sondern mehr noch, er *machte* die Regeln. Nach der Schule und an Wochenenden arbeitete er in dem Süßigkeitenladen seines Vaters, aber es war nicht so, daß er ein Eisfritze, nur ein kleiner Handlanger war. Er war wie… Vincent Sardi. Nein. Wie heißt noch gleich der Oberkellner im *Post and Coach*?»

«Chick.»

«Chick. Er war wie Chick. Stell dir Chick ohne Smoking vor. Chick in einem konservativen blauen Hemd, ohne Krawatte, Chinos – Chinos mit einem schmalen Gürtel, dessen Schnalle hinten war; die Dinger kommen übrigens wieder in Mode, ich konnte es kaum glauben –, weiße Wollsocken, Halbschuhe. Genau das hatte Chuck immer an. Tom auch. *Ivy League*, haben wir immer dazu gesagt. Ungefähr so, wie du dich heute auch anziehst.»

Zimmerman rümpfte nur die Nase. Seine Garderobe stammte von Paul Stuart, J. Crew, Banana Republic (*Banana World*, sagte Cullen immer dazu, um Zimmerman zu ärgern, *Bananas «R» Us*); vielleicht stammte der eine oder andere Fetzen auch von Land's End oder L. L. Bean. Weiße Wollsocken, das stimmte wirklich. «Und du hast damals tatsächlich eine schwarze Lederjacke mit einem Adler auf dem Rücken *getragen*?»

«Ich habe schwarze Hemden getragen, deren Kragen ich aufgestellt habe, am Hals offen, damit man mein weißes T-Shirt sehen konnte; schwarze Röhrenhosen mit weißen Nähten; schmale, sehr, sehr schmale Gürtel; spitze schwarze Schuhe mit Eisenbeschlägen unter den Absätzen und eine schwarze Satin-Jacke mit gelben Streifen auf den Schultern und mit meinem Namen – » Snake, aber Zimmerman war noch nicht bereit für Snake – « in gelber Schrift auf der Brust. Es war verboten, in der Schule Jacken mit Gang-Namen zu tragen, aber sie war als die Jacke der Cougars bekannt. Die Gangfarben, aber ich glaube, dieses Wort gab es damals noch nicht…»

Er konnte das Gewicht der Jacke spüren – sie war zu leicht für den Winter und zu schwer für den Sommer, aber er hatte sie trotzdem das ganze Jahr über getragen –, konnte das Klackern der Metallbeschläge hören, konnte die nach unten enger werdende Hose spüren. Er konnte sich noch lebhaft daran erinnern, immer an den Spitzen des Kragens seiner Jacke gezupft zu haben, den langen, schmalen Kamm aus seiner rechten Gesäßtasche gezogen, seine Rock-'n'-roller-Frisur zurückgekämmt, seine Elvis-Tolle so lange mit seiner linken Hand zurechtgedrückt zu haben, bis sie… bis sie perfekt aussah, hatte sie dann noch einmal gedrückt, den Kamm lässig wieder in die Tasche geschoben, noch einmal an den Kragenspitzen gezupft, mit seinem minimalistischen Jimmy-Dean-Elvis-Brando-Lächeln sein Spiegelbild in der Windschutzscheibe eines an der Roosevelt Avenue parkenden Autos oder in der Schaufensterscheibe von *Sid and Cy's Nosh Box* am Queens Boulevard oder in der Scheibe des Süßigkeitenladens – Hatte der Laden eigentlich einen Namen? Es war immer nur *der Süßigkeitenladen* gewesen – von Chuck und Vera Storys altem Herrn auf der Elmhurst Avenue angestrahlt, und sein Spiegelbild hatte immer zurückgelächelt, als wollte es sagen: *Yeah, Snake, du siehst scharf aus.*

«Ich war, was ich war, weil mein Dad Zugführer bei der U-Bahn gewesen ist. Im Winter gab es Tage, an denen er nie die Sonne zu sehen bekam. Am Ende jeder Tour ging er immer in die Mitte des Zuges und redete ein paar Minuten mit dem Schaffner, dann ging er weiter zu dem, was das Ende des Zuges gewesen und jetzt dessen Kopf war. In seiner Mittagspause las er normalerweise immer Zeitung. Das war dann auch schon alles, was er mit anderen Menschen außer mir und meiner Mutter zu tun hatte. Als ich ungefähr elf Jahre alt war, bin ich mal einen ganzen Tag lang mit ihm gefahren, und danach habe ich mir geschworen, daß ich niemals in seine Fußstapfen treten würde. In meiner arroganten Unwissenheit bestand die einzige Möglichkeit, das nicht zu tun, darin, auf jede mir mögliche Art und Weise anders zu sein als er: Er war ruhig, ich war laut; er war anständig, ich war ein Schläger; er war ehrlich, ich habe gestohlen – nichts Großes, aber es war zwanghaft. Ich denke gerne, daß er lange genug gelebt hat, um zu sehen, daß aus mir doch noch etwas geworden ist, aber die Scheidung hat er nie wirklich verstanden: die Notwendigkeit dazu, sicher – er und meine Mutter stritten sich zweimal am Tag, und das war schon immer so; direkt als erstes am Morgen und dann wieder beim Abendessen –, aber nicht die Tatsache als solche.

Chucks Vater hatte den Süßigkeitenladen. Seine Mutter – und Veras Mutter – war gestorben, als Chuck zwölf oder dreizehn war. Toms Dad war irgendein Vertreter, viel unterwegs, daher erinnere ich mich an ihn nicht so besonders. Er war groß – genau wie Toms Mutter – und nicht besonders freundlich uns gegenüber – oder vielleicht lag's auch nur ganz einfach daran, daß er so groß *war*. Wieso erzähle ich dir das eigentlich alles, Neil?»

«‹Fürsprecher der Obdachlosen tötet Jugendfreund. Alter Kumpel bei der Polizei ermittelt.› Du bist gezwungen, dafür zu sorgen, daß es einen Sinn ergibt.»

Er, der nicht mal die Alarmfunktion seiner Armbanduhr abstellen konnte. Cullen schaute auf seine Uhr: 00:04:24...25...26.

«Wo war Vera Evans bei alledem?» sagte Zimmerman. «Vera Story. Hat sie auch in dem Süßigkeitenladen gearbeitet?»

«Während der Zeit auf der Junior High und High School kann ich mich kaum an sie erinnern. Ich glaube, sie ist zwei Jahre jünger als Chuck und Tom und ich, und in diesem Alter ist das verdammt viel. Sie war irgendwie unscheinbar und schlaksig. Und sie war sehr, sehr, sehr schüchtern. Ja, sie hat auch in dem Süßigkeitenladen gearbeitet. Sie haben direkt oben drüber gewohnt. Der Süßigkeitenladen befand sich im Erdgeschoß eines sechsstöckigen Hauses, die Storys wohnten im...»

Zimmerman schaute zu ihm hinüber. «Was ist los?»

«Nichts, mir ist nur gerade...»

«Was, Joe?»

Cullen schüttelte seinen Kopf. «Ich kann mich nicht mehr erinnern, auf welcher Etage sie gewohnt haben, das ist alles... An die

Wohnung selbst erinnere ich mich aber noch. Ich bin raufgegangen, wenn ich zu Chuck wollte. Ich kann mich nicht erinnern, daß Vera oft da war. Aber ich weiß einfach nicht mehr, auf welcher Etage die Wohnung war... Der Augenblick, der in meiner Erinnerung herausragt, war ihr Auftritt in einem Theaterstück. Eines dieser fürchterlichen Stücke, wie junge Amateure sie spielen – *The Late George Apley* oder so was. Vera war Inspizient des Stückes gewesen, und das Mädchen, das die Naive spielte, bekam Blinddarmentzündung, also sprang Vera für sie ein. Sie war außergewöhnlich – selbst Penner wie ich erkannten das. Es war wie in *All About Eve*: in einer Nacht vom Mauerblümchen zum gefeierten Star der Stadt. Nur daß es mehr wie bei Aschenputtel war, denn es war nur für eine einzige Nacht. Es gab andere Aufführungen, aber Vera spielte nicht mit; es gab Parties und Bälle, und Vera war nicht dabei... Ich weiß auch nicht, wieso.»

«Und nach der High School?» sagte Zimmerman.

Und über die Zeit nach der High School wollte Cullen nicht reden, und er war froh, daß er es auch nicht mußte – oder wenigstens nicht jetzt, denn er sah einen kräftigen jungen Schwarzen beinahe wie ein Zuhälter die Esplanade herunter auf sie zugeschlendert kommen.

«Dar*nelle*?» sagte Cullen.

«Darelle», sagte Zimmerman.

13

Darelle Dean, nicht direkt ein Informant, aber ein Mann, der ihnen ganz sicher etwas erzählen konnte, wenn sie dafür seiner Schwester, Deborah Dean von der Dean-Sache, das Leben etwas erleichtern konnten.

Darelle blieb stehen, behielt zwei Bänke zwischen sich und ihnen, nur für den Fall, daß sie *nicht* zu den guten Jungs gehörten. Er trug ein schwarz-goldenes Russell-Trikothemd, eine schwarze Nylon-Nike-Turnhose, die im Genitalbereich ein bißchen zu üppig geschnitten war, um bequem zu sein (bequem für Weiße), weiße Kniestrümpfe mit schwarzen und gelben Streifen, weiße Air Jordans, breite gelbe Schnürsenkel, nicht zugebunden à la mode. «Könnte es sein, daß die Gentlemen Mister Cullen und Mister Zimmerman sind?» Seine Stimme – eine James-Earl-Jones-Stimme – paßte nicht zu seinen Klamotten.

«Guten Morgen, Officer», sagte Cullen. «Ich bin Sergant Joe Cullen. Das hier ist Detective Neil Zimmerman. Was gibt's?»

«Ich denke, Detective Bermúdez hat Ihnen gesagt, daß ich angerufen habe.»

«Er hat uns gesagt, daß Sie angerufen haben.»

«Wir sind in der gleichen Straße aufgewachsen, Keith und ich. Soundview. Er ist ein paar Jahre älter als ich, aber ich war ziemlich groß für mein Alter, deshalb habe ich immer mit den älteren Kids Ball gespielt.»

«Ja, er hat so was in der Richtung angedeutet.»

«Ich denke, er hat gesagt, daß ich im Precinct One-Nine bin.»

«Hat er.»

«Ich denke, er hat gesagt, daß ich Deborah Deans Bruder bin.» Nur für einen Augenblick verfiel er in eine andere Diktion. «Ihr wißt schon, Leute, die Dean-Sache.»

Cullen lächelte und nickte. «*Yup.*»

«Okay, wenn ich mich setze?»

Cullen machte eine einladende Handbewegung. «He.»

Darelle setzte sich auf eine dritte Bank. «Heiß.»

Cullen lächelte und legte einen Knöchel auf das andere Knie und spreizte seine Arme über die Lehne seiner Bank. Seiner Bank.

«War einer von Ihnen heute in diesem Sturm draußen?»

«Mann», sagte Zimmerman.

Cullen sagte: «Puuuh.»

«Als es gerade am schlimmsten war», sagte Darelle, «hab ich telefoniert – freitags sitze ich immer in der Zentrale –, hab ein Gespräch geführt, von dem ich dachte, daß Sie sich vielleicht dafür interessieren würden. Ich hatte eine Scheißangst, weil eine Cousine von mir mal getötet worden ist, als sie bei einem Gewitter telefoniert hat.»

«Ja, ich hab davon gelesen», sagte Cullen – hatte es sich, genaugenommen, vorlesen lassen, von dem Computer-Freak. «Der Blitz schlägt in die Erde oder in ein Haus oder in einen Baum ein, und das Telefon ist dann so was wie ein Ventil für den Strom.»

«Mir ist der Gedanke gekommen», sagte Darelle, «daß ich vielleicht sicher wäre, daß mich der Blitz nicht treffen würde, denn es hatte ja schon meine Cousine erwischt. Sie wohnte in Georgia, aber wir gehörten immerhin zur gleichen Familie. Sie verstehen, was ich meine?»

Zimmerman sagte: «Sie meinen, der Blitz schlägt nicht zweimal zu?»

«Ge-nau», sagte Darelle.

«Einmal reicht für gewöhnlich aus.» Cullen hob eine Hand. «Damit will ich mich nicht über den Tod Ihrer Cousine lustig machen.»

Darelle schüttelte seinen Kopf. «Das ist zweifellos richtig. Einmal ist normalerweise zweifellos genug.»

«Was den Anruf angeht, Darelle», sagte Zimmerman.

Cullen sah Zimmerman an und nickte dankbar. Er hatte keine Lust, immer den bösen Cop zu spielen, den Burschen, den Informanten und Zeugen und überhaupt jedem, der ihre Zeit verplemperte, zu sagen, daß sie endlich zur Sache kommen sollten; der die Notizen auf den Bürokühlschrank legte und dabei sagte: WENN DU EIS WILLST, *ARSCHLOCH*, DANN MACH DIR EIS; der das fettige Pastrami in die Küche zurückschickte. So mußte er manchmal auch bei Hoagy Carmichael und dem Computer-Freak sein («James, im Schrank stehen noch eine Schüssel und zwei Gläser, die du bislang noch nicht benutzt hast. Also, spül nichts ab – okay? –, bevor du die nicht auch noch schmutzig gemacht hast»). Und es war gut für Zimmerman, daß er es selbst machte; es war Teil seiner Entwicklung, seiner Evolution von der Kaulquappe zum Ochsenfrosch im Teich des Lebens. Oder irgendeine andere beschissene Sache.

Völlig ernst und nüchtern sagte Darelle: «Der Anruf kam auf einer Leitung rein, deren Nummer in keinem Telefonbuch steht, der Captain nennt sie die *Slimeball*-Nummer, denn wenn er von zu Hause oder von der Straße aus anruft, kann er sie sich nur deshalb merken, weil die Ziffern den Buchstaben von *Slimeball* ohne die beiden *l* auf der Wählscheibe entsprechen. Der Anschluß ist nur für den internen Dienstgebrauch, nicht für die Öffentlichkeit, nicht für private Gespräche des Personals, weder ins Präsidium noch hinaus.

Der Anrufer war eine Frau. Jung und weiß, würde ich mal so vermuten. Sie sagte, sie hätte eine Frau – ungefähr eins zweiundsiebzig groß, fünfundfünfzig, sechzig Kilo oder so, Filzhut mit breiter Krempe, weiße Hose, blaue Schuhe – Leinen-Schuhe, so was wie Freizeitschuhe oder Espadrilles – aus der 119 East Seven-Oh kommen sehen, aus dem Haus des PC, so ungefähr zwischen sieben und halb acht an dem Abend, an dem er umgelegt worden ist.» Dieses Mal machte Darelle Dean eine beschwichtigende Geste. «Nichts für ungut, Sarge. Ich weiß, daß Sie in der gleichen Straße aufgewachsen sind.»

Cullen haßte es, Sarge genannt zu werden; er kam sich dann immer ergraut und dick vor, wo er doch erst ein paar graue Haare und einen leichten Bauchansatz bekam. «Dann konnte die angebliche Zeugin also nicht das Alter oder die Rasse oder die Haarfarbe der Frau erkennen, weil dieser Hut ihr Gesicht verbarg?»

«Das ist richtig.»

«Aber sie war sicher, daß es eine Frau war.»

«Sie verriet keinerlei Unsicherheit.»

«Und die ungefähr eins zweiundsiebzig groß, fünfundfünfzig, sechzig Kilo oder so, der Filzhut mit breiter Krempe – sind das Informationen, die die vermeintliche Augenzeugin von sich aus gab, oder haben Sie das aus ihr herausgekitzelt?»

«Sie hat es mir auf eine Weise gesagt, als wäre sie es gewohnt, solche Informationen zu geben, als wäre sie es gewohnt, solche Details zu registrieren – was, wie ich den Gentlemen ja nicht erst sagen muß, etwas ist, das auf die meisten Menschen nicht zutrifft.»

«Hat sie gesagt, wo sie war, Darelle?» sagte Zimmerman. «Daß sie sehen konnte, wie diese Frau aus der 119 herauskam? War sie auf der Straße oder in einem anderen Gebäude des Blocks?»

«Das hat sie nicht gesagt. Sie hat nur gesagt, was ich Ihnen gerade erzählt habe, und es waren ziemlich genau ihre eigenen Worte.»

«Und dann hat sie aufgelegt?» sagte Cullen.

«Und dann hat sie aufgelegt», sagte Darelle. «Ich weiß, daß ihr Gentlemen jetzt denkt, daß ich keine Zeit hatte, eine Fangschaltung aufbauen zu lassen, und was das angeht, haben Sie durchaus recht – aber wie das Schicksal so spielt, im Rahmen eines Pilotprojektes, das von der Telefongesellschaft mitfinanziert wird, hat das Revier ein *Exec-Call* installiert.»

«*Exec-Call?*» sagte Zimmerman, und wieder war Cullen ihm dankbar, denn er hatte auch keine Lust, dauernd den Souffleur zu spielen, den Burschen, der den Dingen nicht ihren eigenen Rhythmus ließ, der immerzu versuchte, die Pointe zu bekommen, ohne sich das ganze Gerede vorher anhören zu müssen.

«Eine Maschine, ziemlich ähnlich wie ein Anrufbeantworter, die, wenn das Telefon klingelt, auf einem Display die Nummer ausgibt, von der aus der Anruf kommt. Ist es jemand, dem man Geld schuldet, jemand, mit dem man aus was für einem Grund auch immer nicht reden will, dann läßt man es eben einfach klingeln oder schaltet auf den Anrufbeantworter um. Zusätzlich kann das Gerät so programmiert werden, daß Anrufe von maximal sechs Anschlüssen überhaupt nicht angenommen werden. Ein weiteres Leistungsmerkmal: Wenn man irgendwo anruft, und es ist besetzt, dann wählt die Maschine selbsttätig eine halbe Stunde lang immer wieder die gewünschte Nummer. Das Ding ruft automatisch die letzte Nummer an, von der aus man angerufen worden ist, ob man nun rangegangen ist oder nicht. Und so weiter. Eine wirklich außergewöhnliche Maschine. Sobald das Ding auf den Markt kommt, werde ich mir auch so eins besorgen. Die Verkaufsrepräsentantin von der Telefongesellschaft, die die Maschine im Revier installiert hat, wird mir einen Discountpreis machen.»

Cullen hatte ihn nicht unterbrochen, weil er genau wußte, daß Zimmerman sowieso darauf bestehen würde, alles über dieses Gerät zu hören, daher besser früher als später. Andere Cops horteten *Playboy* oder *Penthouse* in ihren Schreibtischschubladen; in Zimmermans Schublade lagen Kataloge von Brookstone, The Sharper Image, D.F. Sanders, Sointu, State of the Art, Williams Sonoma. Und er geilte sich an den Dingern nicht nur auf, er bestellte auch aus ihnen. Du weißt schon von dem Saab, dem Blaupunkt, dem Aiwa, dem Sony Discman, aber noch nichts von dem Metro-One-Zellulartelefon und der Knight-Hawk-II-Autoalarmanlage, nichts von dem Copy-Jack-96-Taschenkopierer, dem Lamy-Kugelschreiber, dem

Terminplaner im Porsche-Design, dem wiederaufladbaren und mit Platin beschichteten Rasierer von Braun, dem Becker-Aluminiumtaschenrechner, den Serengeti Drivers, den elektrolytisch beschichteten Werkzeugen von Tech mit Gummihandgriffen (Hammer, Kreuzschlitz- und Flachkopfschraubenzieher, Spitz- und Kombizange) – jedes Teil mit speziellen Taschen und Nischen und Mulden und Schlitzen in dem Halliburton-Aluminiumkoffer, von der Braun-Kaffeemühle, der Krups-Kaffeemaschine, der Europiccola-Espressomaschine, der Halogenschreibtischlampe von Yafa, der Bügelfaltenmaschine von Corby, dem Sony DiscJockey, der Fernseher-Videorecorder-Kombination von Panasonic (um irgendwelche Fortsetzungsserien aufzunehmen), das StumpJumper-Epic-Mountain-bike, dem Precor Fitness Climber 718e, dem Pro-Trainer-Blutdruckmeßgerät, der Waage von Soehnle, dem Interplak, dem Sound Soother 2 (um, so stellte Cullen es sich vor, den Lärm anderer Sound Soother 2 nicht durchzulassen, die durch die ganze Upper East Side hallten, während die Yuppies sich behaglich auf ihre Futons kuschelten).

«Dann haben Sie den Anruf also bis zu welchem Anschluß zurückverfolgt, Darelle?» sagte Cullen.

«Eine Telefonzelle. Ecke Seven-Oh und Lex.»

«Und ein Streifenwagen ist sofort hin, war aber niemand mehr zu Hause.»

«Es sind zwei Telefone, zur Straße hin offen, eigentlich keine richtige Zelle. Es dauerte ungefähr zehn Minuten, bis ich einen Wagen hinschicken konnte. Irgendwelche Stromleitungen sind bei dem Sturm drüben auf der Eight-One und Second runtergekommen. Während der Wagen zum Einsatzort fuhr, habe ich die Rückrufautomatik des Gerätes benutzt, nur für den Fall, daß zufälligerweise jemand ranging und mir denjenigen beschreiben konnte, der das Telefon als letzter benutzt hatte. Ist aber niemand rangegangen. Als der Wagen dort eintraf, stand ein männlicher Hispanic an dem anderen Apparat. Der Captain hat den Leuten vom Streifenwagen gesagt, sie sollten ihn fragen, ob er jemanden gesehen hätte, ihn ansonsten aber in Ruhe lassen.»

«Was hat der Captain sonst noch unternommen?»

«Er hat mir gesagt, ich sollte Chief Walsh anrufen.»

«Und?»

«Es dauerte eine Weile, bis ich ihn endlich erreichte. Ich hab zuerst im Polizeipräsidium angerufen, hatte total vergessen, daß er ja auf der Beerdigung des PC sein würde. Schließlich habe ich ihn in seinem Wagen erreicht.» Darelles Stimme und seine Art wurden weniger bestimmt; er wußte, daß er jetzt zu dem kitzligeren Teil seiner Geschichte kam, zu dem Teil, wo alles entweder gerade und sicher dasteht oder wo alles einfach in sich zusammenkracht. «Ich habe nicht gehört, was Walsh und der Captain gesagt haben.»

«Aber Sie haben eine Vorstellung», sagte Cullen.

«Tjaaa...»

«Versuch's einfach, Darelle», sagte Zimmerman.

«Walsh...»

Sie warteten.

«Walsh hat dem Captain gesagt, daß es nichts als sinnlose Vergeudung von Zeit und Personal wäre, den Anruf irgendeines Spinners weiterzuverfolgen, wo doch klar wäre, daß Tom Valentine derjenige war, der den PC umgelegt hat. Er hat den Captain daran erinnert, daß die Spurensicherung und die Mordkommission und die Einsatzgruppe seines eigenen Reviers die gesamte Nachbarschaft abgegrast hätten, ohne dabei irgend jemanden gefunden zu haben. Mal abgesehen von dem Portier, der Valentine in der Nähe von Storys Haus gesehen haben will.»

Cullen stand auf und reckte sich. Er ging zu dem Geländer der Esplanade hinüber, legte seine Hände um die Dorne, stemmte seine Füße fest auf den Boden und lehnte sich weit zurück. Ein gewölbter Mond, der ihm bislang noch nicht aufgefallen war, starrte vom Zenit genau auf ihn herab. Er schwitzte auch, genau wie sie drei, genau wie alles andere auch. Er zog sich wieder hoch und schüttelte seinen Kopf, um ihn frei zu machen, und setzte sich wieder hin. «Diese, äh, *Slimeball*-Nummer, Darelle – werden Sie manchmal von Zivilisten über diesen Anschluß angerufen?»

«Ich sitze nur freitags in der Zentrale.»

«Ich weiß.»

«PDs rufen an, suchen irgendeinen festnehmenden Beamten. Und auch DAs. Ab und zu rufen auch mal die Feds an. Einmal habe ich einen Anruf von Rudolph Giuliani persönlich angenommen. Zivilisten rufen aus der Personalabteilung, der Lohnbuchhaltung oder der Beschaffungsstelle an. Die fürchterlichen PLBs, nennt der Captain die immer. Der Captain ist ein witziger Typ, manchmal.»

Cullen und Zimmerman lächelten.

Dann folgte ein längeres Schweigen. Es war 00 : 37 : 57 ... 58 ... 59. 00 : 38 : 00.

Zimmerman beugte sich auf seiner Bank vor, legte die Ellbogen auf die Knie. «Ein PD, ein DA, ein Fed, die würden doch alle wissen, daß Notrufe, daß Anrufe unter der Nummer für Sonderinformationen mitgeschnitten würden. Ein PD, ein DA, ein Fed würde wissen, daß eine Stimme auf Band möglicherweiser von einem Cop, einem anderen PD oder DA oder Fed identifiziert werden könnte.»

Cullen nickte.

Darelle sagte: «Das ist richtig.»

«Ein PD, ein DA, ein Fed würde gute Personenbeschreibungen liefern können», sagte Zimmerman.

Cullen nickte.

Darelle sagte: «Das ist richtig.»

«Ein PD, ein DA, ein Fed, der die *Slimeball*-Nummer kennt, könnte vielleicht auch über die *Exec-Call*-Maschine Bescheid und folglich auch wissen, besser von einer Telefonzelle aus anzurufen», sagte Zimmerman.

Cullen lächelte. *Exec-Call*: Zimmerman hatte sich bereits vorgenommen, sich das Ding mal vorführen zu lassen.

«Das ist richtig.»

«Eine Frau, die bei einem Gewitter aus einer öffentlichen Telefonzelle auf der Straße telefoniert, könnte vielleicht bemerkt worden sein», sagte Zimmerman. «Von Ladenbesitzern, Portiers, einem Briefträger, einem Busfahrer.»

Cullen nickte.

«Das ist richtig.»

Zimmerman lehnte sich wieder zurück.

«Danke, Officer Dean», sagte Cullen.

«Ich dachte mir nur, als ich hörte, daß Sie und Tom Valentine auch in der gleichen Straße aufgewachsen sind, Sarge, daß Sie vielleicht gerne wissen würden, daß es vielleicht einen Zeugen gibt, der ihm vielleicht aus der Klemme helfen könnte. Das sind eine Menge

Vielleichts, das ist mir schon klar. Und da Sie und der PC ja auch in der gleichen Straße aufgewachsen sind, tja, also, es ist schon ganz schön kompliziert, schätze ich.»

«Es ist kompliziert, aber trotzdem vielen Dank... Ich fürchte, wir haben nichts für Sie.»

«He, ist schon okay. Deswegen bin ich nicht hier.»

«Aber da ist vielleicht noch etwas, das Sie für uns tun könnten, und vielleicht kommt am Ende dabei raus, daß wir doch etwas für *Sie* tun können.»

«Und das wäre, Sarge?»

Nenn mich nicht Sarge. «Wir haben die Telefonunterlagen Ihrer Schwester. Sie hat regelmäßig die Nummer der Zentrale des Polizeipräsidiums angerufen, um – wollen wir in diesem Punkt ganz offen sein –, um mit dem Burschen zu reden, der auf sie geschossen hat. Sie haben keinerlei Grund zu der Annahme, daß der Bursche, der auf sie geschossen hat, *kein* hohes Tier war, oder?»

Darelle schüttelte seinen Kopf.

«Wir auch nicht. Detective Zimmerman hatte die Idee, die Telefonunterlagen des Polizeipräsidiums zu überprüfen, um mal zu sehen, ob von irgendeinem Anschluß vielleicht regelmäßig die Nummer Ihrer Schwester angerufen worden ist. Das ist eine verdammt große Aufgabe, und wenn wir uns die Genehmigung über den normalen Dienstweg besorgen, könnte der Täter womöglich gewarnt werden. Sie erwähnten vorhin einen Verkaufsangestellten der Telefongesellschaft. Sie sind nicht zufällig mit ihm befreundet?»

»Äh, es ist eine Sie, Sarge.»

«Okay, schön. Haben Sie eine gute Beziehung zu ihr?»

«Äh, also, äh...»

Cullen sah Darelle an Zimmerman vorbei an. Er grinste. «Ich verstehe.»

«Yeah.»

«Es ist nichts dabei, Darelle.»

«Ich war nicht ganz sicher, Sarge. Ich meine, ihr Jungs seid schließlich von der IAU. Ich dachte, vielleicht war es doch keine so gute Idee, ihr wißt schon, mit einem Vertreter eines Privatunternehmens freundschaftlichen Umgang zu haben, das an einem Pilotprojekt beteiligt ist.»

«Ich denke, das ist schon in Ordnung, Darelle.»

«Gut. Gut. Da bin ich froh. Ich hatt's auch gehofft.»

«Dann könnten Sie doch vielleicht Ihre Freundin fragen, Darelle, ob es irgendeine einfache Möglichkeit gibt, eine solche Überprüfung laufen zu lassen. Sehen Sie, wir wissen nicht, ob die Anrufe – falls es solche Anrufe überhaupt gab – direkt gewählt worden sind oder ob sie über die Zentrale liefen oder was. Außerdem, jetzt wo ich gerade so daran denke, könnte uns Ihre Freundin vielleicht auch die MUDS der öffentlichen Fernsprecher in diesem Gebäude besorgen, weil nämlich der Bursche, der auf Deborah geschossen hat, vielleicht einen davon benutzt hatte.»

«Ich bin sicher, daß ich das für Sie machen kann, Sarge. Sie ist eine außergewöhnlich fähige Frau.»

Sie standen alle auf und schüttelten sich die Hände, und Darelle schlenderte wieder fast wie ein lässiger Zuhälter die Esplanade hinunter (nur daß es jetzt wie der Gang eines Mannes aussah, der freundschaftlichen Umgang mit einer außergewöhnlich fähigen Frau pflegte) und verschwand schließlich in der Dunkelheit. Cullen und Zimmerman warfen einen letzten Blick auf Manhatten, auf die Brücken, die Freiheitsstatue weit draußen im Hafen. Es war zwölf Uhr fünfundfünfzig auf der Uhr des Watchtower.

«Ein langer Tag», sagte Zimmerman.

Cullen sagte: «Ein langer Tag.»

«Und morgen wieder.»

«Es ist schon morgen.»

«Soll ich dich nach Hause fahren?»

Cullen gab in letzter Zeit nur noch kurze Gastspiele zu Hause. Die Pflanzen, die er, wie der Computer-Freak immer wieder hartnäckig behauptete, für ein ausgewogenes Ökosystem brauchte, starben; Rechnungen und Reklamezettel von Supermärkten und Flugblätter, auf denen nach vermißten Kindern gesucht wurde, und Preisausschreiben türmten sich knöchelhoch hinter seiner Tür, wo er sie liegenließ, denn was hatte es schon für einen Sinn, sie aufzuheben, es gab sowieso keine richtige Post da unten; Staub würde auf Staub liegen; die Reste im Kühlschrank würden sich vermehrt und einen Plan ausgeheckt haben, ihn zu überwältigen und zu fliehen, wenn er die Tür aufmachte – unwiderlegbarer Beweis, Euer Ehren, daß hier kein Joe Cullen wohnt. Ebenfalls ist es nicht, wie ich mich beeile hinzuzufügen, sein erstes Vergehen.

«Setz mich bei Ann ab», sagte Cullen.

14

«Weißt du –» Cullen war kaum durch die Tür von Anns Wohnung, sie lag im hinteren Teil des Erdgeschosses eines Sandsteingebäudes am Riverside unmittelbar gegenüber dem *Soldiers-and-Sailors-*Denkmal –, «du bist nie zu Hause.»

«Ich wohne hier nicht», versuchte Cullen. «Ich meine, es stimmt schon. Ich *bin* nie zu Hause. Aber ich wohne nicht hier, deshalb ist es nicht so, daß ich nicht *zu Hause* bin, es ist vielmehr, daß ich nicht *hier* bin.»

Sie starrte ihn durch ihre Schildpatt-Brille an – sie hatte im Garten gesessen und im Licht, das durch die offene Verandatür hinausfiel, auf ihrem Toshiba-Laptop geschrieben –, hatte die Hände in die Hüften gestemmt. Sie hatte nackte Füße und trug ein großes T-Shirt, auf dem ursprünglich mal gestanden hatte:

Nicks und Kathryns Hochzeit
6. Juni 1982
Washington, CT, 06793

Quer über den Saum des Ärmels stand, wie bei einem Sportler, *Brautjungfer*. Mit einem Wäschestift hatte Ann, hinter das Hochzeitsdatum, *15. Februar 1987* geschrieben, der Tag, an dem Nicks und Kathryns Scheidung endgültig wurde («Es war die Postleitzahl, die Unglück gebracht hat», theoretisierte Ann. «Wer würde seiner Hochzeits-*Postleitzahl* gedenken?»), und ein kleines Grab und einen Grabstein gemalt. Unter dem Hemd trug sie nur einen Slip. «Würdest du das bitte noch mal wiederholen?»

«Ich möchte ein Bier.» Er ging in die Küche und öffnete ein Corona und nahm die Flasche mit ins Bad und zog sich aus und stieg unter die Dusche.

Ann kam herein. Sie zog den Duschvorhang ein Stück zurück und setzte sich auf den Toilettensitz. Sie schüttete etwas Bier in einen Plastikbecher aus dem Zahnbürstenhalter und trank. «Also, was sollen wir nur von dem launischen Verhalten der kleinen Claire Langois in letzter Zeit halten?»

«Ihr Stiefvater wurde ermordet und verstümmelt. Der Fahrer ihrer Tante wurde von einem Heckenschützen erschossen.»

«Und von euch Helden? Gott, du bist einfach überall gewesen, stimmt's? Genau wie Errol Flynn oder so.»

Cullen ließ den Wasserstrahl auf seinen Nacken einschlagen.

«Oder?»

Gott weiß warum – oder vielleicht war es auch vollkommen offensichtlich, da er in einer Dusche stand, während das Wasser seinen Hals massierte, aber Cullen war in Gedanken bei einem komischen, alten, kleinen Haus an der Greenwich Street, unmittelbar südlich der Spring Street, direkt um die Ecke des *Ear Inn*, seine und Anns Stammkneipe, das das rätselhafte Schild trug: *Viel Wasser wird verschüttet von der Quelle bis zum Gebrauch*. Die wahrscheinlichste Auslegung, die ihnen einfiel, war, daß es eine Variation des Spruches *Man soll den Tag nicht vor dem Abend loben* sein könnte, wer auch immer das zum Teufel gesagt hatte.

«Oder?»

Cullen riß den Duschvorhang ganz auf. «Gottverdammt noch mal, Ann, ich bin erschöpft, also nimm dein Gejammer, daß ich nicht mit dir zusammenleben will, und schieb es dir in den Hintern.»

Sie zuckte zusammen; sie waren vulgär zueinander, aber nicht grausam, und oft stritten sie darüber, worüber sie sich überhaupt stritten, um nicht zu verdrängen und abzuwiegeln. «Bitte, dreh das Wasser ab. Oder mach den Vorhang wieder zu. Es wird ja alles patschnaß.» Sie stand auf und machte ein großes Theater daraus, ein paar Tropfen von der Glasscheibe des Bilderrahmens abzuwischen, unter der ihr Lieblingscartoon aus dem *New Yorker* hing, eine Zeichnung von Cline – aalglatte Yuppie-Frau zu aalglattem Yuppie-Mann: «*Ruf mich an, wenn du aufhörst zu wachsen.*»

Cullen (dessen *New-Yorker*-Lieblingscartoon beinahe einer anderen Generation entstammte, ein Steinberg, auf dem sich zwei Männer wie in einem Duell gegenüberstanden, wobei der rechte in überladener Schrift die Namen Raskolnikov, Rodion, Emma Bovary, Pavel Ivanovich, Chichikov, Candide, Ahab, Leopold Bloom, Papageno, Julien Sorel und Gulliver trug, der Mann links nur den Namen Kim Novak) zog den Vorhang wieder zu und blieb absichtlich weitere fünf Minuten nach seiner Computer-Freak-bis-dreißig-Meter-Tiefe-wasserdichten-Uhr unter der Dusche, obwohl er so müde war, daß er kaum noch stehen konnte. Ann war nicht mehr da, als er herauskam, aber sie brachte ihm ein großes, dickes, sauberes Badetuch und ein frisches Bier in einem eisgekühlten Glas.

«Tut mir leid», sagte Ann.

«*Mir* tut's leid.»

Sie küßten sich, ziemlich versuchsweise. Das Badetuch machte ihn nervös; es war eines dieser luxuriösen Notwendigkeiten, wie Männer sie niemals kaufen und wegen denen sie den Frauen die Maßlosigkeit unterstellen, sie zu kaufen; das war *Kram*, und Männer besitzen keinen Kram, und das ist auch der Grund, warum Männer nicht gern mit Frauen zusammenziehen – es legt ihre Armut frei. («Hier lebst du also», hatte Ann gesagt, als er sie das erste Mal mit nach Kew Gardens genommen hatte. Sie hatte natürlich gemeint: «*So lebst du also...*») Und auch das eiskalte, beschlagene Glas war gefährlich; in Zimmermans Gefrierfach – Ann war einmal auf einer Party in seiner Wohnung gewesen – gab es nichts anderes als eiskalte Gläser und Eiswürfelschalen, genau wie es darunter nichts anderes als Sechserpacks *Sam Adams* und schicke kleine Plastikbehälter von schicken kleinen Feinschmecker-Imbissen gab. Wollte sie ihm damit vielleicht sagen...? Was versuchte sie, ihm damit zu sagen?

«Ich bin heute nachmittag zur East Seventieth rausgefahren, nur um mal zu sehen, wie die noble Upper East Side, wie die Boulevardzeitungen es nennen, tagsüber aussieht. Ich hätte genausogut in Williamsburg sein können – oder in Brooklyn oder in Virgina. So sehr unterscheidet sich das Leben da oben von dem Leben, wie du und ich es führen. Sehr wenig Männer – die handeln alle mit Wertpapieren oder machen Geschäfte mit ihrem Köpfchen. Unmengen Frauen, die, ihrem Gang und den Taschen in ihren Händen nach zu urteilen, gerade auf dem Weg zum Einkaufen sind – aber nicht ganz ordinäres Einkaufen; Tampax und süße kleine Halsketten, die ihnen zufällig ins Auge fallen –, dabei aber total aufgedreßt, selbst bei diesem Wetter. Kleine Kinder mit gewichtigen Namen – Hudson und Samantha –, mit Au-pair- und Kindermädchen, aber nie mit ihren Müttern. Ein Gefühl, daß jeder dort nur für einen Augenblick dort ist, bevor sie endlich wieder nach East Hampton oder zum Vineyard oder Cape zurückkönnen. Antiquitätengeschäfte, bei denen du Angst hast, vorbeizugehen, geschweige denn hinein, du könntest ja was kaputtmachen. Arztpraxen – jede Menge Kosmetische und Plastische Chirurgie; obskure Organisationen – Theosophie, solches Zeug. Schon mal einem Theosophen begegnet? Hunter College. Die Mali Mission. Nenn mir eine Stadt in Mali.»

«Timbuktu.»

Sie schnalzte mit der Zunge, verärgert darüber, daß er es wußte. «Ich würde gerne mal deine Meinung hören. Zu zwei Dingen.»

Cullen verschwand unter dem Badetuch und rieb sich die Haare trocken. Lieber wäre es ihm, wenn sie ihm gleich sagte, daß es nicht gut für seine Haare war, wenn er sie frottierte, daß er sie einfach trockenkämmen sollte, und dann den nächsten Teil hören. Schließlich blieb ihm nichts anderes übrig, als wieder aufzutauchen.

Ann lächelte. «Hallo.»

«Hallo.»

«Du solltest deine Haare nicht so abtrocknen, du solltest sie auskämmen.»

«Ann, bitte. Ich bin erschöpft. Ich falle hier gleich um.»

«Heißt das, keinen Sex?»

«Ja. Nein. Vielleicht. Morgen früh. Ich weiß nicht. Sag mir einfach, was du mir zu sagen hast. Bitte.»

«Als Story zum PC ernannt wurde, gründete er einen Trust, um die Corinthian Holdings zu leiten. Das weißt du.»

Cullen setzte sich auf die Kante der Wanne und trank das Bier. Korinthisch, dorisch, ionisch – vor langer Zeit und weit entfernt war ihm beigebracht worden, daß das die – wie hieß das Wort noch gleich? – die *Disziplinen* der griechischen Architektur waren. Wieso war ihm das beigebracht worden, und worin bestand der Unterschied zwischen und unter ihnen? Er hatte keine Ahnung. *Viel Wasser wird verschüttet von der Quelle bis zum Gebrauch.*

«Lyons hat den SportsDome gepusht, um die Bürger von einigen der Probleme abzulenken, die diesen Koloß unter den Städten in der letzten Dekade des zwanzigsten Jahrhunderts zu überwältigen drohen«, sagte Ann. «Jeder glaubte, der Sportpalast würde, falls er gebaut wurde, in der Innenstadt gebaut, auf einer weiteren ehemaligen Mülldeponie, wo er nur häßlich und aufdringlich und unter Umweltgesichtspunkten fragwürdig sein würde. Lyons überraschte alle mit seiner Genehmigung des Clinton-Geländes, was häßlich und aufdringlich und unter Umweltgesichtspunkten fragwürdig ist *und* außerdem noch Tausende von Menschen aus ihren Wohnungen vertreibt. Die meisten von denen werden nicht in der Lage sein, sich neue Wohnungen zu leisten, ganz zu schweigen von gleichwertigem Wohnraum. Auch das weißt du.

Was du aber nicht weißt, was ich erst heute herausgefunden habe, ist, daß Story, wissend, zu welcher Entscheidung Lyons tendierte, der Corinthian einen Tip gab, daß dieses kleine, unscheinbare Fleckchen von Manhattan zum Baugrundstück für einen prächtigen Vergnügungspalast erklärt worden war und daß es sich lohnen könnte, ein Stück davon zu besitzen – vorzugsweise mehrere Stücke. Die Corinthian stellte also einen Schwindel auf die Beine... Schüttel deinen Kopf nicht so.»

«Ich schüttele meinen Kopf, weil deine Informationsquelle sich irrt. Deine Informationsquelle ist ein Schwindel.»

«Meine Informationsquelle», sagte Ann, «ist absolut zuverlässig. Er sagt ferner – ich benutzte das männliche Pronomen lediglich aus Gründen der Zweckmäßigkeit; meine Quelle könnte durchaus auch eine Frau sein –, er sagt außerdem, daß man sich in den Kreisen, die sich ihren Lebensunterhalt damit verdienen, Streichhölzer an Gebäude zu halten, erzählt, in Clinton gäbe es eine Menge Arbeit, man müßte lediglich seinen Lebenslauf, oder was auch immer sie vorzuweisen haben – Asche wahrscheinlich –, einschicken, man müßte einfach nur seinen Arsch zu einem Mann in Bewegung setzen, der unter dem Namen Marks bekannt ist. Das ist natürlich nicht sein richtiger Name; er bezieht sich damit auf die Narben in seinem Gesicht, so eine Art Verdienstabzeichen, nehme ich an, die er sich in der Schule der harten Schläge verdient hat. Marks ist der Verbindungsmann zu denen, die Häuser flambiert haben möchten, und meine Quelle behauptet, daß er zu einem bestimmten Zeitpunkt im vergangenen Monat jemanden suchte, der das *Raleigh* flambieren würde... Erde zu Cullen.»

Cullen war tiefer und immer tiefer in einen Swimmingpool auf einem David-Hockney-Poster an der Wand gesunken. *(Viel Wasser wird verschüttet von der Quelle bis zum Gebrauch.)* Mit dem, was ihm noch an Kraft geblieben war, tauchte er jetzt wieder auf. «Hast du jemals persönlich mit Marks geredet?»

Sie schütttelte ihren Kopf. «Er verlangt fünf Hunderter, nur um sich mit dir an einen Tisch zu setzen.»

«Ann, hör bitte endlich auf, wie ein Spieler zu reden. Journalisten sind keine Spieler, sie sind Zuschauer.»

«Tut mir leid.» Ann hockte sich zwischen seine Beine. «Ich wollte das, was du getan hast, nicht abwerten. Du bist wunderbar, ein wunderbarer Cop. Was du mit Claire Langois gemacht hast – beide Male, was du und Neil gemacht habt, als der Fahrer erschossen wurde, das war wirklich wunderbar. Ja, ich bin ein Zuschauer, und manchmal möchten die Zuschauer auch gerne wie die Spieler reden; beim Baseball lachen wir uns dann immer kringelig.» Während sie sprach, legte sie ihre Hände auf seine Oberschenkel, arbeitete sich unter dem Badetuch mit ihren Fingern bis zu seinem Schoß vor. Es fühlte sich gut an.

«Was war die zweite Sache?» sagte Cullen.

Ann setzte sich im Schneidersitz auf die Badematte, legte ihre Ellbogen auf seine Knie. «Die zweite Sache ist: Hast du ihre Alibis überprüft?»

«Wessen Alibis?»

«Claires und das ihrer Mutter.»

«Claires?»

«Und das ihrer Mutter.»

«Alibi ist nicht das Wort, nach dem du hier suchst. Sie waren hundert Meilen weit entfernt.»

«Behaupten sie.»

Cullen schob ihre Ellbogen von seinen Beinen und wickelte sich in das Badetuch ein. «Himmel, Ann. Nicht jeder ist ein Verdächtiger.»

«Warum nicht?»

Darauf hatte er keine Antwort. «Lise und Claire sind von einem Flugzeug der Polizei aus East Hampton in die Stadt zurückgeflogen worden. Dorthin waren sie von ihrem Haus in Sag Harbor gefahren.»

«Saga*po*nack.»

«Wo auch immer.»

«Waren sie allein in Sagaponack? Hatten sie Gäste in ihrem Haus? Gibt es Bedienstete oder Nachbarn, die bestätigen könnten, daß sie dort waren?»

«Ann, kein Mensch hat daran gedacht, *bestätigen* zu wollen, daß sie dort gewesen sind. Chuck ist ermordet worden, sie wurden verständigt und abgeholt, also, was meinst du, verdammt noch mal, mit ‹bestätigen›?»

«‹Abgeholt.› Wie putzig.»

«Leck mich.»

Sie reckte ihr Kinn. «Ja, schön, leck mich *das* hier: Jemand hat Lise Story am Vierten gegen sechs Uhr auf der LIE gesehen – am Morgen des Tages, an dem Story ermordet wurde. Sie fuhr in einem weißen Benz in westlicher Richtung. Neben ihr saß jemand, der wahrscheinlich Claire Langois gewesen ist, doch die Person schlief, und ihr Kopf war abgewendet, daher konnte er es nicht mit Sicherheit erkennen.»

«Du benutzt das männliche Pronomen lediglich aus Gründen der Zweckmäßigkeit; deine Quelle könnte durchaus auch eine Frau sein.»

Sie warf ihm einen boshaften Blick zu. «Jemand, der auch beim *Magazine* arbeitet. Er hat eine Wohnung in Remsenburg, er mußte wegen einer Beerdigung in die Stadt kommen, eine weitere AIDS-Beerdigung.»

«Wer?»

«Spielt das wirklich eine Rolle?»

«Ja.»

«... John Anthony.»

«John *An*thony?»

«Nur weil du mit seinen Filmkritiken nicht immer einer Meinung bist, Joseph ...»

«Ich bin *nie* einer Meinung mit John Anthonys Filmkritiken. Und der Grund, warum ich nie einer Meinung mit John Anthonys Filmkritiken bin, ist ganz einfach der, daß er sich häufig im Irrtum darüber befindet, was da direkt vor seiner Nase auf dieser großen, sehr, sehr großen Leinwand vor sich geht – auf einer Leinwand, die völlig bewegungslos ist, und das gleiche gilt für ihn. Mit dem Ergebnis, daß ich geneigt bin, alles zu bezweifeln, was John Anthony darüber zu sagen hat, was passiert ist – wer hinter dem Steuer saß, wer geschlafen hat, wer überhaupt irgendwas gemacht hat – in einem Auto – welches Fabrikat das Auto hatte –, das sich mit sechzig Meilen die Stunde fortbewegte.»

«Eher so an die achtzig, hat John gesagt. Er hat gerade nur einen flüchtigen Blick von ihnen erhaschen können.»

«Ann.»

«Keine Angst. Bevor ich das drucke, werde ich es überprüfen.»

Cullen hatte eine Eingebung. «Welche Ausfahrt?»

Ann sah ihn triumphierend an. «An welcher Ausfahrt der LIE er sie gesehen hat? Ich wußte doch, daß du das fragen würdest. Lake Success. Genau an der Stadtgrenze. So, ja, sie sind den ganzen Weg reingekommen – oder zumindest so weit.»

«Du bestreitest aber nicht, daß sie am East End waren, als die Maschine kam, um sie abzuholen?»

«Natürlich nicht.»

«Aber du deutest an, daß sie an diesem Morgen möglicherweise in die Stadt hinein- und dann irgendwann später an diesem Tag wieder hinausgefahren sind.»

«Ja.»

«Aber du deutest nicht an, daß sie an diesem Morgen möglicherweise in die Stadt gefahren sind, sich bis zum Abend dort aufgehalten haben, Story ermordet haben, dann wieder rechtzeitig hinausgefahren sind, um von der Maschine abgeholt zu werden.»

«Sei nicht dumm», sagte Ann, machte Bronson Pinchot aus *Berverly Hills Cop* nach. *Sei nicht dumm!*

Schweigen.

«Tut mir leid, daß ich gebrüllt habe.»

«*Mir* tut's leid.» Ann schob wieder ihre Hände unter das Badetuch und drückte seine Schenkel.

Und streichelte ihn.

Sie zog das Tuch weg, riß es unter ihm fort und warf es unter das Waschbecken. «Hmmm.»

«Ann.»

Sie kniete sich hin und leckte ihn.

Das war eine seiner Phantasien, nur daß er in seiner Phantasie unter der Dusche stand und sie den Duschvorhang aufzog und sich auf den Rand der Wanne setzte, ihre nackten Füße in der Wanne, ihre Beine weit gespreizt. Sie trug ein tief ausgeschnittenes rotes Kleid, dessen Rock sie über ihre Hüften hochgeschoben hatte. Das Kleid wurde nasser und nasser, ihre Haare wurden nasser und nasser, sie trank das Wasser, das von ihm herunterlief, während sie ihm einen blies. «Ann.»

Ohne von ihm zu lassen, verschränkte sie ihre Arme und zog ihr großes T-Shirt über ihren Hals, ihren Kopf. Blitzschnell, dabei die Verbindung nur einen Sekundenbruchteil unterbrechend, zog sie ihre Arme heraus und warf das T-Shirt zu dem Handtuch, dann nahm sie ihn wieder in ihren Mund. Er tippte auf ihre Schulter. «Ann?»

Sie schaute zu ihm auf, was sie in seiner Phantasie auch machte, nur daß sie in der Phantasie zufrieden aussah und nicht verärgert.

«Bitte.»

Sie hörte auf, schnaufte und setzte sich auf ihre Hacken zurück. «Bitte *was*?»

«Ich will, daß du damit aufhörst.»

Sie sah auf seine Erektion; dann wieder zu ihm auf. «Aufhören?»

«Dann sind Lise und Claire eben in die Stadt gefahren, na und? Vielleicht, nur vielleicht sind sie nach Forest Hills gefahren, zum West Side Tennis Club. Um Tennis zu spielen. Tennis ist etwas, das sie beide ziemlich gut können.»

Das war ziemlich clever, das mußte er zugeben, besonders in Anbetracht der Umstände, unter denen er sich das ausgedacht hatte, und Ann war jetzt aufgestanden, so weit von ihm entfernt wie sie nur konnte, ohne das Bad verlassen zu müssen, lehnte gegen die Tür, über der die Reproduktion eines eins achtzig großen Helden von Manganaro hing. («Ich habe schon mein ganzes Leben nach einem eins achtzig großen Helden gesucht», hatte sie zu dem Geschäftsführer gesagt, als sie ihn anbettelte, ihr das Schild zu verkaufen. «Was Besseres werde ich wahrscheinlich nie finden.») «Du würdest alles für sie tun, stimmt's?» *Snake.*

Seine Antwort, hätte er die Gelegenheit bekommen zu antworten, wäre er nicht, mehr vor Angst und Überraschung als aufgrund der Wucht (obwohl die Explosion laut genug gewesen war, um auch Wucht zu *haben*), in die Badewanne zurückgeworfen worden, mit seinem Hinterkopf und einem Ellbogen auf das Porzellan geknallt, und hätte er sich bei dem Versuch, seinen Sturz abzufangen, nicht sein Handgelenk verstaucht – dann wäre seine Antwort gewesen, daß alles, was er bislang in dieser Angelegenheit getan hatte, nichts als seine Pflicht gewesen war, eine Pflicht, und das wußte Ann nur zu gut, der aus dem Weg zu gehen er sich die größte Mühe gegeben hatte; daß er alles, was er getan hatte, nicht *für* jemanden getan hatte – in seiner Ausbildung war ihm nicht beigebracht worden, wählerisch zu sein, ihm war beigebracht worden, zu reagieren, abzuwägen, zu analysieren, geeignete Reaktionsformen nicht auf der Grundlage persönlicher Vorlieben auszuwählen – pro und contra –, sondern ausschließlich aufgrund seines eigenen Bewußtseins um und Kenntnis seiner Fertigkeiten und Fähigkeiten, bla, bla, bla und so weiter und so fort. Kurz, seine Antwort, hätte er die Gelegenheit bekommen, zu antworten (*Viel Wasser wird verschüttet von der Quelle bis zum Gebrauch*), würde Affenscheiße, gefolgt von noch mehr Affenscheiße, gekrönt von Affenscheiße gewesen sein.

Die Brandbombe, die durch die weit offenstehende Tür von Anns Garten in die Wohnung geworfen worden war – obwohl deren Druckwelle gegen die Tür krachte, gegen die sie sich gerade lehnte, sie gegen die Handtuchstange schleuderte –, verschonte sie davor, sich das alles anhören zu müssen.

15

Der Traum ist immer der gleiche:

Ohne anzuklopfen, jedoch nicht ohne Vorwarnung tritt er ein: das Knarren seiner Schlafzimmertür; das Tap-tap-tap seiner Hausschuhe auf dem Mosaikparkett; das dumpfe Zuschlagen der Badezimmertür, aufgequollen durch sein Duschen vor einer Viertelstunde (er ist immer so unheimlich sauber; duscht jeden Abend);

das übehebliche Plätschern von Urin; das Keuchen der Wasserspülung; wieder die Tür, das Tap-tap-tap; das Klicken ihres Türschlosses. Eine Pause der Stille, dann das leise Rascheln seiner Kleider, seines Atems.

Jetzt ist er neben ihrem Bett, auf ihrem Bett, auf ihr, in ihr – so schnell, daß es ihr den Atem nimmt. Früher versuchte er, sie zu überreden, sie zu beschwatzen, ihn zu wollen, Liebe ... zu machen; jetzt nimmt er sich nur noch. Er kommt, die Zähne zusammengebissen, knurrend.

Früher fragte er sie immer hoffnungsvoll, ob es «in Ordnung» (manchmal auch «gut») für sie war: Jetzt ging er einfach.

Dann weint sie sich in den Schlaf.

Jede Nacht.

16

«Dann verraten Sie mir mal, Sergeant Cullen, wieso verdammt noch mal andauernd Leute, mit denen Sie zusammen sind, umgelegt werden ... oder doch wenigstens beinahe.» Hriniak stand auf der obersten Stufe des *Soldiers and Sailors* und schaute zu, wie die Morgendämmerung den Riverside Park, den Hudson und Jersey mit einem kräftigen Pink einfärbte.

Auf der anderen Straßenseite rumpelte der letzte Notfall-Einsatzwagen von Anns Haus fort, die letzte Fernsehcrew packte ihre Sachen in einen Kombi, die letzten neugierigen Nachbarn, leere Kaffeebecher in den Händen, schlurften in Hausschuhen und Gummilatschen zurück in ihre Apartmenthäuser, konnten es, trotz ihrer Schläfrigkeit, kaum erwarten, zur Arbeit zu gehen und zu erzählen, daß sie *schrecklich* nahe bei Cappy und Tippy und Mopsy und Suzie gewesen waren, den Yuppie-Reportern – den Presseflittchen. Hriniaks Fahrer lehnte gegen den Kotflügel eines Lincoln Towncar, las ein spanisches Skandalblättchen: *ESTRELLAS DE «DYNASTY» PUGNAN.*

Hriniak sah noch mehr wie ein Bürgermeister aus, dieses Mal in einem grauen Anzug, ein Anzug, in dem man einen Tag beendet, statt ihn zu beginnen. Wieso schwitzte er nicht? Nahm er vielleicht Hollywood-Pillen – cool in einer Flasche? Oder lag es einfach nur daran, daß er ein Cool-Jazz-Fan war?

Cullen schwitzte und hatte seine Anzugjacke ausgezogen, seine Krawatte geöffnet, die Hemdsärmel bis über die Ellbogen hochgekrempelt. Nackt, als die Bombe in die Luft ging, hatte er sich nicht bewußt feingemacht, um mit dem Krankenwagen ins Roosevelt Hospital zu fahren, aber er hatte lieber den zweiten Anzug und ein sauberes Hemd angezogen, das er in Anns Wohnung hatte, als ein T-Shirt und Shorts oder Jeans, die er auf ihr Drängen hin ebenfalls dort deponierte, damit sie sich sagen konnte, daß er in ihrer Wohnung manchmal aus sich herausging. Also – was? –, also würden Hoagy Carmichael und der Computer-Freak nicht die Fotos in den Boulevardzeitungen und den Fernsehbeitrag sehen und sich schämen müssen, daß ihr Dad mit einer fünfzehn Jahre jüngeren Frau ausging und versuchte, den Altersunterschied durch Kleidung zu vertuschen?

Cullen leerte den ungefähr hundertsten Becher Kaffee während der letzten paar Stunden und ging die Stufen hinunter, um ihn in einen Papierkorb zu werfen, der schon längst von Mülleimerplünderern blitzblank ausgeräumt worden wäre, die um diese Uhrzeit schon längst den Rand des Parks abgegrast hätten, wenn es auf der Straße nicht heißen würde, daß es auf der Straße nicht mehr sicher war. «Kommen Sie, Phil. Darf ich Sie Phil nennen?» Cullen wartete darauf, aufsässig und anmaßend genannt zu werden, doch Hriniak lachte leise. «Ich bin nicht das Bindeglied; das Bindeglied ist Story. Der Chauffeur, Janofsky, fuhr Storys Schwester, Ann war irgendwelchem Zeug über Story auf der Spur. Daß ich in der Nähe war, ist reiner Zufall gewesen.»

«Zeug über Story», sagte Hriniak, «von dem sie mir nichts erzählen will, weil es vertraulich ist, und Sie ebenfalls nicht. Warum?»

Weil Ann für so was eben bekannt war. Im Schneidersitz auf einer Bahre in einem Korridor vor der Unfallambulanz sitzend, einen Eisbeutel auf die Prellung auf ihrer Brust von dem Handtuchhalter drückend, mit vor Erschöpfung und Aufregung leuchtenden Augen, hatte sie verkündet: «Du hast dich geirrt, Cullen... Ich bin ein Spieler.»

«Bevor du nach Kalifornien aufbrichst, um einen Filmvertrag zu unterschreiben, wer ist deine absolut zuverlässige Quelle?»

Sie legte ihren Kopf zur Seite. «Einen *Film*vertrag.»

«Ann.»

«Du wirst nur versuchen, ihn zu verhaften.»

«Ich werde nur mit ihm *reden*. Es sei denn, du glaubst, er hätte die Bombe geworfen, in welchem Fall ich ihn umbringen werde.»

Sie berührte seinen Arm. «Mein Held. Und außerdem, die Jungs von der Sprengstoff-Abteilung haben gesagt, der Sprengkörper wäre viel zu schnell abgebrannt, um eine richtige Bombe gewesen sein zu können. Es war eher so was wie ein Knallkörper, nur als Warnung gemeint. Das Ding hat nicht mal meinen Teppich angesengt, verdammt. Von dem Versicherungsgeld hätte ich mir einen neuen kaufen können.»

Cullen hob kapitulierend seine Hände: *Der Sprengkörper*. «Du hast Prager kennengelernt; er ist ein guter Mann; es ist seine Ermittlung. Aber ich sage dir soviel: Wenn du nicht mit ihm zusammenarbeitest, verlierst du deine Glaubwürdigkeit.»

Sie machte John Wayne nach: «In dieser Stadt wirst du nie wieder Arbeit finden, Fremder.» Dann runzelte sie ihre Stirn: «Welch merkwürdige Worte aus deinem Mund, wo ich doch verschweigen sollte, was ich über Lise und...»

Cullen trat dicht zu ihr und legte seine Hand über ihren Mund. «Davon sagst du Prager gegenüber kein einziges Wort. *Ich* werde mich darum kümmern, und *ich* werde entscheiden, ob es weitere Nachforschungen wert ist.» Er nahm seine Hand wieder fort und küßte sie.

Zuerst war sie wie das Eis in ihrer Faust; dann öffnete sie ihm ihre Lippen. Sie hauchte in sein Ohr: «Du fehlst mir.»

«Du mußt mir vertrauen.» Was auch immer das bedeutete. Ihm vertrauen (*Snake*), daß er sich schon kümmerte und die Entscheidung fällte, aber nicht mit Vera Evans, estrella de cine, auf und davon lief? *Du würdest alles für sie tun, stimmt's?* waren Anns letzte Worte gewesen, bevor der *Sprengkörper* explodierte, und bislang sah es ganz so aus, als würde die Antwort wenigstens lauten: *Tja, also...*

Ann ließ ihn nicht gehen. «Ich habe Angst, Joe.»

«Rita und Bruce kommen dich doch abholen, richtig?»

Ann nickte an seiner Schulter. Rita (Anns beste Freundin seit dem College) und ihr Mann Bruce waren Bodybuilder, denen eine Mischung aus Fitneß-Center/Naturkost-Snackbar/Trainings-Klamotten Boutique gehörte. «Ich werde bei ihnen bleiben, bis ich es schaffe, wieder nach Hause zu gehen. Ich werde den ganzen Tag trainieren. Wenn du mich das nächste Mal siehst, werde ich aussehen wie Arnold Schwarzenegger.»

«Und was immer Prager dir sagt, tu's einfach... Da draußen sind Reporter, weißt du.»

Sie konnte nicht anders, sie musterte ihre Kleidung: ein großes Arbeitshemd, so oft gewaschen, daß es fast weiß war, Jeans, dito, an den Knien zerrissen. Sie hatte sich ebenfalls umgezogen – vielleicht, um Nick und Kathryn, ihre geschiedenen Freunde, nicht in Verlegenheit zu bringen. «Ich werde ihnen nichts über uns erzählen, keine Angst.»

Er winkte ab, als wäre ihm dieser Gedanke nie auch nur in den Sinn gekommen, aber da war dieses Bild von Hoagy Carmichael und dem Computer-Freak – im Hintergrund ihre Mutter, die Hände in die Hüften gestemmt –, die vor ihren Frühstücks-Cornflakes saßen und auf den Fernseher in der Küche starrten. «Falls es je nötig war, ‹Kein Kommentar› zu sagen, dann jetzt.»

Und wieder legte sie ihren Kopf auf die Seite. «Kein Kommentar. Das klingt irgendwie gut.» Dann setzte sie sich aufrechter hin, im voraus empört: «Das gilt auch für dich, Cowboy. Du hältst deinen Mund hübsch geschlossen wegen dem, was ich dir erzählt habe.»

«Ich versprech's», sagte Cullen.

Hriniak gegenüber, in dem flammendroten Morgen auf den Stufen des *Soldiers und Sailors*, das Versprechen an Ann kaum zwei Stunden alt, brach Cullen es: «Ich kenne ihre Quelle nicht, aber ihre Information besagt, daß Story der Corinthian Holdings gesteckt hat, daß Lyons Clinton als Bauplatz des SportsDome ausgewählt hatte. Corinthian kaufte auf... Der Wert...»

Seine Stimme verlor sich, dann sagte er gar nichts mehr, denn Hriniak schüttelte gleichzeitig amüsiert und resigniert und verwirrt darüber seinen Kopf, daß ein anderer Mensch, noch dazu ebenfalls Angehöriger der Polizei, so gottverdammt leichtgläubig sein konnte.

«Was?» sagte Cullen.

Hriniak lachte und schnaubte.

Cullen schnappte sich seine Jacke von der Balustrade, warf sie über seine Schulter und machte sich auf den Weg die Stufen hinunter. «Leck mich.» Es war viel zu heiß, um ausgelacht zu werden.

«Er hat als Undercover-Agent gearbeitet, Arschloch.»

Cullen blieb stehen und drehte sich um. «Wer? Story?»

Hriniak zuckte mit den Achseln. «Warum nicht? Wer würde schon so weit oben einen Spitzel vermuten? Es war wunderbar.»

«Wunderbar?» sagte Cullen. Er hatte dieses Wort noch nie aus Hriniaks Mund gehört.

«He, was zum Teufel sind Sie, Joe, irgendeine Art von Richter, irgendeine Art von Moralapostel?»

«Es gefällt mir einfach nicht, wenn Zivilisten Cop spielen, das ist alles. Sehen Sie nur, was es Ann eingebracht hat.»

Hriniak winkte ab, als er sich wieder umdrehte. «Das ist es nicht, was Ihnen nicht gefällt. Was Ihnen nicht gefällt, ist vielmehr, daß Sie keine Ahnung davon hatten. Es ging Sie gottverdammt nichts an. Leute, die mehr zu verlieren hatten, Leute mit größerem Wissen und mehr Erfahrung haben die Sache eingefädelt, Leute – *Zi-vilisten* –, die diese Stadt wieder zu einer Stadt machen wollen, in der man leben kann, aber Sie sind sauer, weil man Sie vorher nicht um Erlaubnis gefragt hat.»

«Ich weiß nicht, wovon Sie reden.»

«Sie sind ein Detective Sergeant, Sie sollen es auch gar nicht wissen.»

Sie blieben eine lange Zeit so stehen, ein Bild gegenseitigen Mißtrauens und Verachtung, aber ihre Posen wirkten unbeholfen, nicht hart, denn keiner von ihnen wußte, wie sie an diesen Punkt gelangt waren, wußte nicht, was den Block hinunter, hinter der nächsten Ecke, in der nächsten Woche auf sie wartete. Schließlich verstand Cullen *etwas* und erwachte aus seiner erstarrten Haltung und ging die Stufen hinauf. Er legte eine Hand auf Hriniaks Schulter. «Tut mir leid, Phil. Sie hatten auch keine Ahnung, stimmt's?»

«Scheiß drauf», sagte Hriniak. «Ich bin draußen. Nicht bald, aber bald genug. Kein Mensch hatte eine Ahnung – ich nicht, Walsh nicht, Amato nicht. Maslosky hatte ganz sicher keine Ahnung, auch wenn quer über die ganze Geschichte ganz dick IAU geschrieben stand. Story und Lyons haben sich das ausgedacht. Es war eine totale Einzelgängeraktion – keine Unterlagen, keine mündlichen Berichte, absolut clean. Sie waren hinter einem großen, ganz großen Fisch her, jemand – fragen Sie mich nicht nach Namen, ich kenne keine Namen, ich hatte von nichts eine Ahnung –, jemand, der jemanden bei der Corinthian in der Hand hatte, der fressen würde, was der Corinthian gesteckt wurde, und dann damit abhauen würde, bevor die Corinthian ihre Gelegenheit bekam. Der Schuß ist nach hinten losgegangen: Story gab der Corinthian den Tip, daß der Dome in Clinton gebaut werden sollte, sie haben eine Scheinfirma gegründet, um das *Raleigh* aufzukaufen, sie warteten darauf, daß dieser große, große Fisch seinen Zug machte, statt dessen wurde das *Raleigh* abgefackelt, und Story stand wie der böse Bursche da. Nachdem Story umgelegt worden ist, kann er sich nicht mehr verteidigen, Lyons kann abstreiten, irgend etwas von der ganzen Sache gewußt zu haben. Außerdem wird er sagen: Seht ihr? Ich habe euch in die Augen gesehen und euch gesagt, daß es eine dumme Idee war, ein ziviles Police Department zu haben, aber ich habe der Sache eine Chance gegeben, und jetzt glaubt ihr mir vielleicht. Seht nur, wohin uns das geführt hat, wenn ein beschissener Amateur Cop spielt...

Ich war Storys erster Stellvertreter, ich werde gehen. Walsh, Amato, die gehen vielleicht auch, vielleicht aber auch nicht. Maslosky, Ruth, Ingram, Intaglia, Nixon, Pavonelli, Kean, Paltz, Winerib – Lyons kann das Department so weit runter säubern, wie er will, er kann seinen großen Tag haben, Burschen, von denen noch nie jemand was gehört hat, werden die Spitzenjobs bekommen. Sie werden wahrscheinlich Chief of Department.»

Würde er dann aufhören zu schwitzen? Cullen war jetzt schweißgebadet, gerade so, als hätte er sich durch irgend etwas schuldig gemacht – etwas anderes als nur das Versprechen an Ann gebrochen zu haben, als versucht zu haben, ihre Neugier darüber abzublocken, warum Lise Story um sechs Uhr morgens am Tag des Mordes an Charles Story in einem weißen Benz in westlicher Richtung auf der

LIE gewesen war, mit einem Beifahrer, der wahrscheinlich Claire Langois hieß. Cullen unterdrückte das Bedürfnis, seine Kanone aus dem Schulterhalfter zu ziehen und die Sonne zu erschießen.

«Was haben Sie über Detroit gehört?» sagte Hriniak. «Wie ich höre, suchen die einen neuen Chief. Eine gute Stadt für den Sport, vermute ich. Himmel, ich bin damit aufgewachsen, sie zu hassen – die Pistons, die Tigers, die Red Wings, die Lions. Bobby Layne. Ich habe Bobby Layne *gehaßt*. Er hat nie eine Gesichtsmaske getragen, ich hab jede Woche gehofft, daß ihm irgendwer die Nase abreißen würde. Lee Iacocca. Mein erster Wagen war ein einfacher alter Dodge, bevor sie so viele verschiedene Modelle rausbrachten, über meinen Wagoneer konnte ich mich nicht beklagen, aber ich *hasse* Lee Iacocca, diesen selbstgefälligen Ausdruck auf seinem Gesicht, diese Stewardess zu heiraten, als wäre er ein normaler Bursche, und sie dann einfach wieder abzuschieben. Und dieser Schriftsteller, dieser Krimi-Typ, der schreibt immer über Detroit, über Cops mit mageren Freundinnen mit großen Titten, die klugscheißerische Sachen sagen, ein Feinschmecker-Essen kochen können und *gleichzeitig* dem Cop noch einen blasen können. Leroy Leonard – ich *hasse* Leroy Leonard.»

Wenn er über solche Frauen schrieb statt über Frauen, die sich wie Spieler benahmen – die Spieler *waren* – und einem Versprechen abnahmen, die man kurz darauf einfach sofort wieder brechen *mußte*, dann haßte Cullen ihn auch. «Ich werde mir eine Woche Urlaub nehmen.»

Hriniak starrte ihn an. «Um was zu tun... Detroit abzuchekken?»

«Um verschiedene Dinge auf eigene Faust zu überprüfen. Ihnen Bericht zu erstatten, wenn es irgend etwas zu berichten gibt, ansonsten einfach alles als Verlust abschreiben.»

«Kommen Sie, Joe. So was machen Cops im Kino. Im wirklichen Leben erstattet man *irgend*wem Bericht, wenn man einen Bleistift spitzt.»

«Nur eine Woche. Im Moment kann ich in der Dean-Sache wegen der Anwälte sowieso nichts weiter unternehmen.»

«Sie nennen Brandbomben und Heckenschützen, die unschuldige Zivilisten töten, zum Nichtstun verdammt sein? Ich sollte Ihnen vierundzwanzig Stunden am Tag eine Sondereinheit an den Arsch hängen, die die Scherben zusammenfegen kann, die Leichen wegräumen kann, die vielleicht sogar das Glück hat, dabei den einen oder anderen Straftäter zu schnappen.»

«Nur eine Woche. Mit Zim. Ziehen Sie uns von der 119-Wache ab.»

«Das ist Walsh' Sache, Joe. Noch bin ich der PC, ich muß mich wie ein Profi benehmen, ich kann mich nicht einfach über Walsh' Entscheidung hinwegsetzen.»

«Dann werde ich Ihnen nichts erzählen», sagte Cullen.

«Genau wie im Film. Irgendwer muß Sie bei der 119 ersetzen.»

«Bermúdez. Er liebt Überwachungen.»

«Scheiße, was soll er denn machen – Dreifachschichten schieben?»

«Er liebt Überwachungen.»

«Sagen Sie nichts.»

Cullen warf seine Jacke über die Schulter, der Anordnung des verstorbenen PC (Cullens altem Kumpel) zum Trotz, nur um dann von seinem Nachfolger (einem weiteren von Cullens alten Kumpeln) wieder aufgehoben zu werden, daß Detectives ihre Jacken immer anbehalten mußten, gleichgültig, wie heiß es war. «Wir sehen uns, Phil.»

Hriniak scharrte auf dem Marmor. «Genau wie im Kino.»

«IAU, Bermúdez.»

«Keith, Joe.»

«*José. ¿Qué tal,* Baby? He, alles klar, Kumpel?»

«Alles bestens.»

«Ann, ist sie in Ordnung? Wo bist du, Kumpel, in der U-Bahn oder wo?»

«In einer Telefonzelle. Die reißen hier die Straße auf. Mit Ann ist auch alles in Ordnung. Was machst du im Büro, K? Ich dachte, du wärst zu Hause. Ich rufe nur an, damit Cindy dir sagt, du sollst mich anrufen, wenn du zurückkommst.»

«Ich bin nur vorbeigekommen, um meinen Scheck abzuholen. Soll ich deinen in dein Schließfach schieben?»

«Laß ihn einfach auf dem Schreibtisch liegen.»

«Joe, wenn ich eine Tarantel auf deinem Schreibtisch liegenließe, die würde auch noch irgendwer mitgehen lassen.»

Cullen lachte. «Leg bitte Zims auch in meinen Spind, okay, K? K, du mußt mir einen Gefallen tun. Zim und ich müssen uns mal für ein paar Tage freinehmen. Kannst du uns die 119 abnehmen? Für eine Woche, höchstens. Falls jemand fragt, sag einfach, du schuldest uns noch was, wir würden Überwachungen nicht ausstehen können. Du kannst dir irgendeinen aussuchen, der die Überstunden gebrauchen kann, der die anderen Schichten übernimmt.»

«He, ich mach's. Ich liebe Überwachungen. Aber hör zu, *amigo*, Samstag abend kann ich nicht. Mein Onkel heiratet, der Bruder meiner Mutter. Zum viertenmal, die anderen drei sind gestorben, meinst du, ich sollte das mal überprüfen, vielleicht legt er seine Frauen immer um? Nee, war nur Spaß, die sind krank geworden, sie sind gestorben, das ist alles, Pech. Samstag ist die Hochzeit, Freitag schmeißt er seine Junggesellenparty. Junggeselle, meine Fresse, er ist ein beschissener *espada*, ein Sexprotz. Auf die Party muß ich nicht, aber Samstag könnte ich nichts für dich machen.»

«Dann übernehme ich eben den Samstag», sagte Cullen.

«Danke, *hermano*.»

«Ich danke dir, Keith.»

«Hast du vielleicht irgendwas vor, von dem ich was wissen sollte?»

«Nein.»

Bermúdez lachte. «Dachte ich mir.»

«*Hasta pronto*», sagte Cullen.

«Bis später, Kumpel.»

17

«Dürfen wir Sie Mabel nennen?» Cullen reichte Mabel Parker den Korb mit den süßen Brötchen.

Zimmerman gab die Butter weiter.

Mabel trank einen Schluck Orangensaft und schaute sich im *Windows on the World* um. «Frühstückt ihr Jungs oft hier?»

Cullen lachte. «Nennen Sie mich Joe. Das hier ist...»

«Neil.» Zimmerman drang in Cullens Luftraum ein und übernahm die Unterhaltung, was Cullen insofern nicht weiter überraschte, da Mabel cool war, ihn andererseits doch wieder überraschte, da sie Mabel hieß. Zimmermans Frauen waren cool, hatten aber Namen wie Brooke und Tandy und Tree und Townsend, Namen, die wie Nachnamen klangen. Außer daß ihre Namen manchmal wirklich Nachnamen waren *und* daß sie wirklich so hießen. Es war sehr verwirrend.

Zimmerman sang Mabel (er konnte sie Parker nennen) jetzt das Liedchen vor, das er von Darelle Dean gelernt hatte: «...ein Anruf von einer Frau, die behauptet, sie hätte jemanden an dem Abend, an dem Story umge-, an dem Abend, an dem Story ermordet wurde, gegen sieben Uhr aus seinem Haus kommen sehen. Groß, schlank, trug einen Regenmantel, einen Hut, Hose, Halbschuhe. Die Zeugin hat das Gesicht der Frau nicht gesehen und konnte ihr Alter nicht einschätzen. Der Beamte, der den Anruf entgegengenommen hat, dachte, sie meinte, die Frau hätte das Haus durch die *Vorder*tür verlassen. Was ein ziemliches Gedrängel gegeben haben müßte, da etwa zur gleichen Zeit Tom Valentine vor der Haustür gesehen worden ist. Aufgrund dieses Hinweises ist nichts weiter unternommen worden, da Valentine jedermanns Lieblingskandidat für dieses Verbrechen ist.

Was Sie nicht gehört haben, was noch niemand gehört hat, da es nicht an die Öffentlichkeit gegeben worden ist, ist, daß die Spurensicherung einen Fußabdruck in einem Blumenbeet zwischen Storys Garten und dem Hinterhof eines Wohnhauses an der Seventy-first Street gefunden hat. Wir ziehen die Möglichkeit in Erwägung – wir halten es für eine durchaus interessante Möglichkeit –» Zimmerman lächelte, doch Mabel starrte aus dem Fenster nach Pennsylvania hinüber –, «daß sich der Anrufer in diesem oder einem anderen Gebäude an der Seventy-first befand und gesehen hat, wie die Frau das Haus über den *Hinter*ausgang verließ.

Der Anruf erfolgte mitten in dem starken Gewitter neulich. Er kam über eine Geheimnummer...»

«Dann war es also der Fußabdruck einer Frau?» sagte Mabel, um sich wieder zum Tisch zurückzuschleppen.

«Schuhgröße 42. Ein kleiner Fuß», sagte Zimmerman.

Mabel packte ihre Carltons aus.

«Der Anruf erfolgte unter einer nicht verzeichneten Nummer, die ausschließlich für den Dienstgebrauch reserviert war, nur dem Personal des Departments und Angehörigen anderer Ermittlungsbehörden bekannt, Leuten wie Ihnen.»

Mabel vergrub zwei Fingernägel in eine Carlton und zerrte sie tretend und schreiend aus dem Päckchen.

«Ich glaube nicht, daß man hier rauchen darf, Mabel», meinte Zimmerman.

Mabel steckte sich die Carlton an und stieß den Rauch seitlich aus ihrem Mund und über ihre Schulter aus. «Ich habe nicht viel Zeit, Zimmerman. Machen Sie endlich weiter.»

(Er grinste. Sie hatte ihn Zimmerman genannt. Er war verliebt.)

«Die Sprache, die der Anrufer benutzte, um die Frau zu beschreiben, dürfte wohl die eines mit solchen Dingen vertrauten Profis gewesen sein. Zusammen mit der Kenntnis einer internen Telefonnummer, tja, wir fragen uns, ob der Zeuge nicht jemand aus dem Bereich der Ermittlungsbehörden gewesen ist, der *etwas* gesehen hat, aber nicht genug, um sich zu melden und seinen guten Ruf aufs Spiel zu setzen.»

Dieses Mal blies Mabel den Rauch direkt in seine Richtung. «Zu schade, daß der Cop nicht schnell genug war, um den Anruf zurückzuverfolgen.»

(Das Grinsen wurde breiter. Er *hatte* es also getan, dieser Mistkerl. Er hatte sich das Gerät vorführen lassen und eins für seine Wohnung bestellt.)

«Ich erspare Ihnen die Details», sagte Zimmerman. (Die Details würden später kommen, bei einem Abendessen im *Mortimer* oder *M.K.*, dann weiter in Zims Wohnung, oder in Parkers Wohnung, zu Tuttifrutti oder Ben und Jerry's oder was auch immer, Kaffee, gemahlen in der Braun, aufgebrüht in der Krups oder vielleicht auch in der Europiccola, ein Schluck Drambuie, ein bißchen Keith Jarrett oder Kitaro auf dem DiscJockey, die Yafa runterdimmen, dann zu gegebener Zeit Vertagung aufs Futon, später dann Einweisung in die Verwendung der elektrischen Zahnbürste [nur daß sie keine Einweisung benötigen würde, wahrscheinlich hatte sie selbst eine, schleppte ihren eigenen Bürstenaufsatz immer in ihrer Tasche mit sich herum, um ihn dort einzustöpseln, wo auch immer sie für die Nacht landete], den Sound Soother 2 einschalten, gute Nacht, Ladies, der Milchmann ist schon unterwegs.) «Kurz und gut, der Anruf *wurde* zu einer Telefonzelle Ecke Seventieth und Lex zurückverfolgt. Als jedoch endlich ein Streifenwagen dort eintraf, war der Anrufer längst fort.»

«Offensichtlich», sagte Mabel.

«Offensichtlich.»

(Er würde noch sterben, so breit war sein Grinsen – sterben an einem aufgeplatzten Gesicht.)

«An der Ecke befindet sich ein Drugstore. *Taubman's.* Als der Sturm die Straße hinunterfegte, hat der Apotheker, Taubman junior, einen Blick aus dem Fenster auf die rennenden Leute geworfen, den Wind, der die Mülleimer umwarf, die Schilder schaukeln ließ. Einen seiner Kunden bemerkte er an dem Telefon.»

Natürlich hat er, die alte Drecksau. Mein Rock war mir zwischen die Beine hochgerutscht, meine Bluse klebte an mir wie ein klatschnasses T-Shirt. «Ziemlich nebensächlich, Zim.»

(Überlastung. Grinsen-Überlastung. Allgemeinen Alarm schlagen.)

«Vielleicht, aber dennoch wert, ein bißchen Zeit zu investieren, denke ich. Taubman junior kennt ihren Namen nicht, aber sie ist Stammkundin. Einmal pro Woche, manchmal auch zweimal, kauft sie bei ihm Kondome. *Fourex Rolled.*»

Ein Rapier aus Rauch. Ein Stilett. «Dann hat sie also keine Angst vor AIDS.»

Das Grinsen verzog sich nur leicht. «Ach? Wie das?»

«Natürliche Häute sind durchlässig für den HIV-Virus. Gummis nicht.»

Der angewiderte Blick eines Mannes, der gehofft hatte, wenigstens ausnahmsweise mal eine Jungfrau zu bekommen – eine Jungfrau mit Erfahrung, natürlich, aber nichtsdestoweniger eine Jungfrau. Allmählich erholte Zimmerman sich wieder. «Taubman junior hat uns eine ziemlich gute Personenbeschreibung gegeben: Lockiges, braunes Haar –»

Gewellt. Rotbraun.

– «Eins fünfundsechzig, fünfzig Kilo –»

Eins siebenundsechzig, einundfünfzig Kilo vor diesem kalorienreichen Frühstück.

– «Anfang Dreißig –»

Neunundzwanzig. Also, gerade dreißig geworden, noch nicht lange genug her, um wirklich schon dreißig zu sein.

– «Unverheiratet. Kein Ring und –»

«Viele Frauen tragen heute keine Ringe mehr.»

Das Grinsen verlor seine Schlaffheit. «Kein Ring, und sie kauft immer nur das Dreierpack Kondome. Er, Taubman junior, hat gesagt, daß sie ihn an die kleinen alten Ladies, Witwen, erinnert, die jeden Tag in den Supermarkt gehen und ein Lammkotelett kaufen. Sie haben Angst, wenn sie drei oder vier kaufen, um sie in die Gefriertruhe zu legen, wenn sie vorausplanen und dann sterben, daß sie dann das Geld nicht mehr hätten, daß sie ausgegeben haben. Sie hat Angst...»

«Sie hat Angst, daß sie nicht gebumst wird, wenn sie ein Dutzend kauft, daher muß sie wohl unverheiratet sein, denn verheiratete Frauen werden dauernd gebumst, oder? Werdet vernünftig, Jungs.» Mabel drückte ihre Zigarette aus und schleuderte das Päckchen in ihre Handtasche. «In Ordnung, Gentlemen. Ich habe mir Ihren *Tip* angehört. Was verdammt noch mal wollt ihr in den wenigen Sekunden der mir noch verbliebenen Geduld als Gegenleistung?»

Cullen beugte sich vor, um für eine Weile die volle Wucht abzukriegen. «Laufen in Ihrem Büro zur Zeit irgendwelche Ermittlungen bezüglich des *Raleigh*-Brandes oder irgendwelcher anderer Brände aus jüngster Zeit in Clinton?»

Mabel faltete ihre Hände und legte sie auf den Tisch, eine erfahrene Frau sprach zu überaktiven kleinen Jungs. «Es ist zwar nicht mein Fall, aber ich weiß – wie im übrigen Sie ebenfalls, wenn Sie einfach danach gefragt hätten –, daß die feuerpolizeiliche Untersuchung keinerlei Hinweis auf Brandstiftung im *Raleigh* ergeben hat.»

Cullen nickte. «Wir sprechen hier natürlich von Brandstiftungen, deren Kennzeichen darin besteht, kein Kennzeichen zu haben.»

Mabel schaute ihn schräg von unten an. «Inzwischen dürfte wohl jeder gehört haben, daß Ann Jones heute morgen eine Brandbombe zugestellt bekommen hat, während sie sich in Gesellschaft eines bestimmten Police Officers befand. Ich hoffe, niemandem ist etwas passiert.»

Cullens Schmerzen waren Geschichte, doch genau in diesem Moment wurde ihm klar, daß es einen bleibenden Schaden gegeben *hatte*: Seine Computer-Freak-Uhr hatte seit Stunden nicht mehr gepiept. Die Uhrzeit stimmte noch – 08 : 38 : 21 ... 22 ... 23 –, aber der Alarm war deaktiviert worden, wahrscheinlich als er mit seinem Handgelenk auf den Boden der Badewanne geschlagen war. «Alles bestens, ja, danke.»

«Und besteht irgendeine Verbindung zwischen diesem Vorfall und Ihrer an mich gestellten Frage?»

Cullen nahm das Versprechen und zerriß es in Fetzen. «Ann hat eine Informationsquelle, die dafür bezahlt wurde, das *Raleigh* abzufackeln.» (Na schön, dann übertrieb er eben ein bißchen, na und? *Viel Wasser wird verschüttet von der Quelle bis zum Gebrauch.*)

«Bezahlt von wem?» fragte Mabel, hatte dabei einen Ausdruck in den Augen, in der Art und Weise, wie sie ihren Kopf hielt, als würde sie erraten, daß er übertrieb.

Cullen spreizte seine Hände. «Ich hatte gehofft, auch dabei könnten Sie uns vielleicht weiterhelfen.»

Mabel lehnte sich auf ihrem Stuhl weit zurück, wie Leah Levitt, brachte die größtmögliche Distanz zwischen sich und die Leute, die ein bißchen lästig zu werden begannen. «Dann machen wir hier also überhaupt kein Geschäft. Sie wollen wissen, wer den Auftrag gegeben hat, das *Raleigh* abzufackeln, und Sie wollen wissen, welcher ‹geschulte Profi›, welche Person ‹aus dem Bereich der Ermittlungsbehörden› jemanden aus Storys Haus kommen gesehen haben könnte? Woher zum Teufel sollte Ihrer Meinung nach ausgerechnet ich so etwas wissen?»

Zimmerman kehrte von der Strafbank zurück. «Nicht ‹Person› – Frau. Wir wissen, daß es eine Frau war. Was wir uns für den Anfang fragen, ist: Gibt es in Ihrem Büro eine Frau, die in diesem Viertel wohnt? Wir können uns keine Adressen besorgen, ohne dafür skeptische Blicke zu erhalten.»

Mabel sah ihn skeptisch an. «Sie möchten vertrauliche Informationen über Leute, die auch nicht im geringsten verdächtig sind, die lediglich ‹geschulte Profis› sind?»

«Niemand ist verdächtig, Mabel», sagte Cullen. «Wir versuchen, einen Killer zu schnappen.» Er schob seinen Stuhl zurück, trank seinen Kaffee aus, machte eine Kopfbewegung zu Zimmerman, stand auf. «Sie haben ja unsere Nummer.»

Mabel schaute ihnen nach. Guter Abgang. Gute Burschen. Süße Burschen. Gute Körper, gut gekleidet, anständige Manieren, nette Augen. Keine Burschen, die jedesmal durchblickten, wenn sie versuchten zu verstehen, was und wie eine Frau dachte, aber auch keine totalen Schweine oder Schwächlinge. Ein Typ Mann, dem Mabel kaum noch begegnete, der keine Lust mehr hatte, wenn sie ihnen begegnet war, denn so nett sie auch waren (die meiste Zeit zu nett, um mitzukriegen, daß sie süchtig nach Wodka, Nikotin, Kokain und diesen populären Beruhigungsmitteln war), sie waren doch zynisch genug und cool genug, um zu wissen, daß sie süchtig nach Geld war.

Mabel lernte Typen kennen, an denen geldsüchtige Frauen klebten wie Flusen; Typen deren Hemden mehr kosteten als die Anzüge der netten Burschen; Typen, die einem mit ihrem Mittelfinger die Handfläche kitzelten, wenn sie einem die Hand schüttelten, und die einen mit ihren Blicken herausforderten, vor ihren Frauen und den reichen und mächtigen Freunden, die dich *deren* Frauen vorstellten, die wie die Frauen der Typen genau wußten, was los war, und doch nichts sagen konnten, weil sie andernfalls sofort wieder draußen auf der Straße sein würden; Typen, die nach Zigarren und After-Shave rochen und gesagt haben würden, wenn du sie darauf ansprächest, daß es unbezahlbare Zigarren waren, unbezahlbares After-Shave, von denen aber kein einziger die Nase hatte zu wissen, daß sie trotzdem stanken; Typen, die den Pagen in den Hotels, in die sie dich mitnahmen (nachdem sie dich zum Essen und zu einer Show ausgeführt hatten), mit einer Hier-Kleiner-ich-hab-keine-Ahnung-ob-das-ein-Zehner-oder-Zwanziger-oder-Hunderter-ist-und-es-ist-mir-auch-scheißegal-nimm's-einfach-und-verpiß-dich-Geste Trinkgelder gaben, den Schein aus einem ganzen Bündel zogen und den Pagen am Arm nahmen und den Schein in seine Hand stopften, dabei die ganze Zeit aus dem Fenster sahen, als hätten sie das Zimmer nur wegen des schönen Ausblickes auf den Park genommen, dabei dachten, der Page wäre tief beeindruckt, und auch nicht ein einziges Mal die Verachtung in den Augen des Pagen sahen, das Mitleid beinahe, für diesen fiesen geilen alten Sack – ganz zu schweigen von dem Erstaunen und einem ganz kleinen bißchen Verachtung darüber, daß jemand mit ihrem Aussehen, ihrer Klasse, sich an so einen Widerling verkaufen mußte, denn genau darauf lief es hinaus. An Typen wie Norman Levitt, Leahs Mann.

Mabel schaute ihnen nach und wünschte sich, sie würden zurückkommen und ihr eine Bloody Mary ausgeben – was machte es schon aus, daß es erst Viertel vor neun morgens war, irgendwann mußte man doch schließlich anfangen, richtig? – und dann noch eine und noch eine, bis sie schließlich locker genug war, um ihnen zu sagen, daß sie die Frau war, die sie suchten. Also, nicht *die* Frau – nicht diese ziemlich große, ziemlich schlanke Frau in dem langen, braunen, leichten Regenmantel und dem Hut, der weißen Hose, den blauen Espadrilles, die nicht sehr lange, nachdem Charles Story ermordet worden war, aus der Hintertür der 119 herauskam, abschloß, die Treppe hinunterging, den Garten überquerte, durch ein Loch im Zaun auf den Hinterhof oder Betonflecken, oder was immer es war, hinter der 116 schlüpfte, dann einen weiteren Zaun entlang und einen Durchgang hinunter und durch ein Tor hinaus – ein Tor mit einer Panik-Verriegelung – auf die Straße ging. Nicht *diese* Frau, aber die Frau mit den lockigen braunen Haaren (eigentlich eher wellig und rotbraun), eins fünfundsechzig, fünfzig Kilo (eigentlich eher eins siebenundsechzig und einundfünfzig Kilo), Anfang Dreißig (eigentlich gerade erst dreißig geworden, noch nicht lange genug her, um wirklich schon dreißig zu *sein*), unverheiratet, die immer ein Lammkotelett, eine Flasche Bier, eine Dose Thunfisch, eine Flasche Milch, drei *Fourex* kaufte, die kleinste mögliche Menge, denn sie hat Angst, wenn sie mehr kaufte, wenn sie vorausplante, dann starb, daß ihr dann das Geld fehlte, das sie ausgegeben hatte, okay, eine neurotische, eine süchtige, eine verkorkste, ausgebrannte Fotze, aber trotzdem, ich meine, Jungs, he, was ist daran so schlimm, was ist daran so schrecklich, würdet ihr nicht, könntet ihr nicht, wollt ihr nicht…? Bitte.

Bitte.

18

«Hi, Con.»

«Joe? Kinder, es ist Daddy. Joe, ist mit dir alles in Ordnung?»

Daddy, Daddy, Gott sei Dank, bist du okay?-Rufe. Nee. Gar keine Rufe. Irgendwas wie ein Nuscheln, das klang wie *Gehn wär noch zum Metzspiel?*

«Natürlich geht ihr immer noch zum Spiel der Mets», sagte Connie. «Joe, du nimmst die Kinder doch trotzdem mit zum Spiel der Mets, oder?»

Das Spiel der Mets. Samstag abend. Und er hatte gesagt, daß er für Bermúdez arbeiten würde. Scheiße. «Na klar.»

«Bist du immer noch im Krankenhaus, Joe?»

«Ich bin im Büro. Es geht mir gut.»

«Wer ist diese Frau Joe? Wie lange gehst du schon mit ihr?»

«Noch nicht lange.» Ein Jahr. «Eigentlich gehe ich auch gar nicht mir ihr.» Sie bläst mir nur einen unter der Dusche, und wenn ich schon nicht hochgehe, dann tun's eben Brandbomben.

«Wo hast du sie kennengelernt?» Eine von Connies Lieblingsfragen, als wäre jemanden kennenzulernen Schicksal. Und vielleicht war es das in dieser Welt, klein wie sie nun mal war, ja auch: Sie und Cullen hatten sich im Washington Square Park kennengelernt, wohin Connie Carrera, Lehrerin/Idealistin, an jedem milden Morgen um elf und nachmittags um vier die Kinder aus einem Kindergarten an der West Fourth Street gebracht hatte und wo, morgens oder nachmittags und manchmal sowohl als auch, Joe Cullen, damals ein frischgebackener Streifencop in der Six, vorbeischlenderte und herumlungerte und redete, als hätte er den ganzen Tag Zeit, als würde das Verbrechen warten, wenn ihm nach Flirten war; und siebzehn Jahre später, da waren sie immer noch – er frei und unbeschwert, sie sich um Kinder kümmernd.

«Sie ist Reporterin. Für das *City Magazine.*» Die einen Artikel über einen der besseren Jobs von ihm und Zimmerman geschrieben hatte. **Der Fall des schizophrenen Cops**, hatte die *City* Anns Artikel überschrieben, mit dem sie einen Preis gewonnen hatte und dessen erster Absatz es wert war, wiederholt zu werden:

Jeder, der ihn kannte, wußte, daß Harris Schwartz seine Donnerstagabende in einem Cajun-Schuppen in Chelsea verbrachte, dort unter dem *nom de musique* Bois Sec d'Evenrude in einer Band das Waschbrett spielte. Wohl niemand hätte *so* überrascht sein sollen, daß Harris, ein Cop mit drei Tapferkeitsauszeichnungen, drei Kindern und einer Frau, die oft mit Valerie Bertinelli verwechselt wird, dienstags seine Beine rasierte, in ein Bunny-Kostüm schlüpfte, auf den Namen Roxanne hörte und Drinks in einer Cocktail-Bar am Flughafen von Newark servierte.

«Die Kinder sind ihr nie begegnet; sie haben noch nicht mal von ihr gehört. Was ist sie, eine Art von Geheimnis?»

Was bin ich, eine Art von Geheimnis? hatte Ann mehr als nur ein paarmal gesagt, oder etwas Ähnliches, wenn das Thema darauf kam, Hoagy und den Computer-Freak kennenzulernen – wenn sie es angeschnitten hatte. «Con, ich glaube wirklich nicht...»

«Kindern entgeht nichts, Joe. Das weißt du. Wenn sie etwas auf diese Art und Weise herausfinden, wissen sie sofort, daß du eine ambivalente Einstellung hast.»

Er hatte nie behauptet, er wäre nicht ambivalent. Er war absolut nicht ambivalent bezüglich der Tatsache, ambivalent zu sein. «Kann ich mit ihnen sprechen?»

«Hast du es gemacht?» sagte Connie.

«Was soll ich gemacht haben?»

«Zwing mich nicht es zu sagen. Sie stehen direkt neben mir.»

«Du meinst... *Sex.*» Es tat ihm sofort leid, daß er es gesagt hatte. Er hätte etwas sagen können wie, oh, *Ob wir einen ernsten, durchdachten Dialog über unsere tiefsten inneren Gefühle gehabt haben?*

«Eine *Blut*untersuchung», sagte Connie durch zusammengepreßte Lippen.

«Du meinst...?»

«Ja.»

«Ich bin nicht sicher, ob dich das was angeht –»

«Die *Gesundheit* der Kinder geht mich sehr wohl etwas an.»

«– aber weder Ann noch ich gehören irgendeiner Risikogruppe an.» Obwohl Ann selbst vorgeschlagen hatte, daß die Ergebnisse eines AIDS-Antikörper-Tests durchaus nützlich sein könnten; sie hatte es voller Reue vorgeschlagen, nachdem sie das erste Mal zusammen ins Bett gegangen waren, wofür sie das Dessert nach ihrem ersten gemeinsamen Abendessen ausgelassen hatten. – «Darf ich jetzt mit den Kindern sprechen?»

Da war das unzweideutige Geräusch des Telefonhörers, der hart auf eine harte Oberfläche gelegt wurde. Dann meldete sich Hoagy Carmicheal.

«Hi, Dad.»

«Hi, James. Wie geht's dir?»

«'kay.»

«Was machst du?»

«Frühstücken.»

«Was ist mit nachher? Schon irgendwas vor?»

«Nein.»

«Gehst du trainieren?»

«Yeah.»

«Gehst du schwimmen?»

«Yeah.»

«Tennis?»

«Yeah.»

«Abends, stimmt's? Wenn's nicht mehr so heiß ist?»

«Stimmt.»

«Wie läuft's denn so? Alles in Ordnung?»

«Yeah.»

«Bist du sicher?»

«Yeah.»

«Wenn du mir irgendwas sagen willst, dann schieß los.»

«Was denn zum Beispiel?»

«... Ist Tenny da?»

«Bleib dran.»

Das unzweideutige Geräusch des Telefonhörers, der auf den Boden fallen und dann am Ende der Schnur baumeln gelassen wurde, klopf, klopf, klopf, klopf gegen eine Schranktür.

«Dad?»

«Hi, Ten.»

«Was macht deine Uhr?»

«Super. Ich liebe diese Uhr, Tenny. Ich weiß gar nicht mehr, wie ich ohne sie ausgekommen bin.»

«Ist das alles?»

«Ist das alles *was*? He, das ist doch eine ganz schön tolle Reaktion auf ein Geburtstagsgeschenk.»

«Nein, ich meine, ist das alles, weswegen du angerufen hast?»

«...Mußt du irgendwohin?»

«Nein.»

»Hast du irgendwas Besseres vor?»

«Nein.»

«Und, was machst du dann?»

«Ich rede mit dir.»

Eins, zwei, drei, vier, fünf. «Was gibt's sonst Neues?»

«Ich lerne Quattro. Das ist abgefahren.»

Abgefahren, hatte er erfahren, als er gefragt hatte, *wie abgefahren?*, hatte *beknallt* ersetzt, das *scharf* ersetzt hatte, das *irre* ersetzt hatte, das *spitze* ersetzt hatte, das... Er hatte es vergessen. «Sonst alles in Ordnung?»

«Was meinst du damit?»

«Ach... nur so. Hast du viel Spaß?»

«Wobei?»

«Jetzt, wo die Schule aus ist, *Steph*anie.»

«Nenn mich nicht so, Dad.»

«Tut mir leid. Es ist einfach nur, daß ich nicht verstehe, wieso, wenn ich den ganzen Tag über nichts anderes mache, als zu versuchen, Antworten aus Leuten herauszukitzeln, die... Ach, vergiß es.»

«Was?»

«Nichts.»

«Daddy, du kannst es nicht ausstehen, wenn *ich* so bin.»

«Ich weiß.»

«Also, was ist?»

«Vergiß es. Wirklich. Es ist nichts.»

«Hier ist Mom wieder, okay? Bye.»

«Ten... Scheiße.»

«Entschuldige bitte», sagte Connie.

«Hi.»

«Mit dir alles in Ordnung, Joe?»

«Ja, ich sagte doch schon, daß ich okay bin.»

«Werd nicht gleich gereizt. Diese Bombe – das hat etwas mit Tom Valentine zu tun, richtig? Deine Freundin schreibt irgendeinen Artikel über das *Raleigh*, oder, und jemand wirft die Bombe, um ihr angst zu machen, damit sie ihre Finger davon läßt, stimmt's?»

Hatte es sich jeder, der zufällig die Morgennachrichten gehört hatte, so schnell zusammengereimt oder nur die Ex-Frauen von Cops? «Es war eigentlich keine richtige Bombe. Und sie ist auch nicht meine Freundin.»

Das unzweideutige Geräusch einer Zunge gegen Zähne, der Ungläubigkeit einer Ex-Frau. «Ich habe Doug heute morgen zum Bahnhof gefahren. Sein Wagen ist in der Werkstatt. Am Van Cortlandt Park wimmelte es nur so von Cops. Ich habe im Radio gehört, daß sie irgendeinen Typen verhaftet haben, mit dem Tom in Vietnam war, einen der *Hoffnungslosen*, Monsky oder so ähnlich. Sie glauben doch nicht wirklich, daß Tom sich dort versteckt, oder?»

«Ich schätze, wahrscheinlich tun sie es.»

«Aber du nicht.»

«Connie, ich habe wirklich nicht...»

«Was?»

«Nichts.»

«Was, Joe?»

«...»

«*Was?*»

Cullen streckte ein Bein aus und stieß die Tür mit seinem Fuß zu. Zimmerman war in der Vermißtenabteilung, um sich von Schuyler Barnwell oder Barnwell Schuyler – Cullen konnte sich den Namen einfach nicht richtig merken – ein paar Tips geben zu lassen, welchen Power-Tennisschläger er kaufen sollte. Der Bursche war irgendwie von Princeton, wo er die Nummer eins gespielt hatte, ins Police Department gestolpert.

«Als wir Kinder waren, war Tom immer ganz fasziniert von der Jamaica Bay. Da draußen gibt es Inseln, vermute ich. Manche von denen stehen bei Flut unter Wasser, andere sind... Ich weiß nicht, ob bewohnbar das richtige Wort ist, aber man kann jedenfalls auf ihnen rumlatschen. Er liebte es, ihre Namen zu sagen. Pumpkin Patch ist einer, an den ich mich noch erinnere. In einem Sommer ist er oft dort rausgefahren –» ein Sommer, den Joe Cullen, der jugendliche Straftäter, der Wilde, der Rebell ohne Grund, damit verbracht hatte, Singles aus Plattenläden am Queens Boulevard zu klauen –, «zusammen mit dem Cousin von irgendwem, der draußen in Howard Beach wohnte und ein Boot hatte.»

«Und du glaubst, dort wäre er jetzt?»

«Er könnte überall sein.»

«Joe?»

«Ja?»

«Paß auf dich auf.»

«... Wie geht's den Kindern?»

«Du hast doch *gerade* mit ihnen gesprochen.»

«Deshalb frage ich ja.»

Connie lachte. «Ich muß jetzt los.»

«John *Anth*ony?» Zimmerman fand, Filmkritiker zu sein wäre *der* Job, hielt John Anthony in puncto Scharfsinn, Gelehrsamkeit, Verstand und Spleen für den Zweiten unmittelbar nach Pauline Kael.

«Sie könnten überall hingegangen sein», sagte Cullen. «Sie hätten Lust auf... Ich weiß auch nicht – Lachs von *Zabar's* haben können. Sie sind reich; sie denken nicht, sie planen nicht, sie fragen nicht, ob es vernünftig ist oder ob sie es sich leisten können.»

Zimmerman schüttelte seinen Kopf. «Es wäre herausgekommen. Irgend jemand hätte eine Bemerkung gemacht – die Ironie, daß sie ganz spontan einen Trip in die Stadt gemacht haben und dann wegen einer Tragödie den ganzen weiten Weg wieder zurückkommen mußten.»

Cullen schüttelte *seinen* Kopf. «Es wäre herausgekommen, *wenn* man sie verdächtigt hätte, etwas anderes zu sein als das, was sie sind, nämlich Opfer. Da sie aber Opfer *sind*, da sie nichts Verdächtiges getan haben, sind sie auch nicht verhört worden. Was genau so ist, wie es auch sein sollte. Wir reden hier nicht über Alibis.»

Nach einer Weile sagte Zimmerman: «Was?»

«Was was?»

«Ich dachte, du wolltest noch irgendwas sagen.»

«Ich hab gerade daran gedacht, daß ich unbedingt meinen Wagen reparieren lassen muß.» Connies Mann, Doug, der Stiefvater von

Hoagy und dem Computer-Freak, hatte seinen Wagen wenigstens in der Werkstatt; Cullens Wagen parkte vor seinem Haus und sammelte fleißig Strafzettel.

«Ich dachte, du hättest gesagt, das wäre vergebene Liebesmüh.»

«Was vergebene Liebesmüh ist, kann ich dir sagen – ich kann mir keinen neuen Wagen leisten, nicht mal einen nicht-so-dollen Gebrauchten.»

«Wenn du zu Ann ziehen würdest, würdest du keinen Wagen mehr brauchen. Du könntest mit dem Fahrrad zur Arbeit fahren und bei der Arbeit einen Wagen aus dem Fuhrpark nehmen. Oder mit mir fahren.»

«Ich habe kein Fahrrad», sagte Cullen.

«Ich verkauf dir meins.»

«Doch nicht dein StumpHumper? Ich dachte, du würdest dieses Rad lieben. Ich dachte, du würdest es mit ins Bett nehmen.»

«Stump*Jumper*. Ich hab mein Auge auf ein Rennrad geworfen. Ein LeMond.»

«Was ist mit Tennis?»

«Was soll damit sein?»

«Woher nimmst du nur die Zeit? Woher nimmst du nur die Energie?»

Zimmerman zuckte mit den Achseln wie ein Mann, dessen Vorratstank an Energie nur gelegentlich nachgefüllt werden mußte. «Barns, ob du's glaubst oder nicht, spielt mit Holz – ein *Bancroft Super Winner*. Als er Wind davon bekam, daß synthetische Materialien Holz vom Markt verdrängen würden, hat er sich fünfzig unbespannte Schläger gekauft. Er lagert sie in einer Art Feuchtraum, den er sich selbst gebaut hat; alle paar Jahre holt er einen neuen raus.»

«Und steckt ihn an?»

«Er will mir keinen verkaufen, daher denke ich, daß ich mir wahrscheinlich einen *Donnay* besorgen werde.»

Cullen hatte gedacht, ein *Donnay* wäre ein Auto. «Hat Ann dir gegenüber irgendwas über mich erwähnt?»

«Ich habe Augen, Joe. Sie will mehr von dir.»

«Sie hat schon eine ganze Menge... und meine schmutzige Wäsche muß sie nicht auch noch bekommen.»

«Das große Rätsel Freuds? ‹Was will eine Frau?› Die Antwort lautet: Alles unter einem Dach – einschließlich der schmutzigen Wäsche.»

Cullen schaute zu Zimmerman hinüber. «*Du* bist dahintergekommen, und Freud hat es nicht geschafft?»

Zimmerman hob den Hörer eines klingelnden Telefons ab. «IAU, Zimmerman. Eine Sekunde.» Er legte eine Hand über den Hörer. «Was unter dem Strich dabei herauskommt –»

O Himmel, nicht was unter dem Strich dabei herauskommt.

– «ist, daß dir Lises und Claires geheimnisvoller Ausflug auf der LIE scheißegal ist. Du weißt, es gibt eine vernünftige Erklärung dafür, die nichts damit zu tun hat, daß Story umgelegt wurde. Sie *mußten* Lachs von *Zabar's* haben, sie *mußten* bei *Tiffany's* sein, als die ihre Pforten öffneten.»

«Sie wollten in Forest Hills Tennis spielen, habe ich Ann gesagt.»

«Perfekt. Die perfekte Erklärung.»

«Außer daß ich sie nicht glaube.»

«Ganz wie du willst. Die Alternative, daß du zu Lise Story gehst, während dein eigentliches Motiv die Verführung von Vera Evans ist, ist einfach zu schrecklich, um auch nur darüber nachzudenken.» Zimmerman nahm die Hand vom Hörer. «Tut mir leid, daß Sie warten mußten. Womit kann ich Ihnen helfen?... Hallo, Darelle... Gut... So schnell?... Wirklich?... Sind Sie absolut sicher?... Jesus... Jetzt ganz cool bleiben, Darelle. Überlassen Sie das ganz uns... Nein, wir werden den Anwalt Ihrer Schwester verständigen, wenn es soweit ist... Danke, Darelle. Und nicht vergessen, cool bleiben... Bis dann.» Er legte auf und stand auf und ging zur Tür und machte sie zu und setzte sich wieder.

«Ja?» sagte Cullen.

«Darelles Freundin von der Telefongesellschaft hat die MUDS des Präsidiums für die Woche überprüft, bevor Deborah Dean angeschossen wurde», sagte Zimmerman. «Sie wird noch weitere Checks laufen lassen, aber das war schon mal ein Anfang. Deborahs Privatnummer ist dreimal von einem Apparat aus angerufen worden.»

Plötzliche Panik, daß der Apparat sein eigener war, der von Snake Cullen, des Mannes, der nicht alles unter einem Dach haben wollte, nur den Sex und das Lachen und die Lyle-Lovett-Alben und die *Hill-Street-Blues*-Wiederholungen und die Buffalo-Hähnchenflügel. Am Ende kommt immer die Quittung, wie Connie sagen würde (gesagt *hatte*), und so kam es, daß er, der solche Dinge getan hatte, wie ein Verhältnis mit der Hebamme anzufangen, die sein zweites Kind auf die Welt bringen sollte («Interne Angelegenheiten, Joe. Großer Gott»), er, der unzweideutig darüber war, ambivalent in dem Punkt zu sein, seine Kinder einer Frau vorzustellen, die ihm unter der Dusche einen blies, er, dessen wirkliches Motiv, Lise Story nach ihrer geheimnisvollen Fahrt auf der LIE zu fragen, sehr wahrscheinlich darin bestand, Vera Evans verführen zu wollen, daß er sich auf den MUDS des Polizeipräsidiums befand, wie er einen frischgebackenen weiblichen Cop anrief, mit der er eine Affäre hatte und die er bei einem Streit unter Liebenden angeschossen hatte – egal, daß sie nicht nur keine Geliebten waren, er kannte sie nicht mal. «Amatos Apparat, stimmt's? Wir haben beide unsere Lieblings-Verdächtigen, richtig, und meiner ist nun mal Amato... Richtig?» Amato mit seinen ständig umherwandernden Händen und den baumelnden Unterhaltungen.

Zimmerman hörte Cullens Nervosität und wußte, daß er es wußte. Er schüttelte seinen Kopf. «Nein, nicht Amato.»

Cullen stand auf und ging zum Fenster und schaute zu den Wahnsinnigen draußen in der Mittagssonne hinab. Die Quittung kommt immer. Früher oder später landet jeder bei *Rick's*. Die Welt ist klein. War das der Grund, wieso der verdammte Dreckskerl nie schwitzte? «Doch nicht Hriniak?»

«Hriniak», sagte Zimmerman.

19

Irgendwann damals, bevor sein Gehirn verbrutzelt wurde, lernte Monroe (World) Riggs diese Lektion:

...

Scheiße. Er konnte sich nicht mehr erinnern.

Ach ja. Da ist es wieder. Aufgepaßt:

Du kannst gottverdammt immer irgendwem was vormachen, und du kannst gottverdammt sicher manchmal allen was vormachen, aber manchmal kannst du gottverdammt sicher keinem Menschen was vormachen.

Also, wieso, verdammte Scheiße, bildete Billy Liberty sich ein, er könnte World vormachen, daß er nichts damit zu tun hatte, das *Raleigh* einzuäschern, nichts damit zu tun hatte, auf diesen Benz in Queens zu ballern, nichts damit zu tun hatte, irgend so einer Fotze am Riverside Drive ein Eilpäckchen vorbeizubringen, wo World doch Augen im Kopf hatte, um ganz klar zu sehen, daß Bobby Liberty alle drei Male da war, am Tatort, so klar wie Kloßbrühe, in Lebensgröße?

«Bobby, Scheiße, Kumpel, ich hab doch *gesehn*, wie du das *Raleigh* ausgecheckt hast, Mann, ich wohne im *Cabot*, Bruder, das hast du doch nicht vergessen, oder? Ich hab doch die ganzen Typen und Mäuschen gesehen, Mann, wie sie geglotzt haben und gegafft haben, als diese armen Ärsche aus den Fenstern gejumpt sind, wie die ihr Hirn über die ganze Straße verspritzt haben –» *Ice is nice, but on account of I had a taste of desire, gimme fire* – «Und dann hab ich gesehn, wie die meisten von den Typen und Mäuschen wieder abgerauscht sind, aber einen Typen hab ich gesehn, der hat weiter geglotzt, der hat auch schon geglotzt, als die ersten Feuerwehrwagen und Cop-Karren aufgekreuzt sind, mitten in *Geraldo*, der hat sich ja kaum bewegt, nur einmal, da ist er den Block runter in den Imbiß und ist dann mit einer Sprite und einem Donut zurückgekommen, so hat's wenigstens ausgesehen, und dieser Typ, Bobby, das bist du gewesen. Ich hab dich gesehen, Freundchen. Ich hab dich *gesehn*.

Und außerdem, Freundchen, ich hab dich auch *gesehn*, wie du mitten in der Nacht nach Queens rübergeschlichen bist, Mann. Ich häng dir auf der Pelle, Bruder. Du hast in 'ner Nische gesessen, ganz hinten im *Delbert's*, Kumpel, ich hab ein Stück weiter vorn in einer Nische gesessen, und dann ist dein Pieper losgegangen, du bist los und hast telefoniert, und du bist mit zwei Mäuschen zusammengewesen, du hast sie einfach sitzenlassen, Kumpel, du bist abgezischt. Ich sag mir: ‹Scheiße, Mann, wo geht der beknackte Typ jetzt hin und läßt die beiden Mäuschen so ganz allein hier.› Ich trab also hinter dir her, Kumpel. Du hast dich rüber nach Queens geschlichen, Mann, ich war so was wie dein Schatten. Du hast dir 'nen *Aries* geknackt, bist dann über die Triborough rüber, am La Guardia wieder runter von der Piste, he, ich hab's mitgekriegt, wie du runter bist, Bruder. Brücke über der Grand Central, Maschendraht und die Scheiße drüber, damit keine bescheuerten Arschlöcher Steine und Scheiße runter auf die Autos schmeißen können, und du, du hast dich durch den Zaun gequetscht, hast gehumpelt wie 'ne beschissene lahme Krücke, wegen dem beschissenen Gewehr, das du dir in dein Hosenbein geschoben hast, Kumpel, und dann kommt ein Benz vorbei, und du verpaßt dem Ding 'ne Ladung, Bruder. Wow, Volltreffer, astrein. Was für ein gottverdammter Schuß, Mann. He, haben dir die Marines beigebracht, so zu schießen, Mann? Scheiße. Ich hab dich runter nach Brooklyn fahren sehen, Baby, über die Brücke, und du hast einen großen Sack in den Fluß geschmissen, der ist abgesoffen wie ein Stein. Ich hab auch gesehn, wie du dir die *Aries*-Karre wieder vom Hals geschafft hast, wie du in die U-Bahn gestiegen bist, he, genau als wärst du nur irgend so ein stinknormaler Typ, der zur Arbeit fährt.

Aber das ist noch nicht alles, Freundchen. Ich hab auch *gesehn*, wie du irgend so einer Schlampe am Riverside Drive dieses Eilpäckchen vorbeigebracht hast. Ich bin dir *ge*folgt, Bruder. Ich hab gesehn, wie du rumgeschlichen bist, wie du hierhin und dahin geglotzt hast, wie du so getan hast, als gäb's nichts auf der Welt, das du zu tun hättest, wo du doch todsicher was zu tun hattest, Kumpel, du mußtest ja diese kleine Eilzustellung machen, das kleine Päckchen bei irgend so einer Schlampe am Riverside Drive abliefern.

Du bist in einen Bus gejumpt, Freundchen, ich auf mein Zehngang, hab mich an genau diesen beschissenen Bus rangehängt, bin damit quer durch die ganze Stadt gefahren. Am Broadway bist du dann ausgestiegen, dann bist du in einen *Pizza Hut*, hast ein bißchen rumtelefoniert, und ich, ich hab mich ein Stück zurückgehalten, wo du mich nicht sehen konntest, Bruder, und hab *alles* genau beobachtet. Du bist wieder rausgekommen, du bist rüber zur West End, du bist einen Block rauf, einen Block runter, einen Block zurück, rüber zum Riverside, durch den Park, wieder rüber auf die andere Straßenseite, dann wieder den gleichen Weg zurück, den du gekommen bist, wieder rauf, hast allen was vorgespielt, jedem, der vielleicht denken könnte, du hättest irgendwas Gemeines vor, aber mir, Freundchen, mir hast du gar nichts vorgemacht. Du hast ja nicht mal 'nen Schimmer gehabt, daß ich dich fest im Auge hab, Arschloch.

Ich hab gesehn, wie du über das Tor von diesem Apartmenthaus gejumpt bist, Freundchen, he, ich dachte, du wolltest die Feuerleiter rauf, ein Stereo klemmen, einen Fernseher, einen CD-Spieler. Aber das hast du nicht, stimmt's, Freundchen? Du bist hinten um dieses kleine Haus neben dem großen Haus rum, hast dann dein Päckchen bei irgend so einer Schlampe abgeliefert, die da wohnt, stimmt's? Ich bin mit meinem Zehn-Gang vorne geblieben, deshalb hab ich nichts gesehen, Bruder. Ich dachte, ich hätte irgendwas gehört, so was wie einen Bums oder so, aber vielleicht hab ich mir das auch nur eingebildet, vielleicht hab ich auch nur gedacht, ich hätte, so wie man manchmal eben meint, man könnte vielleicht was hören, weil man nämlich an einer Stelle steht, von wo man vielleicht was gehört haben könnte, he, ist dir klar, was ich hier rede, Kumpel?

Feuerwehrwagen, der Mann, all die Scheiße. Ich hab mich dann rübergeschlichen und 'ne Weile geglotzt, und ich hab den Mann reden gehört, Bruder, hab mitgekriegt, wie er gesagt hat, irgendwer hätte bei irgend so einer Schlampe in dem Haus da ein kleines Eilpäckchen abgeliefert. Dem Mann kannst du was vormachen, Bruder, aber bildest du dir wirklich ein, ich hätte keinen Durchblick, du bescheuerter Schwanzlutscher, meinst du vielleicht, du könntest mir was vormachen, so wie du dem Mann was vorgemacht hast?»

Bobby Liberty nahm den Zahnstocher aus seinem Mund, überprüfte, ob er für weitere Verwendung nicht zu durchgeweicht war, schob ihn wieder zurück. «Und?»

Mit Fragen wie dieser kam Worlds gegrilltes Gehirn nicht immer klar, besonders dann nicht, wenn er gerade erst so ziemlich alles rausgelassen hatte, was drin war. «Wa-wa-wa-waaas?»

Bobby sortierte seine Hoden. «Und, was willst du, World, willst du mich ausnehmen, oder was?»

«Wer? Ich? He, nein. Ich schwör's dir, Bobby.»

«Willst du mich verpfeifen, oder was?»

«Scheiße, Kumpel, ich würd dich doch nicht verpfeifen. Ich hatte nur gehofft, du könntest mir vielleicht helfen, einen geilen Job zu kriegen, Bobby, das ist alles. Um, du weißt schon, ein paar Mäuschen zu kaschen.»

«Geiler Job?»

«Ich will irgendeinen Schuppen *abfackeln*, Kumpel. Ich brauch einen Mental.»

«Einen was?»

«Einen Mental. Einen Burschen, der mir beibringt, wie man was macht.»

«Ein Bursche, der dir beibringt, wie man was macht, ist ein Mental?»

«Ich hab's in der Kiste gesehen. Dieser Typ wollte lernen, wie man Geige spielt, also brauchte er einen Mental.»

«Bist du schwul, oder was, World?»

«Nein!»

«Geigen sind was für Schwule.»

«Ich bin nicht schwul.»

Bobbys Pieper meldete sich. «Ich muß jetzt los, World. Wenn du mich verpfeifst, reiß ich dir deine schwulen Eier ab.»

Man kann todsicher immer irgendwem was vormachen, und man kann todsicher manchmal allen was vormachen, aber manchmal kannst du todsicher keinem Menschen was vormachen. He, Scheiß auf Bobby Liberty, World wird zu Marks persönlich gehen, weil jeder clevere Typ genau weiß, daß nicht Bobby Liberty entscheidet, welches Haus er als nächstes einäschert, wem er kleine Überraschungspakete liefert, das kann nur Marks entscheiden.

Also jumpte World auf sein Zehn-Gang (das er sich von einer Parkuhr vor der NYU geklemmt hatte, wahrscheinlich hatte die Karre mal einem smarten Typ gehört, he, aber wie gottverdammt smart konnte der Typ schon sein, der die Karre da abstellte, wenn er keinen Schimmer hatte, daß jeder, der so ein Ding klauen wollte, auch mit Schlössern Bescheid wußte, da brauchte er schon ein beschissen besseres Schloß als eins von diesen alten Citadels) und fuhr zu Marks' Haus rüber, der diesen Fimmel wegen Leuten hatte, er wohnte praktisch irgendwo draußen auf dem beschissenen Land, oben am Harlem River gegenüber vom Yankee Stadium, in der

Nähe von der Stelle, wo früher mal das andere Baseballstadion gewesen ist, das Polio Grounds, das sagen wenigstens die alten Typen.

«Bobby Liberty macht Ihnen was vor, Marks», übte World schon, während er fuhr, «wenn er Ihnen gesagt hat, kein Mensch wüßte was davon, daß er das *Raleigh* eingeäschert hat, wenn er Ihnen gesagt hat, kein Mensch hätte einen Schimmer, daß er einen Benz oben in Queens abgeballert hat, wenn er Ihnen gesagt hat, kein Mensch hätte 'ne Ahnung, daß er dieser Schlampe am Riverside Drive ein Überraschungspäckchen gebracht hat. *Ich* weiß, daß er das *Raleigh* abgefackelt hat, *ich* weiß, daß er dieser Schlampe am Riverside Drive die Eilzustellung geliefert hat. Ich blick durch, und er blickt nicht durch, daß ich durchblicke, also, welchen Typen hätten Sie denn lieber, wenn Sie irgendwelche geilen Jobs zu erledigen haben, Marks, einen Typen, der durchblickt, daß irgendwer versucht, ihm was vorzumachen, oder einen Typen, der sich einbildet, er würde irgendwem was vormachen, wo er doch absolut nichts in dieser Richtung tut?»

Doch bevor World dazu kam, das zu sagen, mußte er alles noch mal gründlich überdenken, alles noch mal abwägen, auschecken, ganz von vorne, noch mal richtig alles durchdenken – was ungefähr genauso war, wenn man ein verbrutzeltes Hirn hatte, als wollte man die Zahncreme zurück in die Tube schieben. Denn als World bei Marks' Haus ankam – unmittelbar *bevor* er zu Marks' Haus kam –, sah er jemanden aus Marks' Haus kommen, der sich nicht mal in einer Million Jahren vorgestellt haben würde, daß man ihn auch nur irgendwo in der *Nähe* von Marks' Haus sehen würde – weder um drei Uhr morgens noch zu irgendeiner anderen Zeit, weder wie er in einen ganz normalen alten Wagen stieg noch in irgendein anderes Auto, weder in Jeans und T-Shirt und Pumas noch in irgendwelchen anderen Klamotten – Mister Sidney Lyons, der gottverdammt beschissene Bürgermeistertyp der City of New York.

20

Kommandiert von Chief of Department John A. Walsh jr., Auszeichnungen in Basketball und Baseball auf der Jamaica High School (und, danach, in Baseball auf dem St. John's; Purple Heart, Korea; Orden und Belobigungen und Auszeichnungen aller Art in zweiunddreißig Jahren Dienst beim New York Police Department), brachen in einem weiteren feuerroten Morgengrauen einhundert Beamte der Bereitschaftspolizei vom Floyd Bennett Field und Bergen Beach Park und Canarsie Beach Park in Brooklyn und vom Spring Creek Park und Rockaway Community Park in Queens in Barkassen auf und fielen, von der Grassy Bay kommend, auf namenlosen Inseln im Pumpkin Patch Channel ein – zwei Namen, die dem jungen Tom Valentine immer wie Zucker über die Lippen gekommen waren. (Er liebte auch noch andere – und liebte sie noch heute: Big Fishkill Channel, Hassock Channel, Hassock Creek, Broad Channel, Big Channel, Beach Channel, Pumpkin Patch Marsh, Elders Point Marsh, Duck Point Marshes, Stony Creek Marsh, Nestepol Marsh, Yellow Bar Hassock, Little Egg Marsh, Black Wall Marsh, Rulers Bar Hassock, The Raunt, Winhole Marsh, Silver Hole Marsh, Duck Creek Marsh, East High Meadow, Joco Marsh, Ruffle Bar, Big Egg Marsh, Canarsie Pol.) Auf dem Floyd Bennett stationierte Hubschrauber flogen als Eskorte; andere von Fernsehsendern, die irgendwann gegen Mitternacht telefonisch Tips erhalten hatten («anonyme» Anrufe in Walsh' allseits bekanntem und unverkennbarem strengem Scheißkerl-Tonfall), kreisten und stürzten sich herab, machten sich beinahe selbst zu Schlagzeilen.

Siebzehn Menschen hatten auf der Insel gelebt – siebzehn *obdachlose* Menschen, wie die Presse sie nannte, während Bürgerrechtler (darunter auch – die Welt ist klein – Jimmy Levin, Rechtsanwalt von Police Officer Deborah Dean) darauf hinwiesen, daß die Insel ihr Zuhause und somit durch die Verfassung vor Durchsuchungen und Beschlagnahmungen ohne richterliche Anordnung geschützt war. Acht der siebzehn waren Kinder, vier waren Frauen, fünf waren Männer mittleren oder hohen Alters. Keiner von ihnen war Tom Valentine, Liebhaber der Namen dieses Ortes und Fuchs für die Spürhunde der Eindringlinge.

(Eine ganze Reihe der Eindringlinge hatte in Vietnam gedient – genau wie Tom Valentine, so klein wie die Welt nun mal war – und äußerten sowohl still zu sich selbst als auch laut die Wucht des *Déjà-vu*-Gefühles, von dem sie gepackt wurden, als sich das grimmigrote Morgengrauen in einen weißglühenden Tag verwandelte. Es war nicht einfach nur eine durch die Wasserlandschaft, die betäubende Hitze heraufbeschworene Illusion; da war diese alte Frustration, die sie vor so langer Zeit so oft empfunden hatten, wenn sie sich auf die Jagd nach *Charlie* machten und doch nur Mamma-sans, kleine Kinder und alte Fürze angelten.)

Eine der Frauen und das älteste ihrer drei Kinder, ein fünfjähriges Mädchen, starben. Je nachdem, zu welcher Seite man gehörte, geriet die Frau, Althea Dove, ihre Tochter, Lamotta, in den Armen, entweder in Panik und rannte schnurstracks von der Insel in den Pumpkin Patch Channel (*Pumpkin Patch Channel, Pumpkin Patch Channel* hatte der junge Tom fast in einem Singsang immer gesagt), oder aber sie wurde von einem Officer der Bereitschaftspolizei nieder- und wahrscheinlich auch k.o. geschlagen, dessen Befehl, ihm das Kind anzuvertrauen (er war in Nam gewesen, dieser bestimmte Officer, und erinnerte sich noch gut daran, was für eine Hölle diese Kinder mit ihren Plastikbomben und solcher Scheiße entfesselt hatten, man konnte diesen beschissenen kleinen Dreckskerlen einfach nicht die Bohne über den Weg trauen), Althea einfach ignoriert hatte.

Je nachdem, zu welcher Seite man gehörte, war es entweder ein vorhersehbares oder aber ein mitleiderregendes Ende zu Althea Doves mitleiderregender Geschichte: Es war einmal eine staatlich anerkannte Krankenschwester mit einem guten Job, einer netten Wohnung und einem verantwortungsbewußten Freund; zuerst hatte sie ihren Freund verloren (bei einem Autounfall), dann ihren Job (als das Crack, mit dessen Hilfe sie hoffte, eine Mauer gegen ihre Trauer errichten zu können, über ihr zusammenbrach und sie unter sich begrub), dann die Wohnung (als der Vermieter sagte, von ihren guten Absichten würden *seine* Kinder nicht satt).

Althea brachte die Kinder zu einem Cousin und zog in ein von Süchtigen bewohntes Haus. Durch Zufall hörte eine frühere Freundin, inzwischen Sozialarbeiterin, von Altheas Abstieg und schickte ihr durch einen mitfühlenden anderen Süchtigen eine Reihe von eindringlichen Bitten, die Althea schließlich dazu überreden konnten, sich mit ihr in einem Cafe um die Ecke des Hauses zu treffen.

Die Sozialarbeiterin, Joy Griffith (dieselbe Joy Griffith – die Welt ist eben klein –, die Tom Valentines Freundin und beim *Raleigh*-Brand ums Leben gekommen war), erkannte sofort, daß Althea bereits so weit unten angekommen war, daß oben jenseits ihrer Vorstellungskraft lag:

«Wie lange wohnst du schon in diesem Haus, Mädchen?»

«Keine Ahnung.»

Joy Griffith wußte, daß es seit vier Monaten war. *Vier* Monate. «Überhaupt schon mal draußen gewesen?»

«Ja.»

Joy Griffith wußte, daß Althea nicht ein einziges Mal draußen gewesen war. Nicht einmal. «Laß mich dir jetzt mal was sagen, Mädchen.»

«Was?»

«Ich habe einen Traum. Doktor King hatte einen Traum. *Ich* habe einen Traum.»

He, wer zum Teufel ist Doktor King? Ich kenne keinen Doktor King.

«Du hast dieses Haus seit vier Monaten kein einziges Mal verlassen, Mädchen. Die *brothers* in diesem Haus, manche von denen gehen zwei-, dreimal am Tag raus, andere vielleicht nur zwei-, dreimal die Woche. Sie verlassen das Haus, sie klauen ein Auto, einen Fernseher, sie überfallen einen Laden, sie besorgen sich ein bißchen Kohle, sie kommen zurück und knallen sich weiter die Birne voll.

Du kriegst auch Kohle, um an mehr Crack zu kommen, Mädchen, aber du verläßt das Haus nicht, um es dir zu besorgen. Du bleibst einfach drinnen und feierst Parties, nur daß du nicht mehr wie eine Partymaus aussiehst, Mädchen, du siehst aus wie ein Stück Scheiße. Du bleibst einfach im Haus und feierst mit den *brothers*, die das Haus verlassen, eine Karre klauen, einen Fernseher, einen Laden ausräumen, sich ein bißchen Kies verschaffen, zurückkommen und dann ein bißchen bumsen und ein bißchen rauchen.

Arschlöcher wie die – kann ja sein, daß sie sich selbst *brothers* nennen, aber Arschlöcher sind sie trotzdem –, Arschlöcher wie die,

Mädchen, du feierst mit denen, sie warten nicht lange, um sich Gummis über ihre Willies zu ziehen. Miese Nigger ziehen sich keine Gummies über ihre Willies, Mädchen, und diese Arschlöcher sind *miese* Nigger.

Aber wenn du mit solchen Arschlöchern feierst, Mädchen, die sich keine Gummis über ihre Willies gezogen haben, dann passiert folgendes: Du wirst schwanger, du kriegst AIDS, dein Baby kriegt AIDS und ist vom Tag seiner Geburt an von Crack abhängig. Vielleicht kriegt das Arschloch auch AIDS, aber was zum Teufel interessiert's dich?

Mein Traum, Mädchen, geht so: Mein Traum ist, daß schwarze Schwestern, Latino-Schwestern – alle Schwestern überall, aber ganz besonders schwarze Schwestern und Latino-Schwestern – diesen Arschlöchern *einfach nein sagen*. Es wird nicht gebumst, bevor ihr Arschlöcher eure Scheiße nicht auf die Reihe kriegt.

Einfach. Nein. Sagen.

Hast du das kapiert, Mädchen? Hast du kapiert, was das bedeuten würde, wenn du das sagen könntest, wenn alle Schwestern das sagen könnten? Es sagen und dafür sorgen, daß die Arschlöcher auch *zuhören*? Das wäre eine ganz neue gottverdammte Welt. Das ist mein Traum, Mädchen. Genau das ist mein Traum.»

Das war Joy Griffith' Traum, und mit der Zeit, als sie sich so weit hochgeschleppt hatte, daß sie nicht mehr länger so weit unten war, daß oben jenseits ihrer Vorstellungskraft lag, war es auch Althea Doves Traum geworden. Zuerst sagte Althea nein zu den Arschlöchern, und die Arschlöcher prügelten sie windelweich, bis sie endlich ihre Beine für sie breit machte, scheiß doch drauf, Gummis über ihre Willies zu ziehen. (Dies war eine Eventualität, die Joy Griffith vorhergesehen, aber nicht erwähnt hatte, weil sie nämlich wußte, daß, wie die Dinge lagen, die Schwestern, die sie davon zu überzeugen versuchte, ihren Traum mit ihr zu träumen, verdammt oft die Scheiße aus dem Leib geschlagen bekamen; sie befürchtete, daß es, bis bei diesen Arschlöchern das Bewußtsein *geschaffen* worden war, vergiß bevor es sich entwickelt hatte, daß es für die Schwestern, die sie versuchte dazu zu bewegen, ihren Traum mit ihr zu träumen, nötig sein könnte, mehr zu tun, als diesen Arschlöchern einfach nur nein zu sagen, sondern daß sie sich ganz von ihnen würden trennen müssen. «Oder vielleicht sollten wir den Arschlöchern einfach ihre Willies *ab*schneiden», sagte Joy Griffith manchmal, wenn sie sich angesichts der verdammten Schwierigkeit ihrer Arbeit manchmal niedergeschlagen und deprimiert fühlte.)

Interessanterweise hörten die Schläge mit der Zeit von selbst auf. Überraschenderweise zogen manche der Arschlöcher Gummis über ihre Willies. Rätselhafterweise sahen ein paar von ihnen über den beschränkten Rand der gerade aktuellen Probleme hinaus auf die Notwendigkeit, daß sie *ihre* Scheiße langsam in den Griff bekamen. Im *Raleigh* zu leben half die Dinge weiterzuentwickeln, denn es war dieses leerstehende sechsstöckige Mietshaus, das Joy Griffith zum Labor für ihr kleines Experiment in Zusammenleben machte (ein Experiment, das sie in ihrer freien Zeit durchführte, mit ihrem eigenen Geld finanzierte – und auch ein bißchen von Tom Valentines Geld, unabhängig von der Arbeit, die sie für New York City machte – und, offen gesagt, hinter New York Citys Rücken, denn New York hielt gar nichts von guten Taten, die nicht kontrolliert werden konnten). Um im *Raleigh* wohnen zu dürfen, mußte man das Okay von Joy Griffith haben, die ihre Augen nach Schwestern offenhielt, die das Zeug hatten, gemeinsam mit ihr ihren Traum zu träumen, nach Arschlöchern, die vielleicht doch keine Arschlöcher waren, die *brothers waren*.

Um im *Raleigh* zu wohnen, mußte man außerdem clean sein, mußte man nüchtern sein, mußte man immer wissen, wo seine Kinder waren, und Verantwortung für das übernehmen, was sie angestellt hatten, wenn das, was sie angestellt hatten, jemand anderen geärgert hatte. Althea Dove schaffte es, *ihre* Scheiße genug in Ordnung zu bringen, um all diese Dinge hinzukriegen.

Und dann brannte das *Raleigh* ab.

Althea Dove und ihre Kinder, Lamotta, Vurnell und Jamel, überlebten den Brand. Joy Griffith, die nicht eher aufhörte zu suchen, bis sie nach jedem Träumer, nach jedem *brother*, ja sogar nach jedem Arschloch gesehen hatte, überlebte nicht. Ohne Joy war Althea sich nicht sicher, ob sie ihre Scheiße weiterhin im Griff behalten konnte. Sie versuchte, in die eine oder andere Gruppe reinzukommen, aber es gab einfach zu viele Arschlöcher, die immer eine Ladung Crack durchziehen, eine Party veranstalten wollten. Ein Freund, ein anderer Überlebener aus dem *Raleigh*, hörte von den Leuten, die auf der namenlosen Insel im Pumpkin Patch Channel in der Nähe der Grassy Bay lebten, und schlug vor, daß sie vielleicht dort draußen, weit fort von allem, in der Lage wären, ihre jeweilige Scheiße im Griff zu halten.

Sie trafen nur zwei Tage vor der Razzia, kommandiert von Chief of Department John A. Walsh jr., Schulauszeichnungen, Orden, Belobigungen, Ehrenauszeichnungen, dort ein.

«Neil?»

Zimmerman wusch gerade seine Hände und schaute im Spiegel der Herrentoilette zu Cullen auf. «Ja?»

Cullen hatte bereits überprüft, daß niemand sonst auf der Toilette war, vergewisserte sich aber jetzt noch einmal. Er ließ das Wasser in seinem Waschbecken laufen. «Hab ich dir gegenüber irgendwas über die Jamaica Bay gesagt? Ich weiß, daß ich es nicht getan habe. Du warst nicht da, als ich Connie angerufen habe, und ich hatte die Tür zu meinem Büro geschlossen. Das war das einzige Mal, daß ich es erwähnt habe.»

Zimmerman zog ein Papierhandtuch und trocknete seine Hände ab und arrangierte die Puzzlesteinchen so lange, bis sie Teil eines Bildes wurden. «Du hast am Bürotelefon Connie gegenüber irgendwas über Tom Valentines alte Jagdgründe in der Bay gesagt – oder sie hat dir irgend etwas gesagt. Du hast dich gefragt – oder vielleicht auch sie –, ob er sich dort vielleicht versteckt haben könnte. Und jetzt fragst du dich, ob das, was du gesagt hast, irgendwie zu Walsh durchgedrungen ist.»

«Es ist unmöglich – absolut unmöglich –, daß Connie das irgendwem weitergesagt hat – ganz sicher niemandem im Department. Die Cops, mit deren Frauen sie befreundet war, sind heute entweder pensioniert oder tot.»

Zimmerman knüllte sein Handtuch zusammen und warf es in den Papierkorb. Plopp. «Außer Hriniak.»

«He, Neil.»

«Du hast selbst mehr als einmal gesagt, wie eng Connie auch noch nach eurer Scheidung mit Berly Hriniak befreundet blieb.»

«Eng befreundet auf eine sehr persönliche Art. Sie tauschen keinen Department-Klatsch aus. Sie tauschen keine *Tips* aus.»

Zimmerman riß ein weiteres Handtuch aus dem Spender, knüllte es zusammen, warf es. Plopp. «Wie lange willst du diese Sache für dich behalten, daß Hriniak Deborah Dean angerufen hat?»

«Wir wissen nicht, ob Hriniak Deborah Dean angerufen hat. Wir wissen nur, daß von Hriniaks Apparat Anrufe gemacht worden sind.»

«Wie lange willst du das für dich behalten?»

«Ich behalte es nicht für mich.»

«Maslosky hast du noch nichts davon gesagt. Ich weiß nicht, wie lange wir uns darauf verlassen können, daß Darelle seinen Mund hält. Er hat – ganz zu Recht – auch die Interessen seiner Schwester im Hinterkopf.»

Cullen stellte das Wasser in seinem Becken ab. Falls es je gestimmt hat, daß fließendes Wasser elektronische Wanzen schachmatt setzt, würden die Überwachungs-Freaks da nicht inzwischen längst eine Möglichkeit gefunden haben, wie dieses Problem zu lösen war?

«Joe?»

«Was?»

«Ich hab keine Ahnung, wie lange wir uns darauf verlassen können, daß Darelle seinen Mund hält.»

«Ich hab dich verstanden.»

«Hast du auch gehört, wie ich gesagt habe, daß du Maslosky noch nichts gesagt hast?»

«Ich weiß, daß ich's nicht getan habe.»

«Hast du gehört, wie ich gesagt habe, du behältst die Information für dich?»

«Neil, geh mir gottverdammt noch mal nicht auf die Eier, okay?»

«Neben anderen Dingen, die du ebenfalls für dich behältst.»

«Ich behalte die John-Anthony-Sache nicht für mich. Ich bin praktisch schon auf dem Weg zu Vera.»

«Vera?»

«Vera.»

«Himmel.» Zimmerman wirbelte herum und drehte das Wasser in seinem Becken auf, wusch seine Hände, demonstrierte so, daß er mit Cullen nichts mehr zu tun haben wollte. Er riß ein Handtuch ab und trocknete seine Hände ab und pfefferte es anschließend in den Papierkorb. Er sah in den Spiegel und starrte Cullens Hinterkopf an. «Soll ich dich hinfahren?»

«Wo hinfahren?»

«Uptown. Ich arbeite als Verkäufer in Taubmans Apotheke. Für den Fall, daß unsere Freundin, die Fourex-Lady, vielleicht noch mal vorbeikommt.»

Sie gingen durch die Tür und den Flur hinunter und holten ihre Jacken und nahmen den Fahrstuhl hinunter in die Garage. Keith Bermúdez wartete unten darauf, einzusteigen.

«*¿Que tal, hermanos?*»

«Hi, Keith.» Scheiße, das Spiel der Mets.

«Berms.»

«*Mira*, Joe, hör zu. Ich hab versucht, dich anzurufen, Kumpel. Du bist nie zu Hause. Ich bin froh, daß wir uns über den Weg gelaufen sind. Ich hab doch gesagt, ich könnte heute abend nicht arbeiten, weil mein Onkel heiratet, richtig? Jetzt hör dir das an. Die Hochzeit ist abgeblasen. Gestern abend geht er auf seine Junggesellenparty – Junggeselle, meine Fresse, ich hab dir doch *gesagt*, er wär ein beschissener *espada*, ein Sexprotz –, jedenfalls, er verknallt sich in diese *chica*, die ein Strip-o-gramm abliefert. Ich mach echt keine Witze, Mann, es war Liebe auf den ersten Blick. Sie war *muy guapa*, Kumpel, große Titten, aber trotzdem. Meine Mutter dreht durch. Die Mutter seiner Ex-Verlobten dreht durch. Ich könnte einen Überwachungsjob gut gebrauchen, ein bißchen Ruhe und Frieden. Falls du irgendwas vorhast, mach's, genieß es. Du hast nichts zu tun, okay, genieß auch das. Wie geht's Ann?»

Wie's Ann geht? Viel zuviel war passiert – oder besser gesagt, nicht passiert, da er soviel für sich behalten hatte –, als daß er ihren Zustand im Auge behalten hätte. Und er *hatte* etwas vor, oder nicht – mit Hoagy und dem Computer-Freak zum Spiel der Mets gehen –, und das hatte er total vergessen, oder nicht, denn er behielt viel zuviel für sich, als daß er sein eigenes Leben im Auge behalten konnte, oder? «Ihr geht's gut, K. Ich bin auch froh, daß wir uns über den Weg gelaufen sind. Ich schulde dir was, Kumpel. Danke.»

«*De nada*, Babe. Bis dann. Bis später, Neil.»

«Bis später, Berms.»

Cullen und Zimmerman gingen zu dem Saab.

«Ein Job in einer Apotheke ist genau das richtige für dich», sagte Cullen. «Bei deinem Wissen um Produkte für die Haar- und Hautpflege wirst du ein echter Star in dieser Branche.»

«Ich kann diesen Kram noch bis Montag für mich behalten», sagte Zimmerman.

«Das ist fair.»

Zimmerman blieb stehen. «Nein, es ist nicht fair, weil für mich nämlich überhaupt nichts dabei herausspringt. Du bist hier der einzige, der einen potentiellen Nutzen daraus zieht. Du ganz allein. Du wirst wahrscheinlich einen Filmstar bumsen ...»

«Neil.»

«... und das Beste, das Allerbeste, das von meinem Standpunkt aus gesehen dabei rauskommen kann, ist, daß ich nicht vom Dienst suspendiert werde, daß ich nicht meine Marke verliere, daß ich meinen Job behalte.» Er zog seine Brieftasche und nahm einen Zehner heraus und gab ihn Cullen. «Hier, für's Taxi. Bei all der Scheiße, auf der du sitzt, will ich dich nicht in meinem Turbo haben.» Er steckte seine Brieftasche wieder ein und ging weiter.

Also kam unter dem Strich dabei nicht nur heraus, daß Cullen jemand war, der nicht alles unter einem Dach haben wollte, sondern nur den Sex und das Lachen und die Lyle-Lovett-Alben und die Wiederholungen von *Hill Street Blues* und die Buffalo-Hähnchenflügel; unter dem Strich stand, daß er jemand war, vor dem die Leute meinten, ihre Polster schützen zu müssen.

21

Nicky Potter sagte: «‹Meine Mehr-als-nur-Assistentin, mein Lebenserhaltungssystem.› So hat Vera mich Ihnen vorgestellt. Erinnern Sie sich?»

Cullen nickte. «Sicher.» Und er war Der Alte Freund von Chuck Von Dem Ich Dir Erzählt Habe gewesen. (Gefolgt von diesem doppeldeutigen Der Polizeibeamte Der Geholfen Hat Als Der Arme Fahrer Ermordet Wurde.)

«Daher wird es Sie auch nicht überraschen zu erfahren, daß ich weiß, warum Sie hier sind.»

Wenn das daraus folgte, dann wußte Cullen zumindest nicht, auf welchem kurvenreichen Weg. «Ich möcht mit Vera sprechen, um alte Erinnerungen auszutauschen. Ich dachte, es wäre vielleicht Zeit.»

Nicky lächelte ein Lächeln, das ein wenig betrübt darüber war, daß er tatsächlich versuchte, ihr etwas vorzumachen. «Sie sind hier, weil jemand gesehen hat, wie Lise und Claire an jenem Morgen in die Stadt gefahren sind, an dem Story umgebracht wurde.»

Irgend etwas an diesem gelangweilten, ungeschminkten Story – kein Vorname, kein Titel, kein *Veras Bruder, Lises Mann, Claires Stiefvater*, nicht mal ein *Ihr alter Freund* – veranlaßte Cullen, Nicky genauer anzusehen. Das und die klare Falschdarstellung: Story – Charles Story, Commissioner Story, Veras Bruder, Lises Mann, Claires Stiefvater, Cullens alter Freund – war am Abend des Tages umgebracht (ein Mehr-als-nur-Assistentin-Lebenserhaltungssystem-Verb, ein besseres Verb als *ermordet*, ganz sicher besser als *umgelegt* oder *kaltgemacht* oder *ausgeknipst*, die augenblicklich bevorzugten Verben auf der Straße) worden, dessen Morgen hier zur Diskussion stand.

Was Cullens nähere Betrachtung an den Tag brachte, war – und er hatte keine Ahnung, was er damit anfangen sollte –, daß bei allen Ähnlichkeiten zwischen Nicky und Vera Nicky nicht im geringsten wie sie war; da war ein Defekt an Nickys Schönheit, etwas Verdrehtes, Schiefes – nicht vorsätzlich, sondern wie aus Versehen, das sowohl Schöpfer wie Geschöpf für immer bedauern würde.

«Ihre Ann Jones hat angerufen und sich erkundigt, wohin sie gefahren sind», sagte Nicky

Und das, nachdem sie ihm versprochen hatte, sie würde es nicht tun. Oder hatte sie nicht? Tja, er hatte sein Versprechen ihr gegenüber auch gebrochen, ihre Spekulation über das Flambieren des *Raleigh* für sich zu behalten, eine Spekulation, die laut Hriniak (der, apropos Spekulationen, Telefongespräche mit Deborah Dean führte) irrig war. Waren sie damit quitt oder ... oder was? «Ann ist *ihre eigene* Ann Jones. Sie *haben* Vera gesagt, daß ich hier bin?»

Nicky lächelte. Sie genoß die Situation. «Sie beide kennen sich schon *sehr* lange.»

«Sind Sie und Vera Nachbarn, in Los Angeles?»

«Vera wohnt im Nichols Canyon. Ich wohne in Westwood.»

«Da wo die UCLA liegt.»

Sie hob skeptisch ihren Kopf, sah ihn wie einen altklugen Schüler an. «Woher kennen Sie LA?»

«Daß die UCLA in Westwood liegt, weiß ich wahrscheinlich durch College-Basketball-Übertragungen im Fernsehen, ansonsten kenne ich LA nicht. Was machen Sie hier in New York?»

Sie reckte ihren Hals. «Entschuldigen Sie?»

Etwas, das ein Mehr-als-nur-Assistentin-Lebenserhaltungssystem wahrscheinlich nur selten tun mußte. «Sie waren bereits in New York, als Story –» er betonte den Namen ganz leicht – «umgebracht wurde, nicht wahr?»

«Nicky ist an beiden Küsten aktiv», sagte Vera. Sie kam aus einem anderen Zimmer herein wie ... tja, wie eine *estrella de cine*; sie legte eine Hand auf seine Schulter, damit er nicht aufstand, um sie zu begrüßen, beugte sich herab, um ihm einen Kuß auf die Wange zu geben (einen Kuß auf seine Wange zu hauchen; er würde nicht beschwören, geküßt worden zu sein), nahm ihm gegenüber Platz, genau auf der Kante eines cremefarbenen Clubsessels, die Hände unterhalb ihrer Knie gefaltet, eine Haltung, die verriet, daß sie schon lange auf diesen Augenblick gewartet hatte. «Nett, dich mal außer Dienst zu sehen, Joe, ohne Trauerzüge und andere Ablenkungen.»

Er brachte kein Wort heraus, worum es doch eigentlich ging, oder nicht?

Vera nahm ihre Hände von den Knien, lehnte sich in ihrem Sessel zurück, schlug ihre Beine übereinander. Sie trug eine große, weite weiße Bluse, eine große, weite weiße Hose, silberne Sandalen. Hollywood ganz cool, während draußen die New Yorker Hitze tobte. «In New York passieren ein Menge *Dinge*, um die man sich konstant kümmern muß. Ich hatte früher Leute hier, die sich rund um die Uhr darum gekümmert haben, aber sie wußten nicht genug von dem, was bei Storyboard – das ist meine Produktionsfirma – und in meinem übrigen Leben los war ...»

(Cullen folgerte – he, er war immerhin ein Cop; ein Detective –, daß das, was er da hörte, die Antwort auf seine an Nicky gerichtete Frage war.)

«... Nicky und ich mußten mehr Zeit damit verbringen, ihnen alles zu erklären, als sie damit, uns zu repräsentieren, also beschlossen wir, daß es effizienter wäre – und letzten Endes sogar weniger teuer –, wenn sie ein paarmal im Monat herkommt. Ihr Bruder lebt hier, im Village. Er ist Jazz-Klarinettist und ziemlich oft auf Tournee, und normalerweise wohnt sie immer in seiner Wohnung. Dieses Mal war er in der Stadt, daher ist sie im Hilton abgestiegen. Sie ist Mittwoch abend angekommen und wäre bis Montag oder Dienstag hiergeblieben.»

«Ich mag große, belebte Hotels», sagte Nicky.

Cullen sagte: «Ich fände es nett, wenn Sie jetzt gehen würden, Miss Potter, bitte.» Nicky sah aus, als wäre ein großes belebtes Hotel über ihr zusammengebrochen, doch Vera streckte eine Hand aus, um sie aus den Trümmern zu ziehen. «Ist schon okay, Nicky.»

Nicky fand noch verschiedene Dinge, die sie unbedingt erledigen mußte – Papiere zusammenpacken, sie in Aktenhefter stecken, Füllhalter schließen, eine Haarbürste suchen, die vielleicht hinter irgendwelche Kissen gefallen war oder vielleicht auch nicht –, bevor sie schließlich ging. Für sie war es ganz und gar nicht okay.

Vera faltete ihre Hände um ein Knie. «Tja.»

«Tja.»

«Was hat Phil Hriniak gesagt? Die Welt ist klein?»

«Sie ist klein.»

«Aber nicht ganz so klein wie früher, oder, Joe?»

Damals:

«Hey, Snake.»

«Hey, Tommy.»

«Wir gehen raus nach Forest Hills, ein paar Körbe ballern. Haste Lust, auch ein paar Körbe zu ballern?»

«Nee.»

«Komm schon, Snake.»

«Nee, ey. Ich geh rüber zu Chuck, ey.»

«Chuck kommt auch mit.»

«Scheiße.»

«Ey, sein alter Herr hat ihm den Nachmittag freigegeben, er kommt auch mit, ey.»

«Ja?»

«Ja. Also, komm doch einfach auch mit, ey.»

«Nee, ey. Ich hab noch Kram zu erledigen, ey.»

«Was'n, ey?»

«Eben Kram, ey.»

«Hallo, Joseph.»

«Hi, Mister Story. Chuck da?»

«Ich habe Chuck heute nachmittag freigegeben, damit er Basketball spielen kann. Wieso spielst du nicht auch mit?»

«Zu heiß.»

«Es ist ein sehr angenehmer Tag. Draußen weht eine wunderbare Brise.»

«Ja, genau das ist's ja. Viel zu windig... Und Sie sind ganz allein hier?»

«Nein, Vera hilft mir. Vera?»

«Ja, Daddy?»

«Chucks Freund ist hier, Joseph. Was darf's denn sein, Joseph?»

«Keine Ahnung, ey. Vielleicht 'ne Cherry Coke.»

«Eine Cherry Coke für Joseph, Vera.»

«Ja, Daddy.»

«Und, äh, einen Devil Dog.»

«Und einen Devil Dog für Joseph, Vera.»

«Ja, Daddy.»

«Nett, dich zu sehen, Joseph. Ich werd's Chuck sagen, daß du hiergewesen bist.»

«Okay, ey. Klar.»

Und dann, als Vera Joseph (Snake) Cullen seine Cherry Coke und seinen Devil Dog brachte, drehte er sich auf seinem Hocker blitzschnell um, so daß er ihr den Rücken zukehrte, die Ellbogen auf der Theke, denn so sehr er sich auch anstrengte, in ihrer Nähe zu sein, ließ Joseph (Snake) Cullen Vera Story das doch niemals wissen. Er «vergaß» andauernd irgendwelche Sachen im Haus der Storys; kam dauernd zum Pingpongspielen rüber, obwohl er damals Pingpong gehaßt hatte und es auch für den Rest seines Lebens hassen würde; ging auf dem Weg zur oder von der Schule immer am Süßigkeitenladen oder am Haus vorbei, auch wenn weder das eine noch das andere auf dem kürzesten Weg zwischen seinem Zuhause und der Schule lag. Aber Joseph (Snake) Cullen ließ Vera nie wissen, daß all dieses Vorbeigehen einzig und allein den einen Sinn hatte, in ihrer Nähe zu sein. Genausowenig, weiß Gott, ließ er es irgendwen sonst wissen. Das wäre ja nicht cool gewesen, ey.

Damals:

Joseph (Snake) Cullen hatte Angst, daß Vera Story scharf auf Tommy Valentine war, denn wieso sonst fand sie immer irgendeinen Grund, in den Keller runterzukommen, wenn Tommy vorbeikam, um mit ihm und Chuck Pingpong zu spielen, wo sie doch nie in den Keller runterkam, wenn Joseph (Snake) Cullen allein rüberkam, um mit Chuck Pingpong zu spielen.

Tommy Valentine, die große Nummer auf dem Campus, der je nach Jahreszeit immer das richtige Spiel spielte, der immer einen ganzen Schwarm ihn anhimmelnder Mädchen hinter sich herzog, hätte Vera Story selbst dann nicht registriert, wenn er über sie gestolpert wäre. Dessen war Joseph (Snake) Cullen sich ziemlich sicher, denn einer der Gründe, warum er soviel mit Tommy zusammen war, wie er mit ihm zusammen war, lag darin, daß er sich dessen so sicher war, übrigens zur Bestürzung seiner Rock-Kumpel, für die große Nummern auf dem Campus, die mit Schwärmen sie anhimmelnder Mädchen im Gefolge Bälle durch die Gegend warfen, hoffnungslos spießig, hoffnungslos uncool waren:

«Ey, auf welche Sorte Mädchen stehst du eigentlich, Tommy?»

«Was geht's dich an, Snake?»

«Interessiert mich nur so, ey, das ist alles.»

«Willst du mir damit vielleicht sagen, du stehst auf irgendeine, Snake?»

«Ich? Eher würd ich meine Mutter in der Ed-Sullivan-Show beschimpfen, bevor ich mit einer dieser Gurken auf unserer beschissenen Schule gehen würde, ey.»

«Maida von der Beta mag dich, Snake.»

«Maida von der Beta ist eine alte Gurke.»

«Sie ist ein nettes Mädchen.»

«He, willste mir damit vielleicht sagen, du stehst auf Maida, Tommy?»

«Maida ist Barrys Schwester. Ich könnte nie mit der Schwester von einem Freund gehen.»

«Könntest du nicht?»

«Weißt du, das wär doch, als würdest du mit deiner eigenen Schwester gehen.»

«Ey, soll das vielleicht heißen, du könntest auch nicht mit, na, Vera Story zum Beispiel gehen?»

«Ich hab doch gerade gesagt, ich könnt's nicht, Snake. Sie ist Chucks Schwester.»

«Ja, äh, und wenn du einfach mal so tust, als wär sie nicht Chucks Schwester, ey?»

«Snake.»

«Also willst du nicht mit ihr gehen. Es hat nichts damit zu tun, daß sie Chucks Schwester ist. Du stehst einfach nicht auf sie, das ist alles.»

«Okay. Du hast gewonnen. Ich steh nicht auf sie.»

«Du stehst nicht auf Vera?»

«Ey, über wen reden wir hier, wenn wir nicht über Vera reden?»

«Wir reden über Vera.»

«Okay.»

«Okay.»

Damals:

Der Augenblick, an den ich mich am besten erinnere, *hatte Cullen zu Zimmerman auf der Brooklyn Heights Esplanade gesagt, während sie auf Darelle Dean warteten*, war Veras Auftritt in einem Theaterstück. Gott allein weiß, welches Stück das gewesen ist. Eines dieser fürchterlichen Stücke, wie junge Amateure sie eben spielen – *The Late George Apley* oder so. Vera war bei diesem Stück der Inspizient gewesen, das Mädchen, das die Naive spielte, hatte Blinddarmentzündung bekommen, Vera sprang für sie ein. Sie war außergewöhnlich – sogar Schlägertypen wie ich erkannten das. Es war wie in *All About Eve*: Über Nacht vom Mauerblümchen zum gefeierten Star der Stadt. Nur daß es mehr wie Aschenputtel war, denn es war nur für eine einzige Nacht.

Es gab andere Aufführungen, aber bei keiner machte Vera mit; es gab Parties und Bälle, und Vera war nie dabei... Ich weiß auch nicht, wieso.

Es gab andere Aufführungen, aber bei keiner machte Vera mit, es gab Parties und Bälle, und Vera war nie dabei, und Joseph (Snake) Cullen kannte den Grund, warum sie nicht dort war, denn unmittelbar nach dieser Aufführung erhielt Vera einen Brief, einen anonymen, mit Schreibmaschine getippten Brief ohne Absender, in dem stand:

> Liebe Vera,
> ich schreibe Dir, weil ich Dir etwas sagen will, von dem ich glaube, daß Du es unbedingt wissen solltest.
> Tom Valentine hat allen Jungs von der Basketball-Mannschaft und allen anderen Jungs aus den anderen Mannschaften, die nach der Schule den Jungen-Umkleideraum benutzen, erzählt, daß er mit Dir im Bett gewesen ist und Dich gebumst hat und daß du ihm einen geblasen hast.
> Ich schreibe Dir das, weil ich glaube, es ist etwas, daß Du unbedingt wissen mußt.
> Ein Freund.

Es gab andere Aufführungen, aber bei keiner machte Vera mit, es gab Parties und Bälle, und Vera war nie dabei. Vera ging morgens ganz allein zur Schule, hielt sich den ganzen Morgen über zwischen den Stunden von den anderen fern, aß im Büro des Bibliothekars zu Mittag, wo sie einen Job hatte, der ihr ein paar Leistungspunkte einbrachte, blieb den ganzen Nachmittag über zwischen den Stunden allein, ging allein nach Hause. Wann immer Joseph (Snake) Cullen oder irgendeiner der anderen Freunde ihres Bruders vorbeikamen, schloß Vera sich in ihr Zimmer ein.

«He, Snake, stell dir vor», sagte Dave Cannell einmal zu Joseph (Snake) Cullen. «Wir sind gestern nachmittag bei Chuck Story vorbei, also, ich und Blankenstein.»

«Ja. Und?»

«Ich geh also in die Küche, um mir ein Glas Wasser zu holen, ey, und da ist Chucks Schwester und holt gerade so was wie einen großen Topf unter der Spüle raus. Als die mich gesehen hat, ist die mit dem Topf wie der Teufel sofort ab durch die Tür.»

«Vielleicht hat sie dein Gesicht gesehen, Cannell.»

«Aaach, Scheiße.»

«Scheiße, Mann, ich hab dich erwischt.»

«Kapierst du nicht, Snake? Das war der Topf, in den sie pißt, weil sie Angst hat, aus ihrem Zimmer zu kommen.»

«Was für 'ne Scheiße redest du da eigentlich, Cannell?»

«Ich hab's dir doch gesagt – Chucks Schwester pißt in ihrem Zimmer in einen Topf, weil sie Angst hat, sie würde schwanger, wenn sie dasselbe Klo benutzt wie Chuck oder seine Freunde.»

«Wer hat dir das'n erzählt?»

«Ich hab's gehört.»

«Hast du's von Chuck?»

«Nein.»

«Von wem hast du's dann?»

«Einem Mädchen.»

«Welchem Mädchen?»

«Weiß nicht mehr. Auuh! He, hör auf mit dem Scheiß, Snake.»

«Los, von wem?»

«Auuh! Scheiße! Du blödes Arschloch! He, was hast du denn, verdammt noch mal?»

«Ich hab gar nichts. Was hast du?»

«Du hast mir fast mein beschissenes Ohr abgerissen, das hab ich!»

«Ja, schön, dann paß verdammt noch mal besser auf, was du sagst.»

«He, was verdammt noch mal ist denn falsch an dem, was ich sag?»

«Fick dich, Cannell.»

«Ja, Mann, fick dich, Snake.»

«Fick dich selbst.»

«Fick *dich.*»

«*Fick* dich.»

22

Damals:

«Entschuldigen Sie. Sind Sie nicht Vera Story?»

«Ja.»

«Wahrscheinlich werden Sie sich nicht mehr an mich erinnern, aber ich komme aus Ihrem Viertel. Joe Cullen.»

«Natürlich. Sie sind ein Freund von Chuck.»

«Wie geht's Chuck? Ich habe ihn seit ein paar Jahren nicht mehr gesehen. Meine Familie ist nach Florida gezogen – mein Dad ist pensioniert –, und ich wohne mit ein paar Kumpeln in Manhattan – ich gehe jetzt aufs City College. Nach Queens raus komme ich kaum noch.»

«Chuck geht's gut. Unser Dad ist gestorben …»

«Ja, ich hab davon gehört. Mein aufrichtiges Beileid.»

«Unsere Mutter ist schon seit ein paar Jahren tot, Sie werden sich wahrscheinlich erinnern … und Chuck hat den Laden übernommen. Er hat ihn eine Weile behalten und sich dann entschieden, ihn zu verkaufen. Er hat eine Menge Geld gemacht und ein Apartmenthaus dafür gekauft und es wieder verkauft, also geht es ihm ziemlich gut, beim Kaufen und Verkaufen von Häusern.»

«Er war schon immer ein ziemlich guter Verkäufer.»

«Ja, das war er … Tja, war nett, Sie getroffen zu haben, Joe.»

«Wie geht's Ihnen, Vera?»

«Mir geht's gut.»

«Sie sehen … toll aus. Ich habe Sie kaum wiedererkannt. Sie sind … tja, Sie sind so erwachsen.»

«So was kommt vor, schätze ich. Haha.»

«Haha. Sie sehen toll aus.»

«Danke. Arbeiten Sie hier?»

«An vier Abenden die Woche. Kann ich Ihnen irgendwie helfen?»

«Oh, ja, das können Sie. Ich suche die Musik von Bye Bye Birdie.*»*

«Das Album? Das Album steht da drüben.»

«Nein, die Noten. Ich brauche die Noten für einen Kurs.»

«Einen Musikkurs?»

«So ungefähr. Ich studiere am Actors Studio.»

«Ohne Quatsch? Ich kann mich erinnern, wie Sie mal auf der Schule in einem Stück mitgespielt haben. Sie waren super.»

«Sie erinnern sich wirklich daran?»

«Klar. Sie waren super.»

«Ich habe einen ähnlichen Job wie Sie. Ich arbeite im Drama Book Shop. Das ist direkt die Straße runter, allerdings auf der vierten Etage, daher kennen ihn nicht besonders viele Leute.»

«Ich hab von dem Laden gehört. Heißt das, Sie wohnen auch in der City?»

«Ich wohne mit ein paar anderen Schauspielschülern zusammen. Im Village.»

«Ich wette, das ist bestimmt nett. Ich wohne weit oben in der Hundred Thirty-fifth Street. Hören Sie, ich hab jetzt Pause. Hätten Sie vielleicht Lust auf einen Kaffee?»

«Tjaaaa…»

«Oder auf eine Coke oder ein Glas Milch oder auch nur ein Glas Wasser. Wir könnten auch einmal um den Block spazieren.»

«Um diesen *Block?»*

«He, nein. Es ist sicher. Wirklich. Ein Freund von mir ist der Cop, der um diese Zeit hier auf Streife ist. Er ist Jazz-Fan. Er kommt immer in seiner Mittagspause rein, um sich die Jazz-Platten anzusehen. Phil Hriniak. Wegen ihm ist dieser Block hier einer der sichersten in ganz Manhattan. Sie werden's nie erraten, Vera.»

«Was?»

«Er hat mich überredet, auf die Polizeiakademie zu gehen, Phil, hat mich überredet, Cop zu werden. Ich dachte daran, vielleicht Lehrer zu werden – Sie wissen schon, Englisch oder so –, aber Phil hat mich überzeugt, daß, also, daß ich ein kleines bißchen verändern könnte, Sie wissen schon, wenn ich anderen Leuten helfe.»

«Sie waren früher so was wie ein übler Junge, stimmt's nicht, Joe? Wie hat man Sie damals noch gleich genannt?»

«Aaach, wir waren nur Kinder.»

«Snake, stimmt's?»

«Wir waren nur Kinder. Was wußten wir damals schon?»

«Sie waren ein Rock.»

«Hmh, ich hatte das Wort schon ganz vergessen. Yeah, ich schätze, ich war wohl ein Rock.»

«Aber Sie haben auch viel gelesen. Ich kann mich erinnern, daß Sie immer in der Bibliothek waren. Ich hab damals im Büro des Bibliothekars gearbeitet.»

«Sie wußten, daß ich in der Bibliothek war?»

«Wie sollte ich es nicht wissen? Das Büro des Bibliothekars lag unmittelbar neben dem Lesesaal.»

«Aber Sie sind nie rausgekommen oder so.»

«... Nein... Und jetzt werden Sie also Cop.»

«Ja, also, wir werden sehen. Zuerst muß ich an der Akademie aufgenommen werden, und alles weitere... Haben Sie Lust auf den Kaffee?»

«Tjaaaa...»

«Bitte.»

«... Okay.»

Damals:

«Dieser Film geht mir einfach nicht mehr aus dem Kopf, Joe.»

«Es ist wirklich ein erstaunlicher Film.»

«Ich konnte es nicht glauben, als sie sich umgebracht hat.»

«Aber es mußte ja so kommen. Ihre Freundschaft – Jules und Jims Freundschaft – ist die einzige wirklich wichtige Beziehung in dem Film. Catherine war so etwas wie ein ständiges Hindernis zwischen ihnen.»

«So, da sind wir. Weißt du, Joe, du mußt mich wirklich nicht immer nach Hause bringen.»

«Kein Problem.»

«Jetzt mußt du den ganzen Weg zurück in die Uptown.»

«Du könntest mich ja hereinbitten.»

«Ich kann nicht, Joe.»

«Nur auf einen Kaffee.»

«Joe, ich wohne nicht allein.»

«Das ist doch nicht der eigentliche Grund, oder? Wenn dir jemand wichtig genug wäre, würdest du es deinen Mitbewohnern erzählen, und sie würden sich für dich freuen, und dir würde schon irgendeine Möglichkeit einfallen.»

«Es ist nicht so, daß du mir nichts bedeutest, Joe. Ich habe es immer genossen, wenn wir zusammen waren. Die Filme, die Theaterstücke, die Spaziergänge, die Gespräche, die Tassen Kaffee. Wir sollten eine Kaffee-Firma überreden, uns in einem ihrer Werbespots auftreten zu lassen, genug trinken tun wir ja.»

«Das Baseballspiel.»

«Das Baseballspiel. Hast du schon jemals gesehen, wie einer so cool einen Homerun geschafft hat?»

«Noch nie.»

«Es war überwältigend. Ich seh's immer noch genau vor mir.»

«Du weißt, was ich gemeint habe, Vera.»

«Ja.»

«Ich bin für dich nie was anderes als einer der bescheuerten Freunde deines Burders gewesen.»

«Joseph.»

«Snake Cullen, der Rock.»

«Setz dich mal hier hin, und hör mir zu. Das ist jetzt sehr wichtig. Ich will Schauspielerin werden. Nein: Ich bin jetzt schon Schauspielerin. Die Ausbildung, die ich jetzt mache, gehört zu meiner Lehrzeit. Ich bin schon eine Schauspielerin. Und ich werde eine erfolgreiche *Schauspielerin sein, und erfolgreiche Schauspielerinnen haben, per definitionem, keine Zeit für Familie oder Freunde oder ein eigenes Leben, daher vergiß eine Beziehung.»*

«Ich liebe dich, Vera.»

«Ach, Joe, tu's nicht.»

«Du mußt mich doch auch lieben, andernfalls hättest du nicht gesagt, was du gerade gesagt hast.»

«Hast du verstanden, *was ich gerade gesagt habe? Ich habe gerade gesagt ...»*

«Du hast gesagt, du hättest keine Zeit für eine Beziehung, also mußt du mich lieben.»

«Ich habe gesagt, ich hätte keine Zeit für dich, Joe. Hast du das verstanden?»

«Ich werde warten.»

«Joe.»

«Das werde ich. Ich gehe nirgendwohin. Ich habe nichts Besseres zu tun.»

«Natürlich hast du das. Du mußt dein eigenes Leben leben. Vor dir liegt eine Karriere. Du hast dein eigenes Stück.»

«Mein Stück. Mein Stück ist ein Witz.»

«Ist es nicht. Es ist ein wunderbares Stück.»

«Für ein Arschloch von einem Ex-Rock, der darüber nachdenkt, Cop zu werden, und der in seinen Sommerferien ein Stück geschrieben hat.»

«Für jeden.»

«Wie kannst du sagen, es wäre kein Witz, mein Stück, wenn's um einen Burschen geht, der sich in die Schwester seines besten Freundes verliebt? Ein Schmock, der sich in die Schwester seines besten Freundes verliebt.»

«... Nur weil es in unserem Fall nicht funktioniert, ist es noch lange kein Witz.»

«Es ist wegen Tom, stimmt's?»

«... Tom?»

«Du bist immer noch in Tom verliebt, stimmt's?»

«Ich war nie in ihn verliebt. Ich war mal in ihn verknallt, als ich so ungefähr im vierten Schuljahr war.»

«Du hast verfolgt, was aus ihm geworden ist.»

«Verfolgt? Ich habe dir einen winzig kleinen Artikel in einer Zeitung gezeigt, in dem stand, daß er in einer Sommer-Basketball-Liga in den Catskills spielt. Bedeutet das schon verfolgen?»

«Ein Artikel im Sportteil.»

«Und? Willst du damit sagen, Frauen lesen den Sportteil nicht?»

«Vera.»

«Joe, tu's nicht.»

«Können wir's nicht wenigstens versuchen?»

«Nein.»

«Wieso? Wieso nicht?»

«Weil.»

«Weil du eine gottverdammte Schauspielerin werden willst, ein Film-*Star.»*

«Joe, tu's nicht. Es muß nicht so zu Ende gehen.»

«Ach, ist es zu Ende? Willst du mir das damit sagen?»

«Es muß nicht zu Ende sein, wenn du es nicht dazu bringst.»

«Oh, richtig, es ist meine *Schuld.»*

«Es ist die Schuld von überhaupt niemandem, Joe.»

«Yeah, tja, ich würde sagen, irgendwer ist aber verantwortlich dafür, und dieser Jemand bist du.»

«... In Ordnung.»

«In Ordnung was?»

«Ich übernehme die Verantwortung. Du hast recht. Wir sollten uns wirklich nicht mehr sehen.»

«Vera, Himmel.»

«Tja, das ist es doch, was du willst, oder nicht?»

«Nein, das ist nicht, was ich will. Was ich will...»

«Was du willst, kannst du nicht haben.»

«Unterbrich mich nicht, okay? Gib mir eine Chance zu sagen, was ich zu sagen habe, okay?»

«Tut mir leid.»

«... Was ich will... ist das, was wir jetzt haben.»

«Was wir jetzt haben, ist nicht...»

«Laß. Mich. Ausreden.»

«Tut mir leid.»

«Darf ich ausreden?»

«Ja. Tut mir leid. Ich habe gesagt, es tut mir leid.»

«Habe ich deine Erlaubnis, etwas zu sagen?»

«Tu's nicht.»

«... Was ich will... ist das, was wir jetzt haben und *etwas, das wir noch nicht haben, von dem ich aber glaube, daß wir es haben können, wenn wir es einfach zulassen. Nicht nur du, ich auch. Wir beide.»*

«Joe, tu's nicht.»

«Laß mich machen, Vera, um Himmels willen. Ich will jetzt nicht gehen und wissen, daß es das letzte Mal gewesen ist. Wenn ich mir was vormachen will, dann laß mich mir was vormachen.»

«Das kann ich nicht.»

«Du kannst es!»

«Ich sollte jetzt besser raufgehen. Die Leute schauen schon aus ihren Fenstern. Die werden sich beim Vermieter beschweren.»

«Ich sehe dich dann am Dienstag, für die Sache im City Center.»

«Findest du wirklich, wir sollten?»

«Ich hol dich nach dem Unterricht ab.»

«Joe.»

«Dienstag.»

«Joseph.»

«Um halb sieben. Gute Nacht.»

«… Gute Nacht.»

«Kein Kuß?»

«Joe.»

«Auf die Wange, Vera, um Himmels willen!»

«Brüll nicht.»

«Ein Kuß.»

«… Da.»

«Gute Nacht.»

«Gute Nacht.»

«Dienstag.»

«Gute Nacht.»

Damals:

«Vera, ich … Oh.»

«Joe, wieso hast du nicht angeklopft?»

«Du hast gesagt, wir würden uns hier treffen.»

«Im Foyer. Das hier ist ein Privatbüro.»

«Tja, das hast du nicht gesagt.»

«Es steht auf der Tür, Joe. Caleb, das ist Joe Cullen, ein alter Freund von meinem Bruder. Joe, das ist Caleb Evans. Caleb ist der Leiter meines Filmschauspiel-Kurses.»

«Joe. Freut mich, Sie kennenzulernen.»

«Hi.»

«Ich werde, äh, euch beide jetzt besser allein lassen.»

«Keine Umstände, ich gehe.»

«Joe.»

«Joe, Sie sollten sich anhören, was Vera zu sagen hat.»

«Ich muß mir nicht anhören, was sie zu sagen hat. Ich habe Augen im Kopf, oder? Also, wieso muß ich mir anhören, was sie zu sagen hat, wenn ich mit meinen Augen sehen kann, daß sie auf Ihrem Schoß sitzt und Sie Ihre Hand unter ihrem Kleid haben?»

«Joe.»

«Leck mich. Ihr könnt mich beide mal.»

«Joe!»

23

«Nicht ganz wie früher», sagte Cullen, «aber andererseits bin ich ja auch nicht besonders nostalgisch, keiner von diesen Leuten, die glauben, die Musik hätte mit den Dell Vikings aufgehört.»

Vera lächelte. Wehmütig, als sie hörte «Come Go With Me»? «Nostalgie ist ein Symptom für Unzufriedenheit mit der Gegenwart, findest du nicht auch?»

Wie im Radio. *Nostalgie: Eine Gesunde Sehnsucht Nach Dem Damals Oder Ein Tritt In Den Hintern Der Gegenwart? Schalten Sie sich wieder ein zur nächsten Larry-King-Show.* «Deine Filme haben mir gefallen. Ganz besonders gemocht habe ich *Back East*: der war seiner Zeit voraus.»

«Danke. Ich freu mich. Das war er.»

«Und *The Losers* und *Reasonable Doubt* und *Brilliant City* und *Enemy's Enemy* und *Nickel Curves*. Der war seiner Zeit auch voraus. Viel besser als *Bull Durham*.»

Sie war geschmeichelt. «Du meine Güte. Du hast ein paar von denen gesehen, die man getrost vergessen kann. Du bist schon immer gern ins Kino gegangen.»

«Ich gehe heute noch mindestens einmal im Monat», sagte Cullen. «Kurz nach meiner Scheidung bin ich zwei- oder dreimal die Woche gegangen... Erinnerst du dich noch an *Jules und Jim*?»

Sie blinzelte kurz. Das hier war vielleicht keine Nostalgie; das hier war vielleicht eine Vendetta. «Natürlich.»

«Es gab mal eine Zeit, da habe ich mir den Film jedes Jahr angesehen, immer im Frühling. Ich habe *Der Große Gatsby* gelesen und *Jules und Jim* gesehen und mich irgendwie jünger gefühlt. Bei beiden geht es um einen gewaltsamen Tod, also denk dir selbst was dabei.»

Vera rutschte in ihrem Sessel nach vorn, hatte die Hände wie zum Gebet gefaltet. «Heute siehst du ihn dir nicht mehr an, liest auch den *Gatsby* nicht mehr?»

Cullen lächelte melancholisch. «Ich habe Truffaut kennengelernt. Ich arbeitete an einem Mordfall. Eine Frau, die für die Lincoln Center Film Society arbeitete, war Zeugin eines Mob-Hits geworden. Ich wollte sie verhören, und am Ende wurde ich zu einem Empfang für irgendwelche französischen Regisseure eingeladen. Truffaut war einer von ihnen. Ich kratzte meine paar Brocken Französisch und ein bißchen Mut zusammen und sagte ihm, *Jules und Jim* wäre mein absoluter Lieblingsfilm. Es machte ihn verlegen, und es ärgerte ihn wahrscheinlich auch ein bißchen, von einem Fremden angesprochen zu werden – von einem, dessen Französisch genauso schlecht war wie *sein* Englisch. Aber ich denke, am meisten störte es ihn wohl, über ein Frühwerk diskutieren zu müssen. Er hatte gerade einen neuen Film gemacht – der für ihn zweifellos sein bestes Werk war. Heute ist er natürlich tot, aber ich vermute, ich sehe den Film aus Respekt vor seinem Wunsch, ihn hinter sich zu lassen, heute nicht mehr oder doch nicht mehr ganz so oft wie früher... Oder liege ich da irgendwo falsch? Beendet man irgendwas und *weiß* dann einfach, daß es nicht deine beste Arbeit war?»

Vera dachte darüber nach, wobei ihre Augen Gegenstände in dem Raum inventarisierten, als wäre sie hier der Gast – sah dabei ihn flüchtig an, der sie ganz offensichtlich vor ein Rätsel stellte, der mit dem einen Atemzug über Mob-Hits redete und mit dem nächsten zu einem *cinéaste* wurde. «Filme sind Kollaborationen.» Schließlich schaute sie ihn wieder an. «Ein Regisseur – ganz besonders ein europäischer Regisseur, ein *auteur* – hat erheblich mehr von sich selbst in eine Arbeit gesteckt als jeder andere, der daran beteiligt war, daher ist es möglich, daß er sehr fest überzeugt davon sein kann, daß diese Arbeit *sein* Werk ist und daß sein letztes

Werk sein bestes ist. Warum bist du hergekommen, Joe?» Ihre Hände, immer noch zusammengepreßt, streckten sich ihm entgegen, flehten ihn an, ohne ihn anzuflehen. «Du wirst doch nicht... Du kannst nicht –»

Es dauerte einige Sekunden, bis Cullen registrierte, daß das Geräusch, das Vera verstummen ließ, aus dem Haus kam, denn es – das Geräusch; ein Schrei, ein Kreischen, ein schriller Aufschrei, er wußte nicht, wie er es nennen sollte – hatte eine Tonhöhe und eine Eindringlichkeit und eine Schärfe, die so überhaupt nicht zu den Möbeln und Teppichen und netten Dingen paßte. Es war ein Geräusch der Straße, ein Geräusch des Dschungels. Solche Geräusche hatte er zweimal gehört:

Einmal, damals während seiner Zeit als uniformierter Polizist, als er an der Absperrung eines Bandes entlangpatrouillierte, die sensationslüsternen und katastrophengeilen Schaulustigen zurückhielt. Das Haus begann unter der Hitze zu schwanken und einzubrechen, und ein Feuerwehrmann, der das spürte, stieß ganz dicht an Cullens Ohr dieses Geräusch aus, flehte seine Kumpel durch die Lautstärke, durch seine Tonlage an, gottverdammt schnell dort rauszukommen. Einmal, kurz nachdem er zur Kriminalpolizei gekommen war, hatte Cullen dieses Geräusch selbst ausgestoßen, als ein vermeintlicher Straftäter, der gerade von Cullens Partner, Jacky LaRusso, gefilzt worden war, eine Derringer auf Jacky richtete, die dieser, versteckt in den hohen Basketballschuhen des Straftäters, nicht entdeckt hatte. *Jacky, nein*, hatte Cullen geschrien, gebrüllt, gekreischt. Wenn er dieses Geräusch heute hörte, in halbwachen Träumen an Sommersonntagnachmittagen oder aus keinem vernünftigen Grund in einem überfüllten Fahrstuhl im Criminal Courts Building, voll mit Ganoven und Rechtsverdrehern und Junkies, dann hielt sich jedes einzelne Wort – *Jacky, nein* – eine gute Stunde, anderthalb Stunden, ungefähr genauso lange wie das Krachen von Jackys 38er Special damals nachgehallt hatte, als er den Ganoven umlegte, dessen Derringer Ladehemmung gehabt hatte.

Doch genug Nostalgie, dieses Symptom der Unzufriedenheit mit der Gegenwart. Das gegenwärtige Geräusch – ein Schrei, ein Kreischen, ein schriller Aufschrei – wurde, da bestand überhaupt kein Zweifel, von einer Frau ausgestoßen, denn in ihm schwang das eindringliche Brüllen jeder Mutter zu allen Zeiten mit, die eine leere Wiege, einen abgebrochenen Ast, ein umgestürztes Dreirad, dessen Vorderrad sich noch langsam drehte, entdeckte; ein Schrei, ein Aufschrei nicht der Verzweiflung, sondern der Warnung: Besorgte Mutter Unterwegs.

Und da war Lise Story, am Kopfende der Treppe, die sich in einer hinteren Ecke des Wohnzimmers zum ersten Stock hinaufschraubte – eigentlich eher eine Leiter, die die Möglichkeit einer Abkürzung bot, falls man nicht hinaus auf die Diele und die breitere, mit Teppich ausgelegte Treppe benutzen wollte. Sie umklammerte das eiserne Geländer, als wollte sie es auseinandernehmen. Falls nackte Füße, verwaschene Jeans und ein großes Arbeitshemd über einem Boxer-Shirt Trauerkleidung waren, dann stand ihr Trauerkleidung sehr gut, aber Cullen fand, daß sie eher wie ein Mannequin aus einer Reklame für Guess-Jeans aussah.

Sie sagte: «Claire ist fort.»

Vera, inzwischen halb die Treppe hinaufgelaufen, unsicher, ob sie ganz nach oben gehen oder Lise dazu bringen sollte, herunterzukommen, rief laut Nickys Namen.

Nicky tauchte in der Tür zur Diele auf. «Sie wußte, daß er hier war.» Sie warf Cullen einen Blick zu. «Ich habe sie erwischt, wie sie am Kopfende der Treppe gelauscht hat. Ich habe sie in ihr Zimmer geschickt und bin nur ein paar Sekunden rausgegangen. Als ich zurückkam, war sie nicht mehr da.»

Cullen, der jetzt nicht mehr entspannt und mit übereinandergeschlagenen Beinen in seinem Sessel saß, sondern ebenfalls aufgesprungen war, sagte: «Jetzt mal langsam. Wie können Sie so ...?»

Er ließ die Frage unvollendet, denn Vera war, nachdem sie ihren Fuß gehoben, sich mit den Händen abgestützt hatte und wie ein ausgelassenens Kind auf dem sich hinunterwindenden Geländer heruntergerutscht war, inzwischen wieder unten und lief in den hinteren Teil des Hauses. Er folgte ihr. Zum Teufel auch. Wenn genügend Leute glaubten, daß man schuld an etwas war, dann war man auch daran schuld.

Ein schmaler Flur, ein schmalerer Flur, eine Speisekammer, ein noch schmalerer Korridor – Vera war schnell, anmutig, sportlich. Dann ein Lagerraum – Mäntel, Stiefel, Gartengeräte, alter Kram in der Schwebe zwischen nicht mehr benutzt werden und dem Abfallhaufen. Plötzlich ein Schwall blendend hellen Tageslichtes, als Vera die Tür zum Garten aufriß.

Sie machte wieder eine ihrer Kindernummern, legte beide Hände auf das Holzgeländer und sprang über die drei hölzernen Treppenstufen auf das Gras hinunter, das trotz der größten Anstrengungen des Gärtners, es nicht vertrocknen zu lassen, braun wurde.

Cullen, olympischer *Möchtegern*-Hürdenläufer (so ziemlich in jeder Hinsicht *Möchtegern*, wenn man wirklich richtig gemein sein wollte), brachte die Treppe ohne Zuhilfenahme des Geländers hinter sich und brach sich dabei um ein Haar das Bein. Er stolperte und ruderte mit den Armen und schnappte nach Luft und folgte der Fährte von Vera der Gazelle, die inzwischen fast schon in einem anderen Land war.

Durch den Garten, auf Zehenspitzen durch ein Hortensienbeet (für Cullen, Joseph (Snake) Cullen, Ex-*Rock*, Kind von Beton und Asphalt und Ziegel, waren *alle* Blumen Hortensien, sofern es keine Tulpen oder Rosen waren, die auch der letzte Idiot kannte. Oder Sonnenblumen), durch ein verdammt schmales Loch in einem Maschendrahtzaun, ein ziemlich schlampiges Ding an der rückwärtigen Grundstücksgrenze eines Milliardärs, hinaus auf einen rauhen Betonplatz hinter einem fünfstöckigen Wohnhaus, das zur Seventy-first Street hinauslag.

Und da war Vera, Vera Story Evans, *estrella de cine*, ein Star so – wie hatte Ann sie noch gleich genannt? Und wie *ging's* Ann? – so strahlend, auf dem rauhen Beton kniend, Claire Langois umarmend, die an der Außenwand des Gebäudes kauerte.

Claire Langois, das konnte Cullen ohne zu zögern sagen, denn wer sonst konnte sie schon sein? Aber in Wirklichkeit, als sie wenige Minuten später schließlich aufstand, immer noch Veras Arm um die Schultern, und sich zurück zu der Lücke im Zaun und hindurch – auf der anderen Seite warteten ihre Mutter und Nicky – und weiter über den sonnenüberfluteten Garten und ins Haus führen ließ, hätte Cullen nicht mit Sicherheit sagen können, daß sie Claire war oder daß sie überhaupt eine *sie* war.

Sie hatte ihre Haare geschnitten, Claire, hatte ihren Kopf, abgesehen von einem an einen Blutegel erinnernden Zopf am Hinterkopf, bis auf die Haut kahlrasiert. Den Zopf hatte sie pechschwarz gefärbt, in der gleichen Farbe wie der Augenbrauenstift, den sie benutzt hatte, um über ihren natürlichen Brauen, die sie ausgezupft hatte, neue zu ziehen. Sie hatte ebenfalls schwarzes Mascara und schwarzen Lidschatten aufgetragen und auf ihren Wangen ein graues Rouge aufgelegt. Sie trug einen schwarzen Unterrock unter einem schwarzen, offenen Baumwollhemd mit abgeschnittenen Ärmeln, und unter dem Unterrock zerrissene, schwarze Netzstrümpfe, oder vielleicht war es auch eine Netzstrumpfhose, die nicht bis zum Rand der schwarzen Doc-Marten's-Schuhe reichte. An ihrer linken Hand hatte sie einen versilberten Schlagring, an ihrer rechten fünf Totenkopfringe. An ihrem linken Ohrläppchen baumelte ein Hakenkreuz, ein Stahlbolzen durchbohrte ihr rechtes.

«Woher hat sie diese Kleider, wann hat sie ihr Outfit verändert?» Cullen ignorierte Veras wütenden Blick über seine schnodderige Bemerkung. «Sag es mir, damit ich es meinen Chefs sagen kann, denn wenn meine Chefs das hier herausbekommen, bevor ich es ihnen sagen kann, werden die dich ganz bestimmt nach dem Woher und Wann – und Warum – fragen, und die Art und Weise, wie sie das fragen werden, wird dir ganz sicher nicht besonders gefallen.»

«Droh mir nicht, Joe.»

«Wo? Wann? Warum? Ich habe die Aufzeichnungen der Leute gesehen, die das Haus bewachen. Abgesehen von den Hausangestellten und Nicky hat seit der Beerdigung niemand das Haus verlassen. Die einzigen Besucher waren Freunde von Lise, die normalerweise auf der Fifth Avenue einkaufen, nicht auf der Müllkippe. Nur Blumen- und Lebensmittelhändler haben Waren angeliefert. Diese Klamotten da hat sie nicht von *Dean & DeLuca*.»

Vera verschränkte die Arme und verriet gerade genug, um ihn zufriedenzustellen. «Hinten raus. Den Weg nimmt sie immer – Claire. Sie kommt und geht, wann immer sie will. Ich kann sie nicht festhalten. Lise kann es nicht. Sie ist praktisch schon erwachsen. In Ordnung, ich weiß, daß sie noch ein Kind ist, und ich weiß auch, daß sie verkorkst ist. Ich habe sie *gebeten*, im Haus zu bleiben. Ich habe so gut ich konnte auf sie aufgepaßt. Und Nicky ebenfalls. Aber irgendwann müssen wir auch mal schlafen. Wir können sie nicht anketten. Sie ist gegangen. Nur ein einziges Mal. Und das eine Mal war schon genug.»

«Himmel.»

«Was? Dir gefällt ihr Geschmack nicht? Es steht dir auch nicht zu, keinem von uns. Du bist wahrscheinlich ein *perfekter* Vater, stimmt's?»

Cullen sah auf seine Uhr. Sie sagte ihm, daß es jetzt 05 : 00 : 24 … 25 … 26 war, und wenn er ein perfekter Vater gewesen *wäre*, dann hätte ihm seine Tochter wahrscheinlich eine Uhr geschenkt, die er nicht erst kaputtmachen mußte, um die eingebaute Alarmfunktion auszuschalten. «Ich muß jetzt los. Zu *meinen* Kindern. Ich werde das hier nicht melden –» ich behalt's für mich, genau wie all die andere Scheiße, die ich für mich behalte –, «ich werde mit meinen Kindern zu einem Baseballspiel gehen, und ich werde zum erstenmal seit langem wieder in meinem eigenen Bett schlafen –» wie *geht's* Ann? –, «und ich werde morgen ziemlich früh wieder vorbeikommen, und dann werden wir beide uns mal lange und ausführlich unterhalten müssen. Nur wir beide. Keine Lise, keine Claire. Du kennst die Fragen, auf die ich Antworten haben möchte. Sorg dafür, daß du sie auch hast. Verstanden?»

Tränen des Schmerzes traten in Veras Augen. «Joe, können wir nicht einfach…»

«Verstanden?» sagte Cullen.

Vera nickte. «Verstanden.»

24

Der gleiche Traum, eine andere Nacht:

Das Knarren seiner Schlafzimmertür, das Tap-tap-tap seiner Hausschuhe, das dumpfe Zuschlagen der Badezimmertür, das Plätschern von Urin, das Keuchen der Wasserspülung, wieder die Badezimmertür, wieder seine Hausschuhe.

Und dieses Geräusch. Wie…?

Dann: Das Klicken ihres Türschlosses.

Dann: Das Rascheln seiner Kleider, seines Atems, neben ihrem Bett.

Wie...?

Dann: Auf ihr, in ihr, ihr den Atem raubend, klatschend, stoßend, grunzend.

Wie...?

Dann: Er ist fertig.

Dann: Er ist fort. Rascheln, Klicken, Tap-tap-tap, Knarren.

Wie... die Glöckchen eines Pferdeschlittens.

25

Joseph (Snake) Cullen, Ex-*Rock*, unvollkommener Vater, hatte natürlich keinen fahrbaren Untersatz; sein Wagen war zu Hause (wo er nie war), sammelte Strafzettel. (Es sei denn, es war geklaut worden oder hatte eine Pneumektomie; woher sollte er das wissen? Er war nie zu Hause; er schlief auf einer Gymnastikmatte auf dem Boden seines Büros, duschte und rasierte sich im Männer-Umkleideraum, holte sich frische Socken und Unterwäsche aus einem Vorrat, den er und Zimmerman eines Tages mal auf der Orchard Street gekauft hatten, warf die Schmutzwäsche in die unterste Schublade seines Schreibtisches.) Aber Doug Aiello, Connies Ehegatte, Stiefvater von Hoagy und dem Computer-Freak, hatte seinen Wagen bereits aus der Werkstatt zurück: «So gut wie neu, brauchte nicht mal ein neues Getriebe. Aber es geht um folgendes, Joe – die Kids haben keine Lust, den ganzen Weg raus zum Shea-Stadion mit der U-Bahn zu fahren; das ist nicht cool oder was weiß ich. Also wollte ich euch anbieten, euch hinzufahren, und dann hab ich, wie aus heiterem Himmel, diese Eintrittskarte gekriegt. Für das Spiel heute abend. Gegen die Dodgers. Von einem Burschen auf der Arbeit. George McMennamen. George und drei seiner Kumpel wollten zu dem Spiel gehen. George kann nicht, weil die Tante seiner Frau, Tante Patty aus Greensboro, North Carolina oder so, in der Stadt ist, also bietet er mir seine Karte an. Ich sage, he, ich hab eine bessere Idee,

George, tausch die drei Karten, die ich habe, gegen die Karten von dir und deinen Kumpels, du hättest mir die Karte ja sowieso gratis gegeben, also ist auch keine Differenz im Preis zu bezahlen.

Also, ich weiß ja, Joe, das waren nicht *meine* Karten, die ich da getauscht habe, ich weiß, du hast sie uns zugeschickt, damit die Kids sich schon mal auf das Spiel freuen können. Wenn du nicht einverstanden bist, okay. Aber ich hab dich angerufen, Joe, und du warst nicht zu Hause. Connie und die Kids, sie sagen...»

«Ich bin in letzter Zeit nicht oft zu Hause gewesen», stimmte Cullen zu. «Und es ist schon okay, Doug. Ist schon in Ordnung. Es ist nicht schlecht, gefahren zu werden, besonders wenn das Spiel lange dauert. Du hast genau das richtige gemacht.»

«Wir werden uns bestimmt bestens amüsieren, Joe, ich weiß es einfach. Du und ich und James und Tenny.»

Wer waren James und Tenny? Ach, ja... Hoagy und der Computer-Freak. «Es wird bestimmt nett, Doug.»

Die ersten neun Innings *waren* nett. Die Kids fragten nicht, wer Ann war – wie *ging's* eigentlich Ann? – und wieso er sie ihnen noch nie vorgestellt hatte oder auch nur von ihr erzählt hatte. Doug erzählte Cullen eine Geschichte aus der Reisebüro- Branche, und Cullen, der aus irgendeinem Grund immer geglaubt hatte, Doug wäre Versicherungsvertreter, mußte nicht nachdenken – nicht über Claire Langois' Skinhead, ihren an einen Blutegel erinnernden Zopf, ihre schwarzen Augenbrauen und schwarzen Augen, die grau-rouge geschminkten Wangen, ihren Schlagring, ihre Totenkopfringe, ihr Hakenkreuz, ihren Bolzen. Weder die Mets noch die Dodgers schafften einen Homerun und erzielten kaum einen Treffer.

Die nächsten fünf Innings waren hektisch. Die Dodgers machten drei Punkte in der ersten Hälfte des zehnten Innings, die Mets drei in der zweiten Hälfte; die Dodgers machten wieder einen Punkt im zwölften und sofort danach auch die Mets. Dann schaffte ein Neuling der Dodgers, der nur deshalb dabei war (sagte Doug), weil ein anderer Bursche auf der Strafbank saß, einen Homerun über drei Bases in der ersten Hälfte des vierzehnten Innings; in der zweiten Hälfte gelang Doug Gooden, der für den Batter der Mets einsprang, weil ihnen die Schläger ausgegangen waren, das gleiche. Cullen brauchte nicht an Claire Langois zu denken.

Die folgenden drei Innings waren langweilig: tief geworfene Bälle, viel Gerede, ungelenkes Spiel. Cullen gab sich alle Mühe, nicht an Claire Langois zu denken.

Dann passierte eine dieser komischen Sachen: Cullen schaute sich gelangweilt um und sah einen völlig Fremden, und wußte einfach, daß dieser Fremde drauf und dran war, Teil seines Lebens zu werden. Genauso war es bei Vera gewesen, keine völlig Fremde, aber... anders, damals in diesem Plattenladen am Times Square vor fünfundzwanzig Jahren; bei Connie, vor fünfzehn Jahren im Washington Square Park. Und jetzt passierte es wieder – ganz anders, natürlich; Cullen würde sich nicht in ihn verknallen – in diesen uniformierten Sergeant...

«Dad, deine Uhr ist kaputt.»

– Dieser uniformierte Sergeant, der jetzt den Gang hinaufkam und sich in der Loge umschaute, um sich zu orientieren. «Die Uhrzeit stimmt doch, oder nicht? Zwölf-Null-Eins.» Punkt 15... 16...17.

«Ja, aber sie hat bei der vollen Stunde nicht gepiept.»

Der Sergeant fragte einen Platzanweiser, der mit dem Daumen über seine Schulter stieß. «Das Alarmsignal hat mich nervös gemacht, Ten, daher hab ich, äh, hab ich es ausgeschaltet.»

«Was meinst du mit nervös?»

«Eben einfach so nervös.»

«*Mach* schon, Kevin.»

Doug beugte sich vor, um an Hoagy vorbeizusehen. «He, Joe, was meinst du, wie stehen die Chancen für die Mets, es dieses Jahr bis zur Meisterschaft zu schaffen? Was sagt dir dein Gefühl?»

Die Bauchhändler waren wieder aufgetaucht, als das Spiel um einige Innings verlängert wurde, und der Sergeant schob sich an einem vorbei, der Hot dogs mit einer Gabel aufspießte. Er lächelte einer hübschen Brünetten zu, die viel zuviel Kram auf ein Papptablett geladen hatte, und wich ihr seitlich aus. «Mein Gefühl sagt mir, sie haben zu viele Kevins.»

«Da-ad.» Der Computer-Freak hampelte auf seinem Platz. «Sie haben *zwei*.»

Der Sergeant erreichte das untere Ende der Treppe, die zu ihren Plätzen hinaufführte, ungefähr zehn Reihen zurück, direkt unter der über sie hinausragenden oberen Tribüne. «Manchmal kommt es einem wie mehr vor. Manchmal kommt es einem vor, als hätten sie überhaupt nur Kevins aufgestellt.»

«Da-ad. Kevin *El*ster ist süß.»

«Der ist doch ver*hei*ratet», sagte Hoagy.

Der Freak boxte gegen sein Knie.

«Au!»

«Kinder!»

«Er hat angefangen.»

«Sie hat angefangen.»

Doug warf Cullen einen Blick zu und verdrehte seine Augen.

Der Freak legte einen Ellbogen auf Cullens Sitz und stützte ihr Kinn in ihrer Hand auf. «So, Dad, und jetzt erzähl uns mal von deiner Freundin. Ann.» *Ää-hän.*

Hoagy stöhnte und verdrehte seine Augen.

«Kinder. Doug. Paßt auf, ich hab meine Platznummer im Präsidium hinterlassen. Nur für alle Fälle. Dieser Officer...»

«Sergeant Cullen?» sagte der uniformierte Sergeant.

«Ich bin in einer Minute bei Ihnen, Sergeant. Dieser Officer hier ist wegen irgendeinem Notfall hergekommen...»

«Es geht um eine Zehn-Dreizehn, Cullen, wenn Sie also bitte...»

«Ich sagte doch, einen Moment...» Cullen versuchte, die Buchstaben auf dem Namensschildchen des Sergeants zu einem aussprechbaren Wort zusammenzubasteln, doch es waren nahezu ausnahmslos Konsonanten. «Kids. Doug. Ich muß weg. Tut mir leid. Tenny, James, es tut mir wirklich leid. Es ist... es ist eben mein Job. Doug, ich bin wirklich froh, daß du hier bist, denn...»

«He, Joe. Kein Problem.»

«Ich liebe dich, Ten. Ich liebe dich, James. Ich *will* euch von Ann erzählen.»

«Wann?» sagte der Computer-Freak, was bedeutete, sie war kein Freak mehr, sie war eine Frau geworden, denn nur eine Frau fragte *Wann?*, wenn man sagte – ganz aufrichtig und mit Nachdruck –, daß man ihr etwas sagen *wollte*, statt zu sagen *Oh, fein* oder *Wann immer du soweit bist.*

«Bald.» Cullen versuchte, ihnen zum Abschied einen Kuß zu geben. Hoagy und der Freak wichen aus und duckten sich weg.

«Wir sehn uns, Leute.»

«Bye, Dad.»

«Bye, Dad.»

«Bis dann, Kumpel.»

«Sag Connie, daß ich morgen anrufe.»

«Bis dann, Kumpel. Hoffe, alles ist in Ordnung.»

Cullen ging die Treppe hinunter und den Gang entlang voran. Am oberen Ende der Rampe drehte er sich um und sah den uniformierten Sergeant an.

«Bermúdez», sagte der Sergeant.

«Ja?»

«Er ist umgelegt worden.»

Umgelegt, kaltgemacht, mit einer Kugel hinter das linke Ohr, während er vor der 119 in seinem *Omni* saß, die (englische) Taschenbuchausgabe von *Liebe in der Zeit der Cholera* las, mit einer Kugel aus einer schallgedämpften 9-Millimeter-Pistole, aus nächster Nähe abgefeuert von einer Person – ach, verdammt, einem *Mann* –, der dann Bermúdez' Schlüsselring nahm, sich damit durch den Lieferanteneingang Zugang zur 119 verschaffte, hinauf in die zweite Etage ging, sich in Nicky Potters Zimmer schlich und Nicky aufweckte, indem er ihr den Lauf seiner Kanone zwischen die Lippen schob und flüsterte, daß bevor er den Abzug zog, sie seinen ziehen würde. Er nannte sie «Vera, Baby», also war er im falschen Zimmer.

Das falsche Zimmer in mehr als nur einer Hinsicht, denn Nicky, die eine Karateausbildung hinter sich hatte, wie es sich auch für ein Mehr-als-nur-Assistentin-Lebenserhaltungssystem gehörte, stieß dem Eindringling ihr Knie zwischen die Beine, riß ihm ein Büschel Haare aus und schrie so laut nach Hilfe, daß Nachbarn sie den Block hinauf und hinunter hören konnten. Der Eindringling konnte fliehen, bevor die Cops, die den Einsatzbefehl erhalten hatten, zur 119 kamen, und als sie schließlich nachsahen, wieso der mit der Überwachung des Hauses beauftragte Cop draußen bei all dem Spektakel nicht reagiert hatte, sahen sie, warum.

Hriniak, Walsh, Amato, Maslosky, Ruth, Ingram, Intaglia, Nixon, Pavonelli, Kean, Paltz, Winerib. Bürgermeister Lyons, District Attorney Levitt. Cappy und Tippy und Mopsy und Suzie, die Yuppie-Reporter – die Zeitungsschlampen – kläfften an den Rockschößen von Deputy Commissioner Susan Rice, waren fasziniert, *fas*ziniert, einen flüchtigen Blick auf die kahlrasierte Claire Langois werfen zu dürfen, die von einem privaten Krankenwagen fortgebracht wurde, nachdem dieser Einbruch sie endgültig in geistige Verwirrung gestürzt hatte, weswegen sie jetzt unbedingt rund um die Uhr ärztlich überwacht werden mußte. Alle waren sie da. Sogar Ann.

«Wie geht's dir?» sagte Cullen.

Sie sagte: «Nicht gut»; ihr abgespanntes und fahles Gesicht verriet, daß sie genug gehabt hatte. Sie schwitzte; er hatte sie noch nie schwitzen sehen, abgesehen von diesem gesunden Schwitzen, wenn sie sich auf ihm, unter ihm bewegte, die Nasenflügel gebläht, die Augen nicht ganz geschlossen, wie sie ihn beobachtete, während er sie beobachtete, dabei unter der angenehmen Anstrengung stöhnte. «Ach, Joe, es tut mir ja so leid.»

«Auf der Fahrt hierher mußte ich an Martha's Vineyard denken.» Sie waren Weihnachten dort gewesen, Hoagy und der Computer-Freak waren mit Connie und Doug zum Skilaufen nach Quebec gefahren. Fünf Tage lang waren sie praktisch nicht aus dem Haus gegangen – Sex, Lachen, Bücher, Meeresfrüchte, Schläfchen. «Du hattest die Biographie von Clara Bow mitgenommen.»

«Das ‹Es›-Mädchen. Frag mich nicht, wieso. Ich hab's nie aufgeschlagen. Ich hab immer noch nicht.»

«Ich habe ein paar Seiten gelesen – einen Abschnitt darüber, wie sie einmal in New York schwere Depressionen bekommen hatte, dann aber sagte, sie würde warten, bis sie wieder in Hollywood wäre, um dort einen ausgewachsenen Nervenzusammenbruch zu kriegen, damit sie ihn wenigstens in ‹einer anständigen Umgebung› bekäme.»

«Diese Clara. Was für eine Sprache.»

«Aber New York ist das Irrenhaus, oder? Wie bin ich eigentlich je auf den Gedanken gekommen, hier Kinder großziehen zu können?»

Ann nickte. «Neil hat mir von der Frau erzählt, die von einem Cab angefahren wurde. Du hast es gesehen.»

«Neil?»

«Er hat angerufen, um zu hören, wie's mir geht.»

«Oh. Ich verstehe. Und ich habe nicht angerufen, also bin ich der böse Bursche.» Die beste Verteidigung ist Unreife.

«Das habe ich nicht gesagt.»

«Neil ist Keith' Mutter holen.» Oder das Thema wechseln.

«Keith war nicht verheiratet, oder?»

«Nein. Er ist letzten Winter mit jemandem gegangen, einer Krankenschwester, aber dann haben sie wieder Schluß gemacht.»

«So was kommt vor.»

«Ja, tut es.»

Das baumelte dann da in dem heißen Wind, und sie beobachteten es eine Weile. Dann sagte Ann: «Ich weiß, was du von wegen New York meinst. Ich war heute in der Broadway-U-Bahn. Es war wie ein *Chorus Line* für Bettler; es reicht nicht mehr, einen Becher und ein Geschwür zu haben, man muß auch eine gute Geschichte drauf haben. Ein Typ hatte seine zehnjährige Tochter dabei. Ihm wurde die Schau von einer Frau mit *ihrer* zehnjährigen Tochter gestohlen, die, wie sie sagte, von ihrem Lehrer vergewaltigt worden war; sie wollte kein Geld, sie wollte nur die Telefonnummer einer Anwaltskanzlei, die *pro bono* arbeitete. Sie hat *pro bono* gesagt, nicht ich. Ich wollte ihr sagen, daß sie die 911 anrufen könnte und daß sie den meisten anderen in der U-Bahn ziemlich überlegen wäre, wenn sie wüßte, was *pro bono* ist. Ich hab aber nur auf meine Füße gestarrt. Dann schien eine Frau, die in die Bahn einsteigen wollte, ihr Bein zwischen Wagen und Bahnsteig eingeklemmt zu haben; ein Mann, der ihr half, merkte anschließend, daß ihm seine Brieftasche geklaut worden war, daß alles nur ein Bluff gewesen war. Ich weiß, ich sollte nicht wie ein Spieler reden... Also, wieso hast du nicht angerufen?»

Cullen gelang es, ihr nicht zu antworten, indem er eine große Sache daraus machte zu beobachten, wie Hriniak auf die Straße trat und zu einem Streifenwagen mit einer ersterbenden Sirene hinüberging. Hriniak öffnete die hintere Wagentür und half zuerst einer ehrwürdigen, dann einer hysterischen Hispanic-Frau heraus: Bermúdez' Mutter und Schwester. Die Fotografen und Kameramänner stürzten sich auf sie, tauchten sie in grelles Licht. Bürgermeister Lyons versuchte, sich ins Bild zu schieben, aber Hriniak brachte alle mit einer Geste zum Verstummen, als würde er nach einer Kanone in seinem Schulterhalfter greifen. Nur eine Geste, dafür aber eine perfekte, und er führte die beiden Frauen den Bürgersteig hinauf und, mit Zimmermans Hilfe, der dem Streifenwagen mit seinem Saab gefolgt war, weiter in den Dienstboteneingang der 119. «Sie glauben, es wäre Tom gewesen.»

«Das ist doch verrückt.»

«Was sie allerdings nicht davon abhält, es trotzdem zu glauben. Es ist die gleiche Art Waffe wie die, mit der Story umgebracht wurde.»

«Aber welches Motiv sollte Tom gehabt haben?»

«Er wollte Vera umbringen. Vera ist eine Story, er befindet sich auf einer Vendetta gegen die Storys. Er hat Keith ermordet, um ins Haus zu gelangen, er hat Nicky mit Vera verwechselt.»

«Sie sehen sich ähnlich.»

Er schüttelte seinen Kopf. «Nein, tun sie nicht.»

«Du mußt es ja wissen. Du kannst den Unterschied wahrscheinlich *riechen.*»

Cullen nahm, vorsichtig, Anns Ellbogen, damit sie nicht dachte, er würde annehmen, daß sie ihn mochte, nur weil sie mit ihm geschlafen hatte. «Laß dir von mir eine Geschichte erzählen.»

«Joe...»

«Es ist wichtig.»

Damals:

«Ich dachte mir, daß ich dich hier finden würde.»

«Wen interessiert's einen Scheißdreck, was du dachtest.»

«Ich ziehe nach Kalifornien.»

«Wen interessiert's einen Scheißdreck, wohin du ziehst.»

«Nächsten Monat.»

«Wen interessiert's einen Scheißdreck, in welchem Monat.»

«Ich schätze, ich war wohl verrückt zu glauben, du könntest dich freuen, die Neuigkeit zu erfahren.»

«J-ja, du bist verrückt. Eine verrückte Nutte.»

«Das ist nicht fair.»

«Es stimmte also, oder? Die Sachen, die wir auf der High School über dich gehört haben?»

«... Welche Sachen?»

«Daß du Tom gebumst hast. Wen hast du noch gebumst, du Nutte?»

«... Ach, Joe.»

«‹Ach, Joe.›»

«Du warst es nicht, Joe, oder doch?»

«Soll das heißen, du weißt nicht mal, mit wem du gebumst hast? Du warst eine Nutte.»

«Du warst es. Du hast den Brief geschrieben, stimmt's?»

«Ich weiß nicht, wovon du redest.»

«Du hast den Brief geschrieben.»

«Ich weiß nicht, wovon du redest.»

«Als ich den Brief bekommen habe, bin ich sofort zu Tom gegangen. Ich weiß auch nicht mehr, woher ich den Mut genommen habe, jedenfalls bin ich direkt zu Tom gegangen und habe zu ihm gesagt: ‹Ist das wahr?› und er hat ihn gelesen und gesagt: ‹Es ist nicht wahr, Vera.› Kein ‹Ich schwör's bei allem, was mir heilig ist› oder irgend so eine Scheiße, einfach nur: ‹Es ist nicht wahr, Vera.› Und ich habe ihm geglaubt. Er wollte die Polizei einschalten, um herauszufinden, wer das geschrieben hatte. Mir war es gleichgültig, wer den Brief geschrieben hatte. Er war von jemandem geschrieben worden, der viel zu abartig war, um ihn bestrafen zu können. Seine Abartigkeit würde Strafe genug sein... Mein Gott, Joe, du mußt gelitten haben.»

«Ich weiß nicht, von was du da redest.»

«Wenn du mich haben wolltest, wieso hast du dann nicht einfach versucht, mich zu bekommen? Wieso hast du versucht, mich kaputtzumachen?»

«Seit wann triffst du dich schon mit diesem Typen? Caleb. Und wie gottverdammt alt ist dieser Caleb eigentlich? So um die hundertzehn?»

«Wieso konntest du das nicht? Ich wußte, daß du mich mochtest.

Du warst so oft bei uns – warst bei Chuck, und gleichzeitig doch nicht wirklich bei ihm. Ich wußte, daß du mich mochtest.»

«Tolle Sache, wenn ich's gemacht hätte, stimmt, denn du wärst trotzdem einfach mit einem anderen abgezwitschert.»

«Du bist albern, Joe. Du bist kindisch.»

«‹Ich werde eine erfolgreiche *Schauspielerin, und erfolgreiche Schauspielerinnen haben per definitionem keine Zeit für Familie oder Freunde oder ein eigenes Leben, daher vergiß das mit der Beziehung.›»*

«Du redest Unsinn. Wieso machst du dich über mich lustig? Wieso benimmst du dich wie ein kleines Kind?»

«Was kümmert's dich? Du hast doch Caleb. Caleb ist kein Kind mehr. Caleb ist ungefähr hundertzehn.»

«Ach, Joe.»

Vera.

«Ach, Joe, Joe, Joe, Joe, Joe.»

Vera, Vera, Vera.

Damals:

Das Theaterstück zu schreiben war ein unbeholfener Versuch gewesen, Vera zu beeindrucken, genauso wie Stücke zu lesen, Sammlungen von Theaterkritiken und Biographien von Dramatikern und Schauspielern zu lesen, Vera Plätze in Schlangen für Stehplatzkarten für Theaterstücke und Konzerte und Ballette und Opern freizuhalten und ihr zu helfen, Material für ihren Unterricht auswendig zu lernen und zu analysieren, Ausgaben von Backstage *und* Variety *zu lesen – sie praktisch auswendig zu lernen.*

Letztgenannte Publikationen zu lesen war eine üble Angewohnheit, die er noch weitere sechs Monate beibehielt, nachdem Vera Story die Bar verlassen hatte, in der sie Cullen aufspürte, nachdem er sie auf Caleb Evans' Schoß überrascht hatte. Die Angewohnheit fand mit einem Artikel ihr Ende, in dem die Hochzeit von Vera Story und Caleb Evans angekündigt wurde (was ihr vermutlich das Recht gab, zu sitzen wo immer sie wollte, ihr ganz bestimmt den Anspruch auf eine Hauptrolle in Evans' nächstem Film sicherte, da Evans er-

heblich mehr war als nur ein Gelegenheitsdozent an Schauspielschulen, da er ein Regisseur war, der manchmal auch ein amerikanischer Bergman genannt wurde).

Um dem Ende dieser Gewohnheit zu gedenken, holte Cullen das Manuskript seines Theaterstückes aus seiner Schreibtischschublade, wickelte es in diese Ausgabe der Variety *ein und warf es dann von dem Fußgängerweg auf der George-Washington-Brücke in den Hudson River, nachdem er einen Augenblick lang mit dem Gedanken geflirtet hatte, sich selbst ebenfalls hineinzustürzen.*

Ann rutschte von dem Kotflügel des Streifenwagens, der die Stange gewesen war, auf der Cullen sich seinen Erinnerungen hingegeben hatte. «Ich hab verstanden. Ich meine, ich versteh's, aber irgendwie versteh ich's auch wieder nicht.»

«Tom und Vera sind über all die Jahre in Kontakt geblieben. Das hat sie mir nicht gesagt; ich habe es einfach begriffen. Tom hatte ein Problem mit dem Alkohol; es beendete seine Basketballkarriere. Die Rehabilitation, tja, ich glaube, Vera war Teil davon – sie hat ihn dazu ermutigt, sie hat sie finanziert, was auch immer. Ich verstand ihre Reaktion nicht, als ich ihr sagte, daß Tom zu den Tatverdächtigen für den Mord an Chuck gehörte. Es war nicht nur Skepsis, Überraschung; es war einfach der absolute Unglaube von jemandem, der jemand anderen sehr gut kennt. Er würde sie nicht verwechseln, nicht mal im Dunkeln. Er *könnte* den Unterschied wirklich riechen, und vor allen Dingen würde er sie nicht angreifen.»

«Dann hat also dein kleiner Streich, mit dem du sie auseinanderbringen wolltest, genau das Gegenteil bewirkt.»

Das benötigte keine Bestätigung. «Da ist noch etwas.»

«Was?»

«Ich sollte heute abend arbeiten, für Keith.»

«Oh, Joe.»

«Ursprünglich sollte er für mich arbeiten. Wir haben das telefonisch abgesprochen: Er war im Büro, ich auf der Straße. Dann änderte sich etwas an seinen Plänen, und wir haben wieder getauscht. Diese Änderung haben wir allerdings gemacht, als wir uns zufällig trafen. Unter vier Augen.»

Ann schüttelte ihren Kopf. «Ich versteh nicht ganz.»

«Ich hatte ein Gespräch, vom gleichen Apparat aus, vom Telefon im Büro, mit Connie, über Tom, über die Faszination, die die Jamaica Bay auf ihn ausübte, als wir noch Kinder waren. Kurz darauf fand die Razzia statt.»

Eine tiefe Falte hatte sich auf Anns Stirn gebildet. «Na und? Ich meine, so was kommt vor. Andere Leute müssen das von Tom und der Bay auch gewußt haben. Eine Menge anderer Leute.»

«Aber keiner von denen arbeitet an der Dean-Sache.»

Die Falte verschwand. «Du meinst, das steckt dahinter?»

«Ich meine, das steckt dahinter.»

«Dann war das hier...» Sie gestikulierte auf die 119, auf Bermúdez' *Omni*, dessen Türen offenstanden und der jetzt an eine Hose erinnerte, deren Taschen von innen nach außen gekehrt worden waren, in dem jetzt irgendwer von der Spurensicherung herumkroch.

«Ein Ablenkungsmanöver. Das heißt, die Nummer mit Nicky – oder sollte es eigentlich Vera sein? – war ein Ablenkungsmanöver. Die Sache mit Keith, das war echt – nur daß ich es hätte sein sollen.»

«Wegen der Dean-Sache.»

«So, und jetzt sage ich dir, was du für mich tun könntest. Deborah Deans Bruder, Darelle, ist ein Cop im Precinct One-Nine. Er hat sich mit uns in Verbindung gesetzt, mit mir und Neil, um alles ihm Mögliche für seine Schwester zu tun, und er hat uns einen Gefallen getan. Eine Freundin von ihm, die bei der Telefongesellschaft arbeitet, hat herausgefunden, daß Deborah Dean in der Woche, bevor auf sie geschossen wurde, mindestens drei Anrufe zu Hause bekommen hat, die... die von einem Apparat im Polizeipräsidium erfolgten.»

«Dienstlich?»

«Nein. Solche Anrufe wären von ihrem Revier aus gekommen.»

«Wessen Apparat war's?»

«Was du für mich tun könntest, ist folgendes. Du könntest Darelle anrufen – ich werde dir seine Durchwahl geben; wenn er nicht selbst rangeht, hinterlaß keine Nachricht – und ihn bitten, seine Freundin zu bitten, herauszufinden, ob irgendwelche Fangschaltungen bei der IAU existieren. Sag ihm, daß er dafür was bei mir gut hat.»

«Fangschaltungen?»

«Ja. Wanzen. Ich dachte, du wärst ein Spieler.»

«Das ist gemein, Cullen.»

«Tut mir leid. Und achte darauf, daß du sagst Fangschaltungen *bei* der IAU, nicht *von* der IAU.»

Ann sah aufrichtig überrascht aus. «Ihr Leute benutzt *Wanzen*? Gegen andere *Cops*, gegen Kollegen? Meine Güte.»

«Machst du das für mich, Ann, oder soll ich einen anderen fragen?»

«Das ist gemein. Du bist einfach nur ein gemeiner Kerl.»

«Tut mir leid.»

«Das war schrecklich, was du Vera angetan hast. Das war Ende der Fünfziger, richtig? Keine Jungfrau zu sein bedeutete damals, verdammt zu sein. Hast du dich bei ihr entschuldigt?»

«Das wollte ich heute tun. Gestern. Wir sind unterbrochen worden. Eine kleine Episode mit Claire Langois.»

«Was ist mit ihr? Sie ist anscheinend ins Hard-Core-Lager übergewechselt.»

«Ich denke nicht, daß dein Anruf die Angelegenheit weitergebracht hat.»

«Eigentlich waren es sogar mehrere Anrufe.»

«Richtig.»

«Neil und ich haben über all die Dinge gesprochen, die du für dich behältst.»

«Neil redet zuviel.»

«Hat Vera dir gesagt, wohin Lise und Claire auf ihrer kleinen Fahrt wollten?»

Cullen massierte die Knoten in seinem Nacken.

«Sie hat. Und jetzt behältst du auch das für dich.»

Schlimmer noch als nur Knoten. Schweißnähte.

«Wessen Apparat war's, Joe?»

«Hallo, Commissioner», sagte Cullen.

«Hallo, Joe», sagte Hriniak. «Ann.»

«Commissioner.»

«Gottverdammte Sache, das, Joe. Tut mir aufrichtig leid. Ann, würden Sie uns entschuldigen? Ich habe mit... mit Joe über ein paar polizeiinterne Dinge zu sprechen.»

«Bis später», sagte Ann.

Hriniak schaute Ann nach, als sie zu der Stelle zurückkehrte, wo die anderen Reporter herumlungerten, über das Wetter redeten, sich gegenseitig Lügengeschichten erzählten. «Joe, was zum Teufel?»

«Ich weiß. Leute, mit denen ich zusammen bin, werden immer umgelegt, oder doch wenigstens beinahe.»

«Du kennst noch nicht mal die beschissene Hälfte der Geschichte.»

«Ach ja?»

Hriniak rieb seinen Daumen mit den ersten beiden Fingern, forderte eine alte Schuld ein. «Sag mir alles, was du über die Dean-Sache weißt.»

«Das liegt alles bei den Anwälten.»

«Nicht mehr. Deborah hat ihre Privat-Kanone geschluckt.»

Es war einfach zuviel: die Hitze, das Sterben, die drei Hot dogs, die er im Shea gegessen hatte, noch mehr Sterben, noch mehr Hitze. Cullen trat an den Bordstein und kotzte.

26

Eine kleine Welt. Patrolman Lester Glatter, der bedauernswerte Mistkerl, der den Einsatzbefehl erhalten hatte, als der PC umgelegt wurde; der befürchtet hatte, daß er in seiner Unerfahrenheit über sämtliche Spuren am Tatort latschen oder Fingerabdrücke verwischen oder vergessen würde, einen Verdächtigen über seine Rechte aufzuklären; der keinerlei Nutzen für seine weitere Karriere darin hatte sehen können, seinen Namen auf jedem einzelnen Blatt Papier wiederzufinden, von denen es nach einem solchen beispiellosen Pech wie diesem ganz sicher jede Menge geben würde, genau derselbe Lester Glatter führte kurz vor Tagesanbruch an genau diesem Morgen eine Festnahme durch, die das Potential besaß, den Namen des jungen Officers nicht nur auf einen Haufen bürokratischer Formulare zu setzen, sondern ihn auf die ersten Seiten jeder Zeitung des Landes zu bringen, vielleicht sogar jeder Zeitung dieser kleinen Welt.

Glatter war eine Leihgabe des Nineteenth Precinct (das Precinct von Deborah Deans Bruder Darelle, die Welt war klein), ausgeliehen von einer stadtweiten Sondereinheit, die in Reaktion auf Berichte von Sozialarbeitern gebildet worden war, daß die Angriffe auf wehrlose Obdachlose immer noch weiter zunahmen. In einem Fall wurde ein Mann mittleren Alters (in jüngeren Jahren Verfasser mehrerer mittelmäßiger Romane) auf einem Spielplatz in der Nähe der Great Lawn im Central Park zusammengeschlagen; in einem weiteren wurden einem Transvestiten-Prostituierten, der in einem Lagerhaus des Amtes für Stadtreinigung in der Nähe des Holland-Tunnels lebte, die Haare angesteckt; in einem dritten Fall wurde einer jungen Frau, die sich in einem Gebäude in der Nähe des Tompkins Square Parks im East Village häuslich eingerichtet hatte, das gerade renoviert wurde, in den Unterleib gestochen.

Weder die Opfer noch sonst jemand hatte die Angreifer gesehen (der ehemalige Romancier berichtete, eine Gruppe von sechs oder acht Teenagern gesehen zu haben, bevor er das Bewußtsein verlor, aber gleichzeitig bestand er gegenüber den Detectives der Midtown North Squad darauf, daß außerdem zwei kleine Männer in safrangelben Roben – anscheinend Buddhisten – dabeigewesen wären, die auf den Kühlerhauben ihres Autos saßen); der Prostituierte hatte so viele Feinde, wie er Nachbarn in dem Lagerhaus hatte – und vielleicht wie Freier auf der Straße, falls einer entdeckt hatte (sein Metier war oraler Sex, und eine Enttarnung war nicht zwangsläufig), daß er keine Frau war; die junge Frau war ein Knochen, um den sich drei junge Männer balgten, mit denen sie ihre Unterkunft teilte. Daher war es durchaus möglich, daß die einzelnen Zwischenfälle nichts miteinander zu tun hatten, aber es bestand die Möglichkeit, angesichts der weitverbreiteten Ansicht, daß es in diesen Tagen einfach zu viele Arme und Outsider unter uns gab, daß es einen Zusammenhang gab, daher die Bildung der Sondereinheit, die sehr inoffiziell auch die *Glücklichen Obdachlosen* genannt wurde.

Lester Glatter (für seine Freunde Duke, weil er ziemlich gut John Wayne nachmachen konnte) und drei Dutzend anderer junger Männer und weiblicher Beamter wurden auf die Straße hinausgeschickt, um die Obdachlosen und ihre Gewohnheiten nachzuahmen, um Köder für jene zu werden, die sie sich als Opfer aussuchten. Zusammen mit Officer Pauline Richards und Officer John Berkery hatte Glatter den Auftrag, sich in der Nähe des World Trade Centers und des City Hall Parks herumzutreiben. Die Vietnam-Veteranen, die im Park lebten, rochen die paramilitärische Ausbildung des Trios sofort und stellten sie zur Rede.

«Cops?» sagte der Sprecher der Veteranen, der behauptete, sein Name wäre Judy, und dessen Augen davor warnten, sich darüber lustig zu machen. «Und ihr glaubt – was? – daß wir auf die Knie fallen und euch die Stiefel lecken und uns gottverdammt dafür bedanken, daß ihr gottverdammt hier aufgekreuzt seid? Wir sollten alle schnell ein Stück zusammenrücken, damit ihr ein Plätzchen habt, wo ihr euch hinlegen könnt? Wir sollten noch ein Steak auf den Grill schmeißen? Ihr müßt das ganz klar sehen, Jungs und Mädchen, denn beschissene Tatsache ist, daß ihr Unterkunft und Verpflegung wollt, die wir nicht zu vergeben haben.»

«Äh, also», meinten die Cops zögernd.

«Und außerdem», fuhr Judy fort. «Seht ihr den Baum da, da hinten mitten im Park, die sechs oder acht *brothers*, die um ihn rumlungern?»

Die Cops schauten in die bewußte Richtung und nickten.

«Dieser Baum da, der ist auch als *Loco Oak*, die Eiche der Bekloppten, bekannt, und der Grund dafür, wieso der Baum als Loco Oak bekannt ist, ist ganz einfach der, daß diese sechs oder acht *brothers*, und fünf oder sechs andere, die im Moment nicht da sind, Fahrstühle haben, die nicht mehr bis in die oberste Etage fahren. Ihre Würfel haben nicht alle Punkte drauf, sie spielen nicht mit einem vollständigen Blatt, sie haben ein paar Bier von einem Sechserpack zuwenig. Die haben drei Meter vom Dock entfernt angelegt, die spielen nicht auf einem normalen Feld, die sind irgendwo draußen, wo keine Busse fahren. Die stehen in einer Schlange an, ohne ein Ticket zu haben, denen fehlen ein paar Ziegel. Ihr versteht, was ich meine?»

Die Cops nickten und vermuteten, daß sie jetzt verstanden, wieso die sechs oder acht *brothers*, die unter dem Baum saßen, auch bekannt als Loco Oak, Springerstiefel und Kampfhosen und Army-Jacken und Trenchcoats und Matrosenmützen und einer von ihnen sogar eine Skifahrermütze trugen – aber nicht verstanden, *wie* sie nur soviel anhaben konnten, wo doch schon überhaupt irgendwas anzuhaben zuviel anzuhaben bedeutete.

«Also, was sollte *sie* zurückhalten?» sagte Judy. «Im Falle eines feindlichen Angriffs, was sollte sie daran hindern, Vergeltungsmaßnahmen gegen ihre Angreifer durchzuführen? Drücken wir's mal anders aus, wenn jemand hier vorbeikommt und Ärger sucht, dann kann er ihn haben. Und wenn ihr versucht, *uns* daran zu hindern, immer unter der Voraussetzung, daß ihr uns helft, dann werden wir gezwungen sein, es euch auch zu besorgen. Komme ich ohne größeres statisches Rauschen immer noch zu euch durch?»

Die Cops nickten.

«Gut», sagte Judy. «Da wir uns also verstehen und da ihr Jungs und Mädchen nur einen Job zu erledigen habt, ich weiß, ich weiß, würde ich euch vorschlagen, daß wir euch ein bißchen Platz machen, wenn ihr uns nicht in die Quere kommt. Erwartet nichts in der Richtung von Lebensmitteln; wir haben nichts, das wir teilen könnten. Und protzt nicht mit euren Burger-King-Tüten und euren Kartons mit chinesischem Essen rum, kapiert, andernfalls kann man davon ausgehen, daß euch früher oder später irgendwer die Kehle durchschneidet.»

Und dann war Judy fort, hatte sie überschüttet mit seinem durchdringenden Geruch und seiner unbestreitbaren Logik.

Ihr Dienst war langweilig, heiß und öde. Die Sonne begann der Erde ungefähr eine Stunde nach ihrem Auftauchen die Luft abzusaugen, und gegen Mittag bestand die einzige Möglichkeit zu überleben darin, so zu tun, als wäre man tot. Um die Monotonie wenigstens ein bißchen zu durchbrechen, wenn er gerade nicht so tat, als wäre er tot, spielte Duke Glatter *Sichtbarsein*. Er setzte sich auf eine Bank an einem der Wege durch den Park und versuchte, Vorübergehende durch reine Willensanstrengung dazu zu bringen, ihn anzusehen, ihn ebenfalls als Mitglied der menschlichen Rasse zu erkennen, statt an ihm vorbei oder von ihm fort oder durch ihn durch zu sehen. Manchmal vergingen zwei oder drei Stunden, und Hunderte von Menschen kamen an ihm vorbei, bevor jemand ihn tatsächlich ansah und ein menschliches Wesen erkannte, wenn auch einen Schandfleck. Einmal ging sein Bruder Jim vorbei, der im World Trade Center beim Zoll arbeitete, und sah ihn nicht an. Als

Duke Jim an diesem Abend anrief, um ihm von der Sache zu erzählen, stritt Jim kategorisch ab, daß er nicht hingeschaut hatte; er behauptete, Duke gesehen zu haben, und hätte sich gedacht, daß er irgendeinen Auftrag hatte, und daher seine Tarnung nicht hatte auffliegen lassen wollen. «Affenscheiße», sagte Duke, und Jim wechselte schnell das Thema.

Die Nachtschichten waren die besten, denn die Sonne hatte immer noch keine Möglichkeit gefunden, auch nachts zu scheinen, die Krawallbrüder unter der Loco Oak hörten auf, Krawall zu machen (oder jedenfalls weniger Krawall zu machen als sonst), der Verkehr und der Lärm wurde schwächer. Man konnte über etwas anderes nachdenken als immer nur über den weißglühenden Bohrer, der sich einem in die Stirn eingrub. Man konnte über Intimitäten nachdenken, worüber Duke Glatter kurz vor Tagesanbruch nachdachte, während er auf einer Bank in der Nähe der Ostseite, der Park-Row-Seite, des Parks lag, den Kopf über der einen eisernen Armlehne, die Beine über der anderen. Körperliche Intimitäten mit Officer Pauline Richards, die ein komisches, zerknautschtes, kleines Gesicht und einen komischen kleinen, irgendwie unsymmetrischen Körper hatte, aber eine... tja, *Haltung* ausstrahlte, die Duke wahnsinnig machte.

Der Duke wußte Bescheid über die Gefahren des Fraternisierens. Verdammt, jeder einzelne Cop der Stadt wußte Bescheid, wegen dieser Dean-Sache. «Würdet ihr mit einem der bösen Jungs bumsen?» So hatte sich der Captain im One-Nine ausgedrückt (während einer Ansprache an die versammelte Mannschaft an einem von Darelle Deans freien Tagen, wie um ihn nicht aufzuregen). «Ihr würdet nicht, weil ihr nämlich wißt, daß die bösen Jungs ziemlich oft geladene Waffen bei sich führen, so daß sie diese Waffe in eure Richtung abfeuern könnten, sollten sie euch feindlich gesinnt sein. Und aus genau demselben Grund solltet ihr auch nicht mit einem der *guten* Jungs bumsen, denn wenn die Flitterwochen erst mal vorbei sind, könnten selbst geringfügige Familienstreitigkeiten leicht auf gewaltsame Weise gelöst werden.»

Zuerst hatte es geheißen, daß Deborah Dean sich lieber von den Docs die Kugel nicht entfernen lassen wollte, als das hohe Tier zu verpfeifen, mit dem sie bumste, und jetzt hieß es, daß Deborah sich lieber ihre Privat-Kanone zwischen die Zähne geschoben hatte, als das hohe Tier zu verpfeifen, mit dem sie bumste, und wie hatte sie es überhaupt geschafft, eine Kanone in ihr Krankenhauszimmer zu kriegen, da sie ja genaugenommen unter Arrest stand, oder vielleicht nicht? Also war es höchst unwahrscheinlich, daß der Duke tatsächlich die Frage körperlicher Intimitäten mit Officer Pauline Richards weiterverfolgen würde, allerdings bedeutete das noch lange nicht, daß er nicht über sie nachdenken konnte. Wie er so über Officer Pauline Richards nachdachte, bekam Duke einen Ständer, was äußerst ungelegen kam und außerdem potentiell peinlich sein könnte, da den Vietnam-Vets nichts mehr Spaß machte, als die Cops bei dem kleinsten Anlaß, bei jeder sich bietenden Gelegenheit aufzuziehen, und sie nichts lieber tun würden – wenn sie es bemerkten –, als alle auf die Beule in Dukes Unterhose aufmerksam zu machen. Vielleicht schliefen sie ja alle, die Vets, vielleicht aber auch nicht, denn sie hatten so eine Art, die sie in den Dschungeln Asiens entwikkelt hatten, wie Duke sich vorstellte, einen zu beobachten, wenn er absolut sicher war, daß sie ruhten und ein Nickerchen machten, und daß sie sich ausruhten, wenn er absolut sicher war, daß sie ihn beobachteten; nur sicherheitshalber sollte er vielleicht seine Stellung ändern.

Duke Glatter hob seinen Kopf und seine Beine, manövrierte sich zuerst auf seine Seite und schließlich auf seinen Bauch, führte die notwendigen Sortiervorgänge durch, damit ihm sein Ständer auf den Latten der Bank nicht wie verrückt Schmerzen bereitete. Als er sich umdrehte, bemerkte er eine Bewegung im Gebüsch.

Nur ein Mann. Er hatte phantasiert, es würden mehrere sein.

Fett. Völlig aus den Fugen geraten. Er mußte phantasiert haben, sie würden flink und durchtrainiert sein.

Tolpatschig und lärmend. Er hatte phantasiert, sie würden sich geschmeidig wie Katzen bewegen.

Der dicke, tolpatschige Mann ging über den Teil des Parks direkt südlich der Loco Oak, ein Weg, den die Vets niemals nahmen (genausowenig wie die Zugänge von Norden, Osten oder Westen), denn es war weder ihre Zeit noch Energie wert, sich anspucken oder anknurren zu lassen, nur weil sie versuchten, guten Tag zu sagen, nur um mal zu sehen, wie alles so lief. In manchen Nächten waren alle viel zu betrunken, viel zu kaputt, viel zu fertig, um Wachen aufzustellen, aber wenn Wachen da waren, machten sie sich nie die Mühe, das Gelände in der Nähe der Loco Oak im Auge zu behalten, weil sie nämlich insgeheim hofften, daß irgendwer irgendwann diesen knurrenden, spuckenden Arschlöchern die Scheiße aus dem Leib schlagen *würde*. Daher war der dicke, tolpatschige Mann auch kein Vet, der Wache schob. Auch sah er nicht wie einer der Stammgäste unter der Loco Oak aus, der spät nach Hause zurückkehrte. Glatter hatte sich vor einer Stunde in der Nähe der Loco Oak umgesehen – war dabei angeknurrt und angespuckt worden –, und es hatte ganz so ausgesehen, als wären sie dort drüben ziemlich komplett gewesen.

Also, wer war er?

Duke Glatter rollte sich von der Bank auf seine Hände und Knie und kroch auf allen vieren zu einer Hecke, zu einem Baum, zu einem weiteren Baum, zu einem Busch, zu einem Baum. Er riskierte einen verstohlenen Blick.

Der Mann pißte gegen die Loco Oak, pißte auf die Männer, die überall um den Baum herum auf der Erde lagen und schliefen.

Und jetzt riß er ein Streichholz an. Um zu sehen, wohin er... Oh, Scheiße. Nein.

«Keine Bewegung. Polizei.» Duke Glatter zog in einem einzigen Bewegungsablauf seinen Revolver unter seinem Hemd raus und trat hinter dem Baum hervor. «Ich sagte *keine Bewegung! Polizei!*»

Es war zu spät. Der Mann hatte das Streichholz in das Feuerzeugbenzin oder Kerosin oder Benzin oder was auch immer es war, das er auf die Erde geschüttet hatte, auf die Loco Oak, auf die schlafenden Männer um den Baum, geworfen. Mit einem fauchenden Geräusch entzündete sich die Flüssigkeit.

«Feuer. Hilfe. Feuer.» Duke Glatters Stimme klang kraftlos.

«Feuer!» Das war schon besser.

«*Feuer!*» Gut.

Dann: «*Judy. Judy! Judy!*» Falls Judy nüchtern war, würde er alles in den Griff kriegen. «*Juuuudy!*»

«Hier, Lackaffe. Was willst du, verdammt?»

«Hilf den Burschen da. Ich verfolge den Dreckskerl.»

«Verdammte Scheiße, was soll das? Verdammte Scheiße!»

«Hilf den Burschen. Ich verfolge den Dreckskerl.» Aber Duke Glatter konnte sich nicht bewegen. Er konnte nichts anderes tun, als dazustehen und zuzusehen, wie die Männer um die Loco Oak versuchten, die Flammen an ihren Körpern, in ihren Haaren loszuwerden.

Zusehen und den grauenvollen Gestank riechen.

Zusehen und die erbärmlichen Schreie hören.

Dann rannte Duke Glatter schließlich dem dicken, tolpatschigen Mann nach. Der Mann, der wie ein Mann lief, der das Laufen einer Frau parodierte, die Ellbogen voran, die Handgelenke nach unten geknickt, wiegende Hüften, kreisende Knie, war trotz seines Vorsprunges noch nicht sehr weit gekommen. Er hatte gerade die Straße erreicht, die den City Hall Park wie ein Wassergraben aus Asphalt in zwei Teile zerschnitt; auf der einen Seite des Grabens lebten die Vets, auf der anderen lag das Rathaus.

Der dicke, tolpatschige Mann überquerte die Straße.

Er überquerte den Platz vor der City Hall.

Er lief die Stufen der City Hall hinauf.

Er stürmte durch die Eingangstür der City Hall.

Durch die Eingangstür der *City Hall*?

Jesus.

Duke Glatter ging über den Platz, die Stufen hinauf und durch die Tür in die City Hall.

Die Tür war offen?

Links neben der Tür stand ein Schreibtisch, und an diesem Schreibtisch saß, die Arme über seinem Bauch gefaltet, ein fetter, schlafender Cop. Hinter dem Schreibtisch befand sich ein Metallgitter mit einer Tür. Die Tür war geschlossen, der Korridor dahinter dunkel.

Auf der rechten Seite lag ein weiterer Korridor. Duke Glatter ging in diese Richtung, den Flur hinunter, und gelangte schließlich zu einem Raum, der wie eine Zeitungsredaktion aussah: vollgepackte Schreibtische, Zeitungsstapel, Berichte, Presseverlautbarungen, Computer, Schreibmaschinen, Styropor-Becher, Limo-Flaschen und Dosen.

Von draußen drang Sirenengeheul herein – Feuerwehrwagen, Krankenwagen, Streifenwagen.

Von drinnen kam das Geräusch von heftigem Atmen – dickbäuchigem, tolpatschigem Atmen. Aus dem Inneren des Raumes, der wie eine Zeitungsredaktion aussah.

Unter einem Schreibtisch in der hintersten Ecke des Raumes.

«Komm jetzt ganz langsam da raus», sagte Duke Glatter. Und schob ein «Motherfucker» nach. Er spreizte seine Beine und knickte in den Knien ein und hielt seine Kanone mit beiden Händen. Er kam sich dabei irgendwie blöd vor.

Unter dem Schreibtisch ein schluchzendes Geräusch.

«Komm schon, Kumpel.»

«Ich hab nichts gemacht. Ich hab nichts gemacht. Ich hab überhaupt nichts gemacht. Ich hab nicht. Ich hab nichts gemacht. Hab ich nicht.»

«Ich habe dich gesehen, Kumpel. Ich habe dich gesehen.»

«Ich hab nichts gemacht.»

«Ich habe dich gesehen.» Duke Glatter kam sich noch blöder vor, mit diesem Idioten rumzustreiten, als wären sie kleine Kinder oder so. Er richtete sich auf und ließ seine Kanone sinken. Er warf einen Blick über die Schreibtischkante und sah die Sohlen von Turnschuhen, von roten Pumas. Er bewegte sich ein Stück und sah, daß der Träger der Pumas in der Mitte unter dem Schreibtisch kniete, dabei die Arme über seinen Kopf gelegt hatte. «*Komm* schon, Kumpel.»

«Ich hab aber *nichts* gemacht.»

Duke Glatter schob seinen Revolver zurück in das Schulterhalfter und trat hinter den Schreibtisch und packte die Knöchel des Mannes und zog ihn mit einem Ruck heraus.

Der Mann trug eine schwarze Trainingshose und eine schwarze Seemannsmütze, die er sich bis über die Ohren gezogen hatte. Nicht direkt die zur Jahreszeit passende Bekleidung, aber der Stadtguerilla hatte immer das Problem, was er im Sommer tragen sollte und trotzdem einer Entlarvung zu entgehen. Der Mann behielt die Hände über seinem Kopf.

«Steh auf, Freundchen.»

«Ich hab nicht...»

Duke Glatter verpaßte dem Mann einen Tritt in die Rippen, nahm im letzten Augenblick seinem Tritt etwas an Wucht, beabsichtigte aber immer noch, ihm Schmerzen zu bereiten.

«*He!*» Der Mann ließ seinen Kopf los und preßte seine Hände statt dessen auf seine Rippen. Er rollte auf seine Seite, dann auf seinen Rücken und funkelte Duke Glatter dann empört an. «Du bescheuertes Arschloch von einem Cop.»

Heilige Scheiße.

«Für wen halten Sie sich eigentlich, daß Sie sich einbilden, Leute herumtreten zu können?»

Oh, Himmel, nein.

Ächzend setzte der Mann sich auf. Er umklammerte seine Rippen und schaukelte vor und zurück. «Ich werde dafür sorgen, daß Sie dafür bezahlen. Das ist Polizeibrutalität.»

Nein.

Der Mann zog die Mütze von seinem Kopf und benutzte sie als Handtuch, um sein schweißgebadetes Gesicht abzuwischen. «Dafür werden Sie büßen.»

Wieso ausgerechnet ich?

Der Mann begann zu schluchzen. «Wieso ausgerechnet ich? Wieso ausgerechnet *ich*? Wieso *ausgerechnet iiiiiich*?»

Bürgermeister Sidney Lyons.

«Wieso, wieso, wieso ausgerechnet ich?»

Wieso ausgerechnet ich?

27

Den meisten Leuten in diesen Tagen so willkommen wie ein Schlitzer in einem Horrorstreifen (*Neununddreißig Grad im Schatten – Teil LXVII*), bahnte sich die sengend heiße Sonne unerbittlich ihren Weg über den Horizont. Geschmolzenes Licht ergoß sich über die Dächer von Harlem, brachte alles und jeden um. Cullen schnipste die Sonnenblende des Saab herunter, damit er sich die Verwüstung nicht ansehen mußte.

«Einen Bran Muffin?» sagte Zimmerman. Für gewöhnlich erlaubte er nicht, daß in seinem Wagen gegessen wurde, aber es waren ja auch außergewöhnliche Zeiten.

«Ich trinke nur den Kaffee.» Cullen riß vorsichtig ein V aus dem

Deckel des Bechers und suchte dann nach einem Ort, wo er das Stück Styropor hinlegen konnte. Die Aschenbecher des Saab waren jungfräulich; im Rinnstein des Morningside Drive türmte sich der Abfall. Er schob es in die Kleingeldtasche seiner Anzugjacke. Das war das mindeste, was er tun konnte, nachdem er wieder in dem Turbo mitfahren durfte.

Zimmerman packte den Muffin aus und verteilte mit einem Plastikmesser den Klacks Butter, den der Mann hinter der Theke des Deli draufgeklatscht hatte. Er legte den Muffin auf das Armaturenbrett, riß ein v-förmiges Stück aus dem Deckel seines Kaffeebechers und legte den Plastikfetzen dann in die leere Imbißtüte.

Cullen nahm seinen Plastikfetzen aus seiner Kleingeldtasche und verstaute ihn ebenfalls in der Tüte.

Zimmerman hob seinen Kaffeebecher. «Auf Keith.»

«Auf Keith.»

Sie tranken einen Schluck, dachten nach, tranken wieder.

«Auf Deborah Dean», sagte Cullen.

«Auf Deborah Dean.»

Sie tranken wieder einen Schluck.

Zimmerman schnitt mit dem Messer ein Stück von dem Muffin ab und bot es Cullen an. «Bestimmt nicht?»

«Also, okay. Danke.» Cullen nahm es und wartete, bis Zimmerman sich auch ein Stück abgeschnitten hatte.

Sie aßen. Sie tranken.

«Ich hab Neuigkeiten», sagte Zimmerman.

Cullen versuchte sich zu erinnern: Hatte er Zimmerman von Claire Langois' Glatzkopf erzählt, von ihrem Zopf, der an einen Blutegel erinnerte, von ihren schwarzen Augenbrauen und schwarzen Augen, den grau-rouge gefärbten Wangen, ihrem Schlagring, ihren Totenkopfringen, ihrem Hakenkreuz, ihrem Stahlbolzen?

«Ich hatte noch keine Gelegenheit, es dir zu erzählen, bei allem, was passiert ist. Ich habe in der Apotheke gearbeitet. Gestern abend, so um sieben, halb acht – ich war gerade im Lagerraum, glücklicherweise, denn sie hätte garantiert einen Schreck gekriegt, wenn sie mich gesehen hätte –, und wer kommt da wohl in den Laden, um sich drei *Fourex*-Kondome zu kaufen?»

«Sag's mir einfach, Neil. Wer?»

«Mabel Parker.»

«Nein.»

«Taubman sagt, sie wäre diejenige, die bei dem Gewitter neulich telefoniert hätte. Er ist sich absolut sicher.»

«Wer ist Taubman? Ach ja, der Apotheker. Sie *kann* einfach nicht die *Fourex*-Lady sein.»

«Kann sie nicht?»

«Wir haben ihr doch gesagt, daß wir eine Personenbeschreibung hätten, wir haben ihr gesagt, wir würden den Laden überwachen. Oder vielleicht nicht?»

«Wir haben ihr eine ganze Menge erzählt. Wir dachten, sie würde zu den guten Jungs gehören.»

«Meine Güte.»

Zimmerman schnitt zwei weitere Stücke von dem Muffin ab und reichte eines davon Cullen. «Ich bin ihr dann bis zur Eins-Eins-Sechs East Seven-one gefolgt. Das ist das fünfstöckige Apartmenthaus, das auf der Rückseite der 119 liegt. Sie wohnt nicht dort, sie wohnt in der York Avenue. Sie kommt zwei-, dreimal die Woche dorthin – das weiß ich von dem Portier –, manchmal an Wochenenden, normalerweise sonntags abends, geht dann in Apartment Fünf D, zu dem sie einen Schlüssel besitzt. Kurze Zeit später kommt immer ein Bursche – ein Knabe mittleren Alters. Sie bleiben drei oder vier Stunden, der Knabe geht zuerst, dann geht sie auch. Manchmal bleibt sie über Nacht. Der Mieter von Fünf D heißt – bist du bereit für die große Enthüllung? –, der Mieter heißt Norman Levitt.»

Cullen schüttelte seinen Kopf. «Ich kenne keinen... Nein!»

«Ja.»

«Norman Levitt, Leah Levitts Mann?»

«Norman Levitt, Leah Levitts Mann.»

«District *Attorney* Leah Levitt.»

«Ich kenne keine anderen Leah Levitts.»

«Die haben sich doch nicht getrennt, oder?»

«Nicht daß ich wüßte, aber andererseits verkehre ich auch nicht in Kreisen der Staatsanwaltschaft. Oder in Banker-Kreisen.»

«Wertpapierhandel», sagte Cullen. «Dann ist das Apartment also eine... Na, wie heißt das noch gleich?»

«Eine *pied à terre*.»

«Es gibt noch ein Wort.» Cullen mußte lachen. «Und wir haben Mabel gefragt, wer aus ihrem Büro wohl die Frau aus der 119 kommen sehen haben könnte.»

Zimmerman lachte. «Das haben wir sie gefragt.»

«Meine Güte. Was haben wir sie sonst noch gefragt? Was haben wir ihr sonst noch *gesagt*?»

«Wir haben ihr von dem Fußabdruck erzählt.»

«Macht nichts, da sie ja gesehen hat, wie der Fußabdruck dorthin *gekommen* ist.»

«Wir haben ihr gesagt, der Anruf zum Eins-Neuner-Revier wäre über eine Geheimnummer gekommen. Macht auch nichts.»

«Weil sie es selbst gewesen ist.»

«Wir haben ihr gesagt, daß Taubman den Anrufer als einen seiner Kunden identifiziert hat, der immer Kondome kauft.»

«*Fourex*.» Cullen lachte.

«Was?»

Er lachte lauter.

«Gottverdammt noch mal, was ist denn?»

Cullen kam wieder zu Atem. «‹Sie hat keine Angst vor AIDS.›»

«*Was*?»

«‹Sie hat keine Angst vor AIDS.› Genau das hat Mabel gesagt. Irgendwas darüber, daß natürliche Häute den Virus übertragen, und Gummis nicht.»

«‹Natürliche Häute sind durchlässig für den HIV-Virus. Gummis nicht.›»

Cullen lachte. «Und du hast gesagt: ‹Schluck, oh?›»

«Worauf willst du hinaus, Joe?»

«Ach, gib's doch zu, Neil. Du hast gedacht, sie wäre scharf.»

«Und?»

«Nichts. Nichts und. Sie *war* scharf. Sie *ist* scharf. Ich bin einfach nur ein bißchen kaputt, das ist alles. *Garçonnière* ist das Wort, das ich vorhin gesucht habe – eine Wohnung, in der man eine Affäre haben kann.»

Zimmerman verschränkte trotzig seine Arme.

«Haben wir Mabel sonst noch was gesagt?» sagte Cullen.

«Ich kann mich nicht erinnern.»

Cullen seufzte. «Ich erinnere mich aber. Wir haben ihr gesagt, daß Ann eine Informationsquelle hätte, die behauptet, das *Raleigh* wäre abgefackelt worden.»

«Das hast *du* ihr gesagt», sagte Zimmerman.

Cullen beachtete ihn nicht weiter. «Sonst noch was?»

«Kann mich nicht erinnern.»

«Neil, tut mir leid, daß ich gelacht habe, okay? Nimm's nicht zu schwer. Ich bin ein bißchen überdreht. Etwas, an das ich mich nicht mehr erinnern kann, Neil: Hab ich dir eigentlich das von Claire Langois erzählt?»

«Das mit ihrem Glatzkopf, dem Schlagring, dem Hakenkreuz, dem Bolzen?»

«Ah, ich hab's dir erzählt. Es ist soviel passiert. Vera hat gesagt, daß der Hinterausgang – durch den Garten und durch den Zaun und dann über die Gasse neben dem Apartmenthaus im nächsten Block –, sie hat gesagt, der Hinterausgang wäre Claires normaler Weg aus dem Haus.»

«Und du denkst jetzt – was? –, daß das Mädchen die Frau ist, die Mabel gesehen hat?»

«Ich wünschte, ich wüßte mehr über Charles Story», sagte Cullen.

«Zum Beispiel was?»

«Zum Beispiel, hat er in der Gegend herumgevögelt? Mir sind nie irgendwelche Gerüchte zu Ohren gekommen. Hast du Gerüchte gehört? Hast du überhaupt irgendwelche Gerüchte gehört?»

«Nein.» Zimmerman stellte seinen Kaffee auf das Armaturenbrett und lehnte sich schräg zurück, um Cullen anzusehen. «Wir müssen irgendwem das mit Hrinlak sagen, Joe.» Das Autotelefon summte, und er nahm den Hörer ab. «Zimmerman. Sekunde.» Er legte seine Hand über die Sprechmuschel. «Joe?»

«Ich höre.»

«Maslosky. Irgendwem.»

«Ich höre.»

«Heute. Heute morgen. Jetzt.»

«Kannst du nicht mal hören, wer da mit dir sprechen will, hmh?»

«Versprich's mir, Joe. Versprich mir, daß wir Maslosky anrufen, sobald die Leitung wieder frei ist.»

«Ich versprech's. Und jetzt hör mal, wer dran ist. Es könnte Connie sein.» Die wissen wollte, ob das seine Vorstellung von einem netten Abend mit den Kindern gewesen war. Nein: Das war nicht fair. Auch wenn sie Bermúdez nie kennengelernt hatte, er war erst nach ihrer Zeit gekommen, würde sie bestimmt wissen wollen, ob sie irgend etwas für seine Familie tun könnte. Connie war der einzige anständige Mensch auf der ganzen weiten Welt.

Zimmerman nahm seine Hand vom Hörer. «Ja?... Hi, Ann.» Er reichte Cullen das Telefon. «Ann.»

«Danke», sagte Cullen.

Zimmerman sagte: «Du hast es versprochen.»

«Ich hab's versprochen.» Zu Ann sagte Cullen dann: «Hi.»

«Du hast mich gebeten, Darelle Dean zu bitten, seine Freundin nach diesen Fangschaltungen zu fragen...»

«Oh, Ann, Himmel. Das war, *bevor* seine Schwester sich umgebracht hat.»

«Ich weiß, wann es war. Ich bin kein Mensch mit schaurigen Gelüsten. Ich bin im Beekman Downtown Hospital. Walsh hat eine Pressekonferenz abgehalten. Darelle steht jetzt unter Verdacht. Darelle war gestern ihr einziger Besucher, und er könnte ihre Kanone mitgebracht haben. Darelle ist zu mir gekommen. Woher weiß er, daß du mich kennst? Hast du es ihm gesagt?»

Hatte er? Und was hatte sich Darelle wohl dabei gedacht, von einem IAU-Typen, der was mit einer Reporterin hatte? Darelle, der sich Sorgen gemacht hatte, daß ein paar IAU-Jungs denken könnten, es wäre keine so besonders gute Idee, wenn er, du weißt schon, mit dem Repräsentanten eines Unternehmens fraternisierte, das mit einem Pilotprojekt der Polizei zu tun hatte. Oder hatte Cullen Darelle gesagt, daß es schon okay wäre, daß er ein IAU-Bursche war, der nichts unter einem Dach haben wollte, sondern lediglich den Sex und das Lachen und die Lyle-Lovett-Alben und die Wiederholungen von *Hill Street Blues* und die Buffalo-Hähnchenflügel? «Wie geht's Darelle?»

«Seine Freundin von der Telefongesellschaft war bei ihm», sagte Ann. «Sie heißt übrigens Iris. Iris Hall. Ihm geht's gut. Ich habe ihnen gesagt, was du wissen wolltest, und Iris ist sofort zu einem Telefon gegangen, hat einen Anruf gemacht und die Antwort bekommen. Um fünf Uhr morgens. Sie lieben sich. Iris sieht aus wie Flo Jo. Sie ist schnell wie Flo Jo. Es gibt eine Fangschaltung für den Apparat in deinem Büro. Es ist die einzige in der IAU. Die Genehmigung dazu hat ein Richter erteilt, dessen Namen Iris' Kontaktmann nicht herausfinden konnte, und beantragt hat sie Walsh.»

«Walsh?»

«Was ist da los, Joe?»

«Ich muß jetzt Schluß machen, Ann. Ich rufe dich an.»

«Du verdammter Mistkerl, Snake.»

«Danke für deine Hilfe.»

«Du Mistkerl.»

Cullen legte auf. Er trank einen Schluck Kaffee und warf den Rest aus dem Fenster. «Trink aus.»

Zimmerman schüttelte langsam seinen Kopf. «Du hast es versprochen.»

«Trink aus.»

28

Mittag. High noon. Mit großen Schritten die Canal Street runter, den Rucksack über eine Schulter geworfen, scheiß auf die Hitze und die Tatsache, daß er auf der Flucht war, volle Kraft voraus, eins achtundneunzig groß und gottverdammt schwer zu verstecken, Elmhurst–Elmhurst High–Syracuse–Nam, große Nummer auf dem Campus, Uni-Basketball und -Baseball, Präsident dieses Clubs, Schatzmeister des anderen, wahrscheinlich, unvermeidlich, mit Sicherheit, warf den Ball immer entsprechend der Jahreszeit in die Luft, immer mit einem Schwarm ihn anhimmelnder Mädchen im Gefolge, hörte über Walkman-Kopfhörer WINS, alle Nachrichten auf einmal, geben Sie uns zweiundzwanzig Minuten, wir geben Ihnen die Welt, Thomas George Valentine.

Und was für eine Welt: Zu der regulären Aufstellung, bestehend aus Hungersnot, Seuche, Zerstörung und Tod, begrüßen wir mit einem ganz besonderen Applaus unsere Ehrengäste Unmenschlichkeit, Gleichgültigkeit und Unfähigkeit. Zweiundzwanzig Minuten,

Scheiße. Zweiundzwanzig *Stunden* würden kaum ausreichen, um diese mißhandelte, schmutzige Welt auch nur oberflächlich abzuhandeln.

Eine steinhart erstarrte Welt, auf der fast keine Bewohner mehr lebten. Tom Valentine war getrampt und mit einem Sattelschlepper voll Frischfleisch aus Godawful, Maryland, durch den Holland Tunnel in die Stadt gekommen. Der Schlepper war nach Norden Richtung Little West Twelfth Street weitergefahren, in diese Gegend, und Valentine hatte einen langen, heißen Fußmarsch auf einer langen heißen Straße vor sich gehabt, die anscheinend für die Rolle der Hauptstraße irgendeiner Geisterstadt übte. Keine Busse fuhren, keine Taxen kamen vorbei, die wenigen Fußgänger schlichen sich an den Häuserreihen entlang, kämpften um das bißchen Mittagsschatten, das da war. Valentine dachte, ohnmächtig zu werden könnte vielleicht ganz nützlich sein. Jemand würde dann einen klimatisierten Krankenwagen rufen. Doch andererseits, vielleicht auch nicht.

Und dann materialisierte vor ihm eine Zauberkutsche – ein Polizei-Streifenwagen stand am Bordstein des West Broadway, die Fenster geschlossen, seine Insassen dösend in vollklimatisierter Behaglichkeit. Tom Valentine ging hinüber und klopfte gegen die Seitenscheibe.

Ein vielleicht vierzehnjähriger Cop schaute von der *Daily News* auf seinem Schoß zu ihm auf.

Valentine machte ihm mit seinem in der Luft kreisenden Zeigefinger verständlich, daß er die Scheibe runterkurbeln sollte.

Der Cop blickte wieder auf seine Zeitung. Auf seinem Namensschildchen stand *Kiss*.

Valentine klopfte mit den Knöcheln gegen die Scheibe.

Kiss blätterte eine Seite weiter. Zu einem Foto, aus relativ jüngerer Zeit, von Valentine.

Valentine schlug mit seiner flachen Hand gegen die Scheibe.

Kiss knüllte die Zeitung zwischen seinen Knien zusammen und kurbelte das Fenster ein paar Zentimeter herunter. «Was willst du, Mac, verdammt noch mal?»

Sein Partner, ein Sechzehnjähriger, beugte sich über den Fahrersitz, um aus dem Fenster zu sehen. «Zisch ab, Freundchen. Die Windschutzscheibe ist sauber.» Auf seinem Namensschild stand

Monday. Er lehnte sich wieder zurück und trank aus einem Becher Kaffee. Kiss kurbelte das Fenster wieder rauf und strich seine Zeitung glatt.

Dann hielten sie ihn also für einen dieser Typen, die auf der Straße die Scheiben putzen, häh? Er würde ihnen die Scheibe so polieren, daß sie es nie wieder vergessen würden. Er schob seine Arme durch beide Schulterriemen seines Rucksackes und kletterte auf die Kühlerhaube des Streifenwagens. Die Haube war heiß genug, um ein Spiegelei braten zu können, und Valentine war froh, daß er, so heiß es auch war, eine Jeans trug, nachdem er lange und ausgiebig darüber nachgedacht und dann entschieden hatte, daß man eine lange Hose trug, wenn man sich unter Mordanklage freiwillig der Polizei stellte. Valentine preßte sein Gesicht gegen die Windschutzscheibe.

Monday schlug mit dem Handballen auf die Hupe. Kiss schlug mit der Seite seiner Faust von innen gegen die Windschutzscheibe. Valentine konnte es von seinen Lippen ablesen: *He, du bescheuertes Arschloch!*

Während er spürte, daß sich Schaulustige zusammenrotteten, eine Menge, die auf ein bißchen Gewalt hoffte, auf ein bißchen Penner-Verdreschen (anderthalb der zweiundzwanzig Minuten über Hungersnot, Seuche, Zerstörung, Tod, Unmenschlichkeit, Gleichgültigkeit und Unfähigkeit hatten von dem Anstecken von mehreren obdachlosen Vietnam-Veteranen im City Hall Park durch einen bislang nicht identifizierten Angreifer gehandelt, der auf frischer Tat von einem Cop – offensichtlich anderen Schlages als Kiss und Monday – verhaftet worden war), zeigte Valentine übertrieben deutlich auf Kiss' Schoß. Kiss legte eine schützende Hand über seine *Daily News*.

Monday hing am Funk... *Bitte um sofortige Verstärkung*.

Valentine winkte Kiss zu, um ihn auf sich aufmerksam zu machen, und zeigte zuerst auf sein eigenes Gesicht, dann auf die Zeitung, dann wieder auf sein Gesicht, dann wieder auf die Zeitung. Er artikulierte mit Lippensprache: *Ich... bin... Tom... Val-en-*

Oh, Scheiße. Irgendwer hatte seine Knöchel gepackt. «He!»

«Runter von dem Wagen, Mister.»

Jemand, der stark war. «He, immer mit der Ruhe, Mann.»

«Runter... von... dem... Wagen.»

Sehr stark. Valentine dachte kurz daran, zum Ausgleich die Scheibenwischer zu packen, aber die würden abbrechen, und das würde dann ein *gewaltiges* Spektakel geben: Zerstörung öffentlichen Eigentums und all die Scheiße. «Okay, okay, okay. Laß los, und ich komm runter.»

Der Mann, der ihn zog, hörte auf zu ziehen, ließ aber nicht los. «Runter.»

«Laß meine Beine los.»

«Runter.»

«Ich kann nicht, wenn du mich nicht losläßt.»

«Run... ter.»

«Laß... los.»

Der Mann, der zog, ließ los. Valentine drehte sich blitzschnell auf seiner Hüfte herum, bereit, dem Mann vor die Brust zu treten. Doch der Mann war nicht mehr da. Der Mann stand jetzt direkt neben seinem Kopf, drückte Valentine den Lauf einer Kanone gegen die Wange. «Keine Tricks, Mister.»

Auf dem Namensschild des Cops stand Steele. Sie hatte lange blonde Haare, zurückgebunden zu einem Pferdeschwanz. Ein paar Knöpfe ihres hellblauen Uniformhemdes hatten sich bei dem Gerangel geöffnet; darunter trug sie einen dunkelblauen BH.

«Keine Tricks», versprach Valentine.

Hriniak, Walsh, Amato. (Maslosky, Ruth, Ingram, Intaglia, Nixon, Pavonelli, Kean, Paltz und Winerib waren draußen auf dem Flur und fragten sich, was es denn wohl so Wichtiges geben konnte, daß die drei ranghöchsten Cops einen Ganoven in die Zange nahmen.)

Jimmy Levin, der Bürgerrechtler der Bürgerrechtler (ehemals – die Welt ist klein – Deborah Deans Anwalt, jetzt Rechtsbeistand ihres Bruders), war ebenfalls dort, in einem fensterlosen Raum im Keller des Hauses One Police Plaza, saß ein bißchen weiter von seinem Mandanten entfernt, als er es gewöhnlich tat, war sich sehr der Tatsache bewußt, daß diese Distanz seinen Widerwillen symbolisierte, mit seinem Mandanten identifiziert zu werden, war sich gleichzeitig jedoch ebenfalls bewußt, Bürgerrechtler der Bürgerrechtler oder nicht, daß eine Identifizierung in diesem Fall etwas war, auf das er, wie seine Frau sich ausgedrückt hatte, «gut verzichten» konnte.

Lester (Duke) Glatter war ebenfalls anwesend, absolut *sicher*, daß eine Identifizierung mit Levins Mandanten das Ende des Lebens bedeuten würde, wie er es kannte; ein Leben, das zum größten Teil aus Arbeit, Handball im Y, einem Computerkurs an der New School, an Mittwochabenden die neueste Folge von *Wiseguy*, sonntags morgens Softball im Alley Pond Park, frühe Abendessen sonntags bei seiner Mom in Bayside bestand – sofern er nicht arbeiten mußte, in welchem Fall er kurz bei ihr vorbeifuhr und sich sein Carepaket abholte; und in letzter Zeit auch aus dem gelegentlichen Gedanken an Intimitäten, körperlichen Intimitäten, mit Officer Pauline Richards mit diesem komischen, kleinen zerknautschten Gesicht und diesem komischen, kleinen, irgendwie asymmetrischen Körper und diesem *Geruch*.

Es war eine Sache, den Einsatzbefehl erwischt zu haben, als der PC umgelegt worden war, seinen Namen auf so ziemlich jedem einzelnen Blatt Papier stehen zu haben, das aus diesem beispiellosen Fall von Pech hervorging; es war eine völlig andere Sache, den Bürgermeister der City of New York eingelocht zu haben, weil dieser ein paar obdachlose Vets angesteckt hatte, und ihm dann zur Krönung des Ganzen auch noch in die Rippen getreten zu haben, während er diese Festnahme durchführte, nur um seiner persönlichen Abscheu vor dieser Art asozialen Verhaltens Ausdruck zu verleihen. Nicht daß er nicht liebend gerne Lyons noch einen weiteren Tritt verpaßt hätte – in die Rippen, zwischen die Beine, in die Zähne – überallhin, um sein fürchterliches Gejammer zu beenden –, wenn dies nicht ein Land wäre, in dem man von deiner Unschuld ausging, solange nicht das Gegenteil bewiesen war (oder wenn die hohen Tiere sich gerade mal umdrehten).

«Wiiiiiieso ausgerechnet iiiiiiiich?»

«Mister Bürgermeister», sagte Hriniak, der sich nach vorne beugte, um zu versuchen, den Schleier des Stöhnens und Ächzens zu durchdringen, in den Lyons sich gehüllt hatte, «wir würden diese Sache gern noch einmal ganz von vorn durchsprechen. Ich möchte absolut sicher sein, daß Sie die Natur dieser Anschuldigungen auch wirklich verstehen.»

«Wieso, wieso, wieso, wieso iiiiiich?»

«Laut Aussage des Augenzeugen Officer Glatter hier...»

Lyons wirbelte auf seinem Stuhl herum, richtete einen zitternden Finger auf Glatter, kreischte. «Er hat mich *getreten*!»

Glatter setzte sich gerader hin, bereit, sich zu rechtfertigen, doch Jimmy Levin schlug mit seiner flachen Hand vor Lyons auf den Tisch. «Sid! Halten Sie jetzt den Mund! Bitte! Gottverdammt noch mal!»

Ein Engel kam vorbei, einer mit mehr Verstand, als sich unnötig noch länger bei *diesem* Haufen aufzuhalten. Dann sagte Lyons, mit aller Vernünftigkeit der Welt: «Die auf dem Augenzeugenbericht von Officer Glatter beruhenden Anschuldigungen beginnen auch nicht annähernd all die Verbrechen zu umfassen, die ich begangen habe...»

«Sid!» Jetzt hatte Levin einen verbrecherischen Mandanten statt eines salbungsvollen auf dem Hals. «Sid, dies ist weder die richtige Zeit noch der richtige Ort, solche Dinge zu sagen.»

«Ich habe Charles Story verabscheut.»

«Sid.»

«Er hat mich *an*geekelt.»

«Mister Bürgermeister.»

«Aber ich habe ihn trotzdem reingelegt. Er sollte doch angeblich so clever sein, aber ich habe ihn reingelegt.»

«Commissioner Hriniak...» Levin wandte sich von seinem Mandanten ab. War er auch ein kleines Stück weiter von ihm abgerückt? «Ich denke, es wäre wohl für alle Beteiligten das beste...»

«Ich habe ihn reingelegt. *Ich*. Dabei sollte er doch so clever sein, und ich, *ICH, habe ihn reingelegt. Habe dich auch reingelegt, Hriniak. Commissioner* Hriniak. Ich habe dich nach Strich und Faden angelogen. Ich habe dir in die Augen gesehen und gesagt, Story würde in seinem eigenen Department als Undercover-Mann arbeiten. Ein Spitzel – du hast gesagt, ihr Cops würdet so was wie ihn einen Spitzel nennen. Ich habe dir in die Augen gesehen und gesagt, Story hätte sich das alles ausgedacht, aber *ich* war derjenige, der sich das alles ausgedacht hat. *Ich*. Ich, ich, ich. Es war einfach brillant. Unglaublich brillant.

Und wißt ihr auch, was ich ihm gesagt habe – diesem *Arsch*loch?

Ich habe ihm gesagt – dem *Arsch*loch –, daß ich von einem meiner Leute einen Tip bekommen hätte – *welche* Leute? Meine Leute wissen einen Scheißdreck, aber das weiß Story ja nicht – ich habe ihm gesagt, ich hätte von einem meiner Leute einen Tip bekommen, daß jemand in meiner Verwaltung, jemand ganz weit oben, *gewaltige* Spielschulden hätte. Und um die bezahlen zu können, machte er ein kleines Geschäft – ich meine, Scheiße, ich hab dieses Zeug aus dem *Kino*, aus dem Fernsehen, und ihr Typen, ihr *Profis*, ihr habt mir das abgekauft –, er machte ein Geschäft mit einem Kredithai, einem Mafioso: Er würde sie frühzeitig über alle Entscheidungen informieren, die den Immobilienmarkt berührten.»

Lyons warf sich auf seinem Stuhl zurück und lachte. «Gott, wie banal, wie *erbärmlich*. Könnt ihr euch *vorstellen*, daß jemand auf so was *hereinfällt*?»

Levin beugte sich über die symbolische Distanz hinweg und legte eine Hand auf Lyons' Arm. «Sidney, bitte.»

Lyons nahm Levins Hand in seine beiden Hände und tätschelte sie. «Ich kann Ihnen in die Augen sehen, Jimmy, und sagen, daß ich immer mein Bestes für diesen Koloß unter den Städten, in dem wir leben, gegeben habe. Immer das getan habe, was das beste war. Immer nur das Beste. Ich mußte sie beschützen – die City of New York –, beschützen vor Charles Story. Es war die einzige Möglichkeit. Andernfalls hätte er sie aufgekauft, genau wie er Häuser und Yachten und Firmen und... und alles aufgekauft hat. Fluggesellschaften. Er wollte sich eine Fluggesellschaft kaufen. Eine *Fluggesellschaft*. Es war die einzige Möglichkeit. Es war allein an mir. Es war allein an mir. Es war allein an mir.» Tätschel, tätschel, tätschel.

«Ich habe Story gesagt», sagte Lyons, für die langsameren Schüler noch einmal alles zusammenfassend, «daß ich einen Tip erhalten hätte, daß jemand ganz weit oben in meiner Verwaltung Spielschulden hätte, die zu begleichen er Informationen über den Immobilienmarkt an nicht näher genannte Geschäftsleute mit Verbindungen zum organisierten Verbrechen weiterleitete. Ich schlug Story vor, daß wir uns *seine* Verbindungen zum Immobilienmarkt zunutze machen sollten, *Storys* Verbindungen, zu unserem Vorteil, daß wir es aussehen lassen sollten –» tätschel, tätschel, tätschel –, «als wäre er so skrupellos und würde Informationen an den Trust weiterleiten, der die Geschäfte der Corinthian Holdings leitete. Ganz sicher würde der faule Apfel in meiner Verwaltung Wind von dem plötzlichen Interesse der Corinthian an einem bislang nicht besonders verlockenden Immobilienbrocken bekommen und an dem Köder anbeißen, indem er seine eigenen Geschäfte machte. Der SportsDome war der ideale Brocken für unsere Falle – *meine* Falle.»

Tätschel, tätschel, tätschel. Jeder wurde durch die Geste eingelullt, und durch Lyons' Stimme, die sich von einem Singsang zu einem Vogelzwitschern gewandelt hatte.

Alle außer Walsh, Chief of Department John A. Walsh jr., Auszeichnungen in Basketball und Baseball auf der Jamaica High School (und, anschließend, in Baseball auf der St. John's; Purple Heart, Korea; Orden und Belobigungen und Auszeichnungen aller Art während seiner zweiunddreißigjährigen Karriere im New York City Police Department). Während er sich eine weitere in der endlosen Kette von Zigaretten ansteckte, die bis zurück nach Asien reichte, gab sich Walsh die größte Mühe, nicht zu grinsen, denn er konnte ganz klar sehen, worauf das hier hinauslief: Es hatte Spekulationen gegeben, daß der SportsDome auf einer ehemaligen Mülldeponie in Manhattan errichtet werden sollte; Lyons machte Story den Vorschlag, daß dieser Story der Corinthian den Tip geben sollte, Lyons hätte sich statt dessen für ein Baugrundstück in Clinton entschieden. Die Corinthian reagierte auf diesen Tip, indem sie mehrere Grundstücke in Clinton aufkaufte, einschließlich des *Raleigh*. Da es aber *niemanden* «ganz weit oben» in Lyons' Verwaltung gab, erfolgte keine weitere Reaktion.

Lyons sorgte dann dafür («Es ist schon in Ordnung, Jimmy.» Tätschel, tätschel, tätschel. «Ich habe getan, was das beste war»), daß ein Gangster das *Raleigh* ansteckte. Gleichzeitig ließ er gegenüber Ann Jones vom *City Magazine* angebliche Informationen über eine erwartete Zunahme von Brandstiftungen in Clinton durchsikkern. Zur Garnierung ließ Lyons seinen Gangster einen harmlosen, dafür aber um so dramatischeren Molotow-Cocktail in Ann Jones' Wohnung werfen.

Lyons hatte Story *nicht* umgelegt («Ich möchte, daß ihr Jungs das versteht. Ich habe diesen Dreckskerl gehaßt, aber getötet habe ich ihn nicht. Ihr müßt mir glauben. Ihr müßt»), doch er machte sich die Tatsache zunutze, daß Story umgelegt worden war, und sorgte für ein gründliches Durcheinander, indem er seinen Gangster aufs Geratewohl auf die Limousine von Storys Schwester schießen und das Graffito *Raleigh 2* auf die Brücke sprühen ließ.

Und Hriniak hatte das alles gewuß. Oder doch wenigstens einen Teil davon. Genug. Nicht zu dem Zeitpunkt, als alles ausgeheckt wurde, aber trotzdem vor diesem Augenblick, bevor es ans Licht gebracht wurde, früh genug, daß die Fragen gestellt werden würden: Wieso hatte er es nicht selbst aufgedeckt, wieso hatte es soweit kommen müssen? Kein Wunder, daß Hriniak schwitzte.

Ohne seinen Stuhl von dem Tisch fortzuschieben, wie es allein die Mageren und Hageren können, stand Walsh auf und schlüpfte dicht zu Hriniak hinüber, der sein Kinn in seine Hände aufgestützt hatte und eine geflüsterte Besprechung zwischen Lyons und Levin beobachtete. «Phil, ich...»

«*Was?*» Hriniak zuckte zusammen und stieß das Wort scharf aus, so verstohlen hatte Walsh sich herangeschlichen.

Walsh legte seine Lippen dicht an Hriniaks Ohr – damit Amato sich wunderte. Sollten sich doch alle wundern, und während sich alle wunderten, leg sie aufs Kreuz. «Ich dachte, ich seh mal bei Valentine rein, mal sehen, was da los ist.»

Hriniak war danach, eine Handvoll von Walsh' perfekt gebügeltem Revers zu nehmen und ihn auf seine perfekt bügelgefalteten Knie runterzureißen und einen Fuß auf seinen perfekt gestriegelten Nacken zu setzen, hatte nicht übel Lust zu sagen, er wüßte jedes einzelne beschissene Detail von dem, was Walsh jetzt dachte, ihm zu sagen, daß er verdammt aufpassen sollte, was er tat; doch er nickte einfach nur.

29

«Ich stand ungefähr einen Meter von ihm entfernt. Er saß auf einem Drehstuhl hinter seinem Schreibtisch, ein kleines Stück nach hinten geneigt, die Hände über seinem Gürtel verschränkt. Das linke Bein hatte er über sein rechtes Knie geschlagen.» Tom Valentine konnte sich auf dem billigen Metallklappstuhl ein Stück zurücklehnen und sein linkes Bein über das rechte Knie schlagen, doch mit auf dem Rücken gefesselten Händen konnte er nur auf die Stelle herabschauen, wo sein Gürtel gewesen wäre, wenn er einen zu seinen Jeans getragen hätte. «Ich habe einmal auf ihn geschossen, in die linke Brustseite. Er zuckte zurück, umklammerte die Lehnen eines Stuhles, griff dann nach dem Schreibtisch, um sich hochzuziehen. Dabei warf er einen Aktenhefter, einen braunen, etwa DIN A4 großen Hefter, auf den Boden. Die darin befindlichen Papiere fielen heraus. Er machte zwei oder drei Schritte, ohne eigentlich wirklich irgendwohin zu gehen, stolperte vielmehr seitlich weg. Dann versuchte er nach mir zu greifen und stürzte vornüber. Seine Füße verfingen sich in den Beinen des Drehstuhles, und er drehte sich im Fallen. Mit dem Rücken schlug er schließlich auf den Boden... Nichts von dem hat in den Zeitungen gestanden, also werde ich wohl dort gewesen sein müssen.»

Tony Uva von der Spurensicherung warf Cullen einen Blick zu, der bedeutete: *Ich war auch nicht da, aber genau so könnte es gewesen sein.* Cullen nickte dankend, und Uva ging.

«Tu mir einen Gefallen, Tom», sagte Cullen.

Valentine sah ihn stirnrunzelnd an. «Und der wäre, Joe?»

«Verarsch uns nicht, okay? Erzähl uns nicht, was in den Zeitungen gestanden hat und was nicht.»

Valentine lächelte. «Nett gesprochen.»

«Ich kaufe dir nichts davon ab», sagte Cullen. «Ich kaufe dir nicht ab, daß du Chuck umgelegt hast. Ich kaufe dir nicht ab, daß du Janofsky umgelegt hast, ich kaufe dir nicht ab, daß du Bermúdez umgelegt hast.»

«Janofsky war Vera Evans' Fahrer», sagte Neil Zimmerman. «Keith Bermúdez war unser Partner.»

«Ich weiß selbst, wer sie waren», sagte Valentine. «Tut mir leid, daß es so kommen mußte, aber ich weiß, wer sie waren.»

«Ich kauf's dir nicht ab», sagte Cullen. «Wo bist du gewesen, Tommy? Wo bist du seit Mittwoch letzter Woche gewesen?»

«Unten am Strand, wie sie in Jersey sagen. Nicht unmittelbar am Wasser – ein kleines Stück landeinwärts. In der Gegend von Forked River.»

«Die Pine Barrens.»

«Die Pine Barrens.»

«Sie sind Mittwoch vor einer Woche dort runter?» sagte Zimmerman. «Nachdem Sie Janofsky umgelegt haben?»

«Ich hatte gehofft, Vera erwischen zu können. Dann habe ich mich mit dem Fahrer zufriedengegeben.»

«Aber unmittelbar danach sind Sie nach Jersey gefahren?»

«Zuerst bin ich rauf zum Van Cortlandt Park, um ein paar Freunde zu besuchen, dann bin ich weiter nach Jersey.»

«Mit dem Auto?»

«Mit dem Bus. Ich habe einen Casino-Bus nach Atlantic City genommen, bin dann bei einem kurzen Zwischenstopp in Forked River ausgestiegen.»

«Ein Bus der Port Authority?»

«Von einer Straßenecke in Riverdale aus. Diese Busse fahren von überall ab.»

«Trotzdem. Du bist eins achtundneunzig.»

Valentine zuckte mit den Achseln, so gut ein Mann das tun konnte, dem die Hände auf dem Rücken gefesselt waren.

«Erinnerst du dich, es ist schon ein paar Jahre her, an die Burschen, die die Juwelen aus dem Museum of Natural History gestohlen haben? Murph the Surf und all die anderen?»

«Das war vor meiner Zeit, aber ich habe davon gelesen.»

«Während sie im Museum waren, hatten sie ein Seil für ein paar Stunden vom Dach runterhängen lassen müssen. Sie gingen das Risiko bewußt sein, weil ihnen aufgefallen war, als sie die Gegend für ihr Ding auskundschafteten, daß die Leute nicht nach oben schauten.»

«Das ist doch alles Affenscheiße», sagte Cullen. «Ich kauf dir nichts davon ab. Woher wußtest du, welche Route Vera fahren würde? Höchstens fünf oder sechs Leute kannten Veras Strecke.»

«Joe, ich habe euch Jungs die Kanone gegeben, mit der ich Chuck erschossen habe. Was brauchst du noch? Die Kanonen, mit denen ich Janofsky und Bermúdez umgelegt habe, habe ich weggeworfen.»

«Scheiße. Alles nichts als Scheiße. Du bist zum Van Cortlandt rauf, weil du gesehen werden wolltest, du wolltest diesen Freund von dir aus Nam in die Scheiße ziehen.»

«Monsky», sagte Zimmerman.

Cullen sagte: «Und?»

Valentine zuckte mit den Achseln. «Er heißt Monsky, das ist richtig.»

«Monsky wurde eingelocht», sagte Cullen.

«Ach ja?»

«Und du bist zu ihm gegangen, um ihm was anzuhängen.»

«Wieso sollte ich so was tun?»

Cullen dachte darüber nach. Es gibt in jeder Ermittlung einen Punkt, an dem es nichts Neues mehr zu erfahren gibt, an dem man nur noch mit dem weiterarbeiten mußte, was man bereits kannte, was man vielleicht schon seit Tagen oder Wochen gewußt hatte. Oder Monaten. Oder Jahren. Das Erreichen dieses Punktes wurde für Cullen durch Echos und vage Erinnerungen gekennzeichnet:

Die Kanone war eine Neun-Millimeter-Glock, hörte er sich um 04:47...19...20...21 am fünften Juli im Flur des Erdgeschosses der 119 zu Hriniak sagen... *Eine gefährliche Waffe. Könnte auf einen Auftragsmord hinweisen – die Verstümmelung soll uns nur ablenken.*

«Woher hast du die Kanone, Tommy?»

«Irgendwoher. Es gibt Leute auf der Straße, die kommen nicht an Essen ran, dafür aber an Kanonen.»

«Du kennst das Fabrikat, Tommy?»

Valentine zuckte mit den Achseln. «Es ist eine Kanone.»

«Nein, es ist eine Glock, und jeder, der eine Glock besitzt, weiß auch, daß es eine Glock ist.»

Valentine zuckte mit den Achseln.

Cullen lauschte, doch da waren keine Echos mehr, keine weiteren vagen Erinnerungen. «Ich kauf's dir nicht ab.»

«Ich verkaufe es ja auch nicht, Joe. Ich geb's dir gratis.»

Cullen stand von dem Tisch auf, auf den er ein Bein gelegt hatte, und machte einen Schritt auf Valentine zu. Zimmerman schob sich zwischen sie.

Valentine lachte. «Jesus. Ihr Jungs könntet direkt aus einem B Picture abgehauen sein.»

Cullen ging in eine Ecke des Raumes und lehnte sich gegen die Wand, die Arme fest vor sich verschränkt, als steckte er in einer Zwangsjacke.

«In den Pine Barrens», sagte Zimmerman, «was haben Sie da gegessen?»

«An der Raststätte, wo ich ausgestiegen bin, gibt es einen *Roy Rogers*. Ich habe mich aus den Müllcontainern ernährt. Von dem Zeug, was die Leute so wegschmeißen.»

«Und wann genau sind Sie zurückgekommen?»

«Gestern morgen. Ich bin mit einem Sattelschlepper den Turnpike raufgekommen. Den Nachmittag habe ich im Riverside Park verbracht, in dem Eisenbahntunnel darunter. Nach Einbruch der Dunkelheit bin ich dann rüber zur 119.»

«Und dort haben Sie Bermúdez umgelegt.»

«Ich war hinter Vera her. Das sagte ich doch schon. Tut mir leid, aber Bermúdez war mir im Weg.»

«Affenscheiße», sagte Cullen aus seiner Ecke.

«Erzählen Sie uns davon», sagte Zimmerman. «Davon, wie Sie Bermúdez umgelegt haben. Wo haben Sie gestanden, das alles.»

Valentine sackte auf seinem Stuhl zusammen. «Freunde, ich bin schuldig. Ich habe kein Alibi. Ich habe euch die einzige Waffe gegeben, die ich behalten habe. Die Winchester habe ich irgendwo in Queens in einen Abwasserkanal geworfen. Ich werd mich anstrengen, vielleicht kann ich mich ja noch erinnern, wo genau, und dann könnt ihr das Ding suchen gehen. Die Handfeuerwaffe ist in einem Mülleimer an... an der Lexington, glaube ich, oder vielleicht war es auch die Third. Irgendwo in Höhe der Seventies. Sofern das Ding noch nicht geleert worden ist, in welchem Fall... Also, sperrt mich jetzt einfach ein, und schmeißt den Schlüssel weg, und hört endlich auf, weiter eure und meine Zeit mit Fragen über meine Vorgehensweise zu verplempern.»

«Wie bist du ins Haus gekommen, Tommy?» sagte Cullen. «Wie bist du in die 119 gekommen?»

«Wann?» sagte Valentine.

«Ach, leck mich.»

Valentine zuckte mit den Achseln.

«Wie sind Sie in die 119 gekommen, Valentine?» sagte Zimmerman.

«Beim erstenmal hat Chuck Story mich reingelassen. Ich hatte ihn angerufen, gesagt, daß ich mit ihm sprechen müßte, bin vorbeigegangen. Ich hatte ihn in der Öffentlichkeit mehr oder weniger beschuldigt, für den Brand im *Raleigh* verantwortlich zu sein, und ich sagte, ich wollte mich dafür entschuldigen, ich hätte neue Informationen über den wahren Verantwortlichen erhalten.»

«Und wer war verantwortlich?» sagte Zimmerman.

«Das war nur so dahergeredet. Ich wollte den Dreckskerl allein haben.»

«Von wo hast du angerufen?» sagte Cullen aus seiner Ecke.

«Von... von der Straße. Aus einer Telefonzelle.»

«Ach, jetzt mußtest du aber erst mal einen Moment nachdenken, was? Du weißt – selbst wenn du es nicht *weißt* –, daß es Unterlagen über einen Anruf aus deinem Haus geben würde. Du hast von nirgendwo telefoniert, aber ganz besonders nicht aus deiner Wohnung.»

Valentine seufzte.

«Und wie sind Sie das zweite Mal in die 119 gekommen?» sagte Zimmerman.

Valentine lächelte. «Erinnerst du dich noch, Joe, an damals, als wir noch Kinder waren und Chuck diese Idee hatte, daß wir alle die Schlüssel zu den Wohnungen der anderen haben sollten? Und erinnerst du dich noch an seine Hochzeit...»

Cullen erwiderte das Lächeln, ein verrücktes Lächeln. «Schmock. Das war die falsche Antwort. Du hast nicht den Schlüssel benutzt, den Chuck dir gegeben hat. Du hast *Bermúdez'* Schlüssel genommen. Erinnerst du dich?» Er kam aus seiner Ecke, die Arme immer noch verschränkt, als müßte er sich selbst zurückhalten. «Es stand nicht in der Zeitung, aber du *mußt* dich daran erinnern.»

Valentine schüttelte müde seinen Kopf. «Du müßtest mal wieder an deiner Nummer arbeiten, Joe.»

Im Geiste trat Cullen jetzt die Stuhlbeine unter Valentine weg, und als er auf den Boden krachte, trat er ihm gegen den Kopf, in die Seiten, zwischen die Beine. In der Wirklichkeit beugte er sich weit vor und legte seine Hände auf Valentines Schultern. Er konnte so einschlafen, so müde war er, einschlafen mit auf seinen Ellbogen gelegtem Kopf, das Gesicht seines alten Freundes nur wenige Zentimeter von seinem eigenen entfernt. «Tommy, was weißt du über Chuck Story, über sein Leben? Du hast einige Zeit mit ihm verbracht, hast mit ihm gearbeitet, du im Interesse der Obdachlosen. Was weißt du? Kannst du uns irgendwas sagen?» Machte überhaupt irgendwas davon einen Sinn? In Valentines Gesicht konnte er es nicht lesen. Valentine, der nur dann entwaffnet zu sein schien, wenn Cullens Gesicht so nah war. «Wer hätte ein Interesse daran, ihn zu töten?»

Ein Lachen, hart und humorlos, nicht von Valentine, von der Tür, wo Walsh mit einer Hand in seiner Hosentasche stand, während er mit der anderen eine Zigarette an seine Lippen führte, vorsichtig, behutsam, als würde er seinen Segen erteilen. «Gehen Sie nach Hause, und ruhen Sie sich aus, Sergeant. Sie sind ja völlig fertig.» Walsh führte die Zigarette wieder an seine Lippen und behielt sie dort, ein Auge gegen den Rauch zusammengekniffen. Er durchquerte das Zimmer, eine Hand in seiner Jackentasche, suchte nach irgend etwas.

Cullen geriet in Panik. Walsh wollte ihn umlegen. Er hörte sein Telefon ab, und jetzt wollte er...

«Was zum Teufel haben Sie denn, Sergeant? Sie schwitzen ja wie ein gottverdammtes Schwein.» Jetzt hatte Walsh seine Hand aus der Tasche und öffnete die Klinge eines kleinen Schweizer Offiziersmessers. Eine Schere. Er würde Cullen nicht umlegen, er würde Cullen die Niednägel schneiden.

Walsh lächelte ein hartes, humorloses Lächeln. «Sie haben es doch nicht etwa vergessen, Sergeant? Nicky Potter hat eine ganze Handvoll der Haare des Dreckskerls erwischt.» Und, schnipp-schnipp, schon hatte Walsh ein kleines Büschel von Tom Valentines Haaren. Er schloß die Schere an seiner Hüfte, ließ das Taschenmesser in die Tasche seiner Uniformjacke gleiten und nahm einen transparenten Beweismittelbeutel heraus. Die Haare ließ er dann in den Beutel fallen, versiegelte ihn, drehte ihn zu einer praktischen Rolle zusammen und steckte ihn ebenfalls in seine Tasche.

Cullen wollte ihn bitten, alles noch mal zu machen, damit er auf Mängel in Walsh' Vorstellung achten konnte.

«Ich bringe das hier selbst im Labor vorbei, Sergeant. Ich möchte, daß Sie beide – und das ist ein Befehl – jetzt zwei Stunden Pause machen.» Er sah auf seine stählerne Armbanduhr. «Bermúdez' Beerdigung ist um zwölf. Es geht nicht an, daß uns die Sargträger umkippen. Ach, und, äh, Deans Beerdigung ist morgen, irgendwo in Brooklyn. Offiziell werden wir nicht dort sein, aber ihr Jungs solltet schon hingehen, und, Sie wissen schon, Anzüge tragen. Ich werde einen Wärter reinschicken. Um diesen Dreckskerl hier werden wir uns wieder heute nachmittag kümmern.» Und dann war Walsh fort. Eine Rauchwolke markierte die Stelle, an der er gestanden hatte, und waberte in dem Luftzug, den er hinterlassen hatte.

Cullen legte wieder seine Hände auf Valentines Schultern und lächelte. «Ein kleines Problem für dich, Tommy, *n'est-çe pas?* Denn die Haare, die Nicky Potter ausgerissen hat, sind nicht deine Haare.»

Valentine konnte Cullen nicht ansehen. Dann konnte er und tat es auch. Cullen erwiderte seinen Blick einen Moment lang, dann schaute er fort. Dann sah er wieder hin, und ihre Blicke wankten nicht, und Cullen sah alles ganz klar und deutlich und hell und glänzend.

Die Leute sehen nicht nach oben.

Er drückte Valentines Schultern. «Ich bin bald wieder zurück.» Er richtete sich auf. «Neil, ich bin bald wieder zurück.»

Zimmerman sagte nicht *Du hast es versprochen.* Er sagte gar nichts.

30

Das Labor lag in einem Tiefkellergeschoß, am Ende eines Ganges, der, aus keinem ersichtlichen Grund, durch eine Pendeltür in zwei Hälften geteilt wurde. Cullen kam nicht sehr oft hier herunter, aber jedesmal, wenn er es tat, fühlte er sich an Szenenaufbauten von mittelmäßigen Horrorfilmen erinnert.

Nicht, daß er sich mittelmäßige Horrorfilme ansah oder überhaupt irgendwelche Horrorfilme. Er vermutete, es war wohl ein Aspekt seiner – wie nannte man das? – kulturellen Bildung, daß er diesen Assoziativschluß machte, oder was auch immer zum Teufel es war. Alles, was er über Horrorfilme wußte, kannte er durch die Schriften von Joe Bob Briggs – oder genaugenommen aus Schriften *über* die Schriften von Joe Bob Briggs.

Obwohl sie unmöglich aus *diesem* Grund eingebaut worden sein konnte, war die Pendeltür doch sehr praktisch, wenn man jemanden beschatten wollte. Man konnte sich von einer Seite an jemanden heranschleichen, während er auf der anderen Seite war, nicht ahnte, daß man sich heranschlich. War das der Ausdruck, den man dafür verwendete? *Beschatten?* Oder war es *verfolgen*? Oder was völlig anderes, irgendwas Flottes und Saloppes wie zum Beispiel... *nachspionieren?* Cullen war so müde, er konnte überhaupt nicht mehr denken, geschweige denn geradlinig denken.

Cullen trat dich an die Pendeltür und war einen Blick durch die dicken, splitterfesten Scheiben. Die Türflügel schwankten immer noch ganz leicht: So dicht war er Walsh auf den Fersen.

Durch die Tür des Verhörzimmers und diesen Flur zum Treppenhaus hinunter und die Treppe runter, runter, runter war Cullen Walsh so dicht auf den Fersen gewesen, dicht genug, um in jedem Augenblick Walsh' Schritte auf dem Betonfußboden zu hören, Walsh' leichte Fred-Astaire-Sohlen auf den Metallstufen, um immer den Geruch von Walsh' starker Zigarette riechen zu können.

Joseph (Snake) Cullen war Zigarettenraucher gewesen, und der Geruch von Walsh' starker Zigarette hatte eine Proust-ähnliche Wirkung auf ihn; die Zigarette war ein wackliger Pflasterstein, ein pikanter kleiner Kuchen, der an seiner Erinnerung nagte.

Joseph (Snake) Cullen hatte früher Lucky Strike geraucht. Lucky Strike Bedeutet Guter Tabak. L/S/B/G/T. Snake steckte sich morgens seine erste Zigarette – seine erste Kippe – die Treppe hinunter zur Straße auf dem Weg zur Schule an. Er rauchte diese und noch eine weitere auf seinem Schulweg und rauchte eine dritte und vielleicht sogar vierte, während er draußen mit den anderen *Rocks* herumlungerte, absichtlich zu spät zum Unterricht kam, weil das *rocky* war. Es war *rocky*, nach der ersten Stunde auf die Jungentoilette im Keller vor dem Umkleideraum für Jungs zu gehen und eine Kippe zu qualmen, und dann nach der zweiten auf die Jungentoilette neben dem Handwerksraum im dritten Stock zu gehen und die nächste Kippe zu rauchen.

Nach der dritten Stunde schlichen sich die *Rocks* und die *rocky girls* – Diane DeFeo, Suzie Handshaw (*Susie Handjob*), Barbara Zalenski, Myra Irgendwas, Bonnie Bender (*Bend Her Over*) – aus der Schule und gingen auf ein paar Hamburger und Fritten und Cherry Cokes und Devil Dogs rüber zu *Sid and Cy's Nosh Box* am Queens Boulevard. Die Mädchen legten ihre Arme auf die Tische, und die Jungs glotzten ihre hohen harten Titten an und kriegten Latten und mußten unter den Tischen mit ihren Fingern auf ihre Latten schnipsen, damit sie wieder verschwanden, damit sie aufstehen und gehen konnten, denn andernfalls hätte das noch irgendwer mitgekriegt, und alle würden über einen herziehen. Sie rauchten jeder drei oder vier Kippen, bevor sie sich zurück in die Schule schlichen.

Nach der Arbeitsgemeinschaft, nach Handwerken, vor und während und nach Sport war's *rocky*, auf das eine oder andere Jungenklo zu gehen und eine Kippe zu qualmen. Nach der Schule war es dann *rocky*, in den Süßigkeitenladen von Chuck und Vera Storys altem Herrn – hatte der Laden eigentlich einen Namen? Es war immer einfach nur *der Süßigkeitenladen* – an der Elmhurst Avenue zu gehen und eine Coke zu trinken (aus der Flasche; damals gab es noch keine Dosen, wenn du das glauben kannst) und einen Devil Dog zu essen und draußen auf den Kotflügeln von Autos zu sitzen und auf die hohen harten Titten der *rocky girls* zu glotzen (draußen kriegte man nie eine Latte. Das war interessant. Man kriegte sie immer nur dann, wenn man drinnen an einem Tisch saß. Vielleicht lag's an der Kälte) und über die anderen herzuziehen und Kippen zu qualmen.

Sehr interessant. Cullen stand dicht vor der Pendeltür in diesem mittelmäßigen Horrorfilm-Korridor des Tiefkellers und fragte sich, was so interessant daran war, Kippen zu rauchen.

Nein. Es war nicht das Kippenrauchen, das interessant war. Es war das Rumsitzen auf den Kotflügeln von Autos draußen vor dem Süßigkeitenladen und die *rocky girls* mit ihren hohen harten Titten anzuglotzen und sich gegenseitig fertigzumachen.

Nein. Was interessant war, war das Rumsitzen auf den Kotflügeln von Autos draußen vor dem Süßigkeitenladen.

Auf den Kotflügeln von einem Auto draußen vor dem Süßigkeitenladen.

Wie zum Beispiel einem Chevrolet Bel Air.

Wie zum Beispiel einem anthrazitgrauen und rosafarbenen Chevrolet Bel Air.

Wie zum Beispiel nach oben zu sehen.

(Zur Krönung der Proust-ähnlichen Wirkung einer starken Zigarette, der Echos und der vagen Erinnerungen: Tommy Valentine, Ex-Große-Nummer auf dem Campus, jetzt unter Verdacht, seinen ehemaligen High-School-Freund umgelegt zu haben, redete, aus irgendeinem verdammten Grund, über einen Juwelenraub: *Während sie im Museum waren, hatten sie ein Seil für ein paar Stunden vom Dach runterhängen lassen müssen. Sie gingen das Risiko ein, weil ihnen aufgefallen war, als sie die Gegend für ihr Ding auskundschafteten, daß die Leute nicht nach oben schauten.*)

Auf dem Kotflügel eines anthrazit- und rosafarbenen Chevrolet Bel Air draußen vor dem Süßigkeitenladen zu sitzen, eine Kippe zu rauchen, *rocky girls* direkt vor dir, falls du ihre hohen harten Titten anglotzen wolltest, aber sie nicht anstarrend, sondern nach oben schauend.

Hinauf zu dem Fenster im dritten Stock. Es war ein fünfstöckiges Apartmenthaus wie jedes andere gottverdammte Apartmenthaus in Queens, so ungefähr, so... eins, zwei, drei. J-ja, dritter Stock.

Auf dem Kotflügel eines anthrazit- und rosafarbenen Chevrolet Bel Air draußen vor einem Süßigkeitenladen zu sitzen, eine Kippe zu rauchen, *rocky girls* direkt vor dir, falls du sie anglotzen wolltest, aber nicht ihre hohen harten Titten anstarrend, sondern zu einem Fenster im dritten Stock hinaufblickend.

Ein Fenster des Apartmenthauses, in dem Chuck Story und Vera Story und ihre Mom – bis sie starb – und ihr Dad wohnten.

(...Echos, vage Erinnerungen:

«He, Snake, ey, rat mal. Wir sind gestern nachmittag zu Chuck Story gegangen, also, ich und Blankenstein.»

«Ja. Na und?»

«Ich geh in die Küche, um mir was Wasser zu holen, ey, und Chucks Schwester war da drin und hat einen großen Topf unter der Spüle rausgeholt. Sie ist dann damit durch die andere Tür rausgerannt, als sie mich gesehen hat.»

«Vielleicht hat sie dein Gesicht gesehen, Cannell.»

«Oooh, hör auf, Mann.»

«Scheiße, Mann, ich hab dich erwischt.»

«He, kapierst du denn nicht, Snake? Das war der Topf, in den sie immer reinpißt, weil sie Angst hat, aus ihrem Zimmer zu kommen.»

«He, was für ’ne Scheiße redest du denn da, Cannell?»

«Ich hab’s dir doch schon gesagt – Chucks Schwester pißt auf ihrem Zimmer in einen Topf, weil sie Angst hat, sie würde schwanger, wenn sie dasselbe Klo benutzt wie Chuck oder seine Freunde.»)

Zu einem Fenster im dritten Stock des Apartmenthauses aufschauen, wo jetzt nur noch Chuck Story und Vera Story und ihr Dad wohnen, weil ihre Mom gestorben ist, die Wohnung, dessen Klo Vera Story nicht benutzen wollte, weil sie Angst hatte, schwanger zu werden, wenn sie dasselbe Klo benutzte wie ihr Bruder und seine Freunde.

Ein Fenster im dritten Stock mit jemand dahinter.

Ein Fenster im dritten Stock mit zwei Menschen dahinter.

Vera Story.

Chuck Story.

Splitternackt.

Weil kein Mensch nach oben schaut.

Und dann, wie Rauch, waren sie wieder fort, er zog sie vom Fenster zurück, so sah’s wenigstens aus, zog sie so fest, daß sie das Gleichgewicht verlor, nutzte es aus, daß sie ihr Gleichgewicht verloren hatte, um dafür zu sorgen, daß sie vom Fenster fortblieb. Ein Spitzenvorhang bewegte sich.

Wie Rauch.

Cullen, jetzt einfach nur Joe Cullen, nicht mehr Joseph (Snake) Cullen, sah wieder durch die dicke splitterfeste Glasscheibe der Pendeltür.

Walsh hing sich auf. An seinen Haaren.

Nein. Walsh hatte Cullen den Rücken zugekehrt, beide Arme über seinen Kopf erhoben. Eine Hand hielt ein Haarbüschel hoch, die andere das Schweizer Offiziersmesser, die Schere ausgeklappt.

Walsh schnippelte das Haarbüschel ab, schloß das Messer an seiner Hüfte, ließ es in die Tasche seiner Uniformjacke gleiten und nahm einen transparenten Beweismittelbeutel heraus. Er öffnete den Beutel, entfernte das Büschel von Tom Valentines Haaren und steckte es in seine Hosentasche. Er ließ seine eigenen Haare in den

Beutel fallen, versiegelte ihn, rollte ihn zusammen und steckte ihn in seine Tasche.

Walsh ging weiter den Korridor zum Labor hinunter, drückte auf die Klingel, stellte sich dorthin, wo die Videokamera sein Gesicht aufnehmen konnte, wartete, daß man ihm aufdrückte.

Darelle Dean kam den Korridor hinter Cullen so schnell herunter, daß Cullen nicht mehr tun konnte, als ihn zu erkennen, vergiß es, ihn aufhalten zu wollen. Darelle rauschte wie eine höhere Gewalt durch die Pendeltür und hatte sich auf Walsh gestürzt, bevor Walsh' Instinkte einen Alarm auslösen konnten.

«Darelle!» Cullen kämpfte sich durch die Pendeltür, die auf ihn einschlug, als wäre er ein unerwünschter Eindringling.

Inzwischen hatte Walsh kapiert, was los war, und fummelte an den Knöpfen seiner Uniformjacke herum – all diese Orden –, um an seine Kanone zu kommen. Darelle hatte Walsh' Krawatte und Kragen umklammert und seine Kanone in Walsh' Mund gestoßen.

«Darelle!»

Darelle zog den Abzug.

Cullen blieb stehen und rührte sich nicht mehr, die Augen geschlossen, bis die Wellen des Echos nicht mehr über ihn wegspülten. Er atmete durch seine Nase ein und aus, ein und aus, ein und aus.

Er öffnet seine Augen.

Darelles Arme hingen an seinen Seiten. In einer Hand baumelte seine Kanone, rauchend – oder es sah wenigstens so aus –, in der anderen Walsh, eine schlappe Flickenpuppe. Beinahe wie eine nachträgliche Idee ließ Darelle Walsh fallen und wischte seine Aura mit einem Daumen von seinen Fingerspitzen, wie Krümel.

Darelle sagte: «Erinnern Sie sich, neulich, wie ich Ihnen und Ihrem Partner von dem Anruf ins Eins-Neuner erzählt habe, von dem Anruf während des Gewitters?»

Cullen nickte. «Ich erinnere mich.» Wieso trug Darelle seinen besten Anzug, einen Banker-grauen Zweireiher, viel zu förmlich für diese Uhrzeit, zu warm für dieses Wetter – und zu förmlich und zu warm, um jemandem den Kopf wegzublasen? Hatte Walsh nicht gesagt, die Beerdigung von Darelles Schwester wäre erst morgen, irgendwo in Brooklyn?

«Erinnern Sie sich, daß es eine Frau gewesen war, die angerufen hatte, die gesagt hatte, sie hätte jemanden aus Storys Haus kommen sehen – eine Frau – in der Nacht, in der er umgelegt wurde?»

Cullen nickte.

«Erinnern Sie sich daran, daß der Captain mir gesagt hat, ich sollte Walsh anrufen?»

Cullen nickte.

«Erinnern Sie sich, daß ich zuerst hier angerufen habe, im Präsidium, daß mir dann wieder einfiel, daß Walsh auf Storys Beerdigung sein würde? Ich hab ihn dann schließlich in seinem Wagen erreicht.»

Wie lange würden sie dort stehen und ungestört miteinander plaudern können? Wenn jemand im Labor den Schuß gehört hatte – falls überhaupt jemand *im* Labor war, der den Schuß gehört haben konnte; eine Menge Leute hatten vor, auf Bermúdez' Beerdigung zu gehen –, dann hatten sie jedenfalls nicht nachgesehen. Geräusche – nicht einmal Schüsse – aus dem Tiefkeller mochten vielleicht nie in die bevölkerten Regionen des Gebäudes vordringen. Dann war *das hier* also der Ort, um das perfekte Verbrechen zu begehen – die Eingeweide des Polizeipräsidiums.

«Erinnern Sie sich, daß Sie mir sagten, Deborah hätte regelmäßig hier angerufen, ins Präsidium, unter der Nummer der Zentrale, und Sie haben mich gebeten, ob meine Freundin, Iris, von der Telefongesellschaft, eine Möglichkeit wüßte, wie man die MUDS des Präsidiums überprüfen könnte, um zu sehen, ob es von hier aus auch regelmäßig Anrufe zu Deborahs Wohnung gegeben hätte?»

Cullen nickte.

«Erinnern Sie sich, ich hab Sie neulich angerufen – ich habe nicht mit Ihnen gesprochen, ich habe mit Ihrem Partner gesprochen –, um Ihnen zu sagen, daß Iris die MUDS des Präsidiums für die Woche überprüft hat, bevor jemand auf Deborah geschossen hatte, und daß sie drei Anrufe für Deborahs Privatanschluß zu Hause festgestellt hatte, die von Apparat Neun-Null-Vier geführt worden waren?»

«Hriniaks Apparat», sagte Cullen, um zu zeigen, daß er dabei war.

Dieses Mal nickte Darelle Dean. «Das steht im Grünen Buch und in der Haustelefonliste. Aber dann hat heute morgen Ihre Lady, diese Ann Jones, mich und Iris nach Fangschaltungen für Ihren Apparat gefragt, und Iris hat eine gefunden, und die Genehmigung dazu hatte ein Richter erteilt, dessen Namen Iris' Freund nicht lesen konnte, und beantragt worden war die Schaltung von Walsh. Nachdem Walsh auf seiner Pressekonferenz gesagt hat, daß ich Deborahs Privat-Kanone eingeschmuggelt hätte, damit sie sich umbringen konnte, bin ich einfach nur so zum Spaß mit Iris zu ihrem Büro gefahren und hab mir den Antrag für die Fangschaltung für ihr Telefon angesehen, und der Name des Richters war Marconi, und ich will Sie wirklich nicht beleidigen, Sarge, indem ich Sie frage, ob Sie wissen, daß Judge Marconi letztes Jahr gestorben ist, sechs Monate vor dem Datum auf dem Antrag, ich weiß, daß Sie es wissen. Angeheftet an diesen Antrag war eine Kopie eines weiteren Antrages. Sie war angeheftet, weil er ebenfalls von Walsh eingereicht worden war.»

Cullen fragte sich, ob Darelle Dean etwas dagegen hätte, wenn er sich auf die Fliesen legte und ein Nickerchen machte, nur ein kleines, nur für neun oder zehn Jahre. Er fragte sich, ob Darelle Dean wohl eine Zigarette hatte; er hatte seit dem College – L/S/B/G/T – nicht mehr geraucht, aber jetzt wollte er eine. Er fragte sich, ob Darelle Dean es wohl für... makaber... halten würde... wenn er jetzt in Walsh' Taschen nach einer seiner starken Zigaretten suchte. Er wollte eine Proust-ähnliche Dröhnung, ein Schwanken auf dem Kopfsteinpflaster, einen Geschmack des kleinen Kuchens, eine Erinnerung – alles, nur nicht weiter hier auf seinen schlafhungrigen Beinen stehenbleiben, auf die (obwohl er versuchte, es nicht zu tun, mußte es aber trotzdem) Galle (es mußte doch Galle sein, oder?) herabzublicken, die aus Walsh' ehemaligem, früherem, vormaligen Sag-bye-bye-zu-Hollywood-Exkopf sickerte.

Und wer war es noch gleich, der erst kürzlich gesagt hatte: *Ich bin doch kein Mensch, der sich am Leid anderer begeistert?* Ach ja – Ann. Deine Lady, diese Ann Jones, die sich selbst gegen seine Anklage verteidigte, gegen Joseph (Snake) Cullens Anklage, daß sie angesichts des Todes seiner Schwester Darelle nicht wegen der Fangschaltungen hätte angesprochen haben sollen. Wie *ging's* Lady Ann?

«Sergeant Cullen?» sagte Darelle Dean.

«Ja, Darelle?»

«Haben Sie gehört, was ich gesagt habe, Sarge?»

Cullen seufzte. Hatte er? Er hatte. «Walsh hat auch eine spezielle Fangschaltung für Hriniaks Apparat beantragt.»

Darelle winkte ab. «Keine normale Fangschaltung, eine Umleitungsschaltung. Das Telefon auf Walsh' Schreibtisch klingelte, wenn es bei Hriniak klingelte, Walsh konnte abnehmen, wenn er wollte, und er konnte Auswärtsgespräche über Hriniaks Anschluß führen. Es steht alles in der Akte; jeder konnte es sehen, wenn nur jemand danach gesucht hätte. Ich vermute, er wird sich wohl gedacht haben...»

«Er dachte sich, kein Mensch würde aufblicken.»

Darelle runzelte die Stirn. «Sarge?»

Nenn mich nicht Sarge. «Und, Darelle, war Walsh' Einklinken in Hriniaks Telefonleitung Grund genug, ihn umzulegen?»

Wieder diese ungeduldige Geste. «Deborah hat ein Tagebuch geführt. Schon mal von einem Mann gehört, der ein Tagebuch führt? Ich jedenfalls noch nie, aber Frauen machen so was, aus irgendeinem Grund. Deborah hat mir ihr Tagebuch gegeben – sie nannte es ihr ‹Journal› – nachdem auf sie geschossen worden war –, weil sie Angst hatte, Walsh würde es stehlen, das ist mir heute klar. Sie hat mir gesagt, falls ihr irgendwas zustoßen sollte, dann sollte ich es lesen, damit ich wüßte, unter welchem Druck sie gestanden hat. Genau das hat sie gesagt – ‹unter welchem Druck ich gestanden habe›. Ich dachte, daß sie mir damit irgendwas sagen wollte: Was für ein Druck, gottverdammt noch mal? Was zum Teufel sollte ihr denn zustoßen? Sie hatte eine Kugel in ihrer Schulter, aber es war eine unbedeutende Verletzung; sie hätte für den Rest ihres Lebens damit herumlaufen können, ohne sie sich entfernen lassen zu müssen.»

Lady Ann führte ein Tagebuch – und nannte es ebenfalls Journal – in einem Aufsatzheft für Kinder, das in der Schublade ihres Teak-Nachttisches lag, unter der Schachtel für ihr Diaphragma und der Tube mit dem Killer-Gelee. Mit der Versuchung, einen heimlichen Blick hineinzuwerfen, mußte Joseph (Snake) Cullen jedesmal kämpfen, wenn Ann ihn allein in ihrem Schlafzimmer ließ. Daß ihm das immer gelungen war, wußte sie natürlich nicht (es sei denn, sie hatte ihr Aufsatzheft mit solchen versteckten kleinen Fallen wie

Haarsträhnen oder Holzsplittern gesichert), doch wenn sie es wußte, würde sie zweifellos bekümmert sein, daß er es eher als einen Triumph des Willens denn als einen charakterlichen Mangel ansah.

«Deborah hat Walsh im letzten Frühjahr bei einer Demonstration der Bürgerrechtsbewegung draußen am Brooklyn College kennengelernt. Er hofierte sie, machte ihr Versprechungen – erste Schwarze dies, erste Frau das –, und als ihr schließlich klar wurde, daß er nichts anderes wollte, als *seine* erste schwarze Frau, und sie ihm daraufhin sagte, es wäre aus, da sagte er ihr, wenn sie im Department bleiben wollte, dann wäre er derjenige, der sagte, wann es aus war. Ihr letzter Tagebucheintrag stammt aus der Woche, bevor er auf sie geschossen hat. Als er es dieses Mal mit ihr trieb, hielt er eine Kanone an ihren Kopf, und so was nenne ich Vergewaltigung und ihn einen Vergewaltiger. Wie nennen Sie so einen Kerl, Sarge? Er hat ihre Privat-Kanone geklaut und gedroht, sie fertigzumachen, falls sie die Waffe als gestohlen melden würde. Es war die Kanone, mit der sie sich umgebracht hat, nur daß sie das gar nicht getan haben konnte, weil er das Ding ja eingesackt hatte. *Er* hat sie damit umgelegt –» dann ein kräftiger Tritt in Walsh' Rippen, zur Betonung –, «er hat sich nachts ins Krankenhaus geschlichen, wenn die Sicherheitsvorkehrungen für die Hühner sind, wenn jeder weiß, daß der vor Deborahs Tür diensthabende Cop Schwänzchen, Schwänzchen, Schwänzchen in die Höh' mit den Krankenschwestern von der Nachtschicht spielt, und er hat sie umgelegt.» Noch ein Tritt.

Cullen wünschte sich, er würde damit aufhören: Er hatte Angst, daß die Gallenblase platzen könnte. «Das Tagebuch, die Sache mit den Telefonen – das sind Beweise, Darelle. Sie hätten nur Geduld haben müssen.»

Darelle lachte. «Gerede von einem Weißen.»

«Weiß, ja – dagegen kann ich nichts machen. Gerede, nein. Genau so läuft es.»

Darelle schnaubte verächtlich. «In welcher Stadt lebst du eigentlich, Kumpel? Ich lebe in einer Stadt, in der ein Viertel der Leute arm sind, und die meisten von denen sind schwarz oder braun, in der ein Bursche, der an den Straßenecken rumlungert, gleich ein Ganove ist, in der eine Schwester, die sich für eine Party aufgedreßt hat, eine Nutte ist, in der ein Schwarzer, der vor irgendeinem Gericht steht, nicht nur nicht für unschuldig gilt, sondern wo man gleich von seiner Schuld ausgeht, wo er schon so gut wie verurteilt ist, verdammt.» Darelle wedelte mit seiner Kanone unter Cullens Nase, als wäre sie eine teure Zigarre, deren wunderbares Aroma er ihm demonstrieren wollte. «Genau so läuft das hier.» Und bevor es Cullen in den Sinn kam, daß er vielleicht – aber andererseits, was war daran schon neu? So viele Dinge passierten, bevor es Cullen in den Sinn kam, daß sie passieren könnten –, bevor Cullen dahinterkam, daß Darelle sich für seine *eigene* Beerdigung so fein angezogen hatte, legte Darelle den Lauf hinter seinem Ohr an seinen Kopf und drückte ab.

Cullen lehnte sich mit dem Rücken an die Wand und ließ sich auf die Fliesen herunterrutschen und schloß seine Augen. Nach einer Weile öffnete er sie wieder und starrte auf die gegenüberliegende Wand und sagte: «MUDS».

31

«Iris Hall?»

«Ja?»

«Mein Name ist Joe Cullen.»

«... Sergeant Cullen?»

Er nickte. Seine Zivilkleidung war noch nie eine besonders gute Verkleidung gewesen; er war ein Bursche, den alle Leute – jedenfalls alle Männer – von oben bis unten musterten und dann sagten: «Sind Sie ein Cop?»

«Was gibt's denn?»

«Können wir uns irgendwo ungestört unterhalten?»

«Was ist mir Darelle, Sergeant?»

«Ich würde nur gern unter vier Augen mit Ihnen sprechen.»

«Worüber?»

«Können wir irgendwo hingehen, wo wir ungestört sind?»

«*Worüber?*»

«... Einen Fall. Einen Fall, an dem ich arbeite.»

«Hat dieser Fall irgend etwas mit den Fangschaltungen zu tun?»

«Ein anderer Fall, aber er hängt damit zusammen.»

«Wir können hier rein.»

Cullen folgte Iris Hall in ein Besprechungszimmer, mußte an Darelle Dean auf der Esplanade denken, der einen Gang draufgehabt hatte, der ihn zuerst an einen Zuhälter denken ließ, der aber der Gang eines Mannes war, der mit einer äußerst fähigen Frau fraternisierte.

Iris Hall drehte sich zu Cullen um, die Hände in die Hüften gestemmt. «Nun?»

«Ich hätte gern die *Message Unit Details*, die Einzelgebührennachweise, des Hauses 119 East Seventieth Street für die Woche vor dem fünften Juli gesehen.»

«Diesen Jahres?»

«Diesen Jahres.»

«Die Kalenderwoche oder die sieben Tage bis einschließlich oder nicht einschließlich dem fünften?»

«Äh, die, äh, sieben Tage, plus minus einen Tag für den Beginn der Abfrage.»

«Ich fange mit jedem von Ihnen gewünschten Datum an, Sergeant. Sie müssen mir nur sagen, wo ich anfangen soll.»

Sie war äußerst fähig, er nur einen Schritt davon entfernt, umzukippen. «Ich interessiere mich besonders für Anrufe aus Kalifornien – Los Angeles.»

«Nur diese Anrufe?»

«Im Augenblick, ja.»

«Das dürfte nicht lange dauern, wenn es Ihnen nichts ausmacht, zu warten.»

«Ich würde gerne warten, ja.»

«Sie können hier warten, wenn Sie wollen, aber hier haben wir nichts zu lesen. Am Empfang haben wir Illustrierte ausliegen, falls Sie lieber dorthin gehen möchten.»

«Wenn es Ihnen nichts ausmacht, bleibe ich hier.»

«Nein, es macht mir nichts aus.» Doch ihre Augen sagten, daß es ihr sehr wohl etwas ausmachte. Oh, und wie sehr es ihr etwas ausmachte.

«Sergeant Cullen... Sergeant Cullen?... Sergeant *Cul*len?»

«Was? Ja? Tut mir leid. Ich schätze, ich bin wohl eingeschlafen.»

«Fest eingeschlafen.»

Und, Gott sei's gedankt, ohne irgendwelche Träume. «Tut mir leid.»

«Hier ist ein Ausdruck der Telefongespräche. Es gibt drei separate Hauptanschlüsse unter der Adresse, die Sie mir genannt haben. Von allen drei Apparaten sind Gespräche nach Kalifornien geführt worden.»

«Ja, ich sehe.» Sah ein Dutzend Nummern, die ihm nichts sagten. «Diese Nummern, können Sie...»

Iris Hall reichte Cullen einen zweiten Ausdruck. «Das hier sind die Namen und Anschriften der Teilnehmer.»

Unter ihnen die Namen und Anschriften von Vera Evans, Nicky Potter, Storyboard Productions. «Vielen Dank. Tja, die moderne Technik.» Er schaute sich im Zimmer um, doch dort gab es nichts, wo er hingehen konnte, nichts, was er tun konnte, außer es ihr zu sagen. «Ich habe schlechte Nachrichten für Sie.»

«Sie sind ein verdammter Dreckskerl, Sergeant Cullen. Hat Ihnen das schon mal jemand gesagt?»

Cullen spielte einen Augenblick mit den Perforationen des gefalteten Computerpapiers. «Chief Walsh hatte ein Verhältnis mit Deborah Dean. Dann klappte es nicht mehr, sie hatten einen Streit, er hat auf sie geschossen. Mein Partner und ich haben die Ermittlung des Falles bekommen. Wie Sie wissen, hatte Walsh eine Fangschaltung für unser Telefon beantragt. Er muß gedacht haben, wir würden ihm auf die Pelle rücken, obwohl ich ganz ehrlich sagen muß, daß dies nicht der Fall war. Er tötete den wachhabenden Cop vor der 119, weil er glaubte, ich wäre es. Um das zu vertuschen, verschaffte er sich Zugang in die 119 und tat so, als wäre er Tom Valentine – Sie wissen, wer das ist –, der sich an Commissioner Storys Schwester rächen wollte. Aber das ist nicht weiter relevant. Was jedoch irrelevant ist...» *Sachte, Snake.* «...Was jedoch relevant ist, ist die Tatsache, daß Darelle nach Deborahs Tod ihr Tagebuch gelesen hat – ihr Journal –, daß er gelesen hat, was sie über sich und Walsh geschrieben hatte. Er kam in die Downtown – ins Polizeipräsidium – und fand Walsh und schoß und tötete ihn.»

«Sie Mistkerl.»

Cullen nickte. «Dann hat Darelle sich selbst umgebracht.»

«Sie gottverdammter, beschissener Mistkerl.»

Cullen wich zur Tür zurück. «Ich werde jemanden zu Ihnen reinschicken... einen Ihrer, äh, Kollegen.»

«Bastard. Sie gottverdammter beschissener dreckiger Bastard.»

«Sergeant Cullen? Ich bin Doctor Persons.» Anne Persons, stand auf ihrem Namensschild, und sie sah ein bißchen aus wie Lady Ann ohne E. Die gleiche effiziente Statur, der gleiche ruhige Blick, der gleiche Zeig's-mir-Ausdruck um den Mund – zeig mir, daß du *kein* gottverdammt beschissener dreckiger Bastard bist, der nicht alles unter einem Dach haben will. Anderes Haar – ein helleres Blond, kurz, flott.

«Ich bin nicht offiziell hier, aber ich habe nicht sehr viel Zeit, daher habe ich der Schwester meine Dienstmarke gezeigt. Ich entschuldige mich, falls Sie sich deshalb Sorgen gemacht haben sollten. Ich bin ein Freund von Miss Langois' Tante und ihrem verstorbenen Stiefvater, und, also, ich habe mich gefragt, wie es ihr geht.»

«Recht gut. Sie wird heute nach Hause entlassen.»

Und was würdest du sagen, Sergeant Cullen, ein wie *guter* Freund der Familie du bist, wenn du das nicht mal wußtest? «Oh. Das wußte ich nicht. Ich hatte in letzter Zeit ziemlich viel zu tun.»

«Ihre Mutter und ihre Tante waren der Ansicht, daß sie sich dort wohler fühlen würde, und ich konnte ihnen nicht widersprechen», sagte Doctor Persons. «Es geht ihr so gut, wie angesichts der alarmierenden Häufigkeit, mit der sie in ihrer nächsten Nähe mit gewaltsamen Todesfällen konfrontiert wurde, erwartet werden kann. Ich bin überzeugt, daß Sie als Polizeibeamter in gewissem Maß an durch Schußwaffen herbeigeführte Todesfälle gewöhnt sind, aber wir anderen sind in dieser Beziehung doch recht jungfräulich, auch wenn wir durch das Fernsehen ständig mit Körperverletzungen konfrontiert werden.»

«In gewissem Maß gewöhnt, ja», sagte Cullen. «Hat Claire irgend etwas über den Angriff auf Miss Potter, die Assistentin ihrer Tante, gesagt? Claires Reaktion war dermaßen extrem, daß ich mich gefragt habe, ob sie vielleicht meinte, *sie* hätte eigentlich das Opfer sein sollen. Hat sie zum Beispiel irgendwelche Drohungen erhalten?»

Doctor Persons zog abwehrend ihren Kopf ein. «Sie sagten doch, Sie wären *in*offiziell hier.»

«Ich bin nie völlig außer Dienst, Doctor Persons», sagte Cullen. «Ich wollte wissen, wie es Claire geht, *und* ich möchte wissen, wer dafür verantwortlich ist, daß sie hier sein mußte.»

Doctor Persons dachte einen Augenblick lang nach. «Miss Langois stand unter Beruhigungsmitteln. Sie hat eine Menge unzusammenhängender Dinge gesagt, von denen ich Ihnen aufgrund meiner ärztlichen Schweigepflicht nichts wiedergeben darf. Allerdings bin ich mir durchaus bewußt, daß Sie nach einem Mörder suchen – jemanden, der einen Kollegen getötet hat –, und daher denke ich, sollten Sie von dem Schmuck wissen.»

«Schmuck?»

«Der Mann – ich gehe davon aus, daß es ein Mann war, was Sie wohl ebenfalls annehmen müssen, es liegt einfach nahe –, der Mann, der Miss Potter angegriffen hat, trug Schmuck. Es machte ein klingelndes Geräusch. Claire hat ihn nicht gesehen, aber sie hat ihn gehört. Sie sagte – und bitte vergessen Sie nicht, wir sprechen hier von unter Drogeneinwirkung geäußertem Halb-Kauderwelsch – es auf eine Art, als hätte sie ihn auch vorher schon einmal gehört.»

«Schmuck.» Cullen konnte es nicht beschwören – und um es ganz sicher zu wissen, würde er in den Tiefkeller des Polizeipräsidiums zurückkehren müssen, wo er die Leichen von Chief of Department John A. Walsh jr. und Officer Darelle Dean zurückgelassen hatte (nicht weil er makaber war, sondern weil jeder im Präsidium unterwegs zu Bermúdez' Beerdigung war, wie es schien) –, aber er glaubte eigentlich nicht, daß Walsh mehr Schmuck trug als seine stählerne Armbanduhr. Mit Orden war Walsh förmlich behängt, aber Schmuck... Möglicherweise trug er einen Ring, einen Schulring, aber Cullen konnte es nicht beschwören, würde nicht darauf wetten, wußte es nicht.

«Ich könnte mir vorstellen, daß es vielleicht ein Armband gewesen ist», sagte Doctor Persons, zog ihre Armbänder unter dem Ärmel ihres Arztkittels heraus und schüttelte ihr Handgelenk, so daß die Armbänder klimperten.

Echos und vage Erinnerungen. Aber an was? «Hat Claire...»

Doctor Persons legte eine Hand über ihre Armbänder und verschränkte die Arme. «Mehr kann ich Ihnen nicht sagen.»

Cullen nickte. «Danke.»

«Sie finden allein hinaus. Ich muß zurück zu meiner Visite.» Und Doctor Persons sah ihn noch einmal an, bevor sie Cullen ihren Rükken zuwandte, und in diesem einen Blick erkannte er, daß sie wußte, daß dies ein rein offizieller Besuch gewesen war, und daß sie ebenfalls wußte, daß er ein gottverdammt beschissener dreckiger Bastard *war*, der nicht alles unter einem Dach wollte.

«Doug, ich bin's, Joe Cullen. Connies Ex.»

«He, Joe, was denkst du? Daß ich nicht wüßte, wer du bist? He, Joe, Himmel, ich hab das von deinem Partner gehört. Das ist hart, Joe, verdammt hart.»

«Doug, du mußt mir einen Gefallen tun. Kann–»

«Was immer du willst, Joe. Was immer du willst.»

«...Kannst du für mich den Namen des Piloten eines Charterfluges am fünften Juli von Los Angeles zum La Guardia ausfindig machen? Die Maschine ist etwa gegen sieben Uhr morgens gelandet, daher würde ich mal so annehmen, daß sie etwa gegen...» Er sah auf seine Computer-Freak-Uhr und versuchte die Flugzeit im Kopf zu überschlagen, was ihm aber nicht gelang. Sein Körper wollte Schlaf und wiegelte seinen Kopf auf, in Streik zu treten.

«Wahrscheinlich ist sie am Vierten gegen elf Uhr oder so gestartet, Joe, je nachdem, was für eine Maschine es gewesen ist. Kennst du den Namen der Chartergesellschaft?»

«Air irgendwas. Tut mir leid, Doug, keinen Schimmer. Air Deluxe – könnte das sein?»

«Air *Trans*lux ist eine große transkontinentale Charterlinie.»

«Es war ein großes Flugzeug – nicht so groß wie ein Jumbo, aber mehr als ein Passagier, mehr als zwanzig Passagiere, wahrscheinlich... Tut mir leid, Doug, ich hab keine Ahnung, was für eine Maschine es war.»

«He, Joe, wozu ist ein Reisebürokaufmann denn da? Ich werd mich direkt darum kümmern. Du möchtest sicher den momentanen Aufenthaltsort des Piloten wissen, nehme ich an. Wo kann ich dich erreichen?»

«Ich ruf dich wieder an, Doug. Danke.»

«Keine Ursache, Kumpel.»

«Hallo, Sergeant.»

«Hallo, Miss Parker.»

«Ah, jetzt heißt es ‹Miss Parker›, was? Kein ‹Dürfen wir Sie Mabel nennen› mehr? Wo ist Ihr gutaussehender Partner?»

«Bitte, schließen Sie die Tür. Wir wollen doch nicht, daß Norman Levitts Frau uns hört.»

«Ah.» Es kam raus, als hätte sie einen Schlag in den Magen bekommen.

«Bitte, schließen Sie die Tür.»

Mabel schloß die Tür, deutete auf einen Stuhl für Cullen und kehrte hinter ihren Schreibtisch zurück. Er setzte sich nicht, daher setzte sie sich auch nicht. Sie umklammerte die Rückenlehne des Stuhles wie eine alte Lady einen Laufstuhl.

«Beschreiben Sie bitte die Frau, die Sie aus der 119 haben kommen sehen.»

Mabel griff nach ihrer Tasche und nahm ein Päckchen Carltons heraus. «Das liegt von Tag zu Tag immer weiter zurück.»

«Ich bin sicher, daß Sie von Tag zu Tag klarer sehen», sagte Cullen.

Mabel lächelte. «Sie haben recht. Das tue ich.» Sie zog mit den Fingerspitzen eine Zigarette aus der Packung und gab sich Feuer. Sie war auf diesen Augenblick vorbereitet: Griffbereit in ihrem Schreibtisch lagen Wodka, Kokain, Eskalith, Xanax und Sinequan – und ihre Lieblingspillen, wenn alles andere versagte: Ritalin. «Groß – eins siebzig. Schlank – vierundfünfzig, fünfundfünfzig Kilo. Regenmantel – braun, lang, fast knöchellang. Ein Hut – braun, breite Krempe, altmodisch. Ein Fedora. Die Haare hochgesteckt, daher konnte ich weder Länge noch Farbe erkennen, aber ich würde mal so vermuten, daß sie... blond war. Blonde Haare, heller Teint.

Weiße Hose – Jeans oder eine Malerhose. Blaue Schuhe – Halbschuhe oder Espadrilles.» Sie lächelte, hoffte, er würde sagen, wie gut sie war, das alles noch mal zu sagen, ohne dabei zu erwähnen, daß sie es schon mal gesagt hatte. Er wartete einfach nur. «Sehr graziös – wie ein Tänzer oder Sportler. Selbstsicher – obwohl es ziemlich dunkel wurde, ist sie nicht herumgetapst oder gestolpert oder mußte sich ihren Weg ertasten.» Mabel pflückte einen imaginären Tabakkrümel von ihrer Unterlippe. «Norman hat einmal gesagt, daß ein Mann in dem Augenblick, in dem er eine Frau sieht, selbst wenn sie einen Block weit von ihm entfernt ist, ja sogar von hinten, weiß, ob sie eine Frau ist, die er bumsen will oder nicht. Er sagt, es hätte irgendwas mit Urinstinkten zu tun, mit dem Überlebensinstinkt der Art, all das. Ist das bei Ihnen auch so?»

Cullen wartete, wippte auf seinen Fußballen auf und ab, um zu verhindern, daß er flach auf sein Gesicht knallte. Ein gottverdammter beschissener dreckiger Bastard mochte er ja vielleicht sein, einer, der nicht alles unter einem Dach haben wollte, einer, vor dem die Leute ihr Polster zu schützen müssen meinten; aber er dachte ja gar nicht daran, auf die Verführungskünste einer wichtigen Augenzeugin hereinzufallen.

Mabel lächelte und zog an ihrer Zigarette. Während sie sprach, stieß sie den Rauch in kleinen Bröckchen wieder aus. «Sie sah wie eine Frau aus, die ein Mann auf einen Block Entfernung sehen und haben wollte.» Mabel wedelte den Rauch fort, damit sie Cullen deutlich sehen konnte. «Habe ich irgendwas Falsches gesagt? Oh, mein Gott – Sie haben doch nicht...?»

Cullen wippte weiter auf seinen Fußballen auf und ab.

Mabel fächelte weiter mit ihrer Hand, als könnte sie ihre Ahnung so vertreiben. «Ich habe gehört – gerüchteweise –, daß Sie und Vera Evans früher... Sie denken doch nicht...?»

Cullen hörte Cullen sagen: «War die Frau, die Sie gesehen haben, Miss Parker, Vera Evans?»

Mabel schloß ihre Augen, öffnete sie dann wieder. Sie schüttelte ihren Kopf, sie zuckte mit den Achseln, sie lachte nervös, sie zuckte wieder mit den Achseln. Sie inhalierte Rauch und stieß ihn wieder aus. «Es war dunkel.»

«Aber nicht pechschwarze Nacht. Dämmerung.»

«Die Abenddämmerung eines regnerischen Tages.»

«Aber Dämmerung.»

«Sie sollten Anwalt sein, Sergeant. Sie sind ein guter Wortklauber.»

«War es Vera Evans?»

Mabel atmete durch die Nase aus. «Ich glaube nicht, aber ich bin nicht sicher. Ich denke, sie war schlanker, jünger. Der Regenmantel – er war groß. Er war nicht einfach nur lang, er war groß – so wie die Kleider eines Erwachsenen bei einem Kind groß wirken, einem Heranwachsenden.»

«Sie war kein Kind?»

«... Nein.»

«Aber es könnte nicht ihr Regenmantel gewesen sein?»

Mabel lächelte, erleichtert darüber, daß er kapiert hatte. «Ja.»

Cullen streckte seine Hand aus. «Geben Sie mir Ihren Schlüssel.»

Mabel stotterte. «Der... der Schlüssel zu... zu der Wohnung?»

Cullen nickte. «Was zwischen Ihnen und Levitt läuft, geht allein Sie und Levitt etwas an – und Sie und Ihren Boss. Ich habe kein Interesse daran, es an die große Glocke zu hängen. Aber Sie sind eine wichtige Zeugin, und wenn es soweit kommt, werden Sie vor Gericht aussagen. Den Schlüssel hinterlege ich bei dem Portier.»

Mabel nickte. Sie steckte die Zigarette in den Mund, während sie in ihrer Tasche nach ihrem Schlüsseletui fischte. Sie löste einen Schlüssel von einer Klammer und legte ihn auf den Schreibtisch. «Nur das obere Schloß.»

Der Rauch trieb ihr die Tränen in die Augen, und als sie sie fortgeblinzelt hatte, waren der Schlüssel und Cullen fort.

Wie er in dem Schlafzimmer des Apartments 5-C im Haus 116 Seventy-first Street stand, jenseits aller Erschöpfung, aus dem Fenster hinaussah – hinausfiel, wie es ihm schien –, das das Schürloch eines weiteren Hochofens von einem Tag war, erkannte Cullen, daß er Mabel Parker nicht gefragt hatte, ob sie von der Frau gesehen worden war, die sie gesehen hatte, obwohl er wußte, daß die Antwort nein lautete: Die Menschen schauten nicht nach oben.

Und als er jetzt hinabsah, war da nicht viel zu sehen – nur Hinterhöfe in einer Stadt, in der Hinterhöfe nicht viel bedeuten, es ist das, was nach vorne hinaus liegt, das zählt. Die Eins-Neunzehn sah ruhig aus, nicht wie das Spiegelkabinett, das es sein mußte; ein Hausmädchen wischte Staub im Salon, in der Nähe eines Fensters, das geschlossen war, um die klimatisierte Luft nicht hinauszulassen.

Er konnte genausogut zu ihr runtergehen.

Sich abkühlen.

«Himmel bewahre, haben Sie mich erschreckt. Sich so von hinten anzuschleichen.» Das Hausmädchen hatte Sommersprossen und sprach mit irischem Akzent.

Zum Teufel auch – so viele Leute *verließen* die 119 über den Hinterausgang, daß Cullen gedacht hatte, er würde mal über diesen Weg *hinein*gehen – durch das Tor mit dem Panik-Schloß (das ihm von dem Hausmeister des Hauses 116 East Seventy-first geöffnet worden war, der gerade genug Englisch konnte, um Cullens Spanisch zu verstehen), dann den Weg neben dem Haus hinunter, über den Betonhof dahinter, durch das Loch im Zaun in den Garten der 119, quer durch den Garten, die Stufen zum Hintereingang hinauf.

«Tur mir leid, wenn ich Sie erschreckt habe. Ich bin Polizeibeamter.»

Das Hausmädchen nahm Cullens Marke und musterte sie, von beiden Seiten, gab sie ihm dann zurück. Der Hausmeister hatte das gleiche gemacht, was Cullen interessant gefunden hatte, denn gebürtige Amerikaner beugten sich in der Regel aus der Taille heraus vor und starrten die Dienstmarke an, als wäre sie etwas sehr Seltenes und Zerbrechliches; er konnte sich nicht erinnern, daß schon jemals jemand das Ding in die Hand genommen hatte. «Sie waren neulich hier, als unsere Claire ihre Verstimmung hatte.»

Nannte man es so unter den Hausangestellten? In diesem Fall, von welcher Verstimmung mochte sie wohl sprechen? «Ich kannte Mister Story und Miss Evans. Vor vielen Jahren. Wir sind zusammen aufgewachsen. Im gleichen Viertel.» Es war leichter, in abgehackten Satzfetzen zu reden, als ganze, lange Sätze zu bilden, die sich bis in die Unendlichkeit erstreckten...

«Mrs. Story und Miss Evans sind ins Krankenhaus gefahren, um unsere Claire zu holen.»

Das wußte Cullen; er hatte von Apartment 5-C, 116 East Seventy-first Street aus angerufen. Würde es eines Tages jemanden verwirren, auf dem Einzelgebührennachweis dieses Anschlusses ein Gespräch mit der 119 zu finden? In der Tat, das würde es. «Und Miss Potter?»

Das Mädchen legte einen Finger an ihre Lippen. «Oben, macht ein Nickerchen. Das hat ihr einen schönen Schrecken eingejagt, als sich dieser Kerl so brutal bei ihr eingeschlichen hat. Der Doktor hat ihr irgendwas gegeben, damit sie schlafen kann.»

Ihr etwas gegeben, damit sie schlafen kann? Es gab tatsächlich Leute, die Hilfe brauchten, um schlafen zu können? «Der Tag, an dem Mister Story getötet wurde. Nachher. Hat jemand. Haben Sie. Ist irgendwas gestohlen worden. Überhaupt irgendwas.»

«Gestohlen? Nein, ich glaube nicht. Nicht daß ich wüßte.»

«Es muß nicht unbedingt etwas Wichtiges gewesen sein», sagte Cullen. «Vielleicht etwas... Unwichtiges. Etwas...» Triviales? Unbedeutsames? *Komm* schon, Snake. «...Etwas, das sie der Polizei gegenüber nicht mal erwähnen würden. Wie zum Beispiel, äh, ein... ein Mantel vielleicht, oder ein Hut, oder...»

Das Mädchen starrte ihn an, als wäre er ein Spielzeug, das dringend wieder aufgezogen werden mußte, der passende Schlüssel allerdings nirgendwo zu sehen war. «Ein Mantel?» Ihr Gesicht hellte sich auf. «Ein Mantel. Ein Regenmantel. Oh, Sergeant, war das *Ihr* Regenmantel?» Sie berührte seinen Arm, als wäre sie gerührt von seiner voraussagbaren Unfähigkeit, seinen Alltag zu organisieren.

«Mei-mei-meinen Regenmantel?» Da war immer dieser Verdacht, diese Angst, daß man *selbst* es war, den man suchte – der perfekte Straftäter –, wenn man diese Art Arbeit lange genug gemacht hatte.

Sie runzelte ihre Stirn und nahm ihre Hand fort. «Nein, das kann ja wohl nicht sein, oder? Es war ein Damen-Regenmantel.»

Cullen holte tief Luft. «Tut mir leid, ich bin sehr müde. Ich habe schon sehr lange gearbeitet, ohne geschlafen zu haben. Ich bin nicht sicher –» he, was redest du da, *verdammt noch mal* –, «was Sie meinen.»

Sie schürzte ihre Lippen. «Sie haben doch den Regenmantel erwähnt, Sergeant. Ich hab mir nur gedacht, wenn Sie ihn erwähnen, dann muß es wohl auch Ihrer sein.»

«Nein. Ich meine, es ist nicht meiner. Aber ich bin immer noch nicht ganz sicher... Könnte ich den Regenmantel vielleicht mal *sehen*?»

Sie lächelte, als wäre er in eine empfindliche, aber hartnäckige Falle getreten. «Wirklich, Sie können nicht, da er auch fehlt, was alles noch mysteriöser macht.»

Cullen versuchte sich zu befreien, es gelang ihm jedoch nicht. «Fehlt...?»

Das Mädchen faltete die Hände vor ihrem Bauch und ging voraus, den Weg hinaus, den sie hereingekommen waren – durch den Salon, den schmalen Flur hinunter, dann einen schmaleren, in eine Vorratskammer, einen noch schmaleren Flur hinunter –

(Echos und vage Erinnerungen: Aber an was? Ach ja – Vera zu folgen, schnell, anmutig, Vera, als das Tohuwabohu wegen Claire losging.

Schnell, anmutig. Echos und vage Erinnerungen: an was...?)

– einen Flur hinunter, der noch schmaler war, in einen Lagerraum neben dem Hinterausgang: Mäntel, Stiefel, Gartengeräte, alter Kram in der Schwebe zwischen nicht mehr gebraucht werden und dem Abfallhaufen.

«Da!» Das Hausmädchen richtete einen anklagenden Finger auf... nichts.

«Da hing mal ein Regenmantel?» versuchte Cullen vorsichtig.

«In der Tat. Sein Regenmantel. Deshalb haben Sie mich ja auch so erschreckt. Einen Moment habe ich gedacht, er hätte an die Tür geklopft. Wissen Sie, so hat er nämlich manchmal gern das Haus verlassen – über den Hof und durch den Zaun und dann hinaus auf den kleinen Weg an dem Wohnhaus da drüben vorbei – spät nachts, um sich die Morgenzeitungen zu holen oder um mit dem Hund spazierenzugehen, bevor der Hund dann gestorben ist und unsere Claire beschlossen hat, daß sie keine Hunde mehr haben wollte.»

«Und er hat einen alten Mantel dort aufbewahrt, Mister Story, für den Fall, daß es regnete?»

«Jawohl, Sir. Einen Burberry.»

«Und dann war da ein zweiter Regenmantel. Ein zweiter Regenmantel, der. Ein zweiter Regenmantel, der...» – komm schon, Snake, du kannst es, streng dich ein bißchen mehr an – «der an die Stelle gehängt worden war, wo sonst der Burberry hing, aber jetzt ist der auch weg.»

«Ein Donna Karan», sagte das Mädchen.

Fast hätte Cullen gefragt, wer Donna Karan war, aber all die viele Zeit, die er in dem Wagen verbracht hatte – in dem *Saab* –, Zimmerman zuhörte – wie *ging's* Zimmerman? –, der dauernd irgendwelche Markennamen fallenließ, zahlte sich jetzt aus. «Der Donna-Karan-Regenmantel tauchte wann genau auf?»

Das Mädchen dachte nach. «Zum erstenmal habe ich ihn an dem Morgen bemerkt, nachdem er ermordet worden war.»

«Und da haben Sie auch bemerkt, daß der Burberry fehlte?» sagte Cullen.

Sie zischte verschwörerisch. «Ja.»

Cullen lächelte. «Danke.»

«Ist das dann alles, Officer?»

«Ja. Allerdings würde ich gern auf Mrs. Storys und Miss Evans' Rückkehr warten. Darf ich?»

«Ich denke schon», sagte das Mädchen, aber ihre Augen sagten, es wäre besser, wenn er es nicht tun würde.

«Vielen Dank», sagte Cullen.

«Dann folgen Sie mir bitte», sagte das Mädchen und führte ihn wieder in den Salon zurück, warf ihm dabei ein- oder zweimal über ihre Schulter einen Blick zu, wie am Ende schließlich jeder wußte, daß er ein gottverdammter beschissener dreckiger Bastard war, der nicht alles unter einem Dach wollte, der ihr womöglich ein Messer in den Rücken stoßen würde, wenn sie nicht aufpaßte.

Das Hausmädchen machte Cullen eine Tasse Tee und ließ ihn dann allein – einerseits sehr sehr zögernd, andererseits sehr, sehr froh.

Cullen trank einen Schluck von dem Tee, dann schlich er sich heimlich nach oben.

32

Schlafzimmer.

Schlafzimmer zum Anbeißen mit köstlichen Betten.

Wie ein kleines Kind in einer Süßigkeitenfabrik schlich Cullen von einem zum anderen, linste hinein, wollte sie alle verschlingen. Irgendwie widerstand er, bewegte sich weiter.

Bewegte sich auf einem so weichen Teppichboden weiter, wer brauchte da schon ein Bett? Er konnte sich doch einfach direkt hier im Flur hinlegen, um zu schlafen, wo die Luft auf die perfekte Schlaftemperatur abgekühlt worden war; er würde nur ein ganz kleines Nickerchen machen – bis Weihnachten. Würden sie Weihnachten einfach ausfallen lassen, wenn die Hitze bis dahin nicht nachgelassen hatte, oder würden dann alle nackt feiern? Eine schwere Frage: Er würde drüber schlafen.

Moment – wer schläft da in meinem Bett?

Nicky. Nicky Potter, Vera Evans' Mehr-als-nur-Assistentin, ihr Lebenserhaltungssystem, die im Augenblick allerdings sehr leb*los* aussah, dank, ganz ohne Frage, diesem kleinen Etwas, das ihr helfen sollte zu schlafen, nur von einem Laken bedeckt, die Schultern nackt, wahrscheinlich ganz nackt; sie sah trotz ihres kleinen Schönheitsfehlers aus, als wäre es nett, sich an sie zu kuscheln. Joseph (Snake) Cullen dachte daran, aus seinen Kleidern und unter die Laken zu schlüpfen.

(*Wo hast du sie kennengelernt?* würde Connie sagen. *Tja also, ich bin ein alter Freund von Chuck gewesen* und *Ich war der Polizist, der geholfen hat, als der arme Chauffeur erschossen worden ist.*)

Der Polizeibeamte Der Geholfen Hat Als Der Arme Chauffeur Erschossen Worden Ist. Echos und vage Erinnerungen: an was …?

Schleichen, linsen. Schleichen, linsen. Schlafzimmer um Schlafzimmer um Schlafzimmer. Inzwischen war Cullen auf der zweiten Etage angekommen – oder vielleicht war es auch die dritte? Zählten die ganz Reichen das Erdgeschoß auch als Stockwerk? Zählten die ganz Reichen überhaupt irgendwas, oder häuften sich die Sachen – Etagen und Schlafzimmer, Geld und Autos, Kleider und Schmuck, Hausmädchen und Mehr-als-nur-Assistentinnen-Lebenserhaltungssysteme, Brötchen … – einfach nur an?

Aha. Heureka. Excelsior. Das Zimmer, nach dem du gesucht hast. Traraa. Veras Zimmer.

Und woher wußte er das jetzt wieder? Jahrelange Erfahrung, jahrelanges Herumschleichen und Linsen? Nein, eigentlich nicht. In seinem Beruf schlich er weniger herum und linste, vielmehr hämmerte er an Türen, um sie dann einzutreten, wenn niemand antwortete. (Nicht daß er das so besonders oft machte. Meistens telefonierte er, fuhr in der Gegend herum, machte weitere Anrufe.) Ihr Kram? Nein, eigentlich nicht: Um die Wahrheit zu sagen, trotz all seiner – sehen wir den Tatsachen ruhig klar ins Auge, Snake – praktisch lebenslangen Gedanken an Vera Story Evans hatte er eigentlich keine besondere Ahnung davon, was für eine Art Kram sie besitzen würde. Dies war das erste Mal, nicht vergessen, das *erste* Mal, daß er jemals in einem Raum gewesen war, in dem sie schlief.

Der Kram auf dem Tisch neben dem Bett, der Kram, den er durch die offene Badezimmertür auf dem Waschbecken und im Medizinschränkchen sehen konnte, dessen Schiebetür halb geöffnet war, der Kram in dem Kleiderschrank (wieder eine Schiebetür, ebenfalls halb geöffnet) – das alles sah nicht nach irgendwelchem besonderen Kram aus, wie der Kram von den ganz Reichen oder den sehr Berühmten, Kram, der nur hergestellt werden kann, indem gefährdete Arten abgemurkst wurden. Aber es sah auch nicht wie ein gewöhnlicher Kram aus; es sah so schlicht und einfach aus, wie es nur unter beträchtlichen Kosten produziert werden konnte.

Nehmen wir zum Beispiel dieses schlichte und einfache hölzerne Schmuckkästchen. Oder dieses schlichte und einfache lederne Adreßbuch. Oder dieses...

He, Snake. Erinnerst du dich noch, wieso du hier bist?

Wieso war er denn hier?

Regenmantel.

Was?

Der *Regen*mantel.

Richtig. Der *Regen*mantel. Adona Karen.

Cullen fand ihn so schnell, daß, Scheiße, sie wollte, daß er ihn fand, oder?

Nicht den Donna Karan. Den Burberry.

Den Donna Karan fand Cullen auch, der hing im Kleiderschrank, wo Regenmäntel eben leben, wenn's gerade nicht regnet. Der Burberry *hing* nicht im Kleiderschrank, aber er war *im* Kleiderschrank, in einem Koffer (Zimmerman – wie *ging's* Zimmerman? – würde die Marke des Koffers kennen, Cullen aber nicht) auf dem Boden hinten vor der Wand – nicht versteckt oder so, einfach nur aus dem Weg geschoben. Der Burberry war dafür aber irgendwie in dem Koffer versteckt, denn er war so klein wie möglich zusammengefaltet und in die große Tasche unter dem Deckel gestopft worden.

Tasche. Deckel. Cullen wußte, daß das irgendwie nicht die richtigen Namen waren. Zimmerman – wie *ging's* eigentlich Zimmerman? – würde die richtigen Namen kennen. Zimmerman wußte, daß das Ende eines Schiffes das *Heck* genannt wird, daß die Dinger unten an einem Mop *Fransen* sind, die Enden eines Strumpfhalters *Strapse*, daß die bewegliche Anzeige an einer Uhr ein *Einstellring* ist, der runde Pinn am unteren Ende einer Fensterjalousienkurbel ein *Zapfen*, der flache Pinn am anderen Ende ein *Blatt*, der Deckel auf einem Hydranten eine *Kappe*, der Schwanz eines Hummers ein *Telson*, das Hinterteil eines Hundes eine *Kruppe*, die rinnenartige Vertiefung zwischen Lippe und Nase ein *Philtrum* – wußte einfach gottverdammt mehr…

«Joe, was zum Teufel? Was zum Teufel tust du hier?»

Außer daß Zimmerman nicht gewußt haben würde, was zum Teufel Cullen hier tat, hätte es nicht von einem Fuchsschwanz unterscheiden können. «Hallo, Vera.»

Vera Evans, *estrella de cine*, schob sich an ihm vorbei und stieß den Mantel zurück in wie immer es auch genannt wurde von dem Koffer und schloß den was immer *es* war und schleuderte den Koffer zurück in den Schrank. Sie drehte sich zu ihm um, die Nasenflügel gebläht (Echos und vage Erinnerungen), anmutig, sportlich. «Geh raus.»

Er tat es nicht. Er setzte sich auf das Bett, um nicht auf der Stelle zusammenzubrechen. «Ich hab noch nicht alles in den größeren Zusammenhang gebracht, aber es reicht schon, um einen Sinn zu erkennen.»

«Geh. Raus.»

«Oder was? Rufst du die Cops?» Cullen lachte. Es war schon komisch, richtig? *Richtig?*

Sie wich vor ihm zurück, also war es vielleicht doch kein komisches Lachen gewesen, vielleicht war es ein unheimliches Lachen. Wich zurück und zurück (anmutig, sportlich), bis sie am Fenster angekommen war, in der Mitte eines Feuerscheines, der so viel heller brannte als sie, daß sie fast darin verschwand.

«Die Menschen sehen nicht nach oben», sagte Cullen.

Vera sah ihn fragend an. *Was?*

«Man sollte meinen, jemand würde einen am Fenster sehen und denken, man wäre in Not, und dann raufkommen und einem helfen. Die Menschen schauen nicht nach oben.»

Sie machte einen Schritt auf ihn zu, dabei eine Hand ausgestreckt. «Joe, ist mit dir alles in Ordnung?»

Wenn sie die Geste beibehalten hätte, sie bis zu Ende ausgeführt hätte, zu ihm gegangen wäre und ihn getröstet hätte, dann wäre vielleicht noch alles ganz anders gekommen, denn er wollte nichts anderes, als sich einfach nur hinlegen und bis Weihnachten schlafen, und während er schlief, hätte sie fortlaufen und sich verstecken können. Doch er zog sich aus ihrer Reichweite zurück und riß sich zusammen. «Ich habe noch nicht alles zusammen, aber es reicht, um einen Sinn darin zu erkennen.»

«Das sagtest du bereits. Ich weiß nicht, von was du da redest.»

«Du kannst mir eine Menge Zeit ersparen, indem du mir sagst, wann ich danebenliege», sagte Cullen. «An dem Mittwoch vor Chucks Tod bist du von Los Angeles hierhergeflogen – nicht mit einer Chartermaschine, sondern mit einem Linienflug. Nicht unter deinem Namen, sondern unter Nickys. Du hast ein Problem, das die meisten anderen von uns nicht haben, nämlich daß du zu berühmt bist, um dich verkleiden zu können. Diese Fotos von Michael Jackson mit Vogelscheuchenperücke und Koteletten sehen nach niemand anderem auf der Welt aus als nur nach Michael Jackson mit einer Vogelscheuchenperücke und mit Koteletten. Du und Michael, ihr habt beide das gleiche Problem.

Aber du *kannst* dich als Nicky verkleiden – und Nicky als du. Ich wette, du hast es früher auch schon gemacht. Oder? Du mußtest bestimmt mal zu irgendwas gehen, wozu du einfach keine Lust hattest – eine Eröffnung, eine Einweihung, eine Grundsteinlegung. Irgendwas. Du mußtest nichts sagen, nur viel lächeln, also hast du

Nicky hingeschickt. Oder? Sonnenbrille, ein Hut, ein Schal – in diesem Fall ein Platz in der ersten Klasse, um dich von deinen Fans abzuschirmen, ein Flug zu einer Zeit, in der kaum jemand unterwegs ist, um die Chance zu minimieren, daß du zufälligerweise jemandem aus deiner Branche über den Weg läufst, jemandem aus dem Showbiz. Selbst wenn es doch so kommen sollte, selbst wenn sie nicht gerade am Telefon hingen oder munter irgendwas in ihren alten Laptop tippen oder die Morgenfaxe lesen, du konntest es spielen: Du konntest so mühelos ein paar Stunden Nicky spielen, wie sie ein paar Stunden deinen Part übernehmen konnte.»

Während er sprach, ließ Cullen keine Sekunde seine Augen von Vera. Die anderen Male, die er mit ihr zusammengewesen war, hatte er sie nicht so aufmerksam gemustert. In der Limousine, in Gegenwart von Lise und Claire und Bürgermeister Lyons, er hatte sie nicht anstarren wollen; am Rand des Expressway, unter einem Schirm, war sie ihm so nah gewesen, daß eine Brust seinen Arm berührte und ihn abgelenkt hatte; unten im Salon, unmittelbar vor Claires Zusammenbruch, waren sie bereits zu Gegnern geworden, und ihre Blicke waren Hiebe und Paraden gewesen. Jetzt befand er sich genau in der richtigen Entfernung, nicht zu nah, nicht zu weit fort, und auch wenn sie sich immer noch feindlich gegenüberstanden, setzte sie sich, wenigstens im Augenblick, nicht zur Wehr. Sie war wirklich wunderschön, Starlet-schön, aber nicht spröde, nicht kalt. Witwenschön auch, obwohl sie natürlich auch nicht annähernd alt genug war, um so genannt zu werden. Aber neben ihrer Grazie, ihrer Sportlichkeit besaß sie auch Größe und Würde – mehr Würde, weiß Gott, als Cullen ausstrahlte, wie er da schlapp auf der Bettkante saß, dabei wie jemand – wie *etwas* – aussah und roch, das unbedingt gründlich ausgeräuchert werden müßte.

«Als du in New York gelandet bist, hast du ein Cab zu einem Hotel genommen – zum Hilton. Keine Limousinen, keine Belege, keine größere Buchführung. Erste Klasse, ja, aber nicht die Maharadscha-Klasse, Maharani. Das war Nickys Trip, nicht deiner. ‹Ich mag große belebte Hotels›, hat Nicky gesagt. Du magst sie auch, denn du bist fast eine ganze Woche dort geblieben, bist wahrscheinlich nicht besonders oft ausgegangen, bis zum Abend des vierten Juli. Am Abend des Vierten bist du hergekommen. Lise und Claire waren über das lange Wochenende auf Long Island? In Sagaponack? Sag Harbor? Ich bring das immer durcheinander. Für einen Teil des Wochenendes war Chuck bei ihnen, aber er ist in die Stadt zurückgekommen, weil er am Morgen ein Radiointerview hatte.»

Zunächst war Vera ein gebanntes Publikum gewesen, doch inzwischen begann sie interessiert und aufmerksam zu werden. Lag es daran, daß er bislang richtiglag oder daß er bislang danebenlag? Was auch immer es war, sollte er weitermachen, alles noch richtiger oder noch falscher hinkriegen?

«Du bist durch den Hintereingang reingekommen, über Claires Weg. Übrigens auch Chucks Weg, wie sich herausgestellt hat. Durch das Lieferantentörchen des Wohnhauses im benachbarten Block, die schmale Gasse am Gebäude vorbei, über den Hof hinter dem Gebäude, durch eine Lücke im Zaun auf diesen Hinterhof. An diesem kleinen Törchen dort hinten befindet sich ein Panik-Schloß – ein Schloß, das man von innen ohne Schlüssel öffnen kann und das geschlossen bleibt, wenn man erst einmal durch ist. Ich bin vorhin erst diesen Weg reingekommen, und ich dachte mir, daß ich das Schloß wahrscheinlich knacken könnte, die Verriegelung mit einem Kleiderbügel oder so was lösen könnte. Aber dem war nicht so. Es ist ein gutes Schloß. Der Hausmeister mußte mich reinlassen.

Der Hausmeister hat gesagt – ich glaube, das hat er gesagt; ich muß einen Hispanic-Kollegen kommen lassen, damit er das bestätigt –, daß das Schloß gesperrt werden kann und daß er manchmal entdeckt, daß die Verriegelung mit einem kleinen Stück Holz oder einem Steinchen verkeilt worden ist. Genauso haben es wahrscheinlich Claire und Chuck immer gemacht, wenn sie das Haus über diesen Weg verließen – damit sie wieder reinkommen konnten. Genau das ist es, was Claire – oder vielleicht auch Lise – tun sollte, damit du reinkommen konntest.

Sie hatten's vergessen.

Sie mußten am Morgen des Vierten den ganzen weiten Weg in die Stadt kommen, um sich darum zu kümmern.»

Wie still Vera dastand, wie ein Vogel auf einer Telefonleitung, im Gleichgewicht gehalten nur durch die Luftströmungen und Schwingungen, die sie auch zu Fall bringen konnten. Sie blinzelte kaum, atmete kaum.

«Ich habe darüber nachgedacht, was für ein großes Risiko es wäre, herzukommen. Was wenn Chuck von seinem Interview zurückkam? Was, wenn das Interview abgesagt wurde? Dann ist mir klargeworden, daß es überhaupt kein Risiko gab; sie hätten nichts anderes sagen müssen, als daß sie sich gelangweilt und beschlossen hätten, in die Stadt zu fahren. Es wäre nicht die erste Laune gewesen, der sie nachgegeben hatten. Es war kein Risiko, da der Plan Chucks Tod vorsah; er würde keine Aussage mehr machen. Und der Plan hatte Erfolg. An diesem Abend bist du durch das Törchen reingekommen, die Gasse hinunter, über den Hof, durch den Zaun auf der Rückseite des Grundstückes, quer durch den Garten, durch die Hintertür ins Haus. Du hast deinen Regenmantel aufgehängt, du hast Chuck gefunden, du hast ihn erschossen. Mit der Kanone, die Nicky dir höchstwahrscheinlich besorgt hatte – Nicky, deine Mehr-als nur-eine-Assistentin-dein-Lebenserhaltungssystem. Wahrscheinlich wird sie nicht zurückzuverfolgen sein. Du hast die Tüte überprüft, in die du sie gepackt hast, und außerdem war sie ja sowieso aus Plastik – eine Designerkanone. Du bist durch die Hintertür wieder raus, hast versehentlich Chucks Regenmantel genommen – du warst nervös und hampelig, und dann bist du ins Hilton zurückgekehrt. Am nächsten Morgen traf Nicky, mit dunkler Sonnenbrille und in Trauerkleidung, mit einem gecharterten Jet aus Los Angeles hier ein – gechartert von Vera Evans. Eine Limousine brachte sie in die Stadt. Mein Partner und ich hatten den Auftrag erhalten, sie zu bewachen – dich. Wir hatten nichts zu tun, bis sie – du – in der 119 eintraf, also sind wir raus zum Flughafen gefahren und sind ihr – dir – bis nach Manhattan gefolgt. Wir haben gesehen, wie die Limousine von der Straße abkam, nachdem der Fahrer erschossen worden war. Als ich dir sagte, draußen auf dem Expressway, im Regen, daß ich es gewesen war, der an dein Fenster gehämmert hatte, da wußtest du nicht, von was ich redete. Du wußtest *nicht*, von was ich redete, weil *du* nicht wußtest, von was ich redete. Du hast eine nette kleine Entdeckung gemacht und es Nicky sofort weitererzählt, aber zuerst *wußtest* du nicht, von was ich redete.»

Vera wurde dieser Sache langsam müde. Sie verlagerte ihr Gewicht, seufzte durch ihre Nase, berührte ihr Gesicht, ihre Haare. *Ach, hör doch auf, Snake.*

«Susan Rice, die Sprecherin des Departments, hatte Nicky – dich – am Flughafen abgeholt. Ihr Fahrer brachte Nicky – dich – hierher, und kurze Zeit später bist *du* dann eingetroffen, hast so getan, als wärst du Nicky, die Mehr-als-nur-eine-Assistentin-ein-Lebenserhaltungssystem, bereit, ihrer Herrin in schweren Zeiten mit Rat und Tat zur Seite zu stehen. Kein Mensch – außer mir – wunderte sich, wieso Nicky Potter zufälligerweise in New York war oder wie sie hierhergekommen war oder wann. Sie ist einer dieser Menschen, die zu jeder Zeit überall hinkommen können. Es war schon ein ziemlich guter Schwindel, aber was du hättest erkennen sollen, was du erkennen *mußt*, wenn du so dein Leben leben willst, ist, daß es ein Protokoll jedes einzelnen Telefonanrufes, *je*des Anrufes, gibt, den du oder sonst irgendwer macht. Es gibt genaue Aufzeichnungen über die Anrufe hin und her zwischen der 119 und dir und Nicky und Storyboard, mit denen das alles eingefädelt worden ist. Es gibt Unterlagen über den Anruf, den Nicky aus der Limousine mit dir im Hilton geführt hat – ich *wußte* nicht, daß es einen solchen Anruf gab, aber ich würde mein Leben drauf setzen –, um dir zu sagen, daß sie sicher angekommen war.

Die Geschworenen lieben Unterlagen über Telefongespräche. Sie lieben sie. Meistens sind sie nur von untergeordneter Bedeutung, meistens sind es nur Indizienbeweise, weil sie lediglich Auflistungen von Nummern und Daten und Zeiten darstellen, aber nichtsdestoweniger lieben die Geschworenen sie, und sie beachten die Belehrungen der Richter nicht, sie nicht zu beachten, denn wir alle wissen ja, denke ich, über die Gespräche Bescheid, die wir machen, und wie selten – *niemals* – wir die falsche Nummer wählen, wenn wir unseren Buchmacher oder unseren Telefonsex-Service oder unseren Killer oder weiß der Teufel wen anrufen...»

Okay, Snake, es reicht.

«Das Hilton. Im Hilton gibt es irgend jemanden – einen Pagen, einen Angestellten hinter der Rezeption, ein Zimmermädchen, einen Portier –, der ‹Nicky Potter› – dich – am Abend des Vierten, mit Regenmantel, Hut, einer weißen Hose, blauen Schuhen – Halbschuhe oder Espadrilles – bekleidet, ihr Zimmer verlassen sah. Und es gibt jemanden, der irgendwann in der Nacht des Vierten ‹Nicky Potter› – dich – in Regenmantel, Hut, weißer Hose, blauen Schuhen

– Halbschuhe oder Espadrilles – ins Hotel zurückkommen sah. Vielleicht gibt es sogar jemanden, dem auffiel, daß der Regenmantel, in dem ‹Nicky Potter› – du – das Hotel verließ, nicht derselbe Regenmantel war, in dem ‹Nicky Potter› – du – wieder zurück-»

Cullen duckte sich, denn Vera ging frontal auf ihn los, auf seinen Hals, die Hand ausgestreckt im Killer-Karate-Judo-Jiu-Jitsu-Kung-Fu-Aiki-Jo-Jen-Jutsu-Aikiko-Tae-Kwon-Do-Stil (Zimmerman – wie *ging's* Zimmerman? – würde den Namen kennen), zielte auf seinen... Larynx? Trachea? *Pomum adami?* Komm schon, Zim – wie *geht's* dir, Zim? –, hilf mir jetzt mal.

Aber sie nahm lediglich Cullens Hand und zog ihn vom Bett hoch und hinter sich her. Ins Paradies? Ins *Heartbreak Hotel?*

33

Eine weitere Treppe hinauf, in Claires Zimmer.

Woher wußte er, daß es Claires Zimmer war? Tja, das war schon eine Bude, ein kleiner Schrein der Anarchie in der noblen (wie es immer in der Boulevardpresse heißt) Upper East Side, eine Kapelle des Heavy metal und Speed metal und New Wave, das Dekor im wesentlichen Schwarz mit einem Schuß Eisen und Stahl. Wenn er stark behaart und häßlich gewesen wäre und eine die Eier zerquetschende Lederkluft getragen und seine Zunge bis zum Gehtnichtmehr rausgestreckt hätte, dann hätte Claire sein Bild garantiert mit Heftzwecken an der Wand befestigt; wenn sie tätowiert und häßlich und unmöglich kahlgeschoren und getönt und ekelhaft angezogen gewesen wäre, dann hätte Claire auch ihr Bild mit Heftzwecken an der Wand befestigt. Wenn der Text Anstoß erregend, häßlich, feindselig, unreif, dumm gewesen wäre, dann hätte Claire die Worte mit schwarzem Nagellack an die Wand gekritzelt. Mit rotem Nagellack, in einem Meter großen Buchstaben, hatte sie ihre selbst ausgedachte Devise gemalt:

FUCK THIS SHIT

Hatte sie auf die Tafeln eines schwarzlackierten Wandschirmes gemalt, der unmittelbar vor dem Fenster stand, jeden Lichtstrahl fernhielt, der es wagte, sich durch die High-Tech-Jalousien hereinzuschleichen, deren Lamellen fest verschlossen waren.

Vera ließ Cullen los – ließ ihn allein, so kam es ihm vor, um von der Feindseligkeit angeknabbert zu werden, die in den dunklen Winkeln des Zimmers böse knurrte, ihren Bau unter dem Bett hatte – falls man es Bett nennen konnte: Die Matratze lag halb auf dem Boden, die Laken – die schwarzen Laken – waren verknotet und verdreht, als wären sie verstrampelt worden. Vera ließ Cullen los und griff hinter den lackierten Wandschirm und öffnete die Jalousie und ließ ein wenig Licht herein – nicht viel Licht, denn es war, als würde ein Teil des Lichtes zögern, aus Furcht, unbeschreiblich abscheuliche Dinge zu enthüllen.

Mit einigen Schwierigkeiten wuchtete Vera den lackierten Wandschirm herum, der aus irgendeinem schweren, derben Holz hergestellt war. Als sie die Rückseite so weit herumgerissen hatte, daß sie in den Raum gerichtet war, und nachdem sie ein bißchen mehr Licht hereingelockt hatte, trat sie zurück und lud Cullen mit einer ausholenden Handbewegung ein, sich den Schirm genauer anzusehen.

Viele von uns haben Schwarze Bretter, Pinnwände, Kühlschranktüren – provisorische Schaukästen für Cartoons, Rezepte, komische Zeitungsartikel und Fotos, Theaterprogramme, Mahnungen, Tips, Abschnitte, Hinweise, Notizen –, Zeug von kurzfristigem Interesse, das einfach nur ein bißchen mehr Durchhaltevermögen, ein bißchen mehr Recht auf Leben hatte als der restliche Kram, den wir sofort wegwerfen. Claire Langois hatte ihren lackierten Wandschirm. Befestigt mit Plastikheftzwecken (von der versilberten, häßlichen Sorte), von oben bis unten, von der linken Seite jeder einzelnen Tafel bis zur rechten, hingen Fotos – Zeitungsfotos, Illustriertenfotos, Magazincovers, Fotos von den Schutzumschlägen von Büchern, Familienfotos, ein aus einem High-School-Jahrbuch herausgerissenes oder ungeschickt ausgeschnittenes Foto, ein Foto aus dem Programm irgendeines Geschäftskongresses, neue und alte Fotos, große und kleine Fotos, professionelle Fotos und Amateurschnappschüsse, Einzel- und Gruppenaufnahmen, und so weiter und so weiter, scheinbar für immer und ewig – und alle von Charles Story.

Dort befanden sich auch Zeichnungen von Charles Story – Cartoons aus Zeitungen, schmeichelhafte wie beleidigende Karikaturen, eine stilisierte Silhouette für das Deckblatt des Jahresberichtes irgendeiner Holding-Gesellschaft, ein Foto von einem T-Shirt, auf dessen Brust ein Bildnis von Charles Story aufgedruckt war, ein weiteres Foto von einem förmlichen, altmodischen, überlebensgroßen Ölporträt von Charles Story.

Auf jedem einzelnen Foto, jeder einzelnen Zeichnung, Karikatur, Bildnis, Porträt waren – wobei die Operationen wahrscheinlich (*weiter so, Snake – gute Polizeiarbeit*) mit einem Zirkel, dessen scharfe Spitze an einer der wenigen Stellen, die nicht von einem Foto, einer Zeichnung, einer Karikatur, einem Bildnis, einem Porträt belegt war, tief – sehr tief – in das Holz des Wandschirmes gestoßen worden war – die Augen des Motivs, die Augen von Charles Story ausgestochen worden.

Cullens Augen taten mitfühlend weh, und er zuckte zusammen und blinzelte und wandte sich ab, suchte nach Vera, die in eine Ecke des Zimmers gegangen war, während er den Wandschirm studierte, seine *message* verstand. Er schreckte auf, denn dort zwischen ihnen, mit einem sehr neugierigen Ausdruck auf dem Gesicht, ob er es wohl verstanden *hatte*, stand Claire, die barfuß von irgendwoher aufgetaucht war. «Hallo» war alles, was Cullen zu sagen einfiel.

«Hi», sagte Claire. «Ich merke, Sie wissen Bescheid. Sie haben eine Menge mit mir durchgemacht. Auf der LIE, auf dem Friedhof, neulich im Garten. Danke.» Zuerst hatte er gedacht, daß das weiße Leinenkleid, das alles war, was sie anhatte – kein Unterrock, keine Netzstrümpfe, keine üblen Schuhe – ein Krankenhausnachthemd war, doch er sah, daß es lediglich modisch war, passend zu dem Wetter und ihrem schlanken Körper. Ihr Gesicht war unverschandelt von Mascara und Lidschatten und Rouge, und in deren Abwesenheit sahen ihr gestutztes Haar, ihr Zopf, ihre gezupften Augenbrauen weniger bedrohlich aus. Kein versilberter Schlagring, keine Totenkopfringe, kein Hakenkreuz, kein Bolzen. Die Haare und das Hemdkleid verliehen ihr ein kindliches, jungfräuliches Aussehen, erinnerten an einen Außerirdischen, an eines dieser Fotos von Föten, die im Fruchtwasser trieben, an einen Strahlentherapie-Patienten, an einen Konzentrationslagerhäftling. Nur daß ihre Augen klar und ihre Stimme kräftig war, nachdem das Beruhigungsmittel, unter dem sie gestanden hatte, seine Wirkung verloren hatte.

«Bitte... Bitte, gern geschehen», sagte Cullen.

Claire machte einen Schritt auf den lackierten Wandschirm zu, beugte sich einen Augenblick zu ihm vor, als hätte sie überhaupt nichts damit zu tun, als würde sie ihn zum erstenmal sehen, trat dann zurück und blickte direkt in Cullens Seele. «Das erste Mal war vor einem Jahr am Memorial Day», sagte Claire. «Damals war das Bett ein Kinderbett, das Zimmer ein Kinderzimmer. Ich war unterwegs, spielte Tennis. Ich lernte die Welt kennen, wurde kultiviert, aber in meinem Zimmer hielt ich meine Kindheit aufrecht. Puppen, ausgestopfte Tiere, Rüschen. Als er anfing mich zu bumsen, da fing es auch an, so auszusehen. Mom dachte, es läge am Einfluß der Jungs, mit denen ich zusammen war. Metal Heads, Drogen-Freaks, *Euro-Trash*.

Ich hab's keinem erzählt. Was soll man sagen? Wie soll man's sagen? Wem? Mom hat die Armbänder gehört. Er trug zwei Armbänder an seinem Handgelenk, seinem rechten Handgelenk. Eins davon hat Mom in Afrika während einer Tennistournee gekauft; sie hat es ihm zur Hochzeit geschenkt. Das andere war aus Kupfer, gegen Arthritis. Wenn er seinen Arm bewegte, dann klingelten sie, wie kleine Glöckchen, wie ein Windspiel. Ich träume von ihnen. Wenn es so realistisch ist wie nur was, ist es dann ein Traum?

Letzten Monat, am Zweiundzwanzigsten, hörte Mom sie durch die Tür, die Armbänder. Sie kannte das Geräusch von... wenn sie mit ihm schlief – wenn er, wenn er, wenn er mich berührte. Sie wartete draußen. Sie versteckte sich draußen. Sie war die Kriminelle, ja – der Spanner. Und raus kam er. Daher wußte sie es.»

Cullen kämpfte verzweifelt darum, seine Augen daran zu hindern, immer wieder zu dem verwüsteten Bett hinüberzuwandern, zu den verknoteten, verdrehten, verstrampelten schwarzen Laken. Er schaffte es, aber sein Kopf tat ihm weh wie die Hölle.

Er sah Vera an.

Vera sah Claire an, sprach mehr zu ihr als zu Cullen, wie von ihr inspiriert, als hätte sie ihre Erlaubnis erhalten. «Die Belästigungen fingen an, als sie zehn war. Mutter lebte damals noch. Die Vergewaltigungen fingen an, als ich zwölf war, an dem Tag, als meine Mutter beerdigt wurde. Manchmal hat er mich nach der Schule vergewaltigt, während Dad unten im Laden arbeitete. Manchmal hat er mich nachts vergewaltigt, wenn Dad ins Bett gegangen war: Dad ging immer sehr früh ins Bett und hatte einen sehr festen Schlaf. Manchmal hat er mich samstags vergewaltigt, wenn er nicht bei Dad arbeitete. Sonntags war ich normalerweise sicher. Normalerweise ging er dann immer mit Dad unseren Onkel auf Long Island besuchen, den Mann von Dads toter Schwester. Ich glaube – ich bin sicher –, er hat auch unsere Cousine Barbara vergewaltigt. Ich habe Barbara schon seit Jahren nicht mehr gesehen. Ich hatte gehofft, sie würde zur Beerdigung kommen. Wenn sie gekommen wäre, hätte ich versucht, mit ihr darüber zu reden. Sie ist nicht gekommen. Ich hoffe, sie hat einen eigenen Weg gefunden, um... um zu feiern...

Mutter tot, gleichgültiger Vater, aggressiver Sohn, schüchterne Tochter – der klassische Fall. Das alles weißt du; du hast davon gelesen. Persönlichkeitsspaltung. Die Schauspielerei war meine Rettung. Beruflich konnte ich eine ganze Reihe verschiedener Persönlichkeiten spielen. Konnte sie *sein*. Ich denke nicht, daß das eine zu grobe Vereinfachung ist. Eine Therapeutin half, eine Frau, die erkannte, daß die Schauspielerei ein nützliches Werkzeug sein konnte... Ruth – die Therapeutin, Nicky, Lise, Claire. Das sind die einzigen Menschen, denen ich jemals davon erzählt habe. Vielleicht wußte es meine Mutter, vielleicht mein Vater: wer weiß? Und Tom weiß es jetzt. Du hast Tom bei deinem Szenario vergessen. Du bist noch nicht dahintergekommen, wie er in die ganze Sache paßt. Als du damals auf der High School diesen Brief geschrieben hast, da hast du mir, ohne damals zu wissen, daß es genau das war, was du getan hast, mit Bloßstellung gedroht, was ich unmöglich hätte ertragen können. Ich habe Tom nicht etwa zur Rede gestellt, weil ich Angst davor hatte, daß er sagte, er würde mit mir schlafen, sondern weil ich Angst hatte, er – oder andere – hätten gesagt, ich würde mit meinem Bruder schlafen. Ich wußte – ich weiß nicht, woher ich es wußte, da ich überhaupt so wenig wußte, aber ich wußte es einfach –, als er sagte, der Brief wäre eine Lüge, daß er es nicht wußte, daß niemand etwas davon wußte.

Du hast es auch nicht gewußt, Joe.»

Vera sah Cullen jetzt an, und es war keine Frage, es war eine

Anweisung; es bedeutete, daß sie ihn gesehen *hatte*, ihn, Joseph (Snake) Cullen, wie er auf dem Kotflügel des anthrazitgrauen und rosafarbenen Chevrolet Bel Air draußen vor dem Süßigkeitenladen gesessen hatte, eine Kippe qualmte, *rocky girls* direkt vor ihm, falls er ihre hohen harten Titten hatte angaffen wollen, sie aber nicht anstarrte, statt dessen nach oben (*oben!*) schaute zu dem Fenster im dritten Stock mit den beiden Menschen dahinter, sie und ihr Bruder, Vera Story und Chuck Story, splitternackt. Sie hatte gesehen, wie er zu ihr hochgeschaut hatte, und sie befahl ihm, nicht zu denken, er hätte es gewußt, nicht zu denken, er hätte es wissen müssen, he, die Leute sehen *nicht* nach oben.

Und trotzdem – Echos und vage Erinnerungen: Draußen vor der 119 an dem Morgen nach der Nacht, in der Story umgelegt worden war, als er mit Ann sprach, als Ann seine Hand berührte, um ihn zu beruhigen, nachdem sie an der Integrität seines alten Freundes gezweifelt hatte. *«Du hast recht, und ich versuche auch nicht, deinen Freund anzugreifen, aber ich habe einen Monat mit ihm verbracht, und dabei ist mir eines aufgefallen. Mir ist aufgefallen, daß er wie viele Männer eins von zwei Dingen tat, wenn er wütend wurde: Entweder wurde er stumm, oder er fing an zu toben.»*

Vera hatte sich bewegt, stand jetzt dicht neben Claire, hatte die Hände auf Claires Schultern gelegt. Schwestern, Freunde, Kampfgefährten. «Was willst du noch wissen, Joe? Was mußt du noch wissen? Du mußt wissen, daß Tom und ich gute Freunde waren, als er seine Entziehungskur machte. Caleb und ich hatten in New York an einem Film gearbeitet – es war achtundsechzig, kurz nachdem Bobby Kennedy ermordert worden war –, und ich hörte, daß Tom in einem Krankenhaus in Brooklyn war. Ich bin ihn besuchen gegangen. Er war sehr dankbar. Wir sind in Verbindung geblieben, nachdem er entlassen wurde, nachdem seine Karriere in Gang gekommen war. Es war offensichtlich für ihn, daß mein Bruder und ich uns auseinandergelebt hatten, aber er hat nie gefragt wieso, und ich habe es ihm nie gesagt…

Lise rief mich an dem Tag an, als sie es herausfand. Nachdem ich aufgelegt hatte, erzählte ich es Nicky, und da standen wir in der Mitte meines Wohnzimmers und planten den Mord an meinem Bruder. Nein – wir haben es nicht geplant; es kam… einfach heraus.

Alles ist genauso gewesen, wie du es gesagt hast, Joe – nur daß unmittelbar nachdem ich meinen Bruder erschossen hatte – du hattest recht, was die Kanone betraf; Nicky hat sie besorgt, und man wird sie nicht zurückverfolgen können –, unmittelbar nachdem ich meinen Bruder erschossen hatte, kam Tom hereingelatscht.

Toms Freundin, Joy Griffith, ist bei dem Brand im *Raleigh* gestorben. Tom hörte Gerüchte, die ihn veranlaßten zu glauben, daß mein Bruder, oder besser gesagt, die Firma meines Bruders, das *Raleigh* abbrennen ließ. Das hat er mehr oder weniger wörtlich in aller Öffentlichkeit gesagt. Dann fand er etwas heraus, das ihn seine Meinung ändern ließ. Er rief meinen Bruder an – einer dieser Anrufe, die du zurückverfolgen kannst – und lud sich für diesen Abend ein, für den Abend des Vierten, um mit ihm zu reden. Als niemand auf sein Klingeln reagierte, öffnete er selbst die Haustür. Mit einem Schlüssel, den mein Bruder ihm gegeben hatte. Erinnerst du dich, wie ihr Jungs eure Schlüssel getauscht habt? Irgend so ein Macho-Ritus. Ich weiß nicht, warum, aber mir sagt das etwas darüber, wie ängstlich ihr alle wart. Änsgtlich vor irgendwas.»

Davor, alles unter einem Dach zu haben, ganz klar. Cullen war sich langsam, ganz langsam eines... eines... Er konnte es nicht benennen. Eines Gefühls bewußt geworden – in seinem Inneren, sehr vertraut, uralt, das logische (in der Rückschau betrachtet, richtig?) Resultat dieses Sommers der Hitze und des Todes: Sein Blut kochte, kochte leise vor sich hin. Bald, schon sehr bald würde es ganz verkocht sein, und dann würden seine Venen und Arterien und... (Zim, wie *geht's* dir, und wie heißen sie noch gleich, diese kleinen Blutgefäße?)... *Kap*illare verbrennen und schmelzen und verkohlen. Das Feuer würde sich auf seine Knochen ausdehnen, und sie würden verbrennen und springen und zusammenbrechen und... und ohne ihre stützende Funktion würde *er selbst* zusammenbrechen, das Feuer würde auf den Sack aus Haut und Haaren übergreifen, der den ganzen Rest der Scheiße zusammenhielt, und es würde brennen, und der Wind würde den aschgrauen Rest dessen, was von ihm noch übrig war, aufwühlen und verstreuen, und das, Gott sei Dank, war dann das.

Claire flüsterte Vera irgend etwas zu, und genau wie sie gekommen war, war sie wieder verschwunden, antwortete vielleicht auf irgendeinen Ruf des Mutterschiffes. Zum erstenmal sah Cullen Vera jetzt genau an. Mit ihrem braunen Leinenhemd und der weißen Leinenhose, den Ledersandalen, ihrer unbändigen Mähne, die durch Kämme hochgehalten wurde, gehörte sie auf die Kaffeeplantage in Kenia, nicht in einen Schrein der Anarchie in New York City. Vielleicht konnte er, bevor sein Blut ganz verkochte, in das nächste *Bananas «R» Us* rennen, sich ein Safarihemd besorgen, ein paar Shorts; dann in ein Reisebüro stürmen und zwei Tickets buchen: New York–Amsterdam–Nairobi, Start um vierzehn Uhr, nur wenige Sekunden vor seiner endgültigen Einäscherung.

Er würde gerettet werden, sie würde ihn wieder gesund pflegen, sie konnten dort weitermachen, wo sie aufgehört hatten, ein neues Leben beginnen, Elefanten zum Frühstück schießen, in der alten Stutz Bearcat (oder war ein Stutz Bearcat ein Auto? Zimmerman – wie *ging's* Zimmerman? – würde es wissen) dicht über verschreckte Gazellen wegfliegen, die Treiber und Träger in fließendem Suaheli herumkommandieren, alles fest im Griff haben, den Sex und das Lachen und die Lyle-Lovett-Alben und (auf Video, aufgenommen von Freunden in den Staaten) die *Hill-Street-Blues*-Wiederholungen und die Buffalo-Straußenflügel, glorreiche, sagenhafte, einmalige Nervensägen sein. Oder nicht?

Vera sah Cullen sonderbar an, als hätte er aufgehört zu reden. Ihre ruhige, ungezwungene Stimme verwandelte sich in einen Plauderton: «Er hat sich für mich gefreut, Tom – Claire hat ihm leid getan, Lise hat ihm leid getan, alles hat ihm leid getan, aber letztlich hat er sich für mich gefreut. Und er sah eine Chance: Gewalt hatte ihn schon immer beunruhigt. Diese Leute. Die Hoffnungslosen. Er dachte, wenn man es so drehen könnte, daß es aussah, als hätten sie meinen Bruder getötet, dann würden sie alle hochgenommen oder so sehr in den Untergrund getrieben, daß sie ihre... ihre Kraft verlieren würden. Er hat den Finger meines Bruders abgeschnitten. Er hat ‹Raleigh› auf die Wand geschrieben.

Aber Tom hatte sich verrechnet. Wie es ausah, brachte der Tod meines Bruders jemanden auf die Idee zu versuchen, mich zu töten. Daran hatte Tom nicht gedacht. Und der Gegenschlag – die Frau und ihr Baby in der Jamaica Bay, der Tod deines Freundes, der Tod von Detective Bermúdez –, es tut mir leid, Joe, das mit Detective

Bermúdez... Tom hat sich gestellt – er hat mich heute morgen angerufen, bevor er in die Stadt kam; wieder ein Anruf, der zurückverfolgt werden kann –, weil alles außer Kontrolle zu geraten begann. Er...»

«Laß mich zu Ende erzählen», sagte Cullen. «Tom wird wegen des Mordes an Chuck, an deinem *Bruder*, unter Anklage gestellt werden, weil er die Kanone besitzt, weil er gesehen wurde, wie er das Haus betreten hat, weil er ein Motiv hatte – Rache für Joy Griffith' Tod. Aber er wird nie verurteilt werden, weil es abgesehen von seinem augenblicklichen Geständnis nichts außer diesen Indizienbeweisen gibt. Die Anklage wird abgewiesen werden, und der wahre Mörder deines Bruders wird nie gefunden. Niemals. Nie, nie, nie, niemals.»

«Was?» Vera machte einen Schritt auf Cullen zu. «Was, Joe? Wieso schüttelst du deinen Kopf so?»

Um sich selbst zu beweisen, daß er sich immer noch bewegen konnte, *und* um Vera zu sagen, daß kein Mensch diese Geschichte abkaufen würde, daß es das war, was seine Computer-Freak-Tochter ‹nicht zu glauben› nennen würde. Aber während sich sein Kopf weiter schüttelte, blieb sein Gehirn so ruhig wie ein Gyroskop und sagte: *He... wieso nicht? Die Leute sehen nicht nach oben.*

34

«Lyons?» sagte Cullen. Apropos nicht zu glauben. Apropos die Welt ist klein.

«Ich kann dir in die Augen sehen», sagte Zimmerman. «Lyons und ein kleiner Ganove namens Hector Piñero, Straßenname Marks, und ein Zündler und Gelegenheitskiller namens Robert Southy, Straßenname Bobby Liberty.»

«*Lyons?*»

«Es ist verdammt einsam an der Spitze, schätze ich», sagte Zimmerman. «Stressig.»

Sie saßen im Turbo, die Klimaanlage auf *forte*, parkten ein Stück den Block hinunter von der 119. Zimmerman hatte direkt vor dem

Haus gewartet, als Cullen, einen Arm zum Schutz gegen die Sonne erhoben wie eine Mafia-Größe zum Schutz vor *Paparazzi*, aus der Haustür kam. «Ich dachte mir schon, daß ich dich hier finden würde», hatte Zimmerman gesagt. «Das liegt daran, weil du alles weißt, Zim», hatte Cullen geantwortet. «Hecks, Fransen, Strapse, Einstellringe, Zapfen, Blätter, Kappen, Telsons, Kruppen, Philtren.» Zimmerman hatte Cullen einfach nur angestarrt und auf der Innenseite seiner Wange gekaut.

«Wie geht's dir, Neil?» sagte Cullen jetzt. «Schön, dich zu sehen.»

«Ich bin okay. Walsh ist tot, und Darelle. Ich schätze, du warst wohl dabei. Noch mehr Beerdigungen.»

«Wie war's bei Keith'?»

«Okay. Heiß. Das mit Walsh und Darelle hatte sich rumgesprochen, daher waren die Leute irgendwie nicht ganz bei der Sache. Keith' Mutter hat allerdings nichts davon mitgekriegt, daher schätze ich, es war schon okay.»

«Noch mehr Beerdigungen.»

«Noch mehr Beerdigungen. Deborahs *wäre* morgen, aber ich weiß nicht, ob sie den Termin nicht wegen… Ach, Scheiß drauf. Dein… Ich wollte schon sagen, dein Schwager, aber er ist ja nicht dein Schwager, er ist der Mann von deiner Ex…»

«Doug.»

«Doug hat angerufen. Mit einem Namen und einer Nummer. Einer Nummer an der Westküste.»

«Wenn ich dir sage, vergiß es einfach wieder, wirst du es dann vergessen, oder wirst du mich fragen wieso?»

Zimmerman sah Cullen an. Der Vordersitz des Saab war noch nie so breit gewesen. «Wie geht's dir, Joe?»

«Ich hätte nichts gegen ein Nickerchen. Meinst du, es würde irgendwem auffallen, wenn ich bis Weihnachten durchschlafe?»

«Weihnachten fällt dieses Jahr aus. Der Tierschutzverein wird die Rentiere bei dieser Hitze nicht fliegen lassen.»

Cullen weinte.

Zimmerman drückte seine Schulter. «Ist schon okay, Joe. Laß es raus.»

Und weinte.

Bis Hriniaks Lincoln neben ihnen hielt. Sein Fahrer war aus der falschen Richtung in die Seventieth Street gefahren, so daß Hriniak und Cullen sich gegenübersaßen. Sie kurbelten ihre Fenster herunter.

Cullen putzte sich in einem Kleenex aus dem Handschuhfach die Nase. «Ich weiß, ‹Scheiß drauf?›»

«Was haben Sie über Detroit gehört?» sagte Hriniak.

«Darelle Dean hat Walsh umgelegt, dann hat er sich selbst umgebracht», sagte Cullen. «Falls da noch keiner drauf gekommen ist. In Walsh' linker Hosentasche werden Sie ein paar Haare finden, die er von Tom Valentines Kopf abgeschnitten hat. Die Haare in dem Beweismittelbeutel sind Walsh' Haare, und die stimmen mit denen überein, die Nicky Potter dem Burschen ausgerissen hat, der Bermúdez umgelegt hat.»

«Dieser Bursche war also Walsh.»

«Dieser Bursche war also Walsh.»

«Und das alles ist praktisch direkt vor der Tür des Labors passiert, daher haben wir uns einen großen Teil zusammenreimen können, aber vielen Dank für Ihren Augenzeugenbericht. Ich nehme an, Sie waren am Tatort.»

«Es ist alles so schrecklich schnell passiert», sagte Cullen. «Aber ich werde sowieso meinen Abschied nehmen, weil es im Grunde erst wegen mir soweit gekommen ist.»

«Im Kino nehmen Cops ihren Abschied, wenn sie irgendwas verursachen. Im wirklichen Leben bleiben sie in der Nähe und machen das gleiche woanders noch mal.» Hriniak deutete mit seinem Kinn zur 119. «Was ist da drinnen passiert?»

«Nur ein Höflichkeitsbesuch», sagte Cullen.

«Ja. Und ich bin der beschissene Prince of Wales.»

«Wußten Sie, daß er nie Geld bei sich hat?» sagte Cullen. «Prince Charles? Einer seiner ... königlichen Stallmeister oder so schleppt es immer für ihn mit sich herum. Zim hat mir das gesagt. So hast du sie doch genannt, Zim ... königliche Stallmeister, oder?»

«Commissioner, äh ...» Zimmerman beugte sich über den breiten Vordersitz. «Mit Ihrer Erlaubnis, Sir, würde ich Sergeant Cullen jetzt gerne nach Hause bringen. Er hat schon sehr lange nicht mehr geschlafen.»

Nach Hause? Die Pflanzen, von denen der Computer-Freak so hartnäckig behauptete, sie würden sein Ökosystem ausgleichen, würden tot sein; die Rechnungen und die Supermarktangebote und die Flugblätter wegen irgendwelcher vermißten Kinder und die Preisausschreiben würden sich knietief hinter der Tür auftürmen; Staub würde auf dem Staub auf dem Staub liegen; die Reste würden aus dem Kühlschrank verschwunden sein und würden die Lyle-Lovett-Alben spielen und die Buffalo-Hähnchenflügel machen. «Setz mich bei Ann ab.»

«Bevor Sie gehen, *Ser*geant», sagte Hriniak. «Danke.»

Was hatte er denn getan? Ach ja – er hatte die Anrufe von Hriniaks Apparat zu Deborah Dean für sich behalten. «Klar.»

«Und bevor Sie noch ein Wort darüber verlieren, Ihren Abschied zu nehmen, schlafen Sie sich mal richtig aus.»

«Ja. Klar. Das werde ich. Danke.»

«Bis dann, Joe.»

«... Bis dann, Phil.»

Hriniak sagte irgendwas zu seinem Fahrer, und der Fahrer fuhr mit dem Lincoln an und weiter die Straße hinunter Richtung Park.

Zimmerman fuhr mit dem Saab an und fädelte sich vom Bordstein in den Verkehr ein und fuhr weiter zur Lex und bog dann Richtung Downtown ab. «Weißt du, was ich noch weiß?»

«Was?»

«Der Springbrunnen auf der Plaza, wo wir gesehen haben, wie diese obdachlose Frau von einem Taxi angefahren worden ist?»

«Ja?»

«Der Cop, der sie verfolgt hat?»

«Ja, Neil, ja. Wie viele obdachlose Frauen haben wir gesehen, die von einem Taxi angefahren wurden?»

«... Leck mich, Cullen.»

«Tut mir leid.»

«Ja.»

«Wirklich. Tut mir leid. Neil, ich habe nicht mehr geschlafen seit...»

«Ich auch nicht, du egoistischer Dreckskerl. Ich kann mich nicht mehr erinnern, wann ich das letzte Mal in meinem Bett geschlafen habe. Ich habe auf dem Fußboden unter meinem Schreibtisch geschlafen... gestern, glaube ich. Also, scheiß auf dich und auf dein beschissenes ‹Ich habe nicht geschlafen.›»

«Tut mir leid, Neil.»

«Ja.»

«Wirklich.»

Zimmerman bog rechts auf die Sixty-sixth ein, fuhr zur Transverse Road quer durch den Central Park.

«Was *ist* mit dem Springbrunnen?» sagte Cullen.

Zimmerman sagte: «Nichts.»

Cullen sagte: «Vera hat ihren Bruder umgebracht. Er hat sie vergewaltigt, als sie noch Kinder waren. Wiederholt. Jahrelang. Als sie herausfand, daß er Claire ebenfalls vergewaltigte, hat sie ihn umgebracht. Durch reinen Zufall kam Valentine, unmittelbar nachdem sie ihn erschossen hat, vorbei. Valentine hat dann alles so gedreht, daß es aussah, als hätten die Hoffnungslosen das getan, aber als dann der Gegenschlag außer Kontrolle zu geraten begann, beschloß er, die Sache auf seine eigene Kappe zu nehmen.»

Von der Park bis zur Fifth Avenue ließ Zimmerman sich alles durch den Kopf gehen. «Dann war also die Frau, die aus dem Flugzeug und in den Benz gestiegen ist, Nicky. Vera war längst in der Stadt.»

Es waren keine Fragen, daher antwortete Cullen nicht.

«Und Valentine wird, wahrscheinlich, frei aus der Sache rauskommen, weil es außer seiner Aussage nichts gibt, womit man ihn festnageln könnte.»

«Nichts», sagte Cullen.

Der Park war ein Witz – braune Bäume, braunes Gras, brauner Staub, der auf dem schwitzenden Metall klebte und alle Autos und Busse braun färbte. Auf dem Bürgersteig dort fuhr ein Irrer auf einem Fahrrad; ein Irrer joggte in die andere Richtung. Sie winkten sich zu, als sie aneinander vorbeikamen – das geheime Zeichen der Irren.

An einer roten Ampel an der Central Park West sagte Zimmerman: «Sie werden den Springbrunnen renovieren. Irgend so was hat in der Zeitung gestanden. Man nennt ihn den *Fountain of Abundance*. Den *Brunnen des Überflusses*. Ich dachte nur, das wäre ganz schön ironisch, wenn man bedenkt, was wir dort gesehen haben, das ist alles.»

«Ja, das ist es», sagte Cullen. «Es ist ironisch. Der *Foutain of Abundance?*»

«Er wird auch der Pulitzer Memorial Fountain genannt, aber sein zweiter Name ist *Fountain of Abundance.*»

«*The Fountain of Abundance.*»

«*The Fountain of Abundance.*»

Dort saßen sie, sogar noch als die Ampel auf Grün umschlug, sagten sich gegenseitig immer wieder *The Fountain of Abundance*, stundenlang, wie es schien. Bis der Fahrer eines Cabs hinter ihnen, der keinerlei Reaktion bewirkte, als er sich auf seine Hupe legte, ausstieg und auf der Fahrerseite gegen die Seitenscheibe klopfte.

Zimmerman kurbelte das Fenster fünf Zentimer herunter. «Ja?»

«Nichts. Vergessen Sie's», sagte der Fahrer und ging zu seinem Taxi zurück.

Zimmerman sah ihm im Rückspiegel nach. «Netter Bursche.»

Aber Cullen war eingeschlafen.

«Du siehst erschöpft aus», sagte Ann. Sie trug eine rote Sporthose und ein ärmelloses marineblaues T-Shirt mit der Aufschrift *Wo ist die Party?*

«Ich fühle mich okay», sagte Cullen. «Ich hab im Auto ein Nikkerchen gemacht.» Ein Drei-Minuten-Nickerchen. «Du hast einen neuen Teppich.»

«*Pottery Barn.*» Ann verstellte einen großen Standventilator so, daß er auf seinen Sessel blies, und setzte sich im Schneidersitz auf die Couch. Sie deutete mit ihrem Kopf auf den Hinterhof hinter der offenen Verandatür. «Ich dachte, ich würde Angst haben, so bald wieder hierher zurückzukommen, aber eigentlich habe ich nicht besonders viel darüber nachgedacht. Ich hatte genug Ablenkung durch all die außergewöhnlichen Presseverlautbarungen, die aus meinem Radio kommen.»

«Hatte ich ganz vergessen. Du solltest ja eigentlich gar nicht hier sein. Du solltest bei Rita und Bruce sein.»

«Viel zu heiß, um ein Hausgast zu sein. Oder einen zu haben.»

Cullen beugte sich vor. «Ich gehe.»

«Das hab ich nicht gemeint, du Arschloch.»

Er lehnte sich wieder zurück. «Könnte ich vielleicht einen Eistee oder so haben?»

«Eine Limonade?»

«Hmmmh.»

Ann ging in die Küche, und Cullen schlief ein.

Er wachte – viel später – im Bett auf, unter einem Laken, nackt. Ann hörte, wie er sich reckte und kam zur Tür, einen Walkman in der Hand, den Kopfhörer um den Hals. «Ich hab was getan, was ich vielleicht nicht hätte tun sollen. Ich hab Connie angerufen, um ihr zu sagen, daß mit dir alles okay ist.»

Er fragte sich, wie sie an die Nummer gekommen war, aber er wußte, daß sie sagen würde, es wäre schließlich genauso ihr Job, Dinge herauszufinden, wie seiner, und daß sie eine Spielerin war. «Danke.»

«Ich hab mit James gesprochen. Er ist sehr süß.»

«Ja, ich schätze, das ist er wohl. Wenn ich an ihn denke, stelle ich ihn mir nicht als süß vor, aber ich denke, ja, wahrscheinlich ist er süß.»

Ann setzte sich auf das Bett und nahm seine Uhr vom Nachttisch. «Du hattest das Ding hier so eingestellt, daß es jede volle Stunde piepte. Ich bin ehrlich überrascht. Das ist gar nicht deine Art. Erinnerst du dich noch, als wir bei Betsy und Frank essen waren, und da war dieses Pärchen, dessen Uhren im Abstand von dreißig Sekunden losgingen? Ich dachte schon, du würdest sie mit dem Tranchiermesser erstechen.»

«Ich dachte, der Alarm wäre kaputt.»

«Er ist losgegangen, als du geschlafen hast.»

«Wo er jetzt nicht mehr kaputt ist, weiß ich nicht, wie man das wieder abschaltet.»

«Ich hab's abgeschaltet.»

«Ich würde dich gerne James vorstellen», sagte Cullen. «Und Tenny.»

Ann nickte. «Ja, sehr gern. Danke.»

«Neil hat die Antwort auf die Frage gefunden, auf die Freud nie gekommen ist. Sie lautet: ‹Alles unter einem Dach…›»

Ann nickte. «Klingt irgendwie richtig. Gut für Neil.»

«Ich will *ein paar* Sachen unter einem Dach.»

«Wie zum Beispiel was?»

«Den Sex und das Lachen und die Lyle-Lovett-Alben und die

Wiederholungen von *Hill Street Blues* und die Buffalo-Hähnchenflügel.»

«Hört sich an wie ein Verbindungsheim.»

«Ich nehm's an... Vera Evans hat Charles Story umgebracht.»

Ann nickte. «Inzest?»

«Und mit Claire Langois ebenfalls.»

«Ich denke, ich wußte es. Es ist albern zu sagen, aber ich glaube, ich wußte es... Danke, daß du nicht gesagt hast: ‹Das hast du nicht von mir.›»

«Es muß geheim bleiben – ich sage nicht, daß du schon drauf und dran warst, zum Telefon zu rennen –, aber es muß leider wirklich so sein. Schade, daß er dabei als Opfer wegkommt.»

«Danke, daß du nicht gesagt hast, ich wäre schon drauf und dran, zum Telefon zu rennen.»

«Ich scheine zur Abwechslung ja mal ein paar von den richtigen Sachen zu sagen. Ich war verdammt lange Snake Cullen.»

Ann stürzte sich eine Weile in den Kaninchenbau ihres Geistes. Als sie wieder herauskam, sagte sie: «Wußtest du, daß der Cop, der Lyons geschnappt hat, derselbe Cop war, der den Neun-Elfer erwischte, als Story umgelegt wurde?»

Ach, mach weiter so – red wie ein Spieler. «Hriniak sagt gern, die Welt ist klein.»

«Dieses Zeug, das du oben an der 119 gesagt hast, nachdem Keith ermordet worden war – das Zeug darüber, daß Vera und Tom... eng befreundet wären... Indem er alles auf seine Kappe nimmt, ist Tom... Tja, also, ich bin kein Anwalt – und ich scheine auch nicht richtig ausdrücken zu können, was ich meine –, aber...»

«Ich bin auch kein Anwalt. Aber er wird einen *guten* Anwalt bekommen, und er wird freikommen.»

Ann spielte an dem Kopfhörer herum. «Ich würde jetzt gerne zu dir in dieses Bett da steigen, aber ich bin nicht sicher, ob es möglich ist, einfach seinen eigenen Kram weiterzumachen, nachdem irgend jemand ‹Inzest› gesagt hat. Man hat einfach immer... dieses Echo im Ohr.»

Echos und vage Erinnerungen. Cullen berührte Anns Arm am Ellbogen, berührte sie zum erstenmal seit Jahren, so fühlte es sich wenigstens an. «Bald.»

Sie schüttelte ihren Kopf. «Du brauchst nicht ‹bald› zu sagen.»

«Ich versuch's richtig zu machen, Ann. Ich versuche, *alles* richtig zu machen.»

Sie nickte. «Versucht das nicht jeder? Erinnerst du dich an dieses Schild neben dem *Ear Inn*, das wir so mochten? ‹Viel Wasser wird verschüttet von der Quelle bis zum Gebrauch?›»

Cullen nickte.

Ann legte ihren Kopf auf die Seite. «Und?»

Cullen nickte. «Ja.»